AMÈRES
RÉCOLTES

JACQUES MAZEAU

AMÈRES RÉCOLTES

ÉDITIONS FRANCE LOISIRS

Édition du Club France Loisirs,
avec l'autorisation des Éditions de l'Archipel

Éditions France Loisirs
123, boulevard de Grenelle, Paris
www.franceloisirs.com

ISBN 978-2-298-05740-9

1

Comme tous les jours depuis le début du mois, Colliard écoutait la radio. Dès qu'il en avait fini avec un patient, et avant de prendre le suivant, il se précipitait à l'étage et écoutait les dernières nouvelles.

Aujourd'hui, alors que la journée tirait à sa fin, son cabinet était vide. Les Allemands venaient d'investir la ville.

De la pièce de consultation où il se tenait, il pouvait entendre une canonnade lointaine, des tirs d'armes automatiques, des cris. Au début, par curiosité, il avait ouvert la porte qui donnait sur la place de la mairie, mais il était vite rentré, de peur de prendre une balle perdue.

Bien que cela l'ulcérât, il se disait que les affrontements ne dureraient pas longtemps. L'armée française était en déroute. La veille, le Maréchal avait annoncé de sa voix chevrotante qu'il fallait cesser le combat et qu'il avait demandé à l'adversaire les moyens de mettre un terme aux hostilités… Autant dire que tout était fini !

Il pensa à Emma, Margot et aux enfants. À La Vernière, ils ne devaient guère être en danger. Les Allemands étaient trop occupés à réduire ici les poches de résistance pour aller investir les fermes alentour. Il se demanda comment les rejoindre. Les routes devaient être encombrées de transports militaires. Il décida d'attendre.

Soudain, il entendit une cavalcade dans la rue, des cris, puis des coups de feu. Il quitta son siège pour s'approcher de la fenêtre, en demeurant à couvert.

Des soldats français traversaient la place en courant et se dirigeaient vers la Loire. Des civils se mettaient à l'abri sous des portes cochères. Parmi eux, il reconnut Mme Vernet, l'une de ses patientes, qui serrait contre elle son jeune fils.

Il s'apprêtait à sortir pour lui faire signe de le rejoindre, quand on tambourina à la porte du cabinet. La poignée bougeait. On tentait d'ouvrir. Il se précipita et déverrouilla. Un adolescent, fusil de chasse à la main, s'écroula sur le sol carrelé, la chemise ensanglantée.

Colliard referma, puis porta l'adolescent gémissant jusqu'à la table d'opération. Rapide et précis, Colliard lui ôta sa chemise et son pantalon, puis commença à l'ausculter.

L'état du gamin était rassurant. Il n'avait reçu qu'une seule balle, sur le haut de l'épaule droite. La plaie saignait abondamment, mais ce n'était pas grave. La clavicule n'était même pas brisée. Il était choqué, rien de plus.

Il lui fit une piqûre pour empêcher une possible infection, puis nettoya la blessure, assez nette puisque la balle était ressortie. Il stoppa l'hémorragie puis confectionna un pansement. Épuisée, la victime avait sombré dans un sommeil comateux.

Les nerfs en pelote, Colliard monta à l'étage, où il avala un alcool de poire, puis redescendit. Il ramassa le fusil avec répugnance – il détestait les armes – et le dissimula dans l'armoire du cabinet, derrière les dossiers de ses patients.

Il jeta un œil sur le garçon, toujours inconscient. Il se demanda quoi faire. Rentrer seul serait déjà compliqué, alors, avec un blessé…

À La Vernière, Margot profitait du soleil pour étendre le linge derrière le bâtiment où soufflait une agréable brise. Elle était aidée par Colette, la nouvelle domestique engagée par Emma une année auparavant. C'était une jolie fille, solidement charpentée, gracieuse et gaie. Elle ne rechignait pas à la tâche. Margot l'adorait, même si elle se plaignait parfois de ses bavardages incessants. Une vraie pie, disait-elle.

Elles s'activaient en jetant un regard attentif aux deux enfants d'Emma. Martin, le fils de Louis, tragiquement disparu quelques années auparavant, qui aurait bientôt quatre ans, et Madeleine, âgée de deux ans, conçue avec Colliard. La petite babillait à l'ombre dans son couffin. Son demi-frère s'amusait un peu plus loin avec des cailloux et des brindilles ramassées ici et là. Ce n'était pas la peine de lui demander à quoi il jouait, il n'y avait pas plus renfermé que lui.

La chaleur déclinait au profit d'une agréable fraîcheur. Sous le hangar vide, des poules et des coqs, auxquels s'étaient mêlées quelques tourterelles, picoraient en caquetant. Venant d'on ne sait où, on entendait le choc lourd et régulier d'un marteau frappant l'enclume. Sans doute un ouvrier qui réparait une machine.

Dans l'ancienne écurie, Emma discutait avec Joseph, le nouveau contremaître, des travaux qu'elle comptait y entreprendre. Lorsque Marie avait vendu les chevaux, Emma avait transformé l'endroit en étable et souhaitait l'agrandir pour développer le cheptel. Après une étude approfondie des cours, elle misait désormais sur le lait et la viande et cherchait les moyens d'en augmenter la production.

En trois années, depuis le décès de Louis et le départ précipité de Marie, elle était devenue une véritable entrepreneuse. Selon elle, l'agriculture devait se renouveler pour devenir plus productive. Pour cela, elle n'avait pas hésité à acquérir un tracteur, à lancer de nouvelles cultures et à acheter des vaches reproductrices.

Tous les chevaux, excepté Coquette, une jument de trait utilisée pour tirer les tombereaux, avaient été menés à l'abattoir.

Afin que Joseph se fît une juste représentation de l'extension prévue, Emma en traçait le plan sur la terre battue à l'aide d'un bâton.

— Tu vois, on installera les stalles de ce côté-ci, puis de l'autre une auge qui courra le long du bâtiment…

Accroupi, Joseph proposait quelques modifications, quand le sol se mit à trembler. Le grondement était si impressionnant qu'ils sortirent sur le seuil. Margot et Colette rappliquaient, l'une tenant Martin par la main, l'autre, le couffin.

Inquiète, Emma leur commanda de gagner la cuisine. Puis, suivie de Joseph, elle s'avança sur la route de la Roncière, d'où provenait le vacarme. Ils s'arrêtèrent près de la mare, stupéfaits. Un long convoi militaire s'approchait du domaine.

— Bon Dieu ! grogna Joseph. Les Boches !

— Que viendraient-ils faire ici ? s'étonna Emma.

— Ce que je sais... Je m'en vais dire aux gars de ne pas se pointer.

Alors qu'il s'éloignait d'un pas rapide, Emma attendit, à la fois fascinée et effrayée. Elle distingua bientôt la première voiture, une Jeep à chenilles, puis reconnut les croix gammées peintes sur les véhicules. Le doute n'était plus permis, les Allemands envahissaient le pays.

Elle se précipita à la cuisine, où s'étaient réfugiés les servantes avec les enfants. Allez savoir ce que ces soldats étaient capables de faire !

— Les Boches s'amènent ! s'exclama-t-elle en entrant. Montez à l'étage avec les gamins, et ne redescendez que quand je vous le dirai !

— Il paraît qu'ils égorgent les femmes et les enfants ! lança Margot en grimpant les marches.

— Ne dis pas de bêtises ! répliqua Emma. Et pense à fermer la porte de la chambre à clé.

Emma regagna le seuil. La ferme était devenue silencieuse. Ni meuglement ni caquet, même les oiseaux s'étaient tus.

Le premier véhicule stoppa, imité par les suivants. La colonne, composée de chars, de véhicules à chenilles, d'automitrailleuses et de camions, s'étirait quasiment jusqu'à la Roncière. À vue d'œil, Emma dénombra une bonne trentaine de véhicules.

Elle remuait des pensées horribles. Les Boches allaient leur tirer dessus ! La Vernière ne serait bientôt plus qu'un champ de ruines... Tous ici allaient mourir dans d'atroces souffrances. Et elle ne reverrait jamais Colliard.

Hésitante, elle s'avança vers le premier véhicule, d'où descendait un officier. Il s'approcha, suivi d'un autre militaire, tiré à quatre épingles. Ils la saluèrent en claquant des talons. L'officier, un grand blond un peu empâté, s'adressa en allemand à son subordonné. Il aboyait plus qu'il ne parlait. L'autre, raide comme un piquet, ne savait que répéter :

— *Jawohl ! Herr Hauptmann ! Jawohl !*

Emma sursautait à chaque phrase. Finalement, il se tourna vers elle, claqua de nouveau des talons et fit signe à l'accompagnateur de s'exprimer à sa place.

— Mes hommages, madame. Je parle au nom de l'*Hauptmann* Wengler, ici présent et chef du district…

Ce dernier, rigide, hochait la tête, comme s'il approuvait ce que disait l'interprète.

— La région est désormais occupée par notre armée. Nous souhaitons de votre part la plus totale coopération. Au titre d'occupants, nous sommes autorisés à prélever une partie de la production de votre ferme pour subvenir aux besoins en nourriture de nos soldats.

Il s'interrompit, attendant sans doute une réponse. Comme celle-ci ne venait pas – Emma avait la gorge trop serrée pour pouvoir prononcer le moindre mot –, il lui tendit une feuille et reprit :

— Nous vous demandons de bien vouloir nous céder ce que contient cette liste.

Emma s'en empara en tentant de maîtriser le léger tremblement de sa main. La demande était exorbitante : deux vaches, un cheval, des volailles, du blé et des œufs.

— Bien évidemment, reprit l'interprète, nous vous fournirons chaque fois un reçu.

— Vous voulez dire que vous reviendrez ?

— Absolument.

Emma retint sa colère. À quoi bon s'énerver ? Comme dans toutes les guerres, l'envahisseur imposait sa loi. Néanmoins, elle commençait à réfléchir à la manière de dissimuler une part des produits de l'exploitation.

— Je vais mettre mon contremaître à votre disposition, il verra avec vous.

— Je vous remercie, madame.

Les deux hommes la saluèrent et regagnèrent leur véhicule. Avant de monter, l'officier supérieur lança un ordre bref. Un camion se détacha du convoi et entra dans la cour.

Emma fit patienter les deux militaires qui en sortaient et courut chercher Joseph au logement des ouvriers. Sur le chemin du retour, elle lui expliqua la situation.

— Donne ce qu'ils demandent, lui ordonna-t-elle avant de le laisser en compagnie des deux soldats. Essaie seulement de sauver Coquette. En échange, donne-leur une vache de plus.

— Mais ce n'est pas…

— Fais comme je te dis !

Puis elle gagna la cuisine sans un regard pour ceux qu'elle qualifiait déjà, dans sa tête, de « salopards ».

Debout devant la fenêtre de sa chambre, Blanchard, « le notaire le plus riche du département », comme il aimait à se définir, avait observé les escarmouches qui avaient eu lieu sur la place de la mairie, entre l'arrière-garde française en débandade et les soldats allemands. Il jugeait ce triste spectacle avec ironie. Dire que, quelques semaines auparavant, les politiques prétendaient encore que la France possédait l'armée la plus puissante au monde…

Il se servit un verre de whisky et s'affala dans son fauteuil anglais en cuir, usé mais si confortable. Il éprouvait le besoin de mettre de l'ordre dans ses idées.

À écouter les informations, les dés en étaient jetés. Le Maréchal avait demandé l'arrêt des combats et recherchait les conditions d'un armistice. Ces événements changeaient la donne. Dans quelques jours, la région serait sous contrôle allemand, et il y avait fort à parier qu'ils n'y feraient pas de la figuration. La conclusion s'imposa à Blanchard : mieux valait être en bons termes avec eux. Que faire d'autre ? Même les communistes, qu'il détestait, soutenaient Hitler ! Autant dire que la France entière, ou presque, était décidée à faire bon ménage avec l'occupant.

Cela ne le réjouissait pas. Il n'avait jamais vraiment adhéré aux thèses de Hitler et la perspective d'être occupé avait quelque chose d'humiliant. Mais, à ses yeux, cela ne pesait rien face aux affaires : il ne devait pas perdre ce qu'il avait amassé depuis des années. Mieux, il devait en accumuler davantage ! Ce qui exigeait d'être dans les meilleurs termes avec les nouveaux maîtres du pays. Toutefois, prudent et pragmatique, il choisit d'attendre encore, le temps que la situation s'éclaircît.

Il se leva et alluma un cigare, plaisir qu'il s'autorisait, comme aujourd'hui, lorsqu'il n'attendait aucun client. Il revint se poster devant la fenêtre. Le calme avait succédé au vacarme des armes. La place et les rues alentour étaient vides. Pas plus d'Allemands que de Français ! À croire que la ville avait été désertée... Bien qu'il en éprouvât l'envie, il s'interdit de sortir. Ce n'était pas le moment de se prendre une balle perdue !

Il revint donc s'asseoir, ennuyé de ne pas pouvoir filer chez Marthe, à Donzy. Dans ses bras et avec quelques verres dans le nez, il se serait amusé.

Il l'aimait bien, Marthe. En tout cas, il la respectait. Et peut-être même l'admirait-il. Pour une femme, elle « en avait », à l'inverse de nombreux hommes qu'il connaissait, lui y compris. Il se rappelait son attitude, après le départ de Marie. Face à l'ultimatum d'Emma, quiconque serait parti, mais pas elle ! Non seulement elle avait conservé son « claque » à Donzy, mais elle était parvenue à se rabibocher avec Emma ! Un sacré tour de force, qui tenait autant à ses relations qu'à son caractère entier et généreux. Ultime prouesse, elle avait même profité du legs d'Émile pour agrandir son bordel et embellir son café !

Mais songer à tout cela réveillait chez Blanchard des blessures anciennes : la trahison de Marie, la mort de Louis, ses propres actes empreints de lâcheté et de méchanceté... Même s'il ne regrettait pas de les avoir dénoncés à Emma, il ne s'était jamais défait d'un sentiment de culpabilité à ce sujet. D'autant qu'il n'en avait tiré aucun avantage ! L'année passée, Emma l'avait privé de la gestion de ses avoirs. Il avait tenté de la persuader de n'en rien faire, mais elle n'avait pas fléchi. Après ce qui s'était passé, lui avait-elle expliqué, et malgré ses efforts pour oublier, elle ne souhaitait plus travailler avec lui. Et cette défection avait gravement compromis ses affaires.

De ce jour, ils ne s'étaient plus revus, et sa rancune à son égard demeurait intacte. Si l'occasion se présentait, il n'hésiterait pas à lui faire payer ce qu'il considérait comme un coup de poignard dans le dos.

Le plus douloureux, toutefois, était de se rappeler sa folle passion pour Marie et sa frustration qu'elle ne l'eût pas partagée. Il en souffrait encore. Combien de fois n'avait-il pas songé filer à Paris pour la retrouver ? Combien de fois n'en avait-il pas parlé avec Marthe ? Combien de fois ne s'était-il pas éveillé en sursaut, croyant qu'elle dormait à ses côtés ?

Cette blessure était si profonde que même les années de bonheur avec sa femme, disparue prématurément, en avaient été effacées. S'il repensait parfois à elle, c'était par hasard, et il ne s'attardait jamais sur ces souvenirs.

Il vida son verre et se leva. Le meilleur antidote à l'ennui et aux regrets, c'est encore le travail, se dit-il. Il descendit à l'étude et se plongea dans ses dossiers, avec la ferme intention d'y dégotter quelques occasions de s'enrichir davantage.

Colliard avait pris sa décision. Il rejoindrait La Vernière quand le gamin s'éveillerait. Comme celui-ci était toujours inconscient, il était monté à l'étage écouter les nouvelles, guère fameuses. Le ministre Georges Mandel avait été arrêté, puis libéré, après avoir obtenu des excuses de Pétain, la gare de Rennes avait été bombardée et l'on y déplorait plus de deux cents morts, et Molotov venait de convoquer l'ambassadeur d'Allemagne afin de lui adresser les plus vives félicitations de son gouvernement pour le succès des armées allemandes.

Cette information stupéfia Colliard. Il s'attendait à tout, mais pas à ce que les Soviétiques fissent la propagande de Hitler...

Il éteignit le poste de radio. Curieux de voir si le gamin était réveillé, il descendit. Il le trouva assis derrière son bureau. Il avait grise mine et semblait de mauvaise humeur.

— Où avez-vous mis mon fusil ? demanda-t-il, agressif.

— Je l'ai caché.

— Il faut me le rendre. Les Allemands sont là ! Je veux me battre.

— C'est courageux de ta part, mais, dans ton état, tu ne ferais pas deux pas avant d'être abattu. De toute manière, il est un peu tard pour combattre. La ville est tombée.

Le garçon éclata en sanglots. Colliard s'assit en face de lui. Il éprouvait de l'admiration pour cet adolescent, encore si jeune, et pourtant si déterminé.

— Pourquoi pleures-tu ?

Le gamin haussa les épaules. Colliard n'insista pas.

— Écoute, dit-il, ta blessure n'est pas grave, mais il faut te reposer. En même temps, je ne peux pas te garder ici. Où habites-tu ? Je pourrais essayer de t'y déposer…

L'adolescent le fixa, silencieux.

— Eh bien ? Réponds, nom d'un chien ! s'énerva Colliard.

— Je n'ai nulle part où aller…

— Tu n'as pas de famille ?

Le garçon secoua la tête. Agacé, Colliard se leva d'un coup et arpenta la pièce.

— Il va falloir être plus loquace ! La situation n'est pas folichonne, les Allemands sont partout et je dois rentrer chez moi. Toi aussi, mais tu es blessé. Pour quitter la ville, cela ne va pas être facile… Il serait temps de me dire ton nom et comment tu es arrivé ici blessé, un fusil à la main.

— Je m'appelle Marcel Ballanger. Je viens de la Tuilerie, où je travaille à l'usine. Avec mon copain Lambert, dès qu'on a su que les Boches se pointaient, on s'est sauvés par la Bertrange pour se battre contre eux.

Colliard éprouva un vague remords. Qu'avait-il fait, lui, sinon attendre ?

— Comme ça ? Seuls contre tous ?

— Eh bien quoi ? répliqua Marcel. Si tous les Français avaient fait la même chose, les Boches ne seraient pas là en ce moment !

— Je ne peux guère te donner tort.

Colliard l'invita à s'asseoir sur la table d'auscultation.

— Il faut que je vérifie ta blessure.

Il défit le pansement.

— Et le fusil ? Tu te l'es procuré comment ?

— C'est celui de mon père, je le gardais en souvenir.

— Comment cela ?

— Il est mort sur le front il y a deux semaines.

Colliard percevait à la fois de la fierté et du chagrin dans le ton du gamin.

— Et ta mère ?

Il haussa les épaules.

— Je ne l'ai jamais connue.

La plaie était propre et nette. L'hémorragie était stoppée. Colliard la badigeonna avec un antiseptique.

— Tu as mal ? demanda-t-il en appuyant sur la clavicule.

— Oui, mais ça va.

Plongé dans ses réflexions, Colliard confectionna un nouveau pansement. Le courage de ce gamin l'impressionnait. À son âge, il n'aurait jamais agi comme lui.

— Et ton copain Lambert ?

— Il est mort. Une balle dans la tête. Là-haut, vers la gare. Je l'ai laissé, je devais m'enfuir. Sinon, sûr que j'y passais aussi.

Le pansement terminé, Colliard lui mit le bras en écharpe. Ainsi, il pourrait mettre sa chemise en enfilant un seul bras.

— Alors, je te ramène où ?

— En tout cas, pas à la Tuilerie. Je n'ai plus envie d'y aller. Le patron est un tordu…

— Et tes affaires ?

— Pour ce que j'ai, je peux les oublier !

— Où veux-tu que je te laisse ?

— Où vous voudrez. Un peu loin d'ici, je me débrouillerai.

Colliard haussa les épaules.

— C'est stupide ! Je vais te ramener chez moi, et tu repartiras quand tu seras rétabli.

Marcel sourit.

— Merci, monsieur ! dit-il. J'avoue que ça m'arrange.

— Je m'en doute, répliqua Colliard, mais le plus dur reste à faire. La dizaine de kilomètres jusqu'à La Vernière.

Il ouvrit la porte du cabinet. La place était déserte. On entendait des canonnades lointaines. Ici, le silence était impressionnant. Sa voiture, une traction 11 achetée le mois précédent, était garée devant.

Colliard réfléchit à l'itinéraire le moins risqué pour se rendre à La Vernière. Sans doute serait-ce délicat jusqu'au sortir de la ville, mais après, en passant par Narcy, le trajet devrait être plus sûr. Ce qui le préoccupait était d'être arrêté et contrôlé par les Allemands avec un gamin blessé. Il anticipait les questions. Pourquoi cette blessure ? D'où provenait-elle ? Incapable de formuler des réponses satisfaisantes, il improviserait. Après tout, il fallait défaire le pansement pour s'apercevoir qu'il s'agissait d'une blessure par balle, ce qui n'avait guère de chance d'arriver.

Il commanda à Marcel de s'installer à l'avant.

— Je ne pars pas sans mon fusil.

— C'est exclu ! répliqua Colliard. Si nous sommes arrêtés par les Allemands, tu ne veux pas non plus qu'on leur raconte que tu as tiré sur eux ! Tu le reprendras plus tard.

Il poussa l'adolescent dehors, ferma la porte du cabinet et s'installa au volant.

Colliard n'avait pas l'âme d'un héros. Sans être peureux, il redoutait le danger quand il ne parvenait pas à l'évaluer.

— Tu as des papiers d'identité sur toi ? demanda-t-il.

— Non.

— De mieux en mieux, maugréa Colliard en démarrant.

Pressé de quitter la ville, il remonta l'artère principale. Quelques vitrines de magasins étaient brisées. Ici et là, des cadavres gisaient sur le sol. Ils dépassèrent une maison éventrée par un obus, sans qu'on comprît pourquoi celle-ci et aucune autre. Il n'y avait pas âme qui vive dans la rue. Tout juste apercevaient-ils parfois un visage anxieux à une fenêtre.

Ils parvinrent à la gare sans encombre. Pour éviter la route nationale, Colliard bifurqua sur la départementale, très peu fréquentée, qui menait à Narcy.

La route était dégagée. Ils ne croisaient aucun véhicule. La chaleur était telle qu'ils roulaient fenêtres ouvertes, ce qui était agréable. Ils ne parlaient pas. Marcel regardait défiler le paysage. Colliard, quant à lui, était impatient d'arriver. Il ne se sentirait vraiment en sécurité qu'à La Vernière.

Soudain, alors qu'ils entraient dans Narcy, ils se trouvèrent face à un barrage allemand.

— Nom de Dieu ! s'exclama Colliard, soudain paniqué. Mais qu'est-ce qu'ils foutent là ?

Il stoppa. Armé d'une mitraillette et couvert de poussière, un soldat s'avança, l'air menaçant, tandis que d'autres le couvraient.

Colliard tentait tout à la fois de dominer sa peur et de trouver une explication plausible pour justifier leur présence.

— Fais comme si tu souffrais terriblement, souffla-t-il à Marcel.

La sentinelle s'approcha de la vitre. Suspicieux, il regarda à l'intérieur du véhicule. Il s'adressa à Colliard d'une voix rude, dans un français approximatif.

— Où vous allez ?

— Médecin ! répliqua Colliard en désignant Marcel. Lui... Cassé le bras ! Grave ! Très grave ! Moi devoir le soigner !

L'Allemand dévisagea Marcel qui affichait un rictus de douleur en se tenant le bras. Il recula en faisant comprendre qu'ils ne devaient pas redémarrer. Il s'adressa à un supérieur. L'échange dura quelques secondes, puis il revint.

— Dehors ! lança-t-il à Colliard. Pas lui, ajouta-t-il en désignant Marcel.

Colliard passa devant le soldat qui le tenait en joue et rejoignit un officier qui attendait sur le bord de la route. Celui-ci le salua, puis lui fit signe de le suivre jusqu'à un camion débâché à l'arrière. Il lui désigna un homme allongé qui râlait. Il l'invita à grimper.

— Vous... Docteur... Soigner !

Colliard, qui peinait à dissimuler sa peur, s'agenouilla. Nul besoin d'être un spécialiste pour deviner que ce soldat de vingt ans à peine agonisait. Il défit sa veste d'uniforme, rouge de sang. L'abdomen était en charpie. Sauf à lui administrer une piqûre de morphine, ce qu'il n'avait pas sur lui, il n'y avait plus rien à faire. D'un geste, il fit comprendre à l'officier que c'était fini. L'homme était en train de mourir.

— Vous ? Morphine ? demanda-t-il par acquit de conscience.

L'officier secoua la tête.

— Je ne peux rien faire ! dit Colliard.

Le militaire lui ordonna de redescendre. Il le remercia avant de l'accompagner jusqu'à la traction. Il jeta un œil indifférent sur Marcel et fit signe aux sentinelles de laisser passer le véhicule.

Colliard roula doucement jusqu'après le cimetière, où ils échappèrent enfin à la vue des Allemands.

— Putain ! J'ai eu la trouille de ma vie !

Marcel le regarda, l'air désapprobateur.

— Heureusement que je n'avais pas mon fusil, sinon je les aurais tirés comme des lapins.

— Et à l'heure qu'il est, nous serions morts !

Armand se resservit une fine et s'installa de nouveau à la fenêtre du petit appartement où il habitait, près de l'église. De là, il avait une vue plongeante sur la place du marché, où étaient stationnés plusieurs automitrailleuses et chars allemands. Devant la mairie, Drouin, le maire, entouré de quelques conseillers municipaux, semblait parlementer avec des officiers ennemis.

Cela faisait une heure qu'il observait le spectacle. Il y avait d'abord eu les échanges de tirs entre les Allemands qui investissaient la ville et des rescapés de régiments français qui se repliaient vers la Loire. Il en avait vu tomber sous le feu. Cela lui avait rappelé la guerre précédente, sans éveiller en lui une quelconque émotion. Comme si toute sensibilité l'avait déserté. Maintenant que le vacarme des canons s'était éloigné, il assistait à ce qui semblait être une reddition.

Il n'était pas mécontent de la tournure des événements. Certes, il avait combattu les Boches en 1914, mais désormais la situation avait changé. Ils avaient gagné la guerre, Pétain acceptait la défaite. Comme il admirait le Maréchal, il était décidé à le suivre.

Il faisait ce choix sans état d'âme. Il collait parfaitement à ses propres idées. Lui-même, depuis plusieurs années, dénonçait cette France de la paresse qui ne pensait qu'aux congés payés plutôt qu'au travail. Cette France du désordre et de la manifestation, où seuls les Juifs nantis s'enrichissaient, alors que lui avait tout juste de quoi vivre après avoir consacré sa vie au rude labeur de la terre.

Penser à cela le ramena à Emma et Margot, qu'il détestait depuis qu'elles l'avaient évincé du domaine, le forçant à s'exiler ici, où il avait dilapidé son pécule. Dire qu'aujourd'hui il en était réduit à se charger de menus travaux pour survivre... Mais elles ne l'emporteraient pas au paradis !

Il se resservit un verre, qu'il avala d'un trait avec l'espoir que cela le calmerait. Mais cela ne fit qu'attiser sa rage vengeresse. Elles l'avaient ruiné, mais elles l'avaient surtout humilié.

Même si des mois s'étaient écoulés depuis son départ de La Vernière, sa souffrance était toujours aussi vive. Elle le harcelait le jour, la nuit, et le plongeait dans des réflexions sombres et des rêves de vengeance.

Toutefois, il avait compris depuis belle lurette qu'il ne pouvait rien contre elles. Surtout Emma, une sorte d'icône vivante dans la région. Celle qui avait réussi à l'égal d'un homme ! Qui avait épousé le médecin le plus couru de la ville ! Qui réveillait chez tous les mâles d'inavouables désirs !

Il regrettait amèrement que Marie eût cédé face à Emma. Lui aurait-elle tenu tête, elle aurait gagné, surtout avec l'appui de l'autre salaud de Blanchard ! Elle en avait le talent. Seulement voilà, elle avait préféré profiter de son fric à Paris et oublier ces bouseux qu'elle méprisait.

Il ressassa alors quelques sentences qu'il affectionnait. L'argent ne profite qu'aux riches… La chance est toujours du côté des nantis… Les petits sont forcément les dindons de la farce… Autant de lieux communs qui lui donnaient l'impression de partager le même sort que des millions d'autres Français.

Rasséréné à l'idée qu'il n'était pas seul à souffrir de la situation, il se leva et alluma le poste de radio. Après quelques grésillements, un speaker annonça que Hitler s'apprêtait à rencontrer Mussolini. Armand y vit la préfiguration d'une entente qui inclurait bientôt la France. Cela le réjouit.

Comme il ne voulait pas sortir de peur d'être arrêté, il s'allongea. Quelques minutes plus tard, abruti par la chaleur et l'alcool, il s'endormit.

Quand Colliard pénétra dans la cour de La Vernière, Emma sortait de la cuisine. Il klaxonna pour attirer son attention. Elle s'arrêta et lui adressa un vague sourire. L'air contrarié, elle considérait Marcel, assis à côté de lui.

— Reste ici, dit Colliard à l'adolescent. Il faut que je parle avec ma femme.

Il sortit et s'approcha d'Emma. Celle-ci attendait, excédée. Qui était cet adolescent ? Pourquoi Colliard le ramenait-il ? La visite des Allemands lui avait suffi, elle ne souhaitait plus aucune surprise.

— C'est qui, ce gamin ? lança-t-elle.

— Ne t'inquiète pas, je vais t'expliquer.

Il s'approcha et l'embrassa sur la joue. Elle ne réagit pas.

— Il faisait le coup de feu contre les Allemands. Il s'est pointé au cabinet, blessé. Je ne pouvais pas le mettre dehors. Sinon, il était fusillé.

— Voilà que tu te prends pour un héros, maintenant ! s'exclama-t-elle, cassante.

Colliard lui saisit le bras. Elle se dégagea.

— Ne te fâche pas ! Je n'ai fait que mon travail de médecin !

Elle haussa les épaules.

— Tu penses nous ramener ainsi tous les blessés de…

— Non, pas tous ! la coupa Colliard. Mais celui-ci, oui ! Il a dix-huit ans. J'ai trouvé son comportement courageux.

Il sentait la colère monter. Enfin, merde ! Il ramenait un gamin blessé qui avait eu le courage de se battre contre l'envahisseur ! Ce n'était pas honteux !

Emma regarda en direction de la voiture.

— Que veux-tu qu'on en fasse ? Il n'y a pas de place pour lui, ici. Laisse-le filer ailleurs. S'il le faut, on lui donnera de l'argent…

— Enfin ! s'exclama Colliard, tu ne comprends pas qu'il est blessé ? Dans son état, il ne pourra pas franchir un kilomètre avant de tomber d'épuisement. J'ai l'intention de le garder jusqu'à ce qu'il soit guéri. Ensuite, nous le mettrons dehors si tu le souhaites.

Emma soupira et tourna les talons.

— Fais ce que tu veux. Après tout, je m'en fiche.

Colliard la regarda s'éloigner. Qu'avait-elle à se montrer si désagréable ? Certes, ça n'allait pas fort entre eux. Mais était-ce une raison pour mépriser Marcel ? Il retourna à la voiture.

— Dites donc, remarqua l'adolescent, votre dame, elle avait pas l'air d'accord pour…

— La ferme ! Suis-moi et fais ce que je te dis !

Emma traversa la grange. Elle en ressortit par le portail de derrière, qui donnait accès au champ des Bleuets. Elle voulait prendre quelques minutes pour réfléchir et dominer sa contrariété. Elle venait de se faire plumer par les Allemands, et voilà que Colliard lui ramenait un blessé ! Décidément, la guerre était bel et bien là.

Mais ce n'était pas la véritable raison de son agacement. Depuis plusieurs semaines, tout ce qui venait de Colliard l'énervait. Au début, elle s'en était étonnée. Elle l'aimait, et il était quasiment irréprochable. Il la désirait, était soucieux de lui faire plaisir. Il s'occupait des enfants, qui l'adoraient, et était un gros travailleur. Bref, l'époux parfait dont toute femme peut rêver.

Puis, au fil des jours, elle avait commencé à mieux comprendre l'origine de son irritation. Au fond, il était trop parfait : elle s'ennuyait !

Sa première réaction avait été d'en rire. Ma petite, s'était-elle dit, il faudrait arrêter de te regarder le nombril et bien mesurer ta chance ! Colliard est une perle ! Dans la foulée, elle avait pris la résolution de chasser de telles inepties de son esprit.

Cela n'avait guère eu d'effet. Les jours succédant aux jours, les nuits aux nuits, elle s'était rendu compte que la fébrilité amoureuse des premiers mois s'était muée en lassitude. Elle ne l'attendait plus avec impatience, ne mettait plus autant d'ardeur à faire l'amour et, la plupart du temps, coupait court à leurs conversations sous prétexte qu'elle était fatiguée. Une sorte de mélancolie l'avait envahie, dont elle ne parvenait plus à se défaire.

Elle fit quelques pas dans le pré. Le soleil encore chaud commençait à disparaître à l'horizon. L'air fraîchissait. La nature prenait du relief, les couleurs semblaient plus vives.

Elle s'assit sur le rebord de l'auge remplie d'eau. Près de la haie, les vaches paissaient à l'ombre des chênes. Il en manquait deux, qu'elle avait dû donner aux Allemands. Pour seule consolation, elle avait sauvé Coquette, cette jument à laquelle elle s'était attachée.

Envahie par une soudaine nostalgie, elle songea aux débuts de son histoire d'amour avec Colliard. L'aimait-elle quand elle s'était mariée ? Quand elle avait accepté de concevoir un enfant avec lui ? Ne s'était-elle pas enflammée sottement ? Elle ne savait plus.

La peur d'un nouvel échec l'angoissa tant qu'elle cessa de s'interroger et regagna le bâtiment d'habitation. Elle allait se montrer plus patiente à son égard et tenter de comprendre ce qui l'avait poussé à ramener ce gamin.

Quand elle pénétra dans la cuisine, Marcel était attablé et buvait un verre d'eau. Il se leva, embarrassé.

— Excusez-moi, bredouilla-t-il, je ne veux pas vous déranger, mais le monsieur a dit que... Je peux partir tout de suite, si vous le souhaitez.

Emma éclata de rire. Il avait débité cela d'une traite avec un air si contrit que c'en était émouvant.

— Allons ! lui lança-t-elle, asseyez-vous et continuez de vous reposer. Il faut que je parle avec mon mari.

— Je crois qu'il est monté, lâcha timidement Marcel en se rasseyant.

Elle grimpa au premier et entra dans la chambre. Colliard s'était changé. Il avait enfilé un pantalon de toile et une chemise propre.

— Ah ! ma chérie ! dit-il en la prenant dans ses bras. Tu m'as tellement manqué !

Il l'embrassa sur la bouche et l'étreignit. Emma accompagna le mouvement sans véritable plaisir. Incapable de prononcer le moindre mot de tendresse, elle se dégagea et alla s'asseoir dans le fauteuil.

— Qui c'est ? demanda-t-elle abruptement.

— Ce que je sais... Il a été blessé par les Allemands et il a atterri au cabinet, où je l'ai soigné.

— Et tu l'as ramené ici ?

Il la dévisagea, surpris.

— Pourquoi cette colère ? Je n'ai fait que mon devoir. Le protéger et faire en sorte qu'il puisse se rétablir le mieux possible.

— Tu imagines que les Allemands ne doivent pas apprécier ceux qui leur tirent dessus !

— C’est justement pourquoi j’ai voulu le mettre à l’abri.

— Et s’ils se pointaient ici ?

Il haussa les épaules, agacé. Ce qui motivait la colère d’Emma lui échappait.

— Ils n’ont aucune raison de venir le chercher ici ! Et quand bien même ils viendraient, il pourrait très bien faire partie de notre personnel et s’être blessé en manipulant une arme. Ou bien il se serait fait tirer dessus par un chasseur…

— Il a des papiers ?

— Je ne sais pas, mentit-il.

— Il a des parents ? De la famille ? Enfin, quelqu’un qui puisse le prendre en charge ?

— Non, il m’a expliqué qu’il était orphelin. Il n’a jamais connu sa mère et son père s’est fait tuer en s’opposant aux Allemands.

Emma se leva et gagna le balcon, autant pour se donner une contenance que pour se calmer.

— C’est le pompon ! Vraiment !

Colliard la rejoignit et l’enlaça par la taille.

— Pourquoi monter cette histoire en épingle ? Il n’y a pas de raison d’en faire un drame. Quand il sera guéri, on le ramènera d’où il vient, voilà tout !

Emma se taisait, prise entre le désir d’embrasser Colliard en s’excusant et celui d’envenimer davantage la situation.

— Aurais-tu des soucis dont tu ne m’aurais pas parlé ? s’inquiéta Colliard.

Elle se dégagea et rentra dans la chambre.

— Trois fois rien, ironisa-t-elle. Les Allemands sont passés, ont emporté deux vaches, du blé en quantité et je ne sais combien d'autres choses, mais tout va bien !

Colliard était resté sur le balcon. Il ne voulait pas donner trop de gages de bonne volonté à Emma.

— Je l'ignorais.

— C'est ce que je te reproche.

Sur ces mots, elle sortit et claqua la porte.

Colliard s'accouda au balcon, désemparé. Il regarda le paysage qui s'étendait devant lui, un champ de blé au-delà duquel pointaient les toits de la Roncière, la propriété d'Andréa. Une brise légère et encore chaude faisait onduler les épis, ce qui lui évoqua la mer.

Perplexe, il décida de descendre et d'aller voir les enfants aux Quatre-Vents.

En bas de l'escalier, il s'étonna de trouver Emma et Marcel attablés l'un en face de l'autre, en grande conversation. Marcel s'interrompit et se leva par réflexe, l'air gêné.

— Je...

— Reste donc assis, lui dit Colliard.

Lorsqu'il fut à la porte, il s'adressa à Emma.

— Je vais voir les enfants.

— Profites-en pour dire à Colette de revenir. Elle doit jacasser avec Margot et a oublié qu'il y avait le dîner à préparer.

Colliard acquiesça et sortit. Il était rassuré. Emma semblait s'être adoucie. Probablement avait-elle trouvé Marcel sympathique.

Quand les deux soldats allemands pénétrèrent dans le café, Marthe demeura sans voix. Elle savait qu'ils ne passaient pas loin d'ici, certains clients lui avaient dit avoir vu un convoi militaire sur la route de Châteauneuf, mais de là à penser qu'ils s'amèneraient au café !

Aussi surpris qu'elle, les consommateurs les suivirent du regard jusqu'à ce qu'ils fussent au bar. Ils tendaient l'oreille pour ne rien perdre de ce qui allait se dire.

Le plus gradé, à en juger par ses épaulettes et ses décorations, claqua des talons et salua Marthe.

— Madame Marthe, s'il vous plaît !

— C'est moi.

L'officier claqua une nouvelle fois des talons et ôta sa casquette tandis que l'autre l'imitait, silencieux.

— *Oberst* Klaus Mayer ! Je souhaiterais m'entretenir avec vous, si vous le permettez, dit-il dans un excellent français.

— Je vous écoute, répliqua Marthe, qui cachait son irritation.

— En privé, si vous n'y voyez pas d'inconvénient.

Marthe se retint de lui répondre qu'elle en voyait un - en particulier, elle n'admettait chez elle que des gens qu'elle appréciait - et le fit entrer dans la cuisine qui jouxtait la salle. Heureusement, depuis qu'elle avait agrandi les lieux, les filles n'attendaient plus le client ici, mais au premier étage.

— D'après nos renseignements, vous tiendriez une maison destinée à recevoir les hommes…

— Chez nous, on appelle cela un bordel, monsieur ! dit Marthe.

Mayer éclata de rire.

— Un bordel ! Oui, je sais, mais je croyais que ce mot n'était pas… approprié pour qualifier votre établissement.

— Dites « maison close » ! C'est une manière élégante de parler de la même chose.

— Soit, je m'en souviendrai.

Marthe s'appuyait contre l'évier. Debout à côté de la table, Mayer semblait hésiter. Elle connaissait suffisamment les hommes pour savoir qu'elle avait d'ores et déjà pris un ascendant sur lui. Elle choisit néanmoins de rester prudente.

— Et donc ?

— Nous occupons Donzy à partir d'aujourd'hui, et je représente l'autorité allemande à la *Kommandantur* de cette ville. À ce titre, je souhaiterais que votre établissement soit ouvert à nos soldats.

Marthe éclata de rire.

— Vous ne perdez pas de temps ! J'aurais pensé qu'il y avait plus urgent que de…

Il la foudroya du regard. Elle se redressa, consciente d'être allée trop loin.

— Vous n'êtes pas habilitée à discuter de l'urgence de nos décisions, répondit sèchement Mayer. Je vous demande d'obtempérer. Il va de soi que ceux qui viendront ici vous régleront leurs dépenses comme n'importe quels clients.

Puis, sans lui laisser le temps de répondre, il la salua.

— Je vous remercie de votre coopération.

Après un nouveau claquement de talons, il sortit, suivi de l'autre militaire.

Marthe demeura songeuse, partagée entre le mépris et l'amusement. Tout cela était tellement surréaliste ! À peine sur le sol français, les Boches pensaient déjà à baiser ! En même temps, en bonne gestionnaire, elle envisageait le futur. Jamais elle n'aurait suffisamment de filles pour faire face à la demande. Elle devait embaucher dare-dare !

Comme elle éprouvait l'envie d'avaler un remontant, elle repassa dans la salle du café, où les conversations allaient bon train. Le silence se fit aussitôt.

— Qu'est-ce qu'ils voulaient, ces guignols ? demanda Albert, un habitué.

— Devine ! répliqua Marthe en se servant une poire.

— Des petits culs ! lança Georges, un ouvrier agricole, en éclatant d'un rire gras.

— Exact ! dit Marthe après avoir vidé son verre. Ce qui veut dire, les gars, qu'il va falloir vous contenter de bobonne, maintenant ! Parce qu'il n'y en aura pas pour tout le monde !

— Merde, alors ! bougonna Gabriel, un autre client. Non seulement ils envahissent le pays, mais en plus ils vont nous prendre nos filles !

— Si tu connaissais un peu l'Histoire, tu saurais que c'est toujours le fait des vainqueurs !

Romain, le facteur, se redressa.

— Vous pouvez toujours vous marrer ! dit-il avec colère. Moi, ça ne me fait pas rire ! Je vous rappelle qu'on est occupés ! O-ccu-pés ! Vous savez ce que ça veut dire ? Que c'est inacceptable ! Voilà ce que ça veut dire !

Puis il sortit en claquant la porte.

Un long silence suivit. Aux raclements de gorge, aux regards fuyants, on devinait la gêne de chacun.

— Eh ! Marthe ! Qu'est-ce que tu vas faire ? demanda Georges.

En essuyant les verres, Marthe se contenta de hausser les épaules.

— Je verrai…

En fait, elle savait déjà. Dans un premier temps, elle plierait l'échine, mais cela ne durerait pas. Ces sales Boches auraient peut-être les culs qu'ils demandaient – et pourquoi pas le sien, d'ailleurs –, mais jamais ils n'auraient sa fierté ni son amour de la liberté et de son pays. Elle ignorait comment elle s'y prendrait, mais une chose était certaine : elle leur en ferait baver pour l'humiliation qu'ils venaient de faire subir à la France.

Aux Quatre-Vents, Colliard trouva Margot et Colette assises à l'ombre d'un chêne, en compagnie des enfants. Martin, dans l'herbe, jouait avec la voiture en bois que son père lui avait confectionnée. Allongée sur une couverture, Madeleine jacassait de manière incompréhensible.

Dès qu'ils aperçurent Colliard, les deux gamins se précipitèrent pour s'accrocher à lui. Il les prit dans ses bras et s'approcha des femmes, qui lâchèrent leur travail de couture.

Il embrassa Margot et s'assit dans l'herbe.

— Alors, docteur, la journée a été bonne ? demanda-t-elle d'un ton affectueux. Pas trop de geignards, aujourd'hui ?

— Aucun ! Avec les Allemands qui sont entrés en ville…

— Ils sont passés ici aussi, enchaîna Colette. Ils ont même emmené du bétail et du blé…

— Je sais, Emma m'en a touché un mot. À propos, elle a demandé que vous descendiez pour préparer le dîner.

— Je vais y aller, monsieur, répondit la jeune servante avec déférence.

— Qu'a-t-elle à être pressée comme ça ? râla Margot. Il y a le temps avant de se mettre aux fourneaux !

— Tu la connais, Margot. L'heure, c'est l'heure !

La vieille servante haussa les épaules.

— Je sais, mais elle devrait se détendre un peu.

Puis elle se tourna vers Colette.

— T'inquiète ! On va descendre ensemble avec les enfants. Je te donnerai un coup de main.

Une soudaine fatigue envahit Colliard. S'il s'allongeait, il était certain de s'assoupir. Sans doute le contrecoup des événements de l'après-midi. Pour ne pas céder à la tentation de dormir, il joua avec Martin. Madeleine, jalouse, grimpait sur lui en cherchant des câlins.

Margot considérait la scène en silence. Cet instant de grâce la ramenait à son passé, à sa jeunesse dont elle ne se rappelait désormais que de brefs moments. Comme si la mémoire avait voulu gommer le passé pour mieux la préparer à la mort qu'elle sentait rôder.

Quelques larmes perlèrent à ses paupières. Elle n'avait pas peur de mourir, mais plutôt de devoir abandonner ces êtres qu'elle aimait : Emma, qu'elle avait toujours considérée comme sa fille, puis ces deux marmots qu'elle aurait tant aimé avoir, si son seul véritable amour n'était pas demeuré stérile.

Soudain sollicitée, sa mémoire se montra plus généreuse. Elle se revit accueillant Émile dans son lit, l'initiant aux choses de l'amour jusqu'à ce qu'elle en tombât amoureuse. Sottement, car c'était sans espoir. L'homme éprouvait d'autres désirs.

Puis Armand traversa ses pensées. L'amant de substitution auquel elle n'avait rien accordé, ni la vie en commun ni les enfants. À son égard, elle n'éprouvait plus la même tendresse que pour Émile. Son départ et sa trahison avaient causé trop de dégâts pour les lui pardonner. Mais elle se demanda comment se déroulait sa vie solitaire à La Charité, où elle savait qu'il résidait.

Elle l'oublia pour s'intéresser aux enfants. Tant que Dieu lui permettrait de vivre, elle se consacrerait à eux comme elle l'avait fait avec tant d'autres. Elle leur communiquerait ce seul message qui avait fondé toute sa vie : aimer.

Colette s'impatienta. Madame allait être en colère si elle ne descendait pas, mais Margot la rassura.

— T'en fais pas, je lui dirai que c'est moi qui t'ai retenue.

Néanmoins, elles se mirent en route avec Colliard. Ils empruntèrent le petit chemin qui serpentait jusqu'à la ferme. Une brise fraîche s'était levée, rabattant vers eux la rumeur de la campagne, ces mille bruits apaisants qui annoncent le crépuscule. Joyeux, les enfants avançaient en tenant la main de leur père, tandis que Margot s'appuyait sur le bras de Colette.

Elle s'était immédiatement prise d'affection pour cette gamine. Elle avait aimé sa franchise et sa timidité mêlées, puis sa constitution solide qui présageait qu'elle n'aurait pas peur du travail. Elle avait aussi été émue par son destin, si semblable au sien. Des parents indifférents, une enfance gâchée, l'obligation de gagner sa vie coûte que coûte.

Plus tard, elle avait découvert qu'elle parlait beaucoup, mais cela ne l'avait pas rebutée. Au contraire, elle était heureuse d'avoir à ses côtés quelqu'un pour discuter. Bien souvent, le soir, elle lui demandait de la raccompagner aux Quatre-Vents, pour le seul plaisir de bavarder.

Lorsqu'ils arrivèrent, ils trouvèrent Marcel assis sur le banc, près de l'entrée de la cuisine. Comme Colliard n'avait pas parlé de lui, il le leur présenta en racontant son histoire.

— Ah ! les hommes ! répliqua Margot en pénétrant dans la cuisine. Encore un qui a envie de se faire trouer la peau pour rien !

Colette fit semblant de ne pas s'intéresser au nouveau venu, qui la dévorait des yeux. Il était hors de question pour elle de regarder un autre homme qu'Albert, le fils d'un négociant en vins de Pouilly, qui l'avait séduite lors d'un bal de la Saint-Jean à Narcy. Depuis qu'ils avaient fait l'amour, un soir, dans la grange, après qu'il l'eut raccompagnée, il hantait ses nuits et éveillait les fantasmes les plus torrides. Mais elle ne se laissait pas égarer par ses pulsions érotiques. Elle avait une tête et savait s'en servir. Beau, riche et puissant, il était pour elle l'occasion de sortir de sa condition de servante. Or, pour cela, il n'existait qu'un moyen : l'épouser !

Alors qu'elle commençait à préparer le repas, Emma entra dans la cuisine. Elle lança un regard noir à la jeune fille, mais ne lui fit aucun reproche, certaine que Margot la défendrait. Marcel demanda s'il pouvait aider. Comme personne ne lui répondit, il prit le parti d'aller faire un tour dehors, ainsi que le lui suggéra Emma.

Margot avait emmené les deux gamins à l'étage pour la toilette. Colliard s'apprêtait à allumer la radio, quand Emma lui fit signe de le suivre à l'extérieur.

— J'ai pas mal parlé avec ce gamin, lui dit-elle lorsqu'ils se furent éloignés. Il me plaît. Il est costaud, je le trouve dégourdi et apparemment il n'a pas peur de travailler. J'ai l'intention de l'embaucher. Il ira chez lui prendre ses papiers d'identité, avec Paul.

— Je me réjouis que tu l'apprécies ! répondit Colliard en la prenant par les épaules. Je n'y avais pas pensé, mais pourquoi pas ?

— Il m'a raconté sa vie. Il mérite qu'on l'aide. En même temps, il pourrait nous rendre service. Avec cette fichue guerre, nous manquons d'ouvriers, et les moissons approchent. Allemands ou pas, il va bien falloir les faire ! Surtout s'ils passent nous prélever régulièrement, comme ils me l'ont fait comprendre.

— Ça n'a pas dû être facile, j'imagine.

— Non ! Surtout que je ne trouve pas ça normal.

Colliard haussa les épaules.

— Maintenant, ils peuvent tout se permettre…

— Ce n'est pas une raison pour accepter.

— Tu as raison, mais il va falloir faire le dos rond, au moins pendant un temps.

Ils continuèrent d'un pas tranquille jusqu'à la mare, gardant le silence comme pour mieux profiter de cet instant de grâce, si rare.

— Je t'aime, dit soudain Colliard.

— Moi aussi, répondit-elle.

En prononçant ces mots, elle savait qu'elle mentait. Plus précisément, elle ne disait pas l'exacte vérité. Elle l'aimait, bien sûr. Elle l'avait choisi, il était son mari, ils avaient conçu un enfant ensemble. Mais sa sensation d'ennui était toujours présente. Indéfinissable. Lourde.

Quelques mois auparavant, elle lui aurait sauté au cou, l'aurait embrassé et attiré dans un coin reculé pour faire l'amour. Aujourd'hui, rien de cela ne se produisait. Son corps ne vibrait plus. Elle ne le désirait plus.

Cette pensée réveilla son angoisse. Du coup, elle entraîna Colliard vers la cuisine. Il était temps de coucher les enfants et de se mettre à table ! Quant aux questions qui demeuraient en suspens, elle verrait cela plus tard.

2

Le réveil sonna. Sept heures. Marthe se leva de mauvaise humeur. Elle sortait d'un mauvais rêve dont ne subsistaient que des images de guerre et de désolation. Elle ne s'en étonna pas.

En se rendant à la salle de bains, elle jeta un œil sur le calendrier mural. Déjà le 2 septembre ! Un mois et demi que les Boches avaient investi la région. Pendant sa toilette, elle repensa aux récents événements et à cette foutue politique de Vichy. Le rationnement, la dissolution des associations et des syndicats… Et à ce général de Gaulle qui appelait à la résistance et qui avait été condamné à mort. Tout cela l'inquiétait. Elle sentait chaque jour que la liberté à laquelle elle était viscéralement attachée était attaquée de toutes parts.

Elle s'habilla et se maquilla avec soin. Elle voulait être resplendissante pour accueillir Marie, qui arrivait par le train de 12 h 07 en gare de La Charité-sur-Loire.

Elle descendit et se prépara un café derrière le bar, où officiait Fernand. Quelques habitués étaient déjà là. Certains allaient travailler, d'autres, des retraités surtout, s'installaient pour un long moment. Ils liraient le journal, joueraient à la belote en évoquant des souvenirs de jeunesse. La plupart boiraient et seraient gris en fin de journée. Marthe ne les jugeait pas. Jouer aux cartes, boire et fumer étaient les seuls plaisirs qui restaient à ces hommes usés par le labeur.

Elle les salua avec un sourire affectueux, puis se réfugia dans la cuisine pour manger une tartine beurrée. Les filles n'étaient pas encore là. Elles ne viendraient qu'en début d'après-midi et se tiendraient prêtes à accueillir le client, le voyageur de commerce qui ferait ça à la va-vite, l'habitué qui flirterait et prendrait son temps, l'homme marié dont il faudrait atténuer la culpabilité avant qu'il s'en aille…

S'ajoutaient quelques nouveaux clients venus avec l'envahisseur. Gradés ou simples soldats, tous sûrs d'eux et de leur bon droit. Marthe ne se plaignait pas. Ils payaient rubis sur l'ongle, donnaient de bons pourboires et faisaient montre d'une certaine distinction. À cela s'ajoutait le fait qu'ils ne parlaient pas français, ce qui écourtait d'autant l'« après » durant lequel, généralement, l'homme s'épanche.

Elle songea à Mayer, qui l'avait choisie comme partenaire. Avec lui, c'était plutôt agréable. Bon amant, il avait de la classe et de la conversation, ce qui la changeait de ces rustauds qui, sous prétexte d'être des notables, se conduisaient comme des porcs.

En même temps, coucher avec un Allemand qui venait d'envahir son pays la mettait mal à l'aise. Il n'avait aucune raison d'être ici, à Donzy. Dans ses bras, elle percevait parfois son complexe de supériorité et son mépris. Comme si, en la baisant, c'était la France qu'il dominait.

Elle rinça son bol et voulut le mettre à sécher. En le reposant trop brutalement sur l'évier, elle l'ébrécha. Cet incident témoignait de son malaise... La présence des Allemands lui posait un problème.

Avant de sortir, elle prévint Fernand qu'elle serait de retour vers 14 heures.

Emma s'arrêta à côté de la mare et contempla la surface lisse de l'eau. Comme lorsqu'elle était enfant, elle eut envie de lancer un caillou plat et de réaliser un maximum de ricochets. Elle s'abstint, de peur de paraître ridicule aux yeux des ouvriers qui pouvaient passer par là.

Elle se rappela Louis, avec qui elle venait parler ici. Cela l'énerva. Elle ne voulait plus songer à cette période de sa vie. Elle l'avait aimé, ils avaient fait un enfant, il l'avait trahie, il était mort. Pour éviter de ressasser, elle prit le chemin du bureau. Devant l'étable, elle aperçut Marcel qui chargeait la paille des litières dans un tombereau.

— Laisse tomber un instant et suis-moi ! lança-t-elle. Il faut que je te parle.

Elle ne s'arrêta pas. Il courut la rejoindre et ils entrèrent ensemble dans le bureau. Il demeura debout au milieu de la pièce. Emma s'assit et lui commanda d'en faire autant.

— Alors ? lui demanda-t-elle. Tu te plais, ici ?

— Drôlement ! répondit l'adolescent. Je voulais vous remercier pour...

— Ce n'est pas la peine. Tu es un bon gars et tu travailles bien. Comment va ta blessure ?

— Bien, madame ! J'ai encore un peu mal, mais votre mari m'a dit que c'était normal et que ça disparaîtrait avec le temps.

— Tout disparaît avec le temps… Comme promis, je t'embauche. Tu auras le salaire d'un ouvrier et tu garderas la chambre que tu occupes actuellement. Mais je te préviens, tu dois oublier les Allemands. Je ne veux plus t'entendre les critiquer et menacer d'aller faire le coup de fusil contre eux !

— Oh ! madame, c'est fini ! J'ai bien compris que c'était stupide.

— Oui ! Et tu es trop jeune pour te mêler de faire la guerre.

Marcel se leva. Un sourire épanoui illuminait son visage. Emma songea que ce sourire le rendait beau. Il exprimait la générosité, la gentillesse et une joie de vivre qu'elle aurait aimé ressentir en cet instant.

— Je vous remercie, madame. Mais, je voulais vous demander…

— Oui ?

— Je veux bien ne pas me battre contre les Boches, enfin… les Allemands. Mais je ne suis tout de même pas obligé d'approuver qu'ils soient chez nous.

— Certainement pas ! rétorqua Emma. Je ne l'approuve pas plus que toi. Mais tu le gardes pour toi !

— Bien, madame.

Puis il la salua d'un hochement de tête.

— Je m'en retourne à l'étable, il faut que je finisse de changer les litières.

— Fais ! lui dit-elle en le regardant sortir à reculons.

Lorsqu'il eut refermé, elle sourit. Ce gamin lui plaisait. Il lui faisait du bien. Son enthousiasme était communicatif.

Avant de se plonger dans les factures, elle s'adossa au fauteuil. La venue des Allemands à la ferme l'avait révoltée. Comme s'ils étaient en terrain conquis ! Que nous ayons signé un armistice avec eux et que nous devions leur payer 400 millions de francs d'indemnités journalières, soit. Après tout, ils avaient gagné la guerre et nous avions agi de la même manière dans la Ruhr en 1918. Mais qu'on dût collaborer avec eux, comme l'avait suggéré Pétain, c'était trop ! Emma n'était pas politisée, mais elle se sentait française et leur présence constituait une insulte à ses yeux.

Elle jeta un œil indifférent à la paperasserie. Elle n'avait pas envie de travailler. Elle se sentait lasse, indécise, absente. Quand elle en prenait conscience, comme maintenant, elle s'inventait toutes sortes d'excuses. Il faisait chaud, la défaite lui portait sur le moral, elle était fatiguée… Mais tout cela n'était qu'un rideau de fumée pour cacher l'essentiel : elle n'était pas heureuse avec Colliard. Leur vie lui semblait morne, faite d'habitudes et de convenances. Plus rien ne la surprenait venant de lui. C'était insupportable. L'ennui la rongeait.

Ses pensées se portèrent alors sur Paul, l'ouvrier qu'elle avait engagé après la mort de Louis et qui lui servait de chauffeur. Mais elle ne voulut pas aller plus loin. Ce n'était pas bien.

Le train en provenance de Paris s'annonça par un long sifflement. Marthe aperçut au loin les volutes de fumée de la locomotive qui montaient vers le ciel, avant de voir le convoi. Celui-ci entra en gare au ralenti, puis s'immobilisa dans un grand vacarme de crissements de roues et de chuintements de vapeur.

Marthe cherchait à repérer Marie parmi les voyageurs, quand elle la vit descendre d'une voiture de première. Cela ne l'étonna pas : elle n'était pas le genre de femme à se mélanger au tout-venant. Elle était vêtue avec élégance. Une longue robe beige floutée en tissu léger, des escarpins à la mode et un chapeau cloche marron.

Marthe se précipita vers elle. Elles s'étreignirent. Surgi de la foule comme par miracle, un porteur s'empara des deux valises de Marie. Après une longue étreinte et plusieurs baisers, les deux femmes se dirigèrent vers la sortie, bras dessus, bras dessous.

— Toujours aussi ravissante ! s'exclama Marthe.

— Alors on est deux ! répliqua Marie.

Elles sortirent, suivies par le porteur.

— Bon voyage ? demanda Marthe.

— Pas mal, mais il faisait trop chaud. En plus, je me suis retrouvée avec des bavards qui m'ont soûlée tout au long du trajet. Mais j'ai déjà oublié. Je suis tellement heureuse d'être ici et de te retrouver !

Après avoir réglé le porteur, qui avait disposé les bagages dans le coffre, elles grimpèrent dans la voiture, dont Marthe avait laissé les vitres ouvertes.

Alors qu'elles quittaient la ville, Marie ôta son chapeau et libéra ses longs cheveux qui s'agitèrent sous l'effet du courant d'air.

— Fini, Paris, la mode et le paraître ! lança-t-elle joyeusement. À moi la campagne et ses joies simples !

— Pourquoi ? Tu n'étais pas heureuse à la capitale ?

Marie sortit une cigarette d'un étui en métal doré et l'alluma. Elle en proposa une à Marthe, qui refusa.

— Il est en or ? demanda-t-elle en désignant l'étui.

— Penses-tu ! Seulement en plaqué ! Il était trop radin !

Elles éclatèrent de rire, puis Marthe l'interrogea sur la vie parisienne.

— Une horreur ! expliqua Marie. Surtout depuis l'arrivée des Allemands. Il y en a tellement que cela finit par abîmer la vue !

— Tu ne les aimes pas ?

— Au contraire ! Ceux que j'ai connus m'ont épatée ! Mais bon, trop, c'est trop ! De toute manière, qu'ils soient là ou pas ne changeait rien à l'affaire, je m'ennuyais. Tout est sale, dans cette ville, les individus comme les trottoirs, et les rapports entre les gens y sont superficiels. Rien à voir avec la vie d'ici !

Elles roulèrent quelques minutes en silence. Marie écrasa sa cigarette dans le cendrier.

— Et toi, comment ça va ? demanda-t-elle en enlaçant Marthe.

Celle-ci haussa les épaules.

— La routine. Avec un peu plus de clients. Dont des Allemands.

— En gros, tu fais fortune ?

Marthe s'esclaffa.

— Si seulement !

— J'imagine qu'ils payent bien, non ?

— C'est vrai, mais je ne me réjouis pas de leur présence. Ce sont les envahisseurs, tout de même !

Marie la dévisagea comme si elle venait de dire une ânerie.

— Qu'est-ce que tu en as à faire ? Ce n'est pas toi qui as déclaré la guerre. Profite ! D'autant qu'ils ne sont pas si méchants… Ils ont au moins pour eux d'être bien élevés.

Marthe ne répondit pas. Les propos de Marie la dérangeaient. Elle décida de changer de sujet.

— Je t'ai préparé une chambre dans la maison d'à côté.

— J'entendrai tout ?

— Non, je me suis arrangée !

À l'entrée de Donzy, le passage d'un convoi militaire allemand les obligea à attendre un long moment avant de pouvoir rejoindre le café. Les véhicules passaient à vive allure et faisaient vibrer la voiture. Les deux femmes fermèrent les vitres pour échapper au nuage de poussière et de fumée d'échappement.

À leur arrivée, le café était bondé. Toutes les tables étaient occupées. Au bar, des hommes attendaient devant un verre avant d'être appelés à l'étage. Marthe salua ceux qu'elle connaissait. Elle serrait la main de certains, en embrassait d'autres. Marie imagina que ceux-là devaient parfois partager son lit.

Marthe demanda à Fernand d'aller chercher les bagages et de les monter à l'étage, puis elle entraîna Marie vers l'escalier dissimulé par une tenture de velours grenat. Marie avait déjà eu le temps de croiser le regard concupiscent de certains. Elle en tirait toujours du plaisir. Se savoir désirable la rassurait.

À l'étage, elle constata que Marthe avait entrepris des transformations. Le couloir qui menait à son appartement avait été élargi et prolongé vers la maison mitoyenne, qu'elle avait acquise. Elles suivirent le couloir jusqu'à une porte donnant accès à la chambre de Marie.

— Les filles travaillent dans l'autre maison, dit Marthe. Ainsi, tu ne verras rien et n'entendras rien.

La pièce était décorée avec goût, ce qui n'étonna pas Marie. Elle avait déjà constaté naguère le talent de décoratrice de son amie.

Le haut lit en ferronnerie occupait un coin de la chambre, libérant un grand espace. La commode, comme la table basse et les fauteuils qui l'entouraient, était de facture moderne. De lourds rideaux en velours, doublés de voilages, encadraient la fenêtre qui donnait sur une courette intérieure arborée. Marthe l'ouvrit.

— C'est le jardin. Tu pourras y descendre pour lire ou faire la sieste. C'est frais et silencieux.

Elles furent interrompues par l'entrée de Fernand, qui posa les valises au milieu de la pièce avant de s'éclipser.

— Toujours aussi peu causant ! remarqua Marie.

— Ta beauté et ton assurance l'impressionnent. N'oublie pas que tu es chez les ploucs, ici ! Je n'ai pas envie de me séparer de lui. Avec le temps, il m'est devenu indispensable.

— Tu couches avec lui ?

Marthe éclata de rire.

— Mon Dieu, non ! D'ailleurs, je ne le crois pas porté sur la chose…

Fatiguée par la chaleur, elle s'affala dans un fauteuil, bientôt imitée par Marie.

— Je vais te laisser t'installer. On verra plus tard ce que tu désires faire.

Marie sourit.

— J'ai juste envie d'être là, avec toi.

— Tu ne repenses jamais au passé ? Blanchard ? Emma ? Louis ?

— Non ! C'est l'avenir qui m'intéresse.

Marthe se leva.

— Je viendrai te prévenir pour le dîner.

Marie se leva et l'embrassa.

— Je suis vraiment heureuse de te revoir.

— Moi aussi ! répondit Marthe en refermant derrière elle.

Marie se rassit et allongea ses jambes. Un léger sourire détendit son visage. Bien sûr, qu'elle savait ce qu'elle voulait faire ! Elle y avait pensé dès que Marthe l'avait invitée.

Blanchard referma derrière lui et quitta sa veste, qu'il accrocha à la patère. De retour de la mairie, il était impatient de retrouver son bureau pour réfléchir.

Cela valait le coup. L'un des adjoints lui avait fait des confidences. En partie, sans doute, pour se donner de l'importance. Il revenait de Vichy, où il avait ses entrées auprès du cabinet d'Alibert, le garde des Sceaux. On y préparait dans le secret une nouvelle loi contre les Juifs qui s'attaquerait à leurs biens. Avec un sourire entendu, le bonhomme lui avait fait entendre que lui, notaire, pourrait sans doute en tirer avantage.

Blanchard avait acquiescé, sans entrevoir sur l'instant ce que son interlocuteur voulait dire. Il avait compris alors qu'il regagnait son étude. Sans doute était-il censé connaître des propriétaires juifs dans la région ? Auquel cas, maintenant qu'il était informé, il pouvait déjà acheter certains biens à bas prix…

Il s'assit, se servit un marc et alluma un cigare. Pourvu qu'elle fût authentique, l'information était de première importance ! Il ne doutait pas d'ailleurs qu'elle le fût. Son informateur n'avait rien d'un affabulateur.

Il recensa mentalement les propriétaires juifs dont il gérait les affaires. Une dizaine en tout, répartis sur l'ensemble du département. Cela représentait un beau patrimoine, à la fois mobilier et financier. S'il savait s'y prendre, il pouvait faire main basse sur une belle fortune tout en sauvant la morale. La chance venait de lui tendre les bras !

Satisfait, il décida de remettre à plus tard ses réflexions. Il jeta un œil sur sa montre. 20 h 30. Il avait beaucoup mieux à faire que de penser…

Après une rapide toilette, il enfila un costume en tweed, confortable et élégant. Ainsi vêtu, il savait qu'il serait irrésistible aux yeux de Marie. N'était-ce pas celui qu'il portait lorsqu'il l'avait croisée la première fois, pour l'ouverture du testament d'Émile ?

En s'attachant au symbole, Blanchard ne faisait qu'alimenter son penchant superstitieux. Rien de ce qu'il entreprenait n'échappait à la règle : il devait toujours y avoir une signification « déterministe » à ses actes.

Dans un dernier réflexe de coquetterie, il se regarda dans la psyché disposée dans un coin de la chambre. En réalité, il se contemplait, car il se trouvait beau. La taille élancée, le visage peu marqué, même si quelques rides de chaque côté de la bouche le vieillissaient trop à son goût, il jugea qu'il pouvait encore conquérir une femme sans difficulté. En tout cas Marie, qui n'avait sans doute pas oublié ses qualités d'amant.

Après s'être aspergé d'eau de Cologne, dont il faisait toujours un usage abusif pour cacher d'éventuelles odeurs corporelles désagréables, il gagna son véhicule. Même s'il affectait un calme olympien, il était au comble de l'excitation.

Depuis le matin, lorsqu'il avait appris le retour de la jeune femme grâce à une confidence de l'un de ses clients, il ne tenait plus en place. Des souvenirs d'orgasmes partagés lui étaient revenus en mémoire avec une telle force qu'il avait dû se raisonner pour ne pas foncer aussitôt à Donzy. Il démarra sur les chapeaux de roues. L'idée de la revoir, de la toucher et, peut-être, de refaire l'amour avec elle lui donnait des ailes.

Marcel habitait maintenant à La Vernière depuis plusieurs semaines. Il y était heureux. Emma, son mari et Margot lui témoignaient spontanément de la sympathie, voire de l'affection. Il travaillait et gagnait de quoi s'offrir de temps en temps un verre au café du coin, ou une entrée au bal. Quant aux autres ouvriers, ils l'avaient gentiment accueilli, au point de l'autoriser à jouer à la belote avec eux !

Quand il réfléchissait au chemin parcouru depuis sa rencontre avec Colliard, il n'en revenait pas : au lieu de vivre la vie de misère qui s'annonçait inévitable après la mort de son père, la providence lui avait permis de trouver un travail et d'habiter dans un lieu agréable, entouré de gens amicaux ! Même dans ses rêves les plus fous, il ne se serait jamais imaginé un tel destin. N'eût été l'indifférence affichée de Colette à son égard, il aurait été le plus heureux des hommes.

Ce soir, en quittant la cuisine pour rejoindre sa chambre, il avait osé lui proposer de l'accompagner au café des Bertins, où il commençait à prendre ses habitudes. Comme on était samedi, il imaginait que la jeune fille serait libre de ses mouvements, mais elle lui avait répondu sèchement qu'elle avait déjà un engagement. Il en avait été meurtri. Non pas qu'elle eût refusé, mais qu'elle l'eût rembarré de manière si méprisante.

Allongé sur son lit, une cigarette éteinte à la bouche, il remâchait sa déconvenue. Pour qui se prenait-elle ? Qu'avait-elle de plus que les autres pour s'adresser ainsi à lui ? Elle avait beau être séduisante, cela ne lui donnait pas le droit de se montrer dédaigneuse.

Il s'interrogeait sur la manière de lui rendre la pareille, quand il comprit qu'il était jaloux de l'inconnu qu'elle fréquentait. Qui était cet homme ? L'un des ouvriers de la ferme ? Aurait-il une chance de le supplanter un jour dans le cœur de Colette ?

Il lui semblait étrange de se poser de telles questions. Après tout, il ne connaissait pas davantage Colette que son amant supposé. Mais c'était ainsi, cette fille l'attirait et il désirait la conquérir !

À force de se monter la tête, l'idée lui vint de l'espionner. Elle logeait dans le même bâtiment, à l'étage d'en dessous. Il lui serait donc aisé de se planquer et de l'observer. À peine ébauché, ce projet suscita en lui un fort sentiment de culpabilité. Agir ainsi, c'était violer l'intimité de la jeune fille. Cependant, son désir d'en savoir davantage le poussait irrésistiblement à ignorer la morale.

Après quelques minutes de tergiversation, il décida de mettre son plan à exécution. Il sauta du lit, éteignit et sortit.

Mayer rangea le dossier que venait de lui communiquer son ordonnance. Il s'agissait d'un rapport ultra-confidentiel émanant de son supérieur, l'*Hauptmann* Wengler, qui dirigeait la *Kommandantur* de Nevers.

Après lecture, Mayer devait recueillir tout renseignement qui viendrait enrichir les réflexions du QG au sujet des documents secrets trouvés par hasard dans des wagons français stationnés en gare de La Charité-sur-Loire.

Il s'agissait des archives secrètes du général Weygand, chef d'état-major de la Défense nationale. Elles étaient entassées au milieu d'un capharnaüm de bouteilles de vin, d'aliments divers, de machines à écrire, de téléscripteurs, de matériel téléphonique, d'appareils de projection et de films. Les pièces officielles portaient les signatures de contemporains illustres comme Churchill, Chamberlain, Daladier, Gamelin, Ironside et Reynaud.

Mayer n'en revenait pas : non seulement les militaires français s'étaient débandés devant l'armée allemande, mais ils avaient été assez stupides pour laisser s'égarer leurs documents confidentiels ! Pour lui, c'était une preuve supplémentaire de leur inconséquence.

Cela faisait belle lurette, précisément depuis qu'il avait fait l'école de guerre de Dresde, qu'il était convaincu de leur infériorité morale et militaire. S'ils avaient gagné la guerre de 1914, ce n'était pas grâce à leur génie, mais parce que les Anglais, les Canadiens et les Américains étaient venus à la rescousse !

Mayer leur reconnaissait tout de même quelques qualités. Leur art culinaire était indéniable, et ils comprenaient les choses de l'amour ! Leurs femmes étaient souvent belles, entreprenantes et sexuellement expertes, comme il avait pu le constater lors de séjours à Paris dans les années 1930.

Il songea à Marthe, qui lui avait fait forte impression chaque fois qu'il avait eu le bonheur de coucher avec elle. Elle suintait littéralement de sensualité, mais elle était aussi vive d'esprit, et drôle. N'eût été l'obligation d'adopter une posture d'« envahisseur », il se serait sans doute montré plus sentimental. Mais cela ne cadrait pas avec la morale nazie dont il était un ardent zélateur. L'amour ne devait occuper aucune place dans les pensées d'un soldat allemand ! Éprouver des sentiments témoignait même d'une certaine faiblesse. Seule importait sa capacité à être un bon géniteur !

Toutefois, après la campagne éprouvante qu'il venait de vivre, il ne culpabilisait pas. Se détendre dans les bras d'une femme lui était d'autant plus nécessaire qu'il était doté d'un fort tempérament. Pour se renouveler, son énergie demandait de l'exercice physique, certes, ce qui répondait aux canons idéologiques du national-socialisme, mais aussi des relations sexuelles. Cette exigence expliquait en partie qu'il ne se fût jamais marié. Pour lui, vivre en couple était annonciateur à plus ou moins long terme de l'impuissance.

Après un rapide coup d'œil devant la glace afin de réajuster son uniforme, il fit appeler son chauffeur.

Marie finissait de se maquiller. Comme le lui avait proposé Marthe, elle allait passer la soirée au café. Une manière de reprendre de bonnes habitudes !

Quand elle eut fini, elle s'observa dans le miroir de la coiffeuse. Le résultat était parfait. Le fond de teint d'une texture fluide et transparente qu'elle avait réparti à l'éponge était du meilleur effet, tout comme la crème légère étalée sur le contour de ses yeux afin de gommer les cernes. Elle se félicita d'avoir agrandi son regard et mis en valeur le vert de son iris grâce aux ombres à paupières ocre et cuivrées subtilement mélangées. Enfin, ses lèvres redessinées avec un rouge à lèvres rouge carmin susciteraient immanquablement le désir des hommes.

Rassurée sur son pouvoir de séduction, elle se leva pour enfiler ses bas. Comme chaque fois qu'elle allait s'offrir au regard des hommes, une sorte de fébrilité l'envahit. Qui allait succomber à son charme, ce soir ? Quelles bêtises lui débiterait-on pour la conquérir ? Que lui offrirait-on pour l'attirer dans un lit ? Céderait-elle ? Et à qui ?

Tandis qu'elle lissait ses bas avec précaution, elle songea à ses dernières conquêtes. Aucun des hommes qu'elle avait séduits ne lui avait laissé un souvenir impérissable. Ses jouissances n'avaient été que banalement normales. Rien de comparable à celles qu'elle avait éprouvées ici, dans les bras d'Émile, de Blanchard ou de Louis. Décidément, se dit-elle, amusée, les hommes de la campagne sont des amants autrement plus performants que les citadins !

Lorsqu'elle fut prête, elle alluma une cigarette et s'assit devant la fenêtre ouverte, pour profiter de la fraîcheur qui montait de la cour. Il faisait presque nuit. Quelques oiseaux réfugiés dans les feuillages pépiaient avec entrain.

Contrairement à ce que Marthe lui avait affirmé, elle entendit distinctement les râles d'un couple en train de faire l'amour. Ils venaient de l'une des chambres réservées aux filles dont la fenêtre donnait sur la cour.

Cela l'excita un instant, puis elle oublia pour se réfugier dans ses souvenirs. Les meilleurs de son existence, même s'ils étaient pour la plupart dramatiques. Émile, qu'elle avait tant aimé et qui avait disparu au moment où elle commençait à envisager un avenir avec lui... Louis, qui l'avait comblée physiquement et dont la mort tragique éveillait chez elle un sentiment de culpabilité... N'était-ce pas arrivé en partie par sa faute ? Blanchard, enfin, dont elle avait apprécié la virilité, mais qui s'était montré d'une lâcheté inouïe… Ces souvenirs suscitaient en elle un sentiment de nostalgie et de joie mêlées. Si elle avait éprouvé une fois dans sa vie de puissantes émotions, c'était bien à cette époque-là !

Comme chaque fois qu'elle songeait à cette période, la colère finit par l'envahir. Ce bonheur après lequel elle courait alors lui avait fui entre les doigts, et cela par la seule faute d'Emma ! Sa rancune envers elle était tenace. Elle n'avait rien oublié de ce qu'elle lui devait : ses échecs amoureux, l'obligation de vendre ce qui lui appartenait, son exil parisien… Elle n'avait jamais cessé de vouloir se venger, mais sans trouver le moyen de le faire. Aujourd'hui, grâce à l'invitation de Marthe, cela devenait possible. Et elle ne laisserait pas passer l'occasion.

Elle avait déjà quelques idées sur la manière de s'y prendre. D'abord, renouer avec ceux des acteurs du drame qui pouvaient encore avoir des raisons d'en vouloir à Emma. Blanchard… Armand… Marthe… Et d'autres, peut-être, dont elle ignorait l'existence ? Ensuite, se renseigner sur La Vernière et Emma. Elle trouverait bien quelques points faibles à exploiter pour la mettre à genoux.

Elle se leva, prête à descendre dans l'arène. Son désir d'en découdre avec Emma l'avait ragaillardie. Elle se sentait encore plus irrésistible.

Elle ferma la fenêtre alors que le mâle d'à côté venait de jouir en lançant un juron. Cela la dégoûta. Elle détestait les hommes qui accompagnaient leurs orgasmes de mots orduriers.

Descendu à l'étage inférieur, Marcel avait gagné la porte de la chambre de Colette, contre laquelle il avait collé son oreille. La jeune fille était présente. De la lumière filtrait par les interstices.

Comme il ne percevait aucun bruit, il songea qu'elle devait être seule. Il écouta encore un moment puis, de peur d'être surpris, gagna l'escalier et descendit.

Son plan était simple. Si Colette devait recevoir un homme ou partir avec lui, ils seraient contraints de passer par la porte principale du bâtiment. Il lui suffirait donc de se cacher dans l'ombre de la haie qui bordait celui-ci, et d'attendre.

Il avait honte, et en même temps cela le réjouissait. Dans sa tête d'adolescent enfiévré par le désir, mais humilié aussi, être planqué derrière des feuillages à guetter les frasques nocturnes de la belle devenait une aventure épique. Pour lui, qui avait rêvé de ressembler aux héros des livres de Dumas lus à l'école, c'était l'occasion d'en devenir un. Il se voyait déjà engager le duel avec l'adversaire, le tuer, puis se jeter aux pieds de sa princesse en lui avouant son amour.

Il se figea. Une voiture approchait. Ce ne pouvait être que le soupirant ! Personne ici, excepté la patronne, n'en possédait une.

Il se recroquevilla lorsque le faisceau des phares éclaira la haie, puis se redressa, une fois le moteur coupé. Il vit l'inconnu descendre du véhicule et allumer une cigarette.

Contrairement aux prévisions de Marcel, ce dernier ne pénétra pas dans la maison. Il demeura un instant immobile, puis se mit à aller et venir devant les phares allumés. Marcel le voyait distinctement. L'homme était plutôt grand et vêtu d'un costume de dandy. Autant qu'il pouvait en juger, Marcel supposa qu'il avait des cheveux gominés coiffés en arrière et un profil aquilin.

Soudain, Colette déboula et se jeta dans les bras de l'inconnu, qui balança son mégot au loin. Ils échangèrent un long baiser accompagné de caresses osées. Tétanisé par cette scène hautement érotique, Marcel demeurait coi, soucieux de maîtriser sa propre excitation. Puis les deux amants grimpèrent dans la voiture en riant.

Marcel regarda le véhicule faire demi-tour, prendre la direction de la mare et s'arrêter. Le conducteur coupa le moteur. Prudemment, Marcel s'agenouilla derrière la haie. Colette avait-elle oublié quelque chose ? Il attendit. Quelques minutes passèrent. Rien ne se produisit. Poussé par la curiosité, il se courba, longea la haie, puis stoppa à quelques mètres de la voiture, aisément repérable sous la lueur lunaire. Il dressa l'oreille. Aucun bruit. Marcel se demanda ce qu'ils faisaient. L'amant était-il en train de déclarer son amour à Colette ? S'embrassaient-ils, ou bien davantage ?

S'approcher présentait des risques certains. Si le véhicule était visible, lui le serait aussi. Au moindre bruit, ils le surprendraient ! Et que dirait-il alors ? Qu'il passait par hasard ? C'était stupide, personne ne le croirait. Et, pour peu que Colette le dénonçât, il serait renvoyé de La Vernière…

Cette sombre perspective le retint d'avancer. Tant pis ! Ce soir, même frustré, il devrait se contenter de cet épisode.

Tout à coup, la portière du passager s'ouvrit. La jeune fille sortit précipitamment du véhicule et prit la direction du bâtiment des ouvriers.

— Il n'en est pas question ! lança-t-elle.

L'inconnu jaillit à son tour de la voiture et se précipita à sa poursuite. Il attrapa Colette par le bras, juste à la hauteur de Marcel, toujours recroquevillé derrière la haie.

— Ne t'en va pas comme ça, ma chérie ! implora-t-il d'une voix sourde. Discutons !

— On a assez parlé comme ça ! Tu sais très bien ce que je veux.

— Évidemment… Mais ce n'est pas facile. Mon père…

— Toujours ton père ! Tu ne peux donc pas lui dire que nous nous aimons et que nous voulons nous marier ?

— C'est un vrai tyran ! Il n'écoute personne !

— C'est ton problème ! répliqua Colette. Je ne veux plus que tu me touches jusqu'à…

— Allons !

Puis de nouveau le silence. Apeuré, Marcel ne bougeait pas. Aux soupirs des deux amants, il devinait qu'ils s'embrassaient et se caressaient. Il regretta d'être là. Il se sentait coupable, et en colère aussi contre Colette qui s'abandonnait dans les bras du bellâtre.

— Arrête ! dit-elle soudain d'une voix étouffée. Je t'ai déjà dit que je ne voulais pas…

— D'accord, je n'essaierai plus. Allez, viens avec moi au bal de Châteauneuf ! Il paraît qu'il y a un bon orchestre.

— Non ! Je n'en ai plus envie. On verra plus tard.

— Fais pas la tête !

Marcel entendit Colette s'éloigner. Juste derrière la haie, l'inconnu demeurait immobile. Sans doute la regardait-il partir avec amertume.

Il rejoignit son véhicule peu après. Marcel attendit qu'il eût démarré avant de se relever, puis il regagna sa chambre.

Quand Marie souleva le rideau de velours et pénétra dans la salle du café, les conversations se firent d'un coup moins bruyantes. Les hommes et les quelques femmes présents la suivirent du regard jusqu'à ce qu'elle fût assise au bar.

Elle avait fait semblant de n'en être pas consciente, un jeu qu'elle maîtrisait parfaitement, mais elle savait qu'elle avait suscité aussitôt autant de fantasmes que de frustrations. Les hommes seuls feraient leur possible pour l'approcher et la séduire, les femmes lui en voudraient d'avoir détourné l'attention de leur compagnon.

Pour l'avoir expérimenté de nombreuses fois dans les bars huppés de la capitale où elle avait ses habitudes, elle savait tout cela. Cela l'amusait. Elle avait conscience que la jeunesse et la beauté passaient, comme le lui avait appris Ronsard : « Donc, si vous me croyez, mignonne, tandis que vostre âge fleuronne en sa plus verte nouveauté, Cueillez, cueillez vostre jeunesse ! Comme à ceste fleur la vieillesse fera ternir vostre beauté. »

Installée entre deux inconnus, elle commanda une bière à Fernand, puis alluma une cigarette. Elle entamait avec son voisin une conversation qui s'annonçait ennuyeuse, quand quelqu'un posa sa main sur son épaule. Détestant ce genre de familiarité, elle se retourna vivement, prête à tancer l'importun, quand elle découvrit Blanchard, tout sourire, un verre à la main.

Elle ne put dissimuler sa surprise, mais cette apparition lui était agréable. Il était toujours aussi séduisant, même si quelques rides trahissaient désormais son âge. Quant à son regard chargé de désir, il réveilla chez elle des souvenirs de jouissance commune qui l'excitèrent aussitôt. En d'autres circonstances, elle n'aurait pas hésité à l'entraîner aussitôt dans sa chambre.

Ils s'embrassèrent comme deux vieux amis qui prennent plaisir à se retrouver, puis elle demanda à son voisin de céder sa place, ce qu'il fit avec un empressement suspect. Comme si, en obtempérant aussi promptement, elle lui devenait redevable.

— Alors, attaqua Blanchard d'un ton faussement nonchalant, te voilà de retour !

— Eh oui ! répliqua Marie, avec une intonation identique. J'avais besoin de renouer avec le passé.

— Ça t'a pris comme ça ?

— Mais non, nigaud ! C'est Marthe qui m'a invitée.

Ils demeurèrent un moment silencieux, les yeux dans les yeux, indifférents au brouhaha ambiant. Comme si ce silence s'avérait nécessaire pour reprendre le fil de leur relation interrompue des années auparavant.

— Tu n'as pas changé ! reprit-il. Toujours aussi belle.

— Tu n'es pas mal non plus ! Dommage que tu m'aies fait toutes ces crasses, sinon je garderais un beau souvenir de toi.

Il sourit et dévia son regard.

— C'est de l'histoire ancienne ! De toute manière, tu n'aurais pas eu le temps de goûter à ton bonheur avec le gamin, il est mort quelques jours après…

Elle ricana pour marquer son amertume.

— Tu t'exonères toujours aussi facilement de tes responsabilités…

— J'étais atrocement jaloux. Je t'aimais.

— Ce n'est pas une excuse. Si tu m'avais vraiment aimée, tu m'aurais suivie à Paris. Tu aurais tenté de te faire pardonner. Au lieu de ça, tu m'as laissée me faire dépouiller et tu n'as pas réagi à mon départ.

— Je voulais t'oublier.

— Tu parles !

Chacun but une gorgée. Marie alluma une cigarette. Cela lui faisait un curieux effet de ressentir de nouveau des sentiments contradictoires, comme toujours avec Blanchard. Un mélange d'attraction et de répulsion, d'amour et de haine.

— Tu es remarié ?

Il secoua la tête.

— En couple ?

— Non… Juste quelques histoires par-ci par-là… Et toi ?

— Pareil. Depuis Émile, je ne suis jamais tombée amoureuse.

— Même pas un peu de moi ? demanda-t-il.

— Même pas. J'aimais baiser avec toi. Rien d'autre.

Il opina, l'air peiné. Marie éclata de rire.

— Cesse de jouer à l'amoureux transi ! Tu ne vaux guère mieux que moi. Les femmes sont pour toi ce que les hommes sont pour moi.

Il se retourna vers elle. Son sourire disait qu'il était d'accord. Bien qu'il feignît de la regarder avec détachement, il luttait pour ne pas l'inviter à le suivre. Il avait envie d'elle, là, maintenant. En même temps, il craignait tant d'être rembarré qu'il n'osait pas.

Marie, qui voyait clair dans son jeu, affectait l'indifférence. Provocatrice, elle avait même engagé une conversation avec son autre voisin, dont elle se fichait pourtant éperdument.

Quand Blanchard posa la main sur sa cuisse, elle se retourna.

— Si tu veux qu'on se revoie, ça me fera plaisir, dit-il.

— Moi aussi. Je ne manquerai pas de venir te rendre visite à La Charité. Le vendredi soir, c'est ça ?

Il se leva.

— Je vois que tu as bonne mémoire…

— Surtout quand on m'a fait du mal ! répliqua-t-elle avec un sourire épanoui.

Entre-temps, Marthe avait réapparu. Sans doute revenait-elle de sa chambre, où elle avait satisfait un client. Marie l'observa. Elle lui enviait son aisance à serrer les mains, à embrasser, à discuter. Dans cet environnement de ploucs, elle lui trouvait une classe presque déplacée. Bien des femmes de son genre, rencontrées ici et là dans des boîtes de nuit parisiennes, ne lui arrivaient pas à la cheville !

Elle finit par croiser son regard. Marthe s'approcha.

— Alors ? Le notaire est revenu te faire du gringue !

— Je le laisse mariner. Si je le veux, il est déjà dans mon lit.

Elles éclatèrent de rire, puis Marthe commanda une bière.

Soudain, le silence se fit. Comme tout le monde, elles tournèrent la tête vers la porte. Un militaire allemand la retenait pour ouvrir le passage à Mayer, suivi de son ordonnance et de deux autres soldats.

Il s'avança jusqu'au bar, où il salua Marthe cérémonieusement. Les conversations reprirent. Marthe lui présenta Marie.

— Une amie parisienne qui vient passer quelques jours parmi nous !

L'*Oberst* la salua en s'inclinant.

— C'est un grand plaisir pour moi de croiser une représentante aussi magnifique de la ville la plus belle du monde !

— N'exagérons rien ! répliqua Marie. Mais j'admets que Paris est une ville splendide. Avez-vous eu l'occasion de vous y rendre ?

— À plusieurs reprises ! Surtout avant la guerre, quand j'étudiais la stratégie militaire.

— À croire qu'on vous a donné de bons tuyaux, ironisa Marthe.

— Je ne crois pas qu'il faille voir les choses ainsi. Un seul avait vu juste chez vous, mais personne ne l'a écouté…

— Qui ? demanda Marthe.

— Le général de Gaulle !

— J'ai entendu dire qu'il avait été condamné à mort pour s'être réfugié en Angleterre, dit Marie. C'est exact ?

— Tout à fait. Et j'espère que c'est ce qui lui arrivera, répliqua sèchement Mayer.

De nouveau souriant, il enchaîna :

— Mesdames, je ne suis pas venu ici pour parler politique, mais pour boire et m'amuser ! Si vous voulez bien me servir une bière et en prendre une avec moi, cela me fera plaisir de vous l'offrir.

Parler avec lui sous le regard des clients gênait Marthe. Elle ne voulait pas qu'on la soupçonnât de pactiser avec l'ennemi. D'autant qu'elle n'y était guère encline.

— Pardonnez-moi, dit-elle, je ne peux accepter. J'ai trop de travail.

— Je comprends, répondit Mayer.

Dès que Marthe se fut éclipsée, il s'adressa à Marie.

— Parler de Paris avec vous me ferait oublier un peu ce trou perdu...

Ils entamèrent alors une conversation sur les mérites comparés de la capitale et de Berlin, où il vivait. Marie y prenait plaisir. L'homme était séduisant et s'exprimait avec une profonde sensibilité. Il posait ses questions à bon escient et avec délicatesse, même pour s'informer sur sa situation amoureuse. Au lieu de l'interroger crûment, il avait l'habileté - ou la courtoisie - de s'en enquérir indirectement, en s'intéressant à sa vie, à ses fréquentations, à ses sorties.

Ils discutaient, indifférents à leur entourage, si bien que Marie finit par éprouver la délicieuse sensation d'être seule au monde avec cet homme. Elle était subjuguée.

De son côté, Mayer avait oublié qu'il se trouvait en territoire hostile, entouré d'ennemis. Cette rencontre inattendue avec une femme aussi fascinante lui avait fait quitter son uniforme d'envahisseur pour redevenir le romantique qu'il avait toujours été, lecteur assidu de Goethe, de Schiller et de Schlegel. Il était déjà prêt à lui faire une cour assidue, à la combler d'attentions, à l'élever au rang de maîtresse sublime.

N'eût été l'effet néfaste que cela risquait de produire sur ses subordonnés et sur les consommateurs, il lui aurait proposé de sortir pour marcher le long des canaux du Nohain. Il lui aurait offert son bras et lui aurait récité quelques poèmes d'amour impossible qui l'accompagnaient depuis l'enfance. D'ailleurs, n'était-ce pas ce qu'il vivait en ce moment même ? Comment imaginer conquérir cette femme, alors qu'il était l'ennemi ? Il le fallait pourtant ! Il se sentait le désir de l'aimer.

À quelques bancs de là, Blanchard ruminait sa déconvenue. Alors qu'il croyait l'affaire dans le sac, il se retrouvait ignoré. Pire, humilié. Il en concevait une rage folle, d'autant que celui qui l'avait supplanté était un Boche !

À peine revoyait-il Marie qu'il la détestait déjà ! Pourtant, aussi violente que fût sa jalousie, elle ne parvenait pas à éteindre son désir. Un regard avait suffi pour le raviver et l'en rendre à nouveau esclave.

Avalant bière sur bière, il maudissait son sort, la vie, Marie, les Allemands et tout le reste ! Il n'était qu'un raté ! Il se sentait si mal, au bord de vomir, qu'il ne parvenait plus à écouter les bavardages de ses voisins. Il devait partir, fuir de nouveau, se jeter dans la nuit pour oublier, mais c'était impossible. Il fallait qu'il la regarde, l'admire, s'abreuve de sa beauté. C'était frustrant, mais cela avait du moins une vertu consolatrice.

Il échangea un regard avec Marthe, qui se trouvait proche de la porte du Paradis, comme elle l'appelait parfois. Il eut envie de la rejoindre, de lui demander de l'accueillir dans son lit, mais il y renonça. Il avait trop bu pour prétendre bander, ou tout simplement parler. Il était seul…

Marthe avait deviné sa détresse. Elle imaginait combien il devait souffrir en observant cette écœurante promiscuité entre Marie et Mayer. Elle-même se sentait salie. Elle en voulait à son amie, tout en comprenant qu'elle fût subjuguée par l'officier. Il était beau, portait l'uniforme à merveille et parlait un français châtié. Mais diable ! Comment ne s'apercevait-elle pas qu'elle pactisait en agissant ainsi ? Que des clients remontés contre l'occupant le voyaient et la critiqueraient ! Elle lui reprochait de ne pas faire l'effort de représenter la France en refusant de flirter avec cet individu.

Elle gagna la cuisine, où elle devait encaisser la passe d'un client. Sa décision était prise : elle parlerait à Marie le plus rapidement possible.

Il était 1 heure du matin lorsque Mayer prit la difficile décision de partir. Il n'y était pas contraint, mais il devait montrer l'exemple à ses subordonnés.

Aussi cérémonieux qu'à son arrivée, il salua Marie et lui demanda la permission de la revoir, ce qu'elle accepta, puisqu'elle vivrait ici quelques jours.

Il expliqua qu'il prendrait l'initiative de lui fixer un rendez-vous en fonction de ses occupations, puis il sortit, suivi des deux soldats qui l'avaient attendu, stoïques, en faction devant la porte.

Mayer parti, Marie éprouva une brutale impression de solitude. Comme s'il s'était installé dans son cœur et ses pensées et s'en échappait d'un coup. En même temps, elle éprouvait des sensations si agréables qu'elle souhaita les voir se perpétuer le plus longtemps possible.

Elle commanda une autre bière pour entretenir le rêve éveillé où elle se trouvait plongée. Quand Blanchard vint la rejoindre, le charme fut aussitôt rompu. D'un coup d'œil, elle devina qu'il était ivre.

— Alors, dit-il vulgairement, on fraye avec le Boche, maintenant ?

Elle haussa les épaules.

— J'ai seulement frayé avec un homme poli, qui sait se tenir et a de la conversation, répliqua-t-elle.

Comme il ricanait, elle eut un mouvement de recul en respirant son haleine avinée.

— Quand est-ce que tu couches avec lui ?

La claque que lui envoya Marie fut si sonore que les conversations s'interrompirent d'un coup.

Furieuse, elle se leva et disparut derrière le rideau. Blanchard hésita un instant à la poursuivre, puis se dirigea vers la sortie.

— Ce n'est rien, lança-t-il à la cantonade en riant. Je l'ai méritée !

Cela faisait une heure que Marie avait regagné sa chambre. Accoudée à la fenêtre, elle fumait. Une agréable fraîcheur montait de la cour. Une multitude d'étoiles scintillaient dans le ciel dégagé. On devinait derrière les toits la lueur de la lune montante. En bas, le brouhaha s'était apaisé. La plupart des clients avaient déserté le café.

Elle ne décolérait pas. Comment ce goujat de Blanchard avait-il osé lui parler ainsi ? De quoi se mêlait-il ? Oui, Mayer l'avait séduite ! Oui, elle avait envie de faire l'amour avec lui, de l'aimer ! Et alors ? Cela donnait-il à Blanchard le droit de s'immiscer dans cette relation, au prétexte qu'ils avaient baisé ensemble des années auparavant ?

Elle remâchait ainsi ses griefs quand on frappa à la porte. C'était Marthe. Elle allait pouvoir tout lui expliquer ! Elle comprendrait, c'était une femme. Elle savait ce que c'était de tomber sous le charme d'un homme.

— Ça va, ma chérie ? demanda Marthe en s'installant sans attendre dans le fauteuil.

Marie acquiesça, puis vint s'asseoir sur le lit.

— Ça va, mais je n'ai pas digéré les propos de ce connard de Blanchard !

Comme Marthe lui demandait des détails, elle lui en donna.

— Il ne faut pas lui en vouloir, il est jaloux…

— Cela ne justifie rien ! Il aurait pu montrer plus de subtilité. Mais pour ça il aurait fallu qu'il ressemble à Mayer !

Marthe cherchait une façon d'aborder le sujet qui la préoccupait. Elle opta finalement pour la franchise.

— Justement, s'agissant de lui, fais attention ! Je suis certaine que des clients ont été choqués, ce soir, de te voir si intime avec lui. N'oublie pas que nous sommes en guerre !

Marie la foudroya du regard.

— Tu t'y mets, toi aussi ? Sous prétexte qu'il est allemand, ce n'est plus un homme comme les autres ? Nous ne pouvons plus le regarder, l'apprécier, le désirer ?

— Ce n'est pas la question ! Je te répète que nous sommes en guerre. Ils ont tué des Français, ils nous occupent, nous rançonnent et nous fusillent si nécessaire. C'est peut-être un homme comme les autres quand il enlève son uniforme, mais il reste notre ennemi.

— Dans ce cas, pourquoi l'acceptes-tu dans ton café ? répliqua Marie.

— Je n'ai pas le choix. Si je refuse, il peut le réquisitionner et me mettre dehors.

Énervée, Marie alluma une nouvelle cigarette et alla s'accouder à la fenêtre.

— J'ai trouvé cet homme merveilleux. Si différent de tes bouseux et de ce pauvre Blanchard. Oui, j'ai été conquise ! J'ai éprouvé du désir pour lui et j'ai envie de le revoir !

Comme elle parlait fort, Marthe lui conseilla de se calmer. Tout le quartier n'avait pas besoin d'être au courant.

— Tu sais comment ça fonctionne, ici ! D'ordinaire, on ne s'aime pas beaucoup, mais en cas de coup dur on est solidaire. C'est ce qui se passe aujourd'hui. La majorité des hommes et des femmes présents ce soir ne portent pas l'Allemand dans leur cœur.

Marie se retourna, l'œil brillant de colère.

— Toi aussi ?

— Moi aussi !

Un long silence suivit. Marthe sortit chercher une bouteille et des verres. Boire leur ferait du bien.

Marie tentait de juguler son irritation. Elle haïssait cette guerre et ses conséquences, elle détestait les hommes comme Blanchard et ces soiffards qui se donnaient bonne conscience au prétexte qu'ils étaient occupés ! Pourquoi n'avaient-ils pas gagné la guerre ?

Marthe revint peu après. Elle emplit les verres de liqueur et reprit place dans le fauteuil.

Marie hésitait quant à la conduite à tenir. Marthe était choquée et n'était pas prête à adhérer à ses positions. Dans ces conditions, quel intérêt aurait-elle à exprimer sa vérité, sinon à mettre à mal leur amitié ? Elle ne le souhaitait pas. Elle aimait Marthe et se rappelait ce qu'elle lui devait. Se fâcher avec elle impliquerait de devoir repartir à Paris, de renoncer à Mayer et à sa vengeance.

Elle se résolut donc à baisser pavillon, ce qui lui permettrait de préserver sa relation avec Marthe, sans l'empêcher d'agir à sa guise, en toute discrétion.

— Soit ! dit-elle enfin. Tu as raison. Je n'ai pas mesuré les conséquences de mon attitude. J'aurais dû faire passer mon désir après le fait que je m'adressais à un Allemand.

Marthe retrouva le sourire.

— J'apprécie ta lucidité. Je ne nie pas que cet officier ait de la classe, qu'il soit attirant, mais le fréquenter est incompatible avec la situation.

Marie se rapprocha de Marthe. Elles trinquèrent.

— Ce ne sont pas les hommes charmants qui manquent, reprit Marthe. Tu peux te contenter de Blanchard, tu n'es là que pour quelques jours !

Marie acquiesça, mais songeait déjà à la manière de prendre contact avec Mayer.

Blanchard eut du mal à trouver le trou de la serrure pour rentrer chez lui. Il ignorait d'ailleurs comment il avait pu revenir sans dommage. Il ne se souvenait même pas de la route qu'il avait empruntée ! Dieu avait dû tenir le volant…

Sa première décision fut de prendre une douche. Il éprouva des difficultés à se déshabiller et il dut s'asseoir dans la baignoire pour ne pas tomber.

Tandis que l'eau chaude coulait sur son corps fatigué, il s'exprimait à voix haute, de manière incohérente.

— Ah ! la salope ! Avec un Boche, maintenant ! Rien ne l'arrête, cette garce ! Elle a le cul en chaleur, je vous le dis !

Entre deux invectives, il éclatait de rire.

— Bon Dieu… L'avait qu'à se foutre à poil aussi ! Et l'autre clown, qui se croit le maître du monde… Il sait pas baiser !

Emporté par son ressentiment, il se mit à chanter « La Marseillaise », puis s'arrêta, faute de se rappeler les paroles.

Après un moment passé sous le jet d'eau chaude, il estima pouvoir se tenir debout pour se laver. Puis il enfila un pyjama et une robe de chambre. Il se croyait tiré d'affaire quand il fut pris d'un violent mal de tête.

Il avala deux cachets d'aspirine, gagna la cuisine, où il croqua une poignée de grains de café pur, comme le lui avait conseillé un jour un voisin de comptoir. C'était si amer qu'il faillit vomir.

Épuisé, il s'affala dans l'un des fauteuils du salon, face à la fenêtre. Une vague lueur – venue de la ville ou de la lune, il l'ignorait – éclairait la pièce.

Un peu plus tard, il sentit sa nausée refluer. Il retrouvait même assez de clairvoyance pour réfléchir. Il s'en voulait. Il s'était comporté comme un imbécile ! Pourquoi avoir manifesté publiquement sa jalousie ? Il aurait pu attendre, évaluer la situation et agir ensuite.

Trop orgueilleux pour reconnaître son erreur, fût-il son propre procureur, il songea à la meilleure façon de rattraper le coup. Il devait s'entendre avec Marie, quitte à mettre son désir sous le boisseau. D'autres intérêts étaient en jeu ! En particulier, le patrimoine de ses clients juifs, sur lequel il serait beaucoup plus facile de mettre la main avec l'appui des Allemands. Dans cette perspective, Mayer apparaissait comme un allié de choix auprès de qui Marie pouvait l'introduire. Il résolut donc de présenter très vite ses excuses à la jeune femme.

3

L'après-midi touchait à sa fin. Il faisait moins chaud que les jours précédents. Margot en avait profité pour s'installer avec les enfants dans le champ des Bleuets, derrière les anciennes écuries. Elle avait déployé une grande couverture sur l'herbe. Madeleine babillait, allongée sur le dos, tandis que Martin courait çà et là, à la poursuite de papillons.

Venue les embrasser, Emma repartait vers le bâtiment d'habitation quand elle croisa Joseph, le contremaître, poussant une brouette de gravats destinés à combler les ornières du chemin proche de la mare.

Il salua Emma d'un hochement de tête et s'arrêta. Elle fit de même.

— Faudrait que je vous cause, patronne.

— Il y a un problème ?

— C'est-à-dire, ça ne me regarde pas… Hier, j'ai croisé mon copain Romain, le facteur de Donzy. Il m'a dit que la dame de Paris était revenue s'installer chez Marthe.

Emma sentit un frisson désagréable lui parcourir la peau. Elle le dévisagea, incrédule.

— Marie ?

— Ben oui ! La dame qui vous a fait des misères…

La surprise fit place à la colère. Des souvenirs douloureux lui revinrent en mémoire. Le testament d'Émile, Marie à la Coulisse, dans les bras de Louis… Elle peinait à dominer la rage qui la submergeait. Marie de retour ? Il ne manquait plus que ça ! Pour un peu, elle en aurait agressé Joseph qui se tenait coi en face d'elle.

— Merci, finit-elle par lâcher avant de prendre le chemin des Quatre-Vents.

Elle ressentit le besoin de marcher pour se calmer. Elle en voulait à Marie, bien sûr, mais aussi à Marthe de l'avoir accueillie et hébergée. Ainsi donc, elles s'appréciaient. Elle regretta de ne pas avoir exploité son avantage sur Marthe à l'époque. Elle aurait dû l'obliger à fermer son établissement et à s'exiler. Elle était décidément trop bête !

Arrivée devant la maison des Quatre-Vents, elle s'assit sur la margelle du puits, sans même repenser à Émile qu'elle avait naguère poussé là. Son esprit était occupé par Marie. Elle la revoyait, un sourire triomphant aux lèvres, quand elle l'avait surprise dans les bras de Louis. Méprisante, aussi, lors de leur dernier entretien chez Blanchard.

Cette femme l'effrayait. Elle lui prêtait une force méchante et destructrice qu'elle-même ne possédait pas. Elle était revenue pour se venger, c'était évident.

Emma regagna la ferme. En descendant le chemin, elle aperçut au loin Margot qui jouait avec Madeleine et Martin. Son inquiétude décupla. Elle devait tout faire pour les protéger de la menace qui s'annonçait.

Quand elle les eut rejoints, elle leur suggéra de revenir à la ferme. Les enfants devaient se laver avant le dîner. Elle ne dit rien à Margot du retour de Marie. Le moment viendrait.

À quelques pas de la ferme, Emma les abandonna au prétexte qu'elle devait passer au bureau. Margot la dévisagea. Emma s'empourpra.

— Toi, ma fille, il y a quelque chose qui te tracasse.

— Mais non, tout va bien.

— À d'autres ! répliqua Margot en s'éloignant.

Emma regarda la servante rejoindre la cuisine. On ne pouvait rien cacher à ce diable de femme !

Croisant deux ouvriers qui revenaient de sarcler le potager, elle leur demanda d'avertir Paul qu'elle souhaitait le voir.

Sitôt entrée, elle s'affala dans le fauteuil, face au bureau submergé de dossiers. Cela la découragea. Des factures, des bons de commande, des fiches de salaire, des dossiers, des articles de presse... Autant de problèmes qu'elle ne se sentait plus capable d'affronter, tant elle était bouleversée.

Elle s'apprêtait à se verser un verre d'alcool quand Paul entra. Il ôta sa casquette.

— Vous vouliez me voir ?

— Oui, dit-elle en l'invitant à s'asseoir.

Fidèle à son habitude, il regarda par la fenêtre, comme s'il était intéressé par le paysage. Emma n'était pas dupe. Elle savait qu'il en pinçait pour elle et qu'il voulait éviter de rougir en croisant son regard. Elle l'appréciait. L'homme était travailleur et taiseux. Jamais une parole plus haute que l'autre, jamais un avis sans qu'on l'eût sollicité. Elle le trouvait également très séduisant, ce qui ne gâchait rien, mais elle s'était toujours gardée de lui adresser le moindre signe ambigu qui aurait pu l'encourager à aller plus loin.

— J'ai un service à te demander, commença-t-elle.

Il tourna la tête vers elle, le regard neutre. Comme il demeurait silencieux, elle continua.

— Je viens d'apprendre que Marie est de retour et loge chez Marthe….

— Je sais !

— Pourquoi ne pas me l'avoir dit ?

— Ce n'était pas à moi de le faire.

— Soit, mais qu'en penses-tu ?

— C'est pas bon…

Ses réponses, toujours lapidaires, la désarçonnaient. Elle hocha la tête pour se donner une contenance.

— C'est aussi mon avis. C'est pourquoi j'aimerais en savoir davantage. Peux-tu aller là-bas de temps en temps et me rapporter ce qu'elle dit et fait ? Les ragots à son sujet, des choses de ce genre.

— Je le ferai.

— J'espère que cela ne te pose pas de problème ?

Il se leva, un discret sourire aux lèvres.

— Je ne l'aime pas.

Il allait sortir quand Emma le rappela. Elle voulait lui dire qu'il pouvait se détendre avec elle, mais elle changea d'avis.

— Paul, prends la voiture si nécessaire. Je te fais confiance.

— Vous pouvez.

Il la salua et sortit.

La porte refermée, elle songea à lui. Elle l'avait engagé comme chauffeur après la mort de Louis. Il l'avait remerciée, laissant entendre qu'elle lui sauvait la mise. Elle n'avait pas compris ce qu'il voulait signifier par là, mais, au ton de sa voix, ce devait être important.

Depuis, il était présent à ses côtés, la conduisant ici et là, mais il était toujours aussi difficile de lui arracher deux mots. Elle avait fini par en comprendre les raisons : ce n'était pas seulement par incapacité de parler, c'était aussi une manière d'établir une distance avec elle, ce qui revenait à avouer son attirance à son égard. Parfois, accablée par l'ennui en compagnie de Colliard, elle pensait à lui. De loin, certes, comme s'il s'était agi d'un mirage. Mais ce n'était qu'une manière d'esquiver la vérité : elle le désirait.

Après le dîner, Emma et Margot se retrouvèrent seules dans la salle à manger pour boire leur tisane quotidienne. Colette la leur servait tous les soirs avant de rejoindre sa chambre. Colliard était déjà monté se coucher. Il avait prétexté une migraine pour échapper au malaise qu'il ressentait en compagnie d'Emma. Celle-ci ne l'avait pas retenu, préférant jacasser avec Margot. C'était le moment le plus agréable de la journée. Elle pouvait enfin se détendre, oublier ses soucis.

Elle faisait tourner rapidement le liquide dans sa tasse, comme elle le faisait gamine. Elle ne songeait à rien, ou plutôt à tant de choses que cela revenait au même.

Margot l'observait, malheureuse de la voir ainsi. Elle devinait ses tracas. Colliard, avec qui ça ne fonctionnait plus comme avant, les enfants qu'elle ne voyait pas assez, les Allemands qui les rançonnaient, et bien sûr Marie… Oui, elle savait déjà ! Marcel lui avait rapporté les propos inquiets de certains ouvriers à ce sujet.

Margot allongea le bras pour prendre la main d'Emma dans la sienne.

— Ne t'inquiète pas, ma chérie. Que veux-tu qu'elle te fasse ?

Emma releva la tête, surprise.

— Comment tu sais ça, toi ? Tu m'étonneras toujours ! À croire que tu as des antennes.

Margot lui sourit.

— Cesse de t'inquiéter. Elle n'est là que pour quelques jours. Après, elle retournera à la capitale.

Emma haussa les épaules.

— Je ne crois pas. Elle est là pour nous en faire baver !

— Penses-tu ! Tu lui as racheté sa part au-dessus du prix ! Que pourrait-elle vouloir de plus ?

— Je l'ignore, mais je crains le pire ! Ce qui me préoccupe, c'est que Marthe l'ait accueillie. Je croyais qu'elle était sincère quand on avait…

— Elle l'est, assura Margot. Je la connais bien. C'est une femme droite, elle ne te fera jamais de misères.

Emma avala le reste de sa tisane puis se leva, un sourire moqueur aux lèvres.

— Je ne fais pas confiance à ton jugement sur les autres. Tu t'es toujours trompée !

— Tu exagères ! se défendit Margot.

Emma vint derrière elle et l'enlaça avant de poser un baiser sur sa joue.

— Ce serait trop long de te rappeler tes erreurs ! Allez, je vais me coucher…

Elle s'apprêtait à sortir de la pièce quand Margot la rappela.

— Tu es certaine de ce que tu dis ?

— Oui, on doit s'attendre au pire.

— Que peut-elle faire ?

— Je n'en sais fichtre rien, mais elle trouvera. Elle est assez maligne pour ça !

Quand Emma eut quitté la pièce, Margot demeura assise alors qu'elle aurait dû rejoindre les Quatre-Vents. Mon Dieu ! Si cette Marie recommençait, ce serait l'enfer ! Elle n'alla guère plus loin dans ses réflexions. Elle n'était pas assez méchante pour imaginer le mal que celle-ci pourrait leur faire.

Après un dernier coup d'œil à la cuisine, histoire de vérifier que Colette avait fait son travail, elle éteignit et sortit, sa lampe-tempête à la main. Elle avait un bon bout de chemin à parcourir, mais cela ne la rebutait pas. Grimper aux Quatre-Vents, c'était se prouver qu'elle avait encore devant elle quelques années à vivre.

Ce matin-là, Colliard quitta La Vernière dès le lever du jour pour se rendre à son cabinet. Il faisait très frais. En ces premières journées de septembre, le givre faisait sa réapparition, annonçant la venue de l'automne. Mais il ferait beau, le ciel était dégagé.

Réveillé tôt, il n'était pas parvenu à se rendormir. Cette nuit avait été une calamité. L'explication qui couvait avec Emma depuis plusieurs semaines avait enfin eu lieu ! Leur dispute avait été épuisante. Toutefois, Colliard en tirait une certaine satisfaction. Il comprenait mieux maintenant ce qui se passait dans la tête de sa femme.

Tout avait commencé quand Emma avait évoqué la venue des Allemands et la difficulté qu'il y aurait à les satisfaire. Elle voulait à tout prix dissimuler une partie de la production de La Vernière. Colliard le comprenait, mais sa prudence naturelle l'avait incité à la mettre en garde. Mentir à l'occupant pouvait avoir des conséquences dramatiques.

Elle s'était emportée. « Je vais finir par croire que tu les aimes, ces Boches ! » s'était-elle exclamée. Il s'en était défendu et avait argumenté qu'elle pourrait être dénoncée, ce qui n'était pas inimaginable.

Ils avaient discuté avec une virulence inhabituelle. Emma l'avait abreuvé de reproches étrangers au sujet initial de leur conversation. Il se comportait comme un lâche, il soupesait tout, il était trop prudent, il n'éprouvait aucune passion pour rien, il ne se mouillait jamais. En un mot, il était terne et ennuyeux.

Bien que blessé par ces jugements excessifs, il n'avait pas répliqué, afin que le ton ne montât pas davantage. Il s'était contenté d'expliquer qu'il était médecin et qu'à ce titre il s'interdisait de faire de la politique.

En fait, il avait compris que, si les Allemands constituaient un vrai problème pour Emma, ce n'était rien par rapport à celui qu'il lui posait. Elle lui avait purement et simplement signifié qu'elle ne l'aimait plus.

Par prudence, ou peut-être par lâcheté, il s'était retenu d'exprimer sa propre pensée. Mais l'angoisse qu'il avait ressentie sur l'instant était à la mesure de l'amour qu'il lui vouait. Il n'imaginait pas la perdre ! Elle était l'alpha et l'oméga de sa vie. Il avait préféré se ranger à ses arguments et se donner le temps de réfléchir sur lui-même. Après tout, la colère d'Emma à son égard était peut-être justifiée.

En revanche, il réfutait fermement les reproches qu'elle lui adressait quant à ses opinions politiques. Bien sûr, Pétain avait eu raison de cesser le combat ! En agissant ainsi, il avait sauvé la France d'une défaite encore plus humiliante. Mieux, il avait mis les Français à l'abri d'une répression certaine et leur avait offert l'occasion de vivre tranquillement. En créant l'État français qui accordait le primat à l'identité française, il avait également suscité l'espoir d'une aube nouvelle aux plans politique et économique.

Certes, l'occupation du territoire par les Allemands était dérangeante, mais elle lui semblait acceptable. D'abord parce qu'ils avaient gagné la guerre, mais aussi parce qu'elle protégeait le pays. Pour ces raisons, collaborer lui paraissait donc plus payant que de s'opposer.

Bien entendu, il n'avait pas livré le fond de sa pensée à Emma, qu'il savait farouchement anti-allemande. Il avait préféré jouer de l'argument de la neutralité obligée du médecin, dont la seule vocation est de soigner. Il avait conscience que l'argument était spécieux et constituait un paravent à sa propre lâcheté, mais il détestait les conflits et devoir affirmer des opinions tranchées. C'est pourquoi, quand Emma avait évoqué la question du rançonnement des Allemands, il avait expliqué qu'il était plus habile de s'en accommoder que de s'y opposer. Viendrait bien un jour où, face à la bonne volonté des Français, l'occupant se montrerait plus conciliant.

Enfin, et cc n'était pas les moindres raisons qui le poussaient à temporiser, il ne souhaitait pas se fâcher avec l'équipe municipale et les autres notables de la commune, encore moins perdre une partie de ses patients qui lui reprocheraient un engagement non conforme au leur.

Blanchard avait passé une bonne matinée. Comme il n'avait pas eu de rendez-vous, il avait consacré son temps à étudier les dossiers de ses clients juifs. Ils n'étaient qu'une poignée, mais ils possédaient à eux seuls un patrimoine immobilier et financier considérable. Il était temps d'agir. La veille, à la radio, il avait entendu que le gouvernement s'apprêtait à prendre des mesures contre eux.

Il avait prévu de les contacter un par un et de leur expliquer la situation : s'ils voulaient échapper à la répression devenue inévitable, ils avaient intérêt à réaliser leur patrimoine et à s'exiler le plus vite possible. Face à cet argument, il était convaincu qu'ils ne feraient aucune difficulté pour lui revendre leurs biens à un prix inférieur à leur valeur. Il pourrait même se payer le luxe d'apparaître comme leur sauveur. Être l'auteur d'un plan aussi parfait le comblait d'aise. Décidément, il était fait pour les affaires !

Il referma le dernier dossier et s'adossa à sa chaise. L'avenir lui apparaissait souriant. D'abord au plan professionnel, puisque la situation troublée dans laquelle se trouvait le pays allait favoriser les transactions à son avantage. L'Histoire le prouvait abondamment. Par ailleurs, sa vie personnelle ne pouvait que s'améliorer. Il aurait plus d'argent, donc plus de moyens pour s'offrir ce dont il avait envie. Il songeait surtout aux femmes, mais aussi aux voyages et aux plaisirs de toutes sortes qu'il voudrait assouvir.

Il pensa à Marie, avec qui il aurait aimé partager son bonheur de vivre. Il regretta encore qu'elle se fût entichée d'un Boche, mais après réflexion tout n'était peut-être pas perdu. Non seulement il allait s'excuser pour son comportement de la dernière fois, mais il allait l'aider à se venger d'Emma, raison pour laquelle, à son avis, elle était revenue. À ce sujet, il était plutôt content. Lors d'une récente conversation, son correspondant à Vichy lui avait fait une suggestion qui, bien exploitée, pouvait donner un sacré coup de main à la jeune femme.

Il quitta son bureau pour aller déjeuner dans un restaurant des bords de Loire. Il méritait bien ce petit plaisir ! Pour en profiter pleinement, il choisit un cigare et le glissa dans sa poche de veste. Il le fumerait à la fin du repas, en songeant à l'existence fantastique qui l'attendait.

Le jour commençait à décliner quand Marcel arriva à la ferme en compagnie de deux autres saisonniers. Ils revenaient d'un champ situé derrière la maison de la Coulisse, où ils avaient commencé à labourer. Il s'étaient relayés à la charrue tirée par deux chevaux.

Comme c'était la première fois que Marcel effectuait ce travail, ses deux compagnons lui avaient expliqué comment s'y prendre pour que le soc soit suffisamment enfoncé dans la terre et le sillon rectiligne. Il était fourbu. La charrue était lourde, difficilement manœuvrable, et les chevaux, agacés par les taons, s'étaient montrés rétifs.

Assoiffé et impatient de s'asseoir, il se rendit à la cuisine. Il salua Colette qui préparait le dîner et s'attabla en poussant un soupir de soulagement.

— Bon Dieu ! J'ai mal partout !

Colette éclata de rire.

— C'est plus facile de faire le coup de fusil !

Il haussa les épaules.

— Je ne vois pas le rapport.

— Moi, je le vois, tu n'es encore qu'un gamin !

— Ça te va bien ! Ce n'est pas parce que tu as un an de plus que moi que tu dois te prendre pour une adulte !

Elle ne répondit pas, occupée à alimenter la cuisinière avec des bûches. Comme elle ne parvenait pas à placer la dernière dans le foyer, il se leva pour l'aider.

— Tu vois bien qu'elle est trop longue ! dit-il en la lui prenant des mains.

Il la remit sur le tas de bois, proche de la cheminée, et en choisit une plus courte qu'il glissa dans le feu. Comme Colette se tenait à côté de la cuisinière, il la frôla légèrement. Cela suscita en lui une telle émotion qu'il s'empourpra. Il retourna s'asseoir.

— Tu as l'air tout chose, dit-elle d'un ton provocant.

Il ne répondit pas. Il ne savait que dire ou que faire. Partir ? Rester ? Le lourd silence qui régnait dans la pièce lui parut soudain insupportable. Il devait réagir, lui montrer qu'elle ne l'impressionnait pas.

— Tu sais, dit-il en évitant son regard, qu'il sentait posé sur lui, je vous ai entendus l'autre soir…

— Et alors ? Qu'est-ce que tu veux que ça me fasse ? Tu ferais mieux de dormir, au lieu de me surveiller !

Il releva la tête. Occupée à remuer la soupe, la jeune fille lui tournait le dos.

— Je ne te surveille pas. Je vous ai entendus, c'est tout.

— Ce que je fais ne te regarde pas !

— Tu n'avais pas l'air heureuse…

Elle se retourna et le dévisagea. Il soutint difficilement son regard, conscient de s'être trahi.

— Comment tu sais ça, toi ? demanda-t-elle, agressive.

— J'étais sorti de ma chambre pour aller aux toilettes, je t'ai vue.

— Écoute bien, petit morveux ! J'ignore ce que tu faisais et où tu étais, mais je te conseille de te mêler de tes affaires, c'est compris ? Sinon, j'en parle à la patronne. Maintenant, fiche-moi la paix, j'ai du travail !

Il se leva.

— C'est bon, je vais faire un tour.

— C'est ça ! grommela Colette.

Il sortit. Toutefois, il avait le cœur léger. Même s'il était conscient de ne pas connaître les femmes, il avait vu dans le regard de la jeune fille que sa colère n'était pas dirigée contre lui.

Quand il fut parti, Colette se mit à pleurer. Ah ! le petit salaud ! Il l'avait espionnée ! Il savait tout !

Elle songea alors à Albert, si beau, si intelligent, si sûr de lui. Certes, c'était un beau parleur, mais tout de même il connaissait la vie. La preuve, il lui avait fait connaître les délices de l'amour physique, au point qu'il ne se passait pas un jour sans que son corps appelât ses caresses. Elle l'aimait.

Bien sûr, l'intérêt commandait une grande part de ses sentiments, puisque l'épouser la mettrait à l'abri du besoin, mais il résistait et elle avait conscience que ses attraits féminins ne suffiraient pas pour qu'il lui passe la bague au doigt !

Comme Emma n'allait pas tarder, elle sécha ses larmes. Elle ne voulait pas qu'elle fût au courant de ses tracas amoureux. Ni personne d'autre, d'ailleurs. Pas même Marcel, dont elle allait devoir se méfier. Il était bien le genre à laisser traîner partout ses yeux et ses oreilles.

Mayer consulta sa montre à gousset. 15 heures ! Il s'approcha de la fenêtre. Le ciel était d'un bleu limpide, qui lui rappela son enfance en Bavière et les balades en montagne avec son père. Il jeta un coup d'œil sur la cour ensoleillée. Accablés par la chaleur, quelques soldats avaient ôté leur veste, ce qu'il désapprouva.

Il revint s'asseoir à son bureau et considéra l'amoncellement des dossiers. Il soupira, ne parvenant pas à concentrer son attention. La *Kommandantur* de Nevers ne cessait de le solliciter pour mettre en place une surveillance accrue de la population afin de contrer toute velléité de résistance. Il avait beau leur répéter que la région était calme, ils ne voulaient rien entendre. Des rapports émanant de plusieurs services évoquaient l'existence d'une menace.

Depuis son installation à Donzy, il avait fait l'inverse. Afin de ne pas s'aliéner la population, il avait recommandé à ses hommes de se montrer courtois, surtout lorsqu'il s'agissait de contrôler les identités, et de ne commettre aucune exaction qui viendrait ternir l'image de l'armée allemande. Il avait également encouragé le logement chez l'habitant et demandé à ses soldats de se faire discrets lors de leurs déplacements ou de leurs permissions.

Il repoussa le dossier qu'il avait devant lui – cette fameuse affaire de documents secrets oubliés dans un train à La Charité-sur-Loire – puis indiqua à son chauffeur de préparer sa voiture en ajoutant qu'il se passerait de ses services. Helmut, son ordonnance, entra dans son bureau quelques secondes plus tard.

— Méfiez-vous, *Oberst*, vous êtes une cible de choix pour n'importe quel terroriste.

Mayer haussa les épaules.

— Terroristes, ces bouseux ? Pourvu qu'ils aient à boire et à manger, ils ne bougeront jamais. Ils font tout pour se mettre bien avec nous. Regardez-les défiler ici avec leurs doléances !

— *Heil* Hitler ! lança Helmut en se retirant.

Mayer marmonna une vague réponse et se leva. Il projetait de se rendre au Café de la Poste, et rien ni personne ne l'en dissuaderait. Pas même d'éventuels terroristes !

Depuis qu'il avait croisé Marie, il ne tenait plus en place. Sa beauté l'avait bouleversé, mais aussi l'intelligence acérée dont témoignaient ses arguments et ses réflexions. Sa vivacité d'esprit s'accompagnait d'une élégance et d'une culture peu communes. Elle possédait enfin cette légèreté provocante, propre aux Parisiennes habituées à être regardées avec désir.

Il arriva au café quelques minutes plus tard. Il traversa la salle, indifférent aux regards des consommateurs, puis gagna le comptoir derrière lequel se tenaient Marthe et Fernand, occupés à faire la vaisselle.

Un brin cérémonieux, il salua Marthe en lui faisant un baisemain et s'assit sur l'un des tabourets.

— Une bière ! commanda-t-il.

— Que nous vaut l'honneur de votre visite en plein après-midi ? demanda Marthe, surprise de le voir seul.

— Je passais devant votre café et j'ai eu envie de me rafraîchir.

Marthe approuva d'un hochement de tête, avec un sourire entendu. Conscient d'avoir été découvert, Mayer enchaîna :

— Soit ! Je voulais aussi savoir si mademoiselle Marie était là.

Marthe hésita. Marie était dans sa chambre, mais devait-elle pour autant faciliter cette nouvelle rencontre qu'elle désapprouvait ?

— Elle est là-haut, finit-elle par répondre en ôtant son tablier, je monte la prévenir.

Elle grimpa l'escalier sans hâte, en regrettant déjà son choix. Elle aurait dû mentir, prétendre que Marie était absente ! Et qu'allait-elle dire à Marie ?

Allait-elle insister pour qu'elle renonçât à cette possible aventure, ou au contraire ne pas s'en mêler, au prétexte que chacun est responsable de ses actes ?

Elle frappa à la porte de la chambre. Marie l'invita à entrer. Elle lisait le journal, assise à côté de la fenêtre, en sous-vêtements.

— Tu viens te reposer ? demanda-t-elle à Marthe.

— Non, Mayer est en bas et souhaite te voir.

— C'est vrai ? s'exclama Marie en se levant. Mon Dieu ! Il faut que je m'habille.

Elle fouilla dans son armoire à la recherche d'une tenue. Marthe la regardait, silencieuse.

— Tu en fais, une tête ! s'étonna Marie en enfilant une robe de lin blanche seyante.

— Tu sais pourquoi.

— Évidemment.

— Je pensais que tu avais compris. Les gens du coin n'apprécieront pas que...

Marie s'approcha de Marthe et plaça un doigt sur ses lèvres.

— Je vais justement lui expliquer que ce n'est pas possible entre nous. Ça te va ?

Marthe retrouva le sourire et l'embrassa.

— Tu vas vraiment le faire ?

— Puisque je te le dis !

— Dans ce cas, descends vite ! s'exclama joyeusement Marthe en la poussant dehors.

Marie s'arrêta en bas de l'escalier. Elle sortit un petit miroir de son sac, vérifia la tenue de son rouge à lèvres et gonfla sa coiffure, puis réajusta sa robe. Satisfaite, elle pénétra dans la salle.

Dès qu'elle apparut, Mayer sauta du tabouret pour s'approcher d'elle. Il lui fit un baisemain et la complimenta sur son élégance.

— Allons ! répliqua Marie, n'en faites pas trop !

Subjuguée par la distinction de son interlocuteur, elle ne voyait que lui. Elle avait déjà oublié ses serments. Elle ignorait les regards hostiles des consommateurs et la moue dégoûtée de Fernand, qui avait tourné le dos.

— Est-ce pour m'inviter à boire un verre que vous m'avez demandée ? reprit-elle.

Mayer, qui n'avait pas anticipé la question, improvisa.

— Comme je dispose d'un peu de temps, je me proposais de vous emmener faire une balade en voiture dans la région. Que diriez-vous d'aller en forêt ?

Ravie d'échapper à l'atmosphère hostile du café, elle accepta. Suivie de l'officier, elle sortit, indifférente aux regards désapprobateurs de l'assistance.

Mayer lui ouvrit la portière côté passager, puis fit le tour du véhicule pour gagner sa place. Il se sentait comme en apnée, tant il était heureux. Elle avait accepté de l'accompagner ! Tous les espoirs étaient permis !

Très au fait de la cartographie régionale, il prit sans hésitation la direction de la forêt des Bertranges. On lui avait tellement vanté la beauté de ses futaies qu'il avait hâte de la découvrir.

Dans cette voiture décapotable, spacieuse et luxueuse, Marie s'imaginait en star de cinéma flanquée de son compagnon. Silencieuse, elle évitait soigneusement le regard de Mayer, qu'elle sentait posé sur elle. Il ne fallait pas qu'il pût déceler son désir. Elle souhaitait prolonger cet instant magique qui précédait l'inévitable embrasement physique. Le plus bel instant d'une histoire d'amour.

Ils roulèrent un bon moment sans s'adresser un mot. Mayer n'osait pas rompre le silence, de crainte de briser cette sensation si agréable que le temps s'était arrêté.

Soudain, il stoppa à la hauteur d'une clairière inondée de soleil qu'il venait de repérer, à quelques pas de la route.

— Je trouve cet endroit superbe !

Marie acquiesça, l'endroit était magnifique.

— Vous devriez dissimuler votre voiture sous le couvert des arbres, dit-elle en descendant.

— Pourquoi ? s'étonna Mayer.

— Si quelqu'un d'hostile venait à la repérer, il pourrait se montrer agressif à votre égard. N'oubliez pas que vous représentez l'ennemi.

Tandis qu'il s'engouffrait dans le sous-bois au volant du véhicule, Marie gagna la clairière. Elle y repéra un coin d'herbe à l'abri des regards et s'assit.

Lorsque Mayer revint, il dut l'appeler pour la trouver.

— J'espère que vous avez bien caché la voiture, lui dit-elle.

— Je le crois, répondit-il en prenant place à ses côtés.

Aussitôt, ils s'étreignirent avec une impatience désordonnée, enlacés sur une couche improvisée formée par leurs vêtements. Leurs gémissements et leurs exclamations se mêlaient à la joyeuse rumeur de la forêt. Leurs râles de jouissance et leurs rires se répercutaient de loin en loin sous les frondaisons. Ils s'aimaient, oublieux de leurs différences et de leurs origines.

Leurs corps apaisés, ils demeurèrent enlacés, au bord du sommeil, à l'écoute des pépiements d'oiseaux et du frissonnement des feuillages. Au cœur de cette nature exubérante, baignée par le soleil, ils goûtaient leur part de bonheur, déjà certains de s'aimer.

Au bout d'une heure, ils se rhabillèrent avant de regagner la voiture, main dans la main. Mayer proposa à Marie de rouler encore à travers la forêt. Elle accepta. Cette futaie touffue la rassurait. Elle s'y sentait libre et protégée du monde extérieur, qu'elle percevait comme une menace.

Mayer alluma une cigarette et démarra. Il avançait lentement, une main posée sur la cuisse de Marie encore frissonnante de plaisir. Détendue, les yeux clos, elle goûtait l'effleurement du vent sur son visage, la caresse excitante de Mayer et cette étrange asphyxie qu'on ressent lorsqu'on tombe amoureux.

— Je suis si heureux ! dit Mayer. C'est tellement nouveau pour moi… Je veux tout savoir de toi, tout te donner aussi.

Marie écoutait, le sourire aux lèvres. Chaque mot de Mayer éveillait en elle une nouvelle bouffée de bien-être. Elle avait oublié Émile, Louis, Blanchard et ses amants parisiens. Une nouvelle vie commençait.

— Tout cela me paraît irréel, continuait Mayer. Je m'attendais si peu à tomber amoureux.

Quelques kilomètres plus loin, il s'arrêta à un carrefour forestier d'où partaient plusieurs routes. Marie rouvrit les yeux et se lova dans ses bras.

— Tu ne dis rien ? s'inquiéta-t-il.

— Je t'écoute... Chacun de tes mots s'inscrit dans ma tête, dans mon corps... Je t'aime aussi. Mais cela ne peut dissiper mon inquiétude. Qu'allons-nous faire ? Tu es allemand. Tu es l'occupant. Je suis française. Cette guerre ne peut que nous séparer. Regarde, même Marthe, mon amie, désapprouve que je te voie.

Il l'étreignit.

— C'est vrai. Je suis un officier allemand, représentant du IIIe Reich. Je suis ici pour faire régner l'ordre et la discipline, pour soutenir et faire partager l'action de notre *Führer*. Pas pour tomber amoureux.

— C'est donc sans espoir...

— Au contraire, notre amour me donne des ailes ! Il donne un sens supplémentaire à mon action. Il me porte !

Marie alluma une cigarette.

— Tu rêves ! dit-elle. Nous devons regarder la réalité en face. Nous ne pourrons pas continuer à nous voir, tout s'y oppose.

— Nous pouvons nous voir en secret !

Elle se rapprocha pour effleurer ses lèvres du bout des doigts.

— Et comment fera-t-on ?

— Nous trouverons. Pourquoi sacrifier nos sentiments ? Ils ne mettent pas en danger l'armée allemande !

Ils s'embrassèrent puis, après un regard à sa montre, Mayer décida de rentrer.

— Je t'en prie, insista-t-il. Ne retourne pas à Paris, nous trouverons une solution.

— Ne t'inquiète pas. Je vais prolonger mon séjour.

Elle appuya sa tête contre l'épaule de Mayer, qui démarra. Ils demeurèrent silencieux jusqu'à Donzy. L'essentiel était dit.

Mayer déposa Marie devant le café et regagna la *Kommandantur*. Elle se retint de le regarder s'éloigner et pénétra dans le troquet avec assurance. Elle traversa la salle, toujours indifférente aux regards posés sur elle. Elle demanda à Fernand où se trouvait Marthe. Il lui indiqua l'étage d'un mouvement de tête. Elle passa de l'autre côté du rideau, amusée par la désapprobation du serveur. Elle méprisait trop cet homme pour s'y attarder.

Marthe se reposait dans sa chambre. Elle l'accueillit chaleureusement.

— Alors ? Tu as pu te tirer de cette situation ?

— Oui, mentit Marie en prenant place dans le canapé. Je lui ai expliqué qu'il nous était impossible de nous fréquenter. La guerre, lui allemand, moi française…

— Et il a accepté ?

Marie s'esclaffa en fouillant dans son sac à la recherche d'une cigarette.

— Il n'avait pas le choix.

Marthe l'embrassa.

— Je suis rassurée ! Tu ne pouvais pas commencer une histoire avec lui, il est trop en vue et les gens désapprouveraient.

Marie se retint de dire qu'elle se fichait de leur avis. Ils n'étaient que des anonymes mous et défaitistes.

— Cela dit, reprit Marie, je serais heureuse de rester un peu plus longtemps. Revenir à Paris ne me tente guère.

— Tu resterais ? s'exclama gaiement Marthe.

— Oui.

— C'est formidable !

— Mais pas aux yeux de la princesse ! ajouta Marie. Je te paierai ce...

— Pas question ! se récria Marthe. Tu seras mon invitée aussi longtemps que tu le voudras.

Elles s'embrassèrent. Marie se leva.

— Soit. En attendant, je vais me reposer un peu. On se retrouve pour le dîner ?

Marthe acquiesça.

— Tu as de la chance, ce soir c'est moi qui fais la cuisine !

— Dans ce cas, répliqua Marie en ouvrant la porte, il faut que je m'attende à un gueuleton !

Elle gagna sa chambre, ferma la porte à clé et s'allongea. Elle avait besoin de tranquillité. Pour penser à Mayer, imaginer comment ils parviendraient à se rencontrer. Mais aussi, maintenant qu'elle disposait d'un peu plus de temps, pour réfléchir à la meilleure manière de se venger d'Emma.

Il était près de 21 heures. À La Vernière, le repas venait de prendre fin. Emma et Margot traînaient à table. Colliard était monté coucher les enfants.

Marcel débarrassait la table pour aider Colette, qui était pressée. Elle devait accompagner Albert à un bal à Pouilly. Ce dernier passerait la prendre dans une demi-heure.

Emma avait accepté qu'elle s'absentât, à la condition qu'elle rentrât tôt et en forme, pour que le service n'en souffrît pas. De surcroît, elle avait souhaité faire la connaissance de ce mystérieux prétendant, davantage par curiosité que pour exercer un droit de regard sur la vie de la jeune fille.

Cette dernière avait dit oui, plutôt fière de présenter à sa patronne le fils d'un autre notable local. Elle y voyait l'occasion de se faire valoir auprès d'Emma et d'obtenir d'elle qu'elle fût moins autoritaire.

Marcel se réjouissait de découvrir enfin l'amant de Colette et de pouvoir se faire une opinion sur lui. De le jauger, aussi, car cela ne faisait aucun doute dans sa tête : il était devenu son concurrent ! De crainte qu'Emma ne le renvoie dans sa chambre, il s'était proposé pour préparer la tisane du soir. Comme il s'y attendait, elle l'avait invité à rester.

Colliard descendit et s'affala dans le canapé. Quand Emma s'inquiéta au sujet des enfants, il marmonna qu'ils dormaient, puis se plongea dans la lecture du journal.

Albert arriva à 21 h 30, se garant juste devant la porte de la cuisine. Colette lui ouvrit. Rougissante, elle l'accompagna jusqu'à la salle à manger et le présenta avant de se retirer pour se préparer.

Brun, grand et mince, Albert portait un costume coupé sur mesure. Il avait une longue mèche de cheveux fixée en arrière avec de la gomina. Sa chemise blanche était légèrement ouverte sur un torse qu'on devinait glabre. Par souci d'élégance, il avait boutonné son costume au milieu. Il affichait un large sourire, qu'il devait avoir facile. La certitude de sa supériorité sociale se lisait dans son regard et dans sa manière de se tenir, légèrement déhanché, une main dans la poche de pantalon.

Il serra la main de Colliard, puis se tourna vers Emma. Elle l'avait détesté dès son entrée, mais n'en laissa rien paraître. Elle lui tendit la main qu'il baisa de manière appuyée et ridicule, puis elle l'invita à s'asseoir en attendant que Colette fût prête.

— Vous êtes de Pouilly, je crois ?

Albert posa un bras nonchalant sur le dossier de la chaise et allongea ses jambes avec l'aisance de celui qui se croit partout chez lui.

— Effectivement. Je suis le fils de M. Bardeau.

Emma hocha la tête. Elle le connaissait de nom, mais ne l'avait jamais rencontré.

— C'est l'un des plus gros propriétaires-négociants de Pouilly, ajouta-t-il fièrement.

— Il n'est pas trop gêné par la guerre ?

Albert ne put s'empêcher de sourire.

— Pensez-vous ! Nos affaires n'ont jamais été aussi prospères. Les Boches nous achètent du vin par fûts entiers !

— Tout va bien, donc ?

— Mon père m'a embauché, c'est vous dire !

Parfois, Colliard quittait sa lecture et levait les yeux vers Albert. Dégoûtée par la suffisance du bonhomme, Margot se retenait de sortir.

Marcel l'observait, amusé par sa volubilité et son accoutrement ridicule. Sa morgue de riche parvenu le révulsait. Il possédait l'argent, le pouvoir et le faisait savoir. Par contraste, Marcel prenait la mesure de sa propre misère, de sa solitude, de son infériorité. Comment Colette pouvait-elle s'être amourachée de ce clown ? En croisant le regard d'Emma, il eut la certitude qu'elle pensait comme lui.

Colette réapparut quelques instants plus tard. Elle avait enfilé une robe beige en coton et un chemisier blanc presque transparent qui laissait deviner le contour de ses seins. Par-dessus, elle portait une veste beige, elle aussi, mais d'un ton différent, à la taille seyante. À côté d'Albert qui ressemblait à une gravure de mode de *L'Illustration*, Emma lui trouva l'air godiche. Sans compter que cette tenue avait dû lui coûter une bonne part de ses gages...

Albert se leva. Après avoir examiné Colette de la tête aux pieds d'un air presque dégoûté, il salua l'assistance.

Rubiconde, l'air égaré, Colette lui emboîta le pas, oubliant même de dire au revoir.

— Ne la ramenez pas trop tard ! insista Emma.

Mais déjà la porte claquait.

Dès que la voiture se fut éloignée, Margot et Emma éclatèrent de rire, imitées par Marcel.

— Quel crétin ! s'exclama Emma. J'en ai vu, des numéros, mais comme lui, jamais !

— Un petit merdeux, lâcha Margot. Je me demande ce qu'elle lui trouve.

— Qu'est-ce que tu crois ? Il la...

Elle se retint en prenant conscience de la présence de Marcel. À sa mine renfrognée, elle comprit qu'il en pinçait pour Colette.

— Ne fais pas cette tête ! lui lança-t-elle. Ces deux-là, c'est la carpe et le lapin !

L'adolescent s'empourpra.

— Laisse-le tranquille ! intervint Margot.

Emma se tourna alors vers Colliard.

— Et toi, qu'en penses-tu ?

Devant son air ahuri, elle s'énerva.

— Tu sais au moins de qui on parle ?

Il acquiesça.

— Eh bien, donne-nous ton avis, au lieu de te cacher derrière ton journal !

Il haussa les épaules.

— Il a une drôle d'allure.

— Une drôle d'allure ! répéta Emma en colère. C'est tout ce que tu trouves à dire ! Mais bon Dieu, quand t'intéresseras-tu à ce qui se passe dans cette maison ?

— Que veux-tu que je dise ? Il n'a aucun intérêt !

— C'est sûr ! Mais je vois aussi que ce qui arrive ici est pour toi moins important que ce qui se fait ou dit à Vichy ! Tu n'as même pas vu que ce gars et sa famille sont en train de se goinfrer avec les Allemands ! Qu'ils se fichent d'être occupés comme d'une guigne, pourvu qu'ils fassent de l'argent ! Tu ne peux pas le voir puisque tu es toujours planqué derrière ton journal !

C'était sorti d'une traite. Elle n'y pouvait rien, il lui tapait sur les nerfs, à toujours se taire et à avoir cet air ahuri dès qu'on lui parlait.

Elle se leva et disparut dans la cuisine. Peu après, on l'entendit grimper l'escalier d'un pas rageur et claquer la porte de la chambre.

Cet esclandre sonnait la fin de la soirée. Margot demanda à Marcel de l'accompagner aux Quatre-Vents, ce qu'il s'empressa d'accepter.

Colliard décida de rester dans la salle à manger. Il en voulait trop à Emma pour avoir envie de s'allonger à ses côtés.

Quand Blanchard arriva à Donzy en fin d'après-midi, il était excité comme un homme qui s'imagine déjà dans les bras d'une femme. Il avait appelé Marie le matin même en lui demandant de le recevoir. À sa voix si sensuelle, il l'avait imaginée disposée à faire l'amour avec lui.

Quand il entra, le café était plein. Il reconnut quelques notables, dont le maire, puis des ouvriers et retraités qui fréquentaient régulièrement l'endroit. Marthe se tenait derrière le bar. Toujours à son aise, elle servait les clients tout en plaisantant avec eux. Comme elle lui indiquait l'étage d'un hochement de tête discret, il monta directement.

Devant la chambre de Marie, il rajusta sa cravate, se passa les doigts dans les cheveux, puis il frappa.

Elle ouvrit. Son sourire teinté d'ironie décontenança Blanchard, aussitôt sur ses gardes.

— D'une ponctualité rare ! lui lança-t-elle en gagnant la fenêtre grande ouverte.

Il la rejoignit. La proximité du lit, le silence apaisant de la pièce et la chaleur venue de l'extérieur lui donnaient envie de l'enlacer. Il se retint. À l'attitude distante de Marie, il jugea le moment peu opportun. Il s'accouda à la fenêtre, à ses côtés.

— Toujours envie de baiser avec moi ? demanda-t-elle.

Prenant cette remarque pour une invitation, il tenta de l'attirer à lui. Elle s'écarta.

— Bas les pattes ! Si j'en parle, c'est justement pour mettre les points sur les *i* ! Ne te fais plus aucune illusion de ce côté-là. Entre nous, c'est fini ! En revanche, nous pouvons entretenir d'autres relations, disons… amicales.

Blanchard dissimula sa déconvenue derrière un sourire.

— Je n'y pensais même pas, mentit-il.

— Je m'en réjouis ! répliqua Marie en s'asseyant sur le lit.

Il prit place dans le fauteuil.

— Alors, tu voulais me voir, je crois ? commença-t-elle en lissant sa jupe, ce qui dessinait le fuselage parfait de ses cuisses.

Au supplice, Blanchard s'éclaircit la gorge.

— J'ai besoin de rencontrer Mayer rapidement.

— Et pourquoi t'adresses-tu à moi ?

Blanchard se rencogna dans le fauteuil et croisa ses jambes. Il se sentait reprendre un peu d'assurance.

— J'ai vu ton manège avec lui, l'autre soir au café. S'il n'est pas encore dans ton lit, cela ne saurait tarder ! À ce propos, je voulais m'excuser pour mon comportement infantile, je n'aurais pas dû…

— Ce n'est rien ! coupa Marie, j'ai déjà oublié. Revenons-en plutôt à nos moutons.

— Tu connais les dernières dispositions de Vichy concernant les Juifs. Mon correspondant de là-bas m'a assuré qu'ils n'en resteraient pas là. On va bientôt leur confisquer leurs biens.

Marie lui lança un regard interrogateur.

— Et alors ?

— Ce sera pour moi l'occasion de les leur racheter à un prix inférieur et d'effectuer ainsi une belle plus-value. Mais, pour cela, j'ai besoin de l'appui des autorités allemandes.

— Tu as commencé ?

— Je m'y emploie, mais j'ai du mal à convaincre mes interlocuteurs. En particulier ceux qui se croient protégés par leur nationalité française ou leur statut d'anciens combattants.

Marie acquiesça, songeuse. Blanchard était donc disposé à collaborer. Cela ne l'étonnait guère. Elle avait suffisamment fréquenté le personnage pour connaître sa lâcheté et son appât du gain. Cependant, elle n'aurait jamais imaginé qu'il fût aussi prompt à pactiser avec l'ennemi. Elle le croyait plus prudent.

— Tu ne perds pas de temps, dit-elle en plongeant son regard dans celui de Blanchard. Mais tu as raison, ils sont là pour longtemps… À mon tour, je souhaiterais que tu me rendes un petit service.

Il éclata de rire.

— Je m'y attendais !

Elle regagna la fenêtre, où elle alluma une cigarette. Il se leva et s'installa à côté d'elle. Elle aspira une bouffée avant de reprendre.

— Tu connais ma haine pour Emma et les siens, commença-t-elle. Je n'ai jamais digéré l'humiliation qu'elle m'a fait subir. Le moment est venu de prendre ma revanche.

Mal à l'aise, Blanchard gardait le silence. Il savait le rôle détestable qu'il avait joué à l'époque dans le dénouement du drame. Elle se tourna vers lui. Son regard froid et déterminé impressionna le notaire.

— Je veux pouvoir compter sur toi. Plus d'entourloupes, sinon…

— Évidemment, dit-il sans deviner l'objet de sa menace.

— Je veux que tu te renseignes sur elle et sa famille. Colliard y compris. Trouve-moi quelque chose d'assez compromettant aux yeux des Allemands pour qu'ils soient virés de La Vernière et que je puisse la récupérer avec ses terres.

— Comment veux-tu que je m'y prenne ?

— Débrouille-toi ! Tu connais les affaires d'Emma, elles ne sont pas forcément très nettes. Tu as aussi des relations dans la région. Certains ne l'aiment pas.

Il demeura silencieux. Jouer au limier l'inspirait. Il y voyait aussi l'occasion de se venger d'Emma, qui avait changé d'étude.

— C'est bon, dit-il, je vais me mettre en chasse.

Elle éteignit sa cigarette sur le rebord de la fenêtre.

— À propos, tu as revu Armand ?

— Cela m'arrive, quand il vient chercher de l'argent. Mais il est devenu l'ombre de lui-même. Il ne servira…

— J'aimerais le revoir, coupa-t-elle. Il m'a été fidèle jusqu'au bout. Je ne l'ai jamais oublié.

Elle alla s'asseoir devant sa coiffeuse, où elle dénoua ses cheveux.

— Il est l'heure de me préparer.

Il comprit qu'il devait s'en aller. Il passa derrière elle, résistant à l'envie de l'embrasser dans le cou et de caresser ses seins. Il croisa son regard provocant dans le miroir.

— Je te tiens au courant, dit-il d'une voix rauque de désir.

— C'est ça ! Et quand tu me vois en compagnie de Mayer, évite de faire un scandale !

Il sortit furieux contre lui-même. Cette femme le dominait dcs pieds et de la tête !

Ce soir-là, Marthe faisait la fermeture. Fernand lui avait demandé sa soirée. Comme la plupart des clients étaient partis se coucher, elle avait donné congé aux filles. Il ne restait plus que Romain, le postier. Il était attablé devant un verre de fine, perdu dans ses pensées.

Il n'était pourtant pas homme à traîner au café. Contraint de se lever très tôt pour préparer sa tournée, il s'éclipsait toujours de bonne heure.

Elle ferma la porte et vint s'asseoir en face de lui.

— Tu n'as pas l'air dans ton assiette…

Il la dévisagea, un vague sourire aux lèvres, ce qui était rare chez lui.

— Ça va.

— Tu as des soucis ?

— J'en ai, oui. Tu sais combien je déteste les Boches !

Elle opina.

— Et je ne suis pas le seul, reprit-il.

Marthe se tenait sur ses gardes. Comme elle accueillait des Allemands au café, elle n'aimait pas aborder ce sujet.

— Où veux-tu en venir ? lui demanda-t-elle brusquement.

— Tu ne devrais pas te montrer aussi coopérative avec eux ! Ni loger une femme qui se pavane avec leur patron ! Ça en choque certains.

Cette mise en garde énerva Marthe. Elle se leva et gagna le bar pour se servir une limonade. Elle en proposa une à Romain, qui refusa.

— Je sais que je suis dans une position délicate ! s'exclama-t-elle, mais que veux-tu que je fasse ? Que je leur refuse l'accès au café ? Que je ferme ? Et qu'est-ce que je deviens, moi ? Comment je gagne ma vie ?

— Nous savons tout cela, répliqua Romain.

— Qui, nous ?

— Peu importe. Ce qui compte, c'est que tu te compromets.

Elle revint s'asseoir en face de lui.

— Tous ceux qui viennent ici se compromettent, toi y compris ! Que ne ferait-on pas pour se soûler et baiser !

Romain leva la main en signe d'apaisement.

— Ne te fâche pas ! Nous entrons dans une période dangereuse, et je ne tiens pas à ce que tu en pâtisses.

Touchée par son attention, Marthe s'adoucit.

— Tu ne me dis pas tout, si ?

Romain vida son verre d'un trait.

— On est quelques-uns à penser qu'il faut agir pour virer ces salopards…

Il laissa sa phrase en suspens et plongea son regard dans celui de Marthe, comme pour s'assurer qu'il pouvait lui faire confiance. Elle s'emporta.

— Mais tu crois que ça me réjouit de faire des risettes à ces types ? Ce n'est pas moi qui ai déclaré la guerre ! Ni négocié l'armistice ! Pour ça, il faut s'adresser à nos politiques !

— Ce n'est pas parce que nous avons des politicards véreux à la tête du pays qu'il faut tout accepter ! répondit Romain.

Marthe avala quelques gorgées de limonade et piqua une cigarette à Romain. Elle aspira une bouffée et la recracha avec satisfaction. Elle regarda autour d'elle et mesura le travail qu'il lui restait à faire. Débarrasser les tables, les nettoyer, puis passer la serpillière sur le sol… Elle en aurait pour une heure au bas mot.

— Qu'est-ce que tu attends de moi ? demanda-t-elle.

Il la fixait, souriant. Marthe avait du mal à soutenir son regard, qui contenait comme une lueur de désir. Elle repoussa cette idée. Ils se connaissaient depuis des lustres, et jamais il n'avait été question de cela entre eux !

— Nous aimerions que tu nous aides.

Elle haussa les épaules.

— Vous aider ? Et comment ? Je suis occupée du matin au soir à servir des canons. En plus, tu sais que je n'ai pas le tempérament à m'opposer.

Il approcha sa main de celle de Marthe, puis se retint. Son manège n'avait pas échappé à la jeune femme.

— Nous avons besoin de toi ! reprit-il. Tous les notables passent ici, tous les Boches aussi ! Ici, tu vois tout, tu entends tout, c'est le meilleur poste d'observation qu'on peut avoir.

Elle vida son verre, puis le reposa lentement.

— Je suis de votre côté, mais la seule chose que je sais faire, c'est servir à boire et donner du plaisir…

— Ne te mésestime pas ! la coupa Romain, l'air embarrassé.

Elle éclata de rire.

— Tu n'as pas besoin de me faire des compliments pour me convaincre ! Je ne veux pas me mêler de politique…

— Donne-nous seulement un coup de main !

— Tu veux que je joue à l'espionne, c'est ça ?

Il opina silencieusement.

— Laisse-moi un peu de temps, j'ai besoin de réfléchir.

Ils se levèrent. Romain lui tendit la main. Elle l'ignora et l'embrassa sur la joue.

— Faites attention, lui dit-elle en l'accompagnant jusqu'à la porte.

— Ne t'inquiète pas, nous sommes prudents.

Il s'arrêta, la main sur la poignée.

— Ne parle de rien à personne, hein ?

— Tu me prends pour une gourde ?

— Pas du tout ! Et tâche de calmer l'autre, ajouta-t-il en désignant l'étage. Elle prend des risques.

— Ne t'en fais pas, je l'ai en main !

Il sortit. Quand elle eut refermé, elle songea qu'elle venait de mentir. Elle ne maîtrisait pas davantage Marie que ses propres pensées.

Colliard dormait déjà quand Emma s'allongea. Comme chaque soir, il avait laissé la lampe de chevet allumée pour elle. Au début de leur mariage, elle appréciait cette marque d'attention. Aujourd'hui, elle y voyait le signe d'une maniaquerie insupportable.

Elle éteignit et lui tourna le dos, heureuse qu'il ne fût pas éveillé. Elle n'avait pas envie de parler avec lui, encore moins de sentir son corps contre le sien. Son désir s'était envolé un beau matin, comme le reste.

Cette situation ne lui pesait pas. Elle avait d'autres préoccupations que la bagatelle. Néanmoins, c'était un signe parmi d'autres que son existence dérapait. Sa vie sentimentale était un échec, la ferme ne rendait plus comme avant et des problèmes d'argent la harcelaient quotidiennement. De surcroît, Margot l'inquiétait. Elle avait vieilli et n'était plus aussi fiable. S'occuper des enfants lui était devenu moins facile. Elle marchait avec de plus en plus de difficulté. Certes, elle avait Colette, mais celle-ci avait encore tout à apprendre et, l'esprit occupé par son bellâtre, elle n'était pas aussi disponible que Margot.

Elle regrettait aussi de ne pas l'être elle-même pour les enfants. Elle jouait rarement avec eux. En réalité, elle les voyait mais n'était pas avec eux.

La somme de ses regrets et de ses frustrations lui donnait l'impression de se trouver au pied d'un mur infranchissable. Encore tout cela aurait-il été supportable, si seulement Marie n'était pas réapparue. D'autant qu'elle n'était pas revenue pour le plaisir. Elle en avait après elle, et chercherait sans doute à se venger de l'humiliation qu'elle lui avait infligée en la forçant à partir !

Emma était inquiète. Elle ignorait comment cette garce allait s'y prendre, mais elle craignait surtout de devoir mobiliser une énergie considérable pour lui faire face. Elle se sentait si fatiguée ! Si seulement elle avait pu s'appuyer sur Colliard ! Mais celui-ci ne pensait qu'à ses patients…

Elle avait l'impression d'être prisonnière de l'obscurité et du silence, troublé par le léger ronflement de Colliard et le tic-tac lointain du morbier. Parfois, une latte de parquet craquait, un rat parcourait le grenier, au-dessus de sa tête. C'était à la fois horripilant et rassurant.

Elle était au bord des larmes. Sa vie n'avait été jusqu'alors qu'une suite d'échecs. Elle avait vu s'envoler ses illusions de bonheur avec le départ de sa mère, la mort d'Hippolyte, puis celle d'Émile, après une vie de mensonges… Avec Louis aussi, qui l'avait trompée dans les bras de Marie avant de mourir dans un accident de la circulation. Avec Armand, enfin, qui l'avait trahie pour prendre fait et cause pour Marie. Non, rien ne lui avait été épargné.

Elle souhaitait dormir, mais le sommeil ne venait pas. Elle songea à Paul. L'homme l'attirait. Il possédait la jeunesse, la vigueur, mais aussi la sagesse. Sa force tranquille la rassurait. Elle le sentait capable de faire front en toutes circonstances.

Pourtant, elle chassa l'image de ce jeune homme qui lui trottait dans la tête. Elle ne devait pas se faire d'illusions : rien n'était possible entre eux.

4

Blanchard n'était pas retourné au café de Marthe depuis quelques jours. Il avait consacré ses soirées à étudier les dossiers des propriétaires juifs qu'il comptait voir un par un prochainement.

Il avait arrêté sa stratégie et rodé son argumentation. Vichy s'apprêtait à les spolier. Il était encore temps pour eux de vendre et de récupérer de l'argent. Il se proposerait d'être acheteur. Certes, le prix qu'il leur offrirait serait inférieur à celui du marché, mais cela se justifierait par les risques qu'il courait ! Il leur présenterait cela comme un service.

Il n'imaginait pas les persuader tous, mais c'était sans importance. De toute manière, il pourrait racheter leurs biens un peu plus tard, après leur expropriation par les Allemands...

Il songea à son premier rendez-vous de la veille avec Lionel Lévy, imprimeur à Cosne-sur-Loire, l'un de ses plus anciens et fidèles clients. Il appartenait à une vieille famille connue et se prétendait catholique. C'était évidemment faux. Un jour, en mal de confidences, Lévy lui avait révélé qu'il s'agissait d'une couverture.

Blanchard n'y était pas allé par quatre chemins. Au bout du deuxième verre d'un vieux sancerre que

Lévy avait remonté de sa cave, il avait poussé ses pions.

— Catholique ou pas, Vichy considérera que tu es juif et te confisquera tous tes biens. Tu n'auras plus alors que tes yeux pour pleurer ! Songe à ta famille, ta magnifique femme, tes deux enfants qui ne demandent qu'à grandir sereinement ! Il faut les protéger, et toi avec !

Blanchard avait eu la certitude que l'imprimeur le prenait au sérieux. Toutefois, il résistait.

— Qu'est-ce qui me prouve que tu as raison ? Vichy va nous contrôler un peu plus, voilà tout !

Blanchard avait ricané, abasourdi par tant de naïveté.

— Mon pauvre Lionel ! Ils n'ont qu'une envie, tout vous prendre et le revendre à de bons Français pour pouvoir payer les indemnités de guerre aux Allemands !

Comme Lévy demeurait silencieux, Blanchard ne l'avait pas brusqué. Après l'avoir effrayé, il avait attendu que celui-ci eût fait en pensée le tour du propriétaire. L'imprimerie, la demeure bourgeoise sur les hauts de Sancerre, la propriété achetée aux alentours de Cosne pour y élever des chevaux, deux ou trois voitures de prix, et à ce patrimoine s'ajoutait un portefeuille d'obligations et d'emprunts d'État.

Quelques verres plus tard, Lévy avait posé la question que Blanchard attendait.

— Qu'est-ce que tu proposes ?

Blanchard avait d'abord compati. Il était désolé de le savoir dans une telle situation ! Ensuite, il lui avait proposé de tout lui racheter et de l'aider, si nécessaire, à transférer l'argent sur un compte suisse, ou ailleurs. En contrepartie, il avait invité Lévy à ne pas se montrer trop gourmand.

Ce dernier avait mordu à l'hameçon. Soucieux de protéger sa famille, il avait assuré qu'il passerait à l'étude la semaine suivante pour dresser l'état de ses biens et les estimer. S'ils s'entendaient sur un prix, ils feraient affaire.

Blanchard se frottait les mains. Lévy était trop effrayé pour renoncer au dernier moment. En revanche, il n'avait pas encore pu satisfaire la demande de Marie. Ses tentatives pour dégotter des renseignements compromettants sur Emma et Colliard s'étaient soldées par un échec. Mais il s'obstinait, conscient que c'était la condition *sine qua non* pour obtenir d'elle une introduction auprès de Mayer.

Albert avait raccompagné Colette jusqu'à La Vernière. Convaincu qu'elle céderait à ses avances, il s'était garé le long des écuries, juste avant l'entrée de la propriété, pour être à l'abri d'éventuels regards.

Albert glissa son bras sur les épaules de la jeune femme et tenta de l'embrasser. Elle se déroba. Les deux mains appuyées sur son sac qu'elle serrait contre elle, elle ne pipait mot.

Il fit une nouvelle tentative. Comme elle résistait, il renonça, furieux. C'était la seconde fois qu'elle se refusait à lui. C'en était trop ! Pour qui se prenait cette péronnelle ? Elle n'était qu'une servante, pas la reine d'Angleterre ! Il revint donc sur leur différend.

— Tu me vois arriver devant mon père, demanda-t-il, et lui demander de bénir notre mariage alors que nous nous connaissons à peine ?

— Ce n'est pas le problème ! répliqua-t-elle sèchement. Tu ne veux pas me présenter à lui parce que je suis une domestique. Voilà la vraie raison !

Albert garda le silence. Elle avait raison. Il imaginait la tête de son père, lui qui rêvait pour son fils des plus beaux partis de la région. Il la ficherait dehors avant même qu'elle eût prononcé le premier mot. Mais voilà, il avait Colette dans la peau ! Et cela ne se commandait pas !

— Je t'en prie, dit-il d'un ton conciliant. Sois patiente, nous...

— Si tu m'aimais, interrompit-elle, tu serais fier de me faire connaître à ta famille.

Il alluma une cigarette. Il était si excédé que ses mains tremblaient. L'idée de la prendre de force sur le siège lui traversa l'esprit. Il se sentait frustré, humilié.

— Sors ! gronda-t-il, conscient qu'un mot de plus risquait de lui faire commettre un acte inconsidéré.

Effrayée, elle s'exécuta. Il démarra brutalement.

— Tu me le paieras ! lança-t-il par la vitre ouverte.

Colette regarda le véhicule s'éloigner, puis elle gagna le bâtiment des ouvriers. Elle peinait à refouler ses larmes. Elle se voyait en Cendrillon retrouvant sa triste existence. Quelle cruche elle avait été de croire qu'il l'épouserait et qu'elle changerait de condition ! Elle n'était qu'une imbécile ! Son destin était d'être servante et d'épouser un pauvre type.

Quand elle entra dans sa chambre, elle n'alluma pas. Elle se jeta sur le lit, s'enfouit la tête dans l'oreiller et éclata en sanglots.

Vers minuit, Marie embrassa Marthe et gagna sa chambre au prétexte qu'elle était épuisée. À l'étage, l'une des filles faisait son affaire avec un client. Marthe avait beau lui répéter de fermer la fenêtre, elle n'obtempérait jamais. Quand elle faisait l'amour, prétendait-elle, elle avait besoin d'air ! Hormis deux grincheux du voisinage, sans doute frustrés, personne ne râlait.

Marie attendit quelques minutes puis, comme chaque soir depuis son arrivée, elle enjamba le rebord de la fenêtre et se laissa glisser jusqu'en bas, le long du conduit de la gouttière.

Au début, elle éprouvait des difficultés à descendre et craignait d'être surprise par un voisin. Désormais, cela lui semblait facile. Elle se fichait d'être vue. Si cela arrivait, elle prétendrait vouloir faire une blague à Marthe en réapparaissant dans le café par la porte d'entrée !

Alors qu'elle atteignait le sol, elle n'avait plus qu'une pensée : retrouver Mayer et se jeter dans ses bras !

Après avoir dissimulé son visage sous un fichu, elle quitta la cour. La rue était déserte. Mi-courant, mi-marchant, elle traversa la place, puis le pont qui enjambait le Nohain. C'étaient les deux endroits les plus délicats à franchir car il fallait traverser le halo de lumière des réverbères. Après une centaine de mètres, elle parvint à la porte de l'immeuble réservé à la *Kommandantur*. Prévenu, le garde la laissa passer sans difficulté.

Sitôt à l'intérieur, elle se sentait en sécurité. Elle respirait plus librement. Les battements de son cœur s'apaisaient. Elle s'arrêta devant le miroir de l'entrée pour remettre sa coiffure en ordre, puis grimpa au deuxième étage, où se situait l'appartement de fonction de l'*Oberst*.

Son arrivée était entourée de discrétion. Comme par enchantement - mais sans doute était-ce sur ordre de Mayer -, les portes donnant accès aux autres pièces de la maison étaient closes. Rien que des bureaux, lui avait-il expliqué.

Quand elle pénétra dans l'appartement, Mayer sirotait un cognac. Il avait ôté sa veste d'uniforme et défait ses bretelles, qui pendaient le long de son pantalon.

Il posa son verre sur un guéridon et étreignit la jeune femme. Ils échangèrent un long et fougueux baiser, puis elle se laissa choir dans le canapé. Il lui servit une poire et s'assit à côté d'elle.

— J'étais si impatient de te revoir, dit-il en l'attirant contre lui.

Elle s'abandonna à ses caresses, apaisée.

— Moi aussi, mais venir jusqu'ici est une horreur ! J'en ai le ventre noué ! Cela ne peut pas durer... Un jour ou l'autre, Marthe me surprendra, ou quelqu'un me verra dans la rue.

Il la serra contre lui.

— J'ai imaginé une solution.

— C'est vrai ?

— Explique à Marthe que tu souhaites rester à Donzy, mais que tu ne veux pas abuser de son hospitalité, raison pour laquelle tu as loué un appartement en ville.

— Mais…

Il posa un doigt sur la bouche de Marie.

— Je l'ai déjà retenu, il est situé un peu en dehors du centre-ville, c'est plus discret. Il sera libre dans une quinzaine de jours. Désormais, c'est moi qui te rejoindrai !

Elle se détendit. Elle serait enfin libre de ses mouvements et pourrait échapper à la surveillance de Marthe. Elle n'aurait plus à enjamber la fenêtre ni à franchir plusieurs centaines de mètres, la peur au ventre.

— C'est formidable ! s'exclama-t-elle en cherchant ses lèvres.

Il n'en fallut pas davantage pour qu'ils se retrouvent allongés sur le lit.

Plus tard, alors qu'ils émergeaient de la torpeur émolliente qui succède à l'amour, Mayer lui parla de sa journée. La situation se tendait. À Nevers, ses chefs étaient de plus en plus nerveux. Dans les cantons proches de Donzy, l'intendance allemande avait signalé plusieurs fermiers récalcitrants qui refusaient les prélèvements de blé ou d'animaux. Pour Mayer, c'étaient des actes d'hostilité qui méritaient d'être réprimés. Il s'était rendu dans les exploitations incriminées et avait lourdement taxé leurs propriétaires en ordonnant la saisie de la totalité du bétail et des récoltes. Ceux qui s'étaient rebellés avaient été arrêtés et transférés à Nevers.

— Qu'est-ce qu'ils risquent ? demanda Marie.

— La peine de mort, répondit calmement Mayer.

— Pour si peu ?

Il haussa les épaules, comme si c'était normal.

— Si on laisse faire, d'autres les imiteront, et rien ne sera plus contrôlable !

— Je ne pensais pas que vous étiez aussi sévères.

— Comment ne pas l'être quand on projette de façonner une nouvelle race d'hommes et l'Europe ? s'enflamma Mayer. C'est pourquoi je combats, et j'en suis fier. Comme le proclame notre bien-aimé *Führer*, c'est notre destin, à nous, Aryens, de convertir les autres peuples. Notre race est supérieure aux autres ! Elle sera à la source de tous les progrès de l'humanité, et tous ceux qui s'opposeront à nous seront détruits, comme les Juifs !

Collée à lui, Marie l'écoutait en caressant son torse. Elle n'avait guère d'opinion sur ces sujets. Elle se gardait même d'en avoir. La politique était une affaire d'hommes. Pour l'heure, elle était heureuse, et c'était l'essentiel.

— Tu comprends ? demanda-t-il.

— Tu as sans doute raison, dit-elle sans conviction.

— C'est pour cela que nous jugerons sévèrement les profiteurs dont je viens de te parler. Même en Allemagne, nous les combattons !

« Profiteurs » ? Ce mot éveilla l'intérêt de Marie et la fit songer à Emma. Elle n'était tout de même pas devenue l'une des plus riches propriétaires de la région sans l'être elle-même !

— J'ai eu à souffrir de ce genre d'individu, dit-elle.

Comme Mayer l'encourageait à lui raconter ce qui s'était passé, elle continua d'un ton attristé, faisant mine d'avoir souffert considérablement. Elle présenta Emma sous un jour détestable, machiavélique et sans humanité. Elle expliqua comment elle avait été privée des biens qu'Émile lui avait légués, comment Emma l'avait obligée à fuir à Paris, humiliée... Sa voix vibrait de colère. Son débit s'accélérait.

Quand elle eut terminé, Mayer l'étreignit, indigné par les actes d'Emma.

— Ce qu'elle t'a fait est ignoble. Je vais ordonner une enquête approfondie et tu rentreras dans tes biens, je te le promets !

Marie jubilait. Pourtant, elle le dissuada de se précipiter. Elle voulait prendre le temps de réunir des preuves accablantes. Pour cela, elle comptait sur Blanchard, dont elle ne doutait pas de l'efficacité.

Marthe fut réveillée par la pluie qui fouettait les volets. Elle se sentait de mauvaise humeur. Sans doute s'était-elle couchée trop tard la veille ? Peut-être avait-elle trop bu ? Elle repoussa ces explications. La raison de son irritation était ailleurs : à 3 heures du matin, elle avait entendu Marie rentrer. Elle avait alors compris qu'elle revenait d'un rendez-vous nocturne avec Mayer et qu'elle lui avait menti.

Elle se sentait trahie. Malgré ses avertissements, Marie continuait de fréquenter cet officier sans tenir compte des risques qu'elle courait et faisait courir aux autres.

Énervée, elle s'était levée et avait avalé un alcool, assise dans l'obscurité. Devait-elle contraindre son amie à stopper cette relation ? Se fâcher et la mettre dehors ? Cela lui semblait être le plus sage, mais elle n'avait pris aucune décision, toujours à cause de sa fichue manie d'excuser les actes des autres. Après tout, Marie avait bien le droit de baiser et d'aimer.

Elle appréciait la jeune femme, mais il est vrai que la guerre changeait la donne. Agir comme elle, c'était signifier clairement qu'on pactisait avec l'ennemi, voire davantage. Et cela, ni la passion ni le désir ne pouvaient le justifier.

Elle se leva. Les premières lueurs de l'aube éclairaient faiblement la chambre. Elle ouvrit les volets et frissonna. La pluie tombait avec moins d'intensité. De lourds nuages gris filaient dans le ciel. Elle referma, l'humeur morose.

Sa toilette terminée, elle descendit pour ouvrir le café. Concernant Marie, elle avait repoussé sa décision à plus tard.

Quand Marcel entra dans la cuisine, Margot préparait le petit déjeuner des enfants. Il aurait préféré y trouver Colette, mais il cacha sa déception. Il s'assit. La servante lui servit un café.

— Tu n'es pas encore au travail ? s'étonna-t-elle.

— J'attends Paul. Il doit m'emmener rejoindre des gars à la Coulisse, pour enfumer.

Il se coupa une épaisse tranche de pain qu'il beurra généreusement et l'entama avec appétit. Margot le regardait, un sourire aux lèvres.

— Ça fait plaisir de te voir boulotter comme ça !

— J'ai toujours faim !

— C'est de ton âge. Moi aussi, je dévorais quand j'étais jeune !

Puis ils se turent, laissant le tic-tac de la pendule rythmer le silence. Marcel pensait à Colette. Elle n'avait plus la même assurance qu'auparavant. Elle paraissait mélancolique, ce qui ne lui ressemblait pas. Il espérait secrètement qu'elle avait rompu avec Albert. Peut-être se confiait-elle à Margot ? Mais il hésitait tout de même à la questionner, de peur qu'elle se moquât de lui.

Il cherchait comment amener la conversation sur le sujet, quand la servante vint s'asseoir en face de lui pour éplucher des pommes de terre. Elle étala un vieux journal pour recueillir les épluchures.

— Colette n'est pas là ? risqua Marcel.

Margot secoua la tête, amusée.

— T'en pinces pour elle, hein ?

Marcel s'empourpra.

— C'est-à-dire que…

— On n'apprend pas au vieux singe à faire la grimace, va ! Belle lurette que je m'en suis aperçue !

Marcel se trémoussait sur son siège.

— C'est vrai, je l'aime bien, avoua-t-il en se raclant la gorge.

— Tu as bon goût, mon petit ! répliqua Margot, concentrée sur sa pomme de terre. Mais je ne suis pas certaine qu'elle en vaille le coup.

— Comment ? se récria Marcel, surpris par le peu d'enthousiasme de la vieille femme.

— Si elle s'est entichée du beau parleur, ce n'est pas pour rien. Elle espère qu'il la sortira d'ici et en fera une femme respectable. Ce n'est pas toi qui pourras lui apporter cela.

Ces propos agacèrent Marcel. Même si Margot avait raison, il ne supportait pas de la voir ainsi s'ériger en juge.

— Elle va changer, dit-il.

La servante le dévisagea avec tendresse.

— Si elle n'obtient pas ce qu'elle veut avec Albert, ça ne signifie pas qu'elle se jettera dans tes bras ! Elle est ambitieuse et attachée à l'argent, tu sais.

— Peu importe, je saurai la convaincre.

Puis Marcel se leva, pour ne pas être contredit.

— Je vais voir si Paul est de retour.

Il attrapa sa veste de velours accrochée à la patère et sortit. Margot le regarda s'éloigner, par la fenêtre.

— Tu n'as pas fini d'en baver, mon pauvre petit, marmonna-t-elle.

Blanchard reposa le journal sur la table basse disposée devant le canapé où il était installé. Les nouvelles étaient bonnes. Vichy allait reprendre en main le corps enseignant, dénoncé comme l'artisan principal de la défaite. Pour lui, ce n'était que justice ! Créer une génération de pacifistes, représenter l'armée comme une servitude et la discipline comme une tyrannie, voilà où tout cela avait mené la France ! Il fallait nettoyer les écuries d'Augias ! Et en fusiller quelques-uns si nécessaire !

Il avait trouvé dans le journal un autre motif de satisfaction : les Allemands venaient de publier une première ordonnance contre les Juifs qui prescrivait à ces derniers de faire apposer le tampon « Juif » sur leurs papiers d'identité. Par ailleurs, leurs commerces devaient être signalés au moyen d'une affichette bilingue.

Il se leva. Tout allait pour le mieux ! Non seulement ses prévisions s'avéraient justes, mais il avait un rendez-vous avec Mayer dans une heure. Comme promis, Marie l'avait aidé à l'obtenir.

Il choisit une veste de coupe classique, puis il sortit. Comme il bruinait, il hâta le pas jusqu'à son véhicule et démarra. Le trajet durait une demi-heure. Le temps de préparer son entretien et de se délecter des informations recueillies sur Colliard.

Mayer le reçut à 14 heures précises à la *Kommandantur*. Il vint lui-même l'accueillir à la porte de son bureau et congédia son ordonnance.

— Vous avez une amie très convaincante, monsieur Blanchard, commença l'officier en lui désignant un siège. Je ne pouvais faire autrement que de vous recevoir.

Blanchard s'assit et croisa les jambes. Son interlocuteur lui était sympathique, et il appréciait l'ambiance chaleureuse de la pièce.

De nombreux livres, allemands et français, garnissaient un mur d'étagères. Un large bureau en acajou était disposé de travers pour recevoir la lumière de l'extérieur. Un tapis d'inspiration orientale recouvrait la presque totalité du parquet. Des décorations, des bibelots en argent et d'autres objets, que Blanchard ne pouvait détailler là où il se trouvait, étaient exposés dans une vitrine de facture ancienne. L'autre côté de la pièce était meublé d'un canapé d'angle devant lequel était disposée une table basse. Une porte à moitié ouverte laissait entrevoir un autre bureau. Sans doute celui de l'ordonnance, songea Blanchard.

— Puis-je vous offrir à boire ? s'enquit Mayer. J'ai quelques bouteilles de sancerre qui ne demandent qu'à être bues !

— Je vous remercie mais, d'abord, permettez-moi de vous dire combien vous m'honorez en m'accordant cet entretien.

Mayer sortit une bouteille de vin et deux verres d'un meuble à apéritifs disposé derrière le bureau. Il les servit.

— Il faut remercier votre amie, répondit Mayer en s'asseyant.

Il leva son verre, imité par Blanchard, et porta un toast à la future collaboration entre l'Allemagne et la France.

— Je ne doute pas que celle-ci se mue en amitié ! répondit Blanchard.

— Espérons-le. Mais venons-en à l'objet de votre visite : votre amie m'a parlé d'un projet qui pourrait nous intéresser…

— Oui, je le crois.

Il parlait lentement, en choisissant ses mots. Il souligna l'intérêt que les Allemands et lui tireraient de la saisie des biens juifs et de leur exploitation. Sans impliquer Mayer, dont il ignorait les limites morales, il insista sur les avantages que des particuliers pourraient y trouver.

Il s'exprimait comme dans son étude, face à un client. Mayer l'écoutait avec attention. De temps en temps, il approuvait d'un hochement de tête.

Quand Blanchard eut terminé, il se rencogna dans son fauteuil et avala quelques gorgées de vin en attendant la réaction de Mayer. Celle-ci fut longue à venir, comme si l'officier avait besoin de mettre de l'ordre dans ses idées.

— Cher monsieur, je salue votre lucidité et votre sens des affaires. Cependant, vous êtes en avance sur les lois. Certes, les Juifs sont tenus à déclarer publiquement les entreprises qu'ils dirigent, mais il n'existe aucune disposition légale française ou allemande qui ordonne la saisie de leurs biens !

Blanchard sourit, l'air entendu.

— Douteriez-vous que cela soit imminent ?

Mayer ne répondit pas. La cupidité de son interlocuteur, son empressement à se mettre au service des Allemands et son impatience à profiter de la situation l'invitaient à la prudence. Lui-même se serait-il vendu ainsi aux Français si ces derniers avaient envahi l'Allemagne ? Il en douta. Il jugea plus opportun d'en parler avec Marie avant de prendre une décision. Néanmoins, il ne fallait pas injurier l'avenir…

Il se leva. Blanchard en fit autant.

— J'ignore ce qu'il va se passer, dit Mayer, même si je reconnais la pertinence de votre analyse. Rencontrons-nous plus tard, lorsque la situation aura évolué.

Malgré sa déception, Blanchard le remercia. Mayer le raccompagna jusqu'à la sortie et lui serra la main sur le perron.

— Je reprendrai contact avec vous, lança-t-il au notaire.

Il regarda ce dernier s'éloigner. Quoi qu'il en soit, c'était une bonne recrue. L'homme était un notable important de la région. Il était renseigné sur quantité de gens. Cela pourrait s'avérer utile un jour.

Blanchard gagna à pied le Café de la Poste. Il remâchait sa déconvenue. Mayer lui était sympathique, et la réciproque était sans doute vraie, mais il était surpris par sa prudence. En fait, il avait du mal à concevoir que tous les hommes n'eussent pas son sens de l'intérêt.

Quand il entra, Marthe se trouvait derrière le comptoir. Quatre retraités jouaient à la belote à leur table habituelle, proche de la devanture. Le poêle ronflait et dispensait une chaleur agréable.

— Blanchard ! s'exclama Marthe. Qu'est-ce qui t'amène à cette heure-ci ?

Ils s'embrassèrent. Elle lui offrit un café.

— Marie est-elle disponible ? demanda-t-il abruptement pour signifier qu'il était pressé.

— Sans doute, mais elle n'est pas encore descendue…

— Je peux monter ?

Marthe hésita. Elle ignorait si Marie avait découché.

— Je ne préfère pas, elle n'aime pas être dérangée.

Ce refus inattendu irrita Blanchard.

— C'est urgent, j'ai des informations à lui transmettre.

Marthe soupira. Elle détestait être mise sous pression.

— Je monte voir ! grommela-t-elle.

Blanchard ignora l'exaspération de Marthe. Ce qu'il devait révéler à Marie ne souffrait pas le moindre retard. Il avala son café d'une traite et attendit en feuilletant le journal.

Les deux femmes apparurent quelques minutes plus tard. Marthe se fit un café et disparut dans la cuisine. Marie portait une robe en lin et n'était pas maquillée, ce qui fit plaisir à Blanchard. Il la retrouvait telle qu'il l'avait aimée naguère.

Ils s'embrassèrent. Marie lui proposa d'aller s'asseoir à l'écart.

— Tu aurais pu me recevoir là-haut, remarqua Blanchard, nous aurions été plus tranquilles.

— Il y a des hommes que je ne reçois pas dans ma chambre…

— Tes anciens amants ?

— Ceux qui ne comprennent pas quand c'est terminé, répliqua-t-elle sèchement, en lui indiquant le recoin où elle souhaitait s'installer.

Elle s'assit dos au mur pour garder un regard sur la salle. Blanchard s'installa en face d'elle. Il remarqua la réclame Dubonnet, punaisée au-dessus de Marie. Elle représentait un serveur en tablier tenant un plateau sur lequel se trouvaient une bouteille de cet alcool et deux verres. Il s'approchait d'une table de clients qui, la mine réjouie, chantaient en chœur : « Du Bo… Du Bon… Dubonnet ! »

— Alors ? dit Marie à voix basse.

— J'ai rencontré Mayer, ça s'est bien passé. Je pense qu'il a compris l'intérêt de ma proposition. Mais je présume qu'il t'en parlera, ajouta-t-il avec un sourire entendu.

Marie ne releva pas.

— C'est pour ça que tu voulais me voir ? demanda-t-elle d'un ton agacé.

— Oh ! non, il y a beaucoup mieux ! répliqua Blanchard en se redressant, comme pour se donner plus d'importance.

— Au fait ! s'impatienta Marie.

— Il se pourrait que Colliard ait une ascendance juive !

Marie le dévisagea, incrédule.

— Tu délires ! Il est juif comme moi je suis nonne !

Blanchard se rengorgeait.

— Puisque je te le dis ! Mon contact à Vichy a encore besoin d'une confirmation, mais c'est quasiment sûr. Dès qu'il l'a, il me fait signe !

Marie s'appuya contre le dossier de sa chaise.

— C'est stupide, reprit-elle. Il est beaucoup plus efficace de coincer Emma parce qu'elle aura dissimulé des fournitures aux Allemands que de s'attaquer à Colliard avec des accusations de ce genre.

Elle allait se lever quand Blanchard lui saisit la main. Son regard s'était durci.

— Tu peux me mépriser pour des tas de raisons, mais à ce sujet j'aimerais que tu me fasses confiance.

Marie se détendit. Il relâcha son emprise et continua.

— Je me suis constitué d'excellents réseaux. Quand je tiens une information, elle est souvent exacte.

Il se leva, histoire de lui montrer qu'il ne s'en laissait pas conter.

— Je te contacterai quand j'en saurai davantage. Et cette fois, ce sera donnant-donnant !

Avant de sortir, il lui décocha un sourire plein de sous-entendus. Marie comprit le message. Elle avait intérêt à se montrer plus conciliante.

Colliard se leva tôt, en prenant garde de ne pas réveiller Emma. Il n'avait pas fermé l'œil, ou si peu. Il avait d'abord pensé gagner son cabinet à La Charité, mais il s'était ravisé. Il irait plutôt se promener. Cela lui ferait du bien. Trop de soucis l'assaillaient. Il avait besoin de réfléchir.

L'aube pointait lorsqu'il sortit. Il faisait encore frais, mais le ciel limpide annonçait une belle journée. Après une brève hésitation, il prit la direction des Quatre-Vents. Il aimait suivre le chemin de terre jusqu'à la forêt, puis ensuite grimper dans le bois jusqu'à la demeure occupée désormais par Margot.

D'ordinaire, il prêtait l'oreille à la rumeur de la nature, mais il était trop préoccupé ce matin-là. Emma l'inquiétait. Leur relation battait de l'aile. Au début, il imaginait que ce serait passager. Maintenant, il comprenait qu'il s'agissait d'un mal plus profond et durable. Des déceptions et des regrets accumulés rongeaient leur couple. Il était désespéré car il ne voyait guère comment renverser le cours des choses. Discuter avec Emma était inutile, les mots étaient impuissants à combattre le délitement de leur union. Pourtant, il aimait sa femme.

Lorsqu'il passa devant la maison des Quatre-Vents, il éprouva l'envie de voir Margot. Malgré l'heure matinale, elle était certainement réveillée. Il frappa. Elle ouvrit.

— Mon Dieu ! s'exclama-t-elle aussitôt. Il est arrivé quelque chose ?

— Mais non ! dit-il en entrant, je me promenais et j'ai eu envie de prendre un café avec vous.

— Si je m'étais doutée... dit-elle en l'invitant à s'attabler dans la cuisine.

Il promena son regard sur la pièce. Elle était exiguë, mais chaleureuse, et surtout très propre.

— Alors, docteur ? s'étonna Margot. Tombé du lit ?

— C'est un peu ça !

Elle ne relança pas la conversation, devinant que la présence de Colliard n'était pas fortuite. Elle remplit deux bols de café et s'assit en face de lui.

Ils gardèrent d'abord le silence. Par la fenêtre entrouverte, on entendait des pépiements d'oiseaux venant de la forêt et le bruissement des feuillages. Colliard fixait son bol en tournant machinalement sa cuillère.

— Je suis inquiet, commença-t-il. Emma me semble de plus en plus…

Il hésitait.

— Lointaine ? suggéra la vieille femme.

— Pire que cela. Nous ne cessons de nous disputer. Sinon, un silence hostile nous sépare.

Colliard avala une gorgée de café. Il était mal à l'aise. Étaler ses problèmes de couple ne lui ressemblait pas. Margot cherchait les mots justes pour le rassurer. En même temps, elle éprouvait une certaine gêne à s'exprimer. Cela ne la regardait pas.

— Je vois bien que ça ne va pas fort entre vous, dit-elle. C'est le lot de tous les couples. L'amour, ça va, ça vient…

— Mais je ne veux pas la perdre… murmura Colliard.

Margot éclata de rire.

— Allons, docteur ! Vous n'allez pas commencer à dramatiser !

Il comprit qu'elle ne souhaitait pas s'immiscer dans leur vie de couple.

— Vous avez raison, je me fais trop de mauvais sang !

Il se leva. Margot l'imita.

— Vous devriez vous montrer plus entreprenant, dit-elle en ouvrant la porte. Prendre des initiatives, la surprendre ! Ce qui la ronge, c'est l'ennui !

Il hocha la tête, échangea un dernier regard avec elle et sortit.

Alors qu'il regagnait La Vernière, il se sentait toujours désemparé. Cette rencontre avait été inutile. Selon lui, l'hostilité d'Emma n'était pas seulement due à l'ennui.

En cette froide soirée de la fin du mois d'octobre, Blanchard s'était installé dans un fauteuil club, face à la cheminée, pour profiter de la chaleur de la flambée. S'il avait été un chat, il aurait ronronné.

Il avait tout lieu d'être satisfait. L'avant-veille, les Allemands avaient publié une ordonnance qui permettait de nommer des administrateurs provisoires chargés de vendre ou de liquider des entreprises commerciales ou industrielles appartenant à des Juifs.

Dès qu'il en avait eu connaissance, il s'était empressé de déposer sa candidature à Nevers, avec l'appui de Mayer. Au regard de sa charge de notaire, il était certain d'être retenu.

Il se réjouissait aussi que Marie vînt lui rendre visite dans quelques instants pour rencontrer Armand. Peut-être accepterait-elle de faire l'amour ?

La sonnette retentit. Il descendit ouvrir. Marie et Armand se tenaient sur le seuil, frigorifiés.

— Nous nous sommes croisés sur la place, expliqua la jeune femme en entrant.

Ils se défirent de leur manteau. Marie passa devant les deux hommes et monta à l'étage avec la même aisance que si elle était la maîtresse de maison.

Ils s'installèrent dans le salon. Armand se tenait assis sur le canapé, à côté de Marie. Sa raideur contrastait avec la décontraction de sa voisine. Blanchard avait pris ses aises dans l'un des deux fauteuils, de l'autre côté de la table basse où il avait disposé les verres, une bouteille de sancerre et des gâteaux salés. Il servit chacun.

Armand dissimulait maladroitement son embarras. Il était content de revoir Marie, mais ne comprenait guère l'intérêt qu'elle pouvait porter à un pauvre retraité solitaire et épris de boisson tel que lui.

Comme ils venaient de trinquer, Marie se tourna vers lui, avec le même sourire carnassier que jadis.

— Mon cher Armand, je suis très heureuse de vous revoir.

— Je suis très honoré, bafouilla Armand, mais…

— Comment allez-vous ? coupa gaiement Marie.

— Comme un vieil homme qui passe son temps à boire et dormir.

— Allons, vous semblez encore gaillard ! Vous n'avez jamais retrouvé un emploi ?

— Non.

— Personne ne vous a aidé ? s'étonna-t-elle en lançant un regard de reproche à Blanchard.

— Après mes démêlés avec Emma, plus personne n'a fait appel à mes services. Je suis un pestiféré.

— Tout cela est terminé, je vais avoir besoin de vos services ! Rémunérés, évidemment.

— C'est gentil, mais…

— Je n'oublie jamais mes amis !

— Réjouissez-vous, Armand ! intervint Blanchard. Vous voici de nouveau le pied à l'étrier !

Partagé entre l'incrédulité et l'espoir, Armand esquissa un sourire.

— Et… Qu'est-ce que j'aurais à faire ?

Marie s'esclaffa.

— Rassurez-vous, je ne vous ferai pas porter de charges. Je voudrais juste un coup de main pour reprendre La Vernière.

Il se redressa vivement, le regard mauvais.

— Bon Dieu ! S'il s'agit d'en faire baver à ces deux salopes, vous pouvez compter sur moi !

Marie leva son verre et trinqua avec le vieil homme.

— C'est ce que je voulais entendre ! Pour le reste, on verra plus tard.

Elle lui tendit une enveloppe qu'elle venait de sortir de son sac à main.

— En attendant, voici une avance.

— Mais je ne veux pas…

Marie leva la main pour lui imposer le silence.

— À partir de maintenant, vous êtes de nouveau à mon service, dit-elle d'un ton sans réplique.

Armand glissa l'enveloppe dans sa poche en la remerciant. Au toucher, il était certain qu'elle contenait suffisamment de billets pour régler ses dettes dans les troquets de la ville et se payer quelques tournées supplémentaires.

Marie l'interrogea sur sa vie, depuis qu'elle avait quitté la région. Il décrivit sa solitude, son désespoir et ses errances éthyliques. Il regrettait cette descente aux enfers, mais il n'avait pas le choix, tout le monde lui tournait le dos ! Puis il raconta ces jours sombres de 1932, quand il avait quitté La Vernière, et la haine qu'il vouait, depuis, à Emma et Margot.

Ces propos rassurèrent Marie. Le désir de vengeance du vieil homme était tel qu'il la suivrait sans restriction.

Quelques minutes plus tard, Armand prit congé. Il aurait volontiers continué à déblatérer sur La Vernière, mais de toute évidence le notaire et Marie avaient des choses à se dire…

Blanchard le raccompagna jusqu'à la porte. Il lui glissa quelques billets dans la main.

— Un petit plus, dit-il.

Sans attendre les remerciements d'Armand, il referma et monta rejoindre Marie. Cette fois, les choses sérieuses allaient pouvoir commencer !

À peine fut-il assis que Marie l'interrogea.

— Du nouveau sur Colliard ?

— Cela ne saurait tarder.

Elle avait ôté ses chaussures et ramené ses jambes sous elle. Elle s'était adossée au canapé, un bras allongé sur le dossier. Ils échangèrent un regard où la connivence le disputait à la méfiance.

— Encore merci de m'avoir introduit auprès de Mayer, dit Blanchard. Je suis certain qu'il a compris.

— Oui, coupa-t-elle. Il m'en a parlé.

Un brusque sentiment de jalousie saisit Blanchard en l'imaginant dans les bras de l'officier.

— Alors ? demanda-t-il.

— Alors quoi ?

— Vous êtes amants ?

— En quoi ça te regarde ?

— Je n'ai pas renoncé ! dit-il crânement en levant son verre.

Elle éclata de rire.

— Tu sais bien ce que j'en pense.

— Il faudra pourtant en reparler un jour. Comme toi, rien de ce que je fais n'est gratuit.

Marie se contenta de sourire.

Blanchard lui proposa alors de dîner en sa compagnie dans un restaurant de la ville, sur les quais de la Loire. Elle déclina l'invitation.

— Une autre fois, partenaire, ironisa-t-elle en enfilant ses escarpins. Je suis engagée.

Blanchard n'insista pas. À quoi bon ? Il suffisait d'attendre. Lorsqu'il aurait la confirmation au sujet de Colliard, elle se montrerait plus conciliante.

Ils s'embrassèrent comme deux amis.

— Tu veux que je te ramène ? proposa-t-il.

— Je suis venue avec la voiture de Marthe.

— Tu conduis, maintenant ?

— Qu'est-ce que tu crois ?

Elle le dissuada de l'accompagner jusqu'à la porte.

— Je connais le chemin !

Alors qu'elle traversait le jardin, elle imagina que Blanchard l'observait à la fenêtre en remâchant sa frustration. Cela l'amusa. Non, il n'aurait plus jamais son corps. Elle aimait Mayer.

Emma s'enferma dans son bureau, où s'amoncelaient les factures, les bons de commande et les lettres. Il était temps de régler les affaires pendantes et de tout classer. Et le moment était plutôt bien choisi : il pleuvait et il faisait un froid de canard.

Ce matin, Colliard s'était levé plus tôt qu'elle, mais il était resté à la ferme. Il n'avait aucun rendez-vous. Sa seule présence agaçait Emma. C'était aussi l'une des raisons pour lesquelles elle s'était réfugiée ici.

La tête ailleurs, elle se mit à la tâche. Elle ressassait son indifférence envers Colliard, sa haine des Boches qui la dépouillaient et le retour de cette traînée de Marie.

Comme promis, Paul s'était rendu à plusieurs reprises au Café de la Poste à Donzy, mais il n'en avait rapporté que de banales informations. Excepté une : selon certains habitués, Marthe prenait ses distances avec Marie.

Emma avait conscience que ses soucis la rendaient invivable. Elle supportait mal la contradiction, les enfants l'énervaient, rien de ce que faisaient Margot ou Colette ne trouvait grâce à ses yeux, et elle était à deux doigts d'envoyer paître Colliard chaque fois qu'il lui adressait la parole.

Elle entendit soudain des véhicules approcher de la ferme. Elle sortit et se tint sur le perron. Deux camions allemands stoppèrent à sa hauteur.

Fusil à la main, des soldats sautèrent du second véhicule et se mirent en rang. Emma avança à la rencontre de l'officier et de l'interprète qui se tenait à ses côtés, le même que la dernière fois. Il la salua.

— Madame, dit-il en tendant un document officiel, nous avons ordre de perquisitionner votre exploitation et ses dépendances.

— Pour quelle raison ? s'étonna Emma. Je n'ai rien à me reprocher !

Indifférent, l'officier adressa un signe de la main aux soldats, qui se dispersèrent.

— Vous n'avez pas le droit ! s'énerva-t-elle. C'est privé, ici, que je sache !

— Plus maintenant, répliqua l'interprète en pointant le doigt vers la cuisine. Je vous demanderai de nous y attendre avec votre famille.

— Et les ouvriers ? Ils n'ont rien à voir avec…

— *Schnell !* interrompit l'officier en la poussant.

Quand Emma entra, Margot, Colette et Colliard observaient la scène de la fenêtre. Martin et Madeleine jouaient à côté de l'âtre.

— Vous n'avez rien d'autre à faire ? ironisa Emma.

— Qu'est-ce que tu veux qu'on fasse ? répliqua Margot.

— Les ignorer.

Emma se servit une tasse de café et alla s'asseoir dans la salle à manger. Les enfants l'y suivirent. Comme ils se chamaillaient, cela la mit en rage.

— Margot, tu ne pourrais pas t'occuper des gamins ?

La servante vint les chercher.

— Arrête de passer tes nerfs sur eux ! dit-elle en les emmenant. Ce n'est pas leur faute si les Boches sont ici !

Quand ils furent sortis, Emma se détendit, sans être rassurée pour autant. Les Allemands la soupçonnaient de dissimuler des fournitures et des marchandises. Et ils avaient raison. Seulement, c'étaient des crétins ! Comment pouvaient-ils imaginer qu'elle les planquait ici ! Cela faisait belle lurette que tout avait été réparti entre plusieurs endroits. À la Coulisse, chez Andréa, mais aussi dans des dépendances plus ou moins en ruines qu'elle possédait aux alentours.

Colliard s'attabla en face d'elle.

— Tu crois qu'ils vont trouver quelque chose ? s'inquiéta-t-il.

— Évidemment, répliqua Emma. Ils sont là pour ça.

Colliard la dévisagea. Elle détourna le regard, mais il avait eu le temps d'y saisir un éclair de détestation qui le bouleversa.

— Ce n'est pas la peine de passer ta colère sur moi, dit-il, je n'y suis pour rien !

Elle haussa les épaules, excédée.

— J'ai de bonnes raisons de t'en vouloir.

Elle se rendit à la fenêtre pour épier les allées et venues des Allemands.

— Je peux savoir lesquelles ?

Elle se tourna vers lui.

— Tu m'emmerdes !

Sur ces mots, elle gagna la cuisine. Choqué d'une telle violence, Colliard hésita un instant à la suivre pour lui demander des explications, mais il y renonça. À quoi bon se donner en spectacle devant Margot et Colette ? Cela ne les regardait pas. Jugeant préférable d'aller ouvrir son cabinet de consultation plutôt que de se disputer avec Emma, il enfila sa veste.

— Tu t'en vas, bien sûr, ironisa Emma. Toujours la fuite !

Par discrétion, Colette sortit sous prétexte d'aller chercher des œufs.

— Pourquoi autant de méchanceté à mon égard ? demanda Colliard.

— Va donc travailler ! répliqua Emma. Laisse-moi seule face aux Boches.

— Mais à quoi pourrais-je te servir ici ? J'ignore tout de la manière dont tu gères la ferme.

Emma commençait à grimper à l'étage.

— Tu as raison, lança-t-elle sans s'arrêter, tu ne sers à rien !

Convaincu qu'il était inutile d'insister, Colliard sortit. Il expliqua aux Allemands qu'il était médecin. Ils le laissèrent filer.

Quand il fut parti, Emma revint se poster à la fenêtre. Les Allemands avaient aligné les ouvriers devant les anciennes écuries pour les interroger un par un.

Colette entra, un panier d'œufs à la main. Elle le posa sur la table.

— Je vais faire du feu, dit-elle.

Emma l'arrêta.

— Je préfère m'en occuper, prépare plutôt le déjeuner.

Elle raviva la braise qui couvait, puis y déposa quelques brindilles et des bûches. Le feu démarra très vite. Emma approchait une chaise pour profiter de la chaleur quand l'officier allemand, suivi de l'interprète, fit irruption dans la pièce. Impressionnée, Colette se réfugia dans la salle à manger.

Les deux hommes s'attablèrent en ordonnant à Emma de prendre place en face d'eux. L'officier s'adressa à elle sur un ton sec, traduit par l'interprète.

— Comme nous le pensions, vous avez sous-estimé vos livraisons de marchandises. Il manque dix quintaux de blé, cinq d'avoine et deux d'orge, ainsi que deux vaches, un cheval, deux centaines d'œufs et cent litres de lait. Nous avons dressé ce procès-verbal que je vous ordonne de signer.

Il poussa le document devant Emma. Comme il était rédigé en allemand, elle l'ignora.

— C'est ridicule, argumenta-t-elle. Si je vous donne tout ça, je n'ai plus qu'à mettre la clé sous la porte.

— Vous pouvez contester ce rapport auprès de la *Kommandantur* de Nevers, répliqua l'officier.

Certaine de ne pas pouvoir amadouer son interlocuteur, Emma signa.

— Prenez ce que vous voulez, dit-elle en se levant. Après tout, je m'en fiche !

Elle s'apprêtait à sortir quand l'officier la rappela sèchement.

— Ce n'est pas terminé, madame, expliqua l'interprète. Vous devez attendre que l'*Obersturmführer* vous donne congé.

Elle se tourna alors vers l'officier, qui reprit la parole.

— Nous allons prendre ce qui nous revient, et vous devrez passer à la *Kommandantur* pour régler l'amende qui vous sera notifiée.

Sur ces mots, les deux hommes se levèrent et sortirent, sans un regard pour Emma, qui se posta sur le perron. Les soldats chargeaient des animaux et des sacs de blé dans le second camion.

Elle aperçut Paul sortant de l'étable. Il s'approcha.

— On n'y peut rien ! expliqua-t-il lorsqu'il fut proche.

— Je sais, répondit-elle, au bord des larmes.

Il posa une main sur son épaule et la retira aussitôt, confus de se montrer si familier. Bouleversée par ce témoignage de tendresse, Emma dut se raisonner pour ne pas se jeter dans ses bras.

— Ne vous inquiétez pas, reprit-il. Pour l'instant, ils font la loi, mais un jour, fatalement, le vent tournera…

— Je le souhaite, répondit-elle. Mais en attendant, ils vont nous en faire baver.

5

Marie s'éveilla dans les bras de Mayer, encore endormi. La lampe de chevet diffusait une lumière tamisée. Elle jeta un œil sur le réveil : 4 heures, trop tôt pour partir. Elle souhaitait en profiter encore avant d'affronter la nuit, le froid, et peut-être Marthe, qu'elle n'avait pas encore prévenue de son prochain déménagement. Elle ignorait comment faire sans la blesser. En même temps, elle trouvait stupide d'hésiter. De toute manière, Marthe désapprouvait sa conduite.

Elle caressa Mayer, qui ne tarda pas à se réveiller. Leur étreinte fut brève, mais intense.

— Je t'aime, chuchota-t-elle alors qu'elle se reposait, comblée.

— Moi aussi, répondit-il en l'enlaçant.

— Cruel pied-de-nez, murmura-t-elle.

— Pourquoi ?

— Parce que je suis amoureuse d'un ennemi.

Mayer l'embrassa.

— Quelle importance ? Grâce à notre *Führer*, nous serons victorieux, et dès lors rien ne pourra s'opposer à notre union.

— Je voudrais pouvoir te croire…

Il se releva sur le coude et lui caressa le visage.

— Fais-moi confiance ! Aujourd'hui, c'est difficile, mais bientôt nos peuples cohabiteront pacifiquement et nous pourrons vivre librement notre amour !

Il la serra contre lui, comme pour lui communiquer ses convictions.

— Au fond, je m'en fiche ! dit-elle. Qu'au moins notre présent soit beau !

— Je ne vais pas tarder à bénéficier d'une permission, je t'emmènerai chez moi. Tu verras, c'est magnifique !

Elle lui sourit, décidée à croire ce qu'il lui disait, tandis qu'il se cala contre les oreillers pour allumer une cigarette.

— L'enquête sur La Vernière est bouclée. La propriétaire dont tu m'as parlé est en contravention. Le dossier est instruit à Nevers, mais il sera traité ici. Je t'en reparlerai.

— Que risque-t-elle ? demanda Marie.

— L'expropriation, ou davantage. Ce qui te donnera l'occasion d'en devenir propriétaire. L'officier qui a mené les investigations m'a assuré que l'endroit serait parfait pour y installer des services administratifs et un centre opérationnel. J'irai y faire un tour un de ces jours.

Elle se lova contre son corps chaud, heureuse de voir que sa vengeance prenait forme.

— Ce serait formidable…

Puis le réveil sonna. Il était 5 heures, Marie devait s'en aller. Elle embrassa longuement Mayer puis, à regret, se défit de son étreinte.

Lorsqu'elle fut dans le poulailler, Colette posa le seau de grains sur le sol et se mit à pleurer. Elle n'obtiendrait jamais d'Albert ce qu'elle désirait ! Il appartenait au monde de l'argent, qui ne supportait pas la consanguinité avec la misère, un monde sans foi ni loi. La preuve, il avait joué à l'amoureux pour pouvoir la baiser ! Elle éprouvait une certaine fierté de se refuser à lui, mais cela lui était tout de même insupportable. Elle l'aimait.

Elle sursauta lorsque Marcel entra.

— Que viens-tu faire ici ? demanda-t-elle, hargneuse.

— Je passais et je t'ai entendue pleurer.

Elle commença à remplir les mangeoires de blé. Les poules se précipitaient en caquetant. Subjugué par la beauté de Colette, Marcel tentait de maîtriser les battements désordonnés de son cœur.

— Je ne voulais pas te déranger, mais juste te dire que je… Enfin, que…

— Tu ne sais plus parler ou quoi ? rit-elle.

Marcel rougit. Elle s'approcha et lui caressa la joue.

— Tu es gentil…

Comme elle avançait vers la porte, il se poussa.

— Tu sais, bafouilla-t-il, il ne te mérite pas.

Elle s'arrêta et le dévisagea. Puis sortit sans rien ajouter. Marcel était si bouleversé qu'il attendit un instant avant de quitter les lieux. Ainsi, Colette ne le méprisait pas. Il gardait donc des chances de pouvoir la conquérir !

Il pleuvait à verse ce soir-là. Un vent venu du Nord soufflait par rafales depuis la fin de l'après-midi. Malgré cela, le Café de la Poste était bondé. Les conversations allaient bon train, et il y avait de quoi : le Maréchal venait d'annoncer qu'il entrait dans la voie de la collaboration.

Quelques consommateurs, dont Romain, déploraient qu'il eût ainsi ouvert la boîte de Pandore, mais ils étaient peu écoutés. La majorité des clients se réjouissaient. La ligne politique était tracée ! On pourrait enfin sympathiser avec l'ennemi sans culpabiliser ! Sans que personne en prît conscience, des amitiés étaient en train de se dissoudre, d'autres naissaient, des haines se tissaient. Une autre guerre, civile, celle-ci, commençait.

Marthe, qui allait et venait au milieu de l'assemblée pour servir, s'en rendait compte. Elle le devinait au ton des voix, aux regards échangés, aux gestes. Elle anticipait déjà le chaos dans lequel cette petite communauté allait s'enfoncer.

Quant à elle, ses opinions étaient arrêtées : elle ne serait jamais du côté de Blanchard, qui se pavanait au milieu de la salle, entouré d'hommes qui lui ressemblaient. Elle ne serait jamais l'alliée, encore moins l'amie de ces notables qui trinquaient avec des soldats allemands ! Elle n'userait pas de la séduction avec l'envahisseur, comme le faisait Marie, debout à côté de Mayer au milieu d'un groupe d'officiers. Elle refuserait que des hommes, tel Armand, assis non loin de là, complotent avec l'occupant pour se venger de leurs propres frustrations. Elle serait donc du côté de Romain et de ses copains, dont elle enviait la fougue patriotique.

Elle éprouvait du dégoût à devoir servir ces « étrangers » et tous ceux qui se muaient aujourd'hui en collaborationnistes admiratifs parce que Pétain les y avait autorisés.

Elle notait les subtiles liaisons qui s'opéraient. Blanchard s'était rapproché de Marie et discutait avec elle et Mayer. Armand les avait rejoints, le regard mouillé d'admiration pour sa nouvelle maîtresse. Ce qu'ils tramaient ne devait pourtant pas être admirable…

Elle se prit à détester Marie, qui entraînait dans son sillage son lot d'admirateurs naïfs. Jamais son café ne deviendrait un repaire de collabos aigris, en avance d'une trahison ou d'une vengeance. Jamais.

Marie s'approcha d'elle.

— Viens, j'ai quelque chose d'important à te dire.

Elles s'isolèrent dans la cuisine. Marie se servit un verre d'eau qu'elle avala d'une traite et se laissa choir sur un tabouret, en soupirant.

— Je suis vannée, dit-elle.

Pour se donner une contenance, Marthe fouilla dans un placard à la recherche d'une bouteille de marc. Elle s'en servit un verre et en proposa un à Marie, qui déclina.

— Que veux-tu me dire ? demanda-t-elle, accoudée à l'évier, son verre à la main.

Marie la regardait, souriante.

— Je vais emménager ailleurs.

Marthe cacha sa stupéfaction. Elle n'avait entendu parler de rien.

— Où ?

— Dans la villa des Saules, près de la rivière. Tu vois où c'est ?

— Très bien ! répliqua Marthe.

Elle connaissait l'histoire de cette maison. Elle était encore habitée l'année passée par le vieux Clément, un ancien avoué sans descendance, aujourd'hui décédé. Il l'avait léguée à la commune.

— Mayer l'a louée, reprit Marie.

— Aller chez lui devient problématique ?

Comme Marie s'empourprait légèrement, Marthe reprit :

— Je suis au courant de tes virées nocturnes, je t'ai entendue.

Marie détourna son regard.

— Je me doutais que tu savais. Que veux-tu, je suis tombée amoureuse de lui !

Marthe garda le silence pour marquer son hostilité.

— Tu désapprouves, n'est-ce pas ? s'inquiéta Marie.

— Peu importe, répondit sèchement Marthe. C'est ta vie. Tout ce que je souhaite, c'est que tu ne te trompes pas !

Peu désireuse de se justifier, Marie se leva.

— Ce sera mieux pour toi ! Tu ne pourras pas être accusée d'héberger une fille aux mœurs légères qui couche avec un Boche !

— Quand penses-tu t'en aller ? demanda Marthe.

— Très vite, répondit Marie avant de s'éclipser.

En d'autres temps, Marthe aurait pleuré. Aujourd'hui, c'était différent. Le déménagement de Marie signifiait que leur amitié avait vécu, et elle s'en réjouissait.

En ce matin de Toussaint, le temps avait tourné à la pluie. Un ciel de grisaille obscurcissait l'horizon et jetait un voile de tristesse sur la campagne.

Dans l'église de Narcy, c'était la messe des morts. Emma, Colliard et Margot y assistaient avant d'aller se recueillir sur les tombes familiales, tandis que Colette gardait les enfants.

Assise au premier rang, Emma était frigorifiée. Elle se retourna. L'assistance était clairsemée. Elle connaissait les femmes présentes, pour la plupart des veuves de la dernière guerre. Vêtues de noir, le visage dissimulé par une voilette, elles marmonnaient des prières, même quand le prêtre s'exprimait. La plupart ne s'étaient jamais remises d'avoir perdu leur fiancé ou leur mari, à Verdun ou ailleurs. Même celles qui s'étaient remariées gardaient au fond de leur cœur le souvenir de leur premier amour.

Emma ne s'intéressait guère à ce que racontait le curé. Elle sacrifiait à la tradition, voilà tout. Elle n'était pas croyante. Si un Dieu existait, jamais il n'aurait permis une telle souffrance sur terre.

Néanmoins, elle était heureuse d'être là, au milieu de ces fidèles. Cela lui donnait du courage pour affronter ses propres problèmes. Et Dieu sait qu'elle en avait ! À la suite de la dernière inspection des Allemands, elle avait été convoquée à la gendarmerie de Nevers. Ils avaient eu une copie du rapport selon lequel elle avait dissimulé des fournitures à l'occupant.

Elle s'était étonnée auprès du brave sergent qui la recevait que la gendarmerie s'occupât de cela, et non pas les Allemands. « Ce sont les ordres », lui avait-on répondu. On lui avait demandé de la convoquer et de lui faire signer le procès-verbal. Il s'exécutait. Il avait ajouté qu'elle serait de nouveau convoquée par les autorités d'occupation qui lui signifieraient la sanction.

— Qu'est-ce que je risque ? avait-elle demandé.

Le sergent avait haussé les épaules.

— Je n'en sais fichtre rien ! Avec eux, il faut s'attendre à tout. Mais je serais vous, je ne recommencerais pas ! Ils seraient capables de vous fusiller, rien que pour l'exemple.

Depuis, c'était le silence. Elle n'avait reçu aucune autre visite à La Vernière, ni aucune convocation. Avec un peu de chance, son dossier s'était peut-être égaré. Cependant, elle s'était préparée au pire, en demandant à son notaire une forte somme d'argent qu'elle avait dissimulée au grenier.

Marie la préoccupait également, même si elle ne s'était pas manifestée. Paul lui avait confirmé qu'elle s'affichait avec le chef de la *Kommandantur* de Donzy. Emma l'imaginait en train de préparer un sale coup à son encontre. Elle regretta d'avoir rompu le contact avec Marthe. Par son intermédiaire, elle aurait pu en savoir davantage.

Elle se sentait perpétuellement menacée, et cela la minait. Les enfants risquaient aussi d'en subir les conséquences. Elle avait pensé les éloigner avec Margot. Elle aurait pu leur trouver facilement une maison vers Châteauneuf, voire plus loin, mais sa hantise de ne plus les voir et l'opposition de Colliard avaient fait avorter ce projet. Leur discussion avait d'ailleurs dégénéré en dispute. Une de plus.

Par lassitude, ou peut-être par indifférence, elle ne cherchait plus à apaiser les tensions entre eux. À ses yeux, la situation était devenue irrécupérable. Colliard et elle, c'était déjà de l'histoire ancienne. Elle songeait parfois à demander le divorce, puis elle se raisonnait. À quoi bon ? Mieux valait sauver les apparences.

Naturellement, c'était à la fois frustrant et douloureux. Elle supportait mal de ne plus faire l'amour, de ne plus exprimer ni recevoir de la tendresse. Il ne lui restait guère qu'à se satisfaire des fantasmes que Paul éveillait en elle.

Naguère, elle se serait rebellée. Elle aurait tempêté, menacé et poussé Colliard dans ses retranchements. Aujourd'hui, elle n'en éprouvait plus le désir. Elle renonçait.

Elle eut du mal à s'extirper de ses pensées quand le curé bénit l'assistance. La messe était terminée. Elle suivit la foule qui sortait. Devant, Colliard parlait avec une femme, sans doute l'une de ses patientes. Margot la suivait. Elle se tourna vers elle.

— On va au cimetière et on rentre.

La servante approuva d'un hochement de tête et s'accrocha à son bras.

— Marche plus lentement, je n'ai plus vingt ans !

Emma l'embrassa sur la joue.

— À voir comme tu gambades encore, on ne dirait pas !

Margot haussa les épaules.

— Cesse de me flatter !

Elles traversèrent Narcy. Colliard avançait, loin devant elles, au milieu d'autres gens qui se rendaient également au cimetière. Elles croisaient parfois des femmes qu'elles connaissaient et s'arrêtaient pour bavarder du mauvais temps, des chers disparus ou de la situation du pays. Même si ce n'était pas gai, Emma y prenait du plaisir. Elle se sentait solidaire de toutes ses interlocutrices.

Au cimetière, elles se rendirent sur la tombe de Jeanne. Margot arrangea les fleurs que Paul avait apportées la veille. Elle effleura la pierre tombale de sa main tremblante et se mit à pleurer.

— Quand je pense à la vie qu'elle a eue…

Emma l'étreignit.

— Je suis convaincue qu'elle en a eu une formidable. Elle l'avait choisie, ce qui n'est pas donné à tout le monde.

Elles firent une halte devant la sépulture d'Émile et Hippolyte. Margot s'occupa de nouveau des fleurs. Elle ne pleurait plus.

— Tu l'as vraiment aimé, n'est-ce pas ? dit Emma.

— Oh oui ! Pourtant, Dieu sait ce qu'il m'a fait endurer ! Mais je ne lui en veux plus…

Emma songea à Émile. Sa haine s'était apaisée. Elle se surprit même à le regretter. S'il était là aujourd'hui, il saurait comment agir face aux Allemands. Il lui donnerait des conseils sur l'attitude à adopter envers Colliard. Elle esquissa un sourire. C'était le monde à l'envers : elle l'avait poussé dans le puits, et pourtant il lui manquait !

Margot lui saisit la main, sans la regarder.

— C'est toi qui l'as tué, hein ?

Emma ne répondit pas.

— Il est temps d'y aller, dit-elle simplement. Colliard nous attend.

Elles le trouvèrent, assis sur l'aile du véhicule, en train de fumer une cigarette. Emma le foudroya du regard.

— Tu aurais pu venir te recueillir avec nous !

— Je préfère parler avec les vivants qu'avec les morts ! répliqua-t-il en écrasant son mégot.

Puis il grimpa dans la voiture.

Blanchard sonna chez Marie. Il était d'excellente humeur. Les événements se précipitaient. Depuis l'entrevue de Montoire entre Pétain et Hitler, les Allemands s'étaient durablement installés. Il avait lu la presse, écouté la radio. Le doute n'était plus permis, le Maréchal s'engageait dans la voie de la collaboration.

Autre motif de satisfaction pour lui, la politique antijuive de Vichy se précisait. Chaque jour, de nouvelles décisions étaient prises par l'occupant et les autorités françaises. Cela lui serait bénéfique lorsqu'il serait nommé administrateur provisoire chargé de la liquidation des biens juifs, comme Mayer le lui avait récemment promis. Et puis, il y avait cette révélation qu'il s'apprêtait à faire à Marie...

Marie ouvrit. Les pieds nus, la chevelure en désordre, une cigarette aux lèvres, elle était vêtue d'une courte robe noire en coton qui lui donnait un air sauvageon. Blanchard se demanda si elle ne l'avait pas fait exprès pour l'exciter. En tout cas, il l'était.

Elle le laissa refermer et gagna le salon situé au rez-de-chaussée, à la gauche du couloir. Il l'y rejoignit. Comme Marie venait d'emménager, la pièce était encore en désordre. La jeune femme s'était à moitié allongée sur un canapé de velours grenat. L'odeur du tabac blond emplissait la pièce.

Il prit place sur un pouf, dont la présence lui sembla incongrue parce qu'il tranchait avec le reste du mobilier.

— Si tu veux boire quelque chose, sers-toi, dit-elle en désignant d'un geste nonchalant le meuble à apéritifs, près de la fenêtre.

Il refusa, puis la regarda fixement.

— Qu'est-ce qu'il y a ? demanda-t-elle, un brin agacé.

— Je ne t'ai jamais vue au milieu d'un tel capharnaüm…

— Je ne m'en sors pas. Il faut que je trouve des meubles qui aillent ensemble, et c'est la croix et la bannière. Il n'y a rien, dans ce patelin !

— C'est certain qu'ici on n'est pas rue du Faubourg-Saint-Antoine ! ironisa-t-il.

Piquée par cette remarque, Marie se redressa.

— Qu'est-ce qui t'amène ici de si extraordinaire ? Au téléphone, on aurait dit que tu venais de serrer la main de Hitler !

— Mon informateur avait vu juste : Colliard a une ascendance juive directe, ce qui en fait un Juif à part entière.

— Qu'est-ce que tu racontes ?

— La stricte vérité ! Selon mes informations, il appartient à une famille juive convertie au catholicisme dans les années 1930. Il n'y en a pas eu beaucoup, mais elle en faisait partie ! Et en voici la preuve…

Il lui tendit une fiche d'état civil officielle. Abasourdie, Marie la lui arracha quasiment des mains. Colliard, juif ! Elle éclata d'un rire nerveux. Désormais, qu'Emma volât ou non les Allemands n'avait plus d'importance. Avec cette information, elle était cuite, et sa putain de famille avec !

Elle se leva d'un bond.

— Attends-moi ici ! Je m'habille et on file voir Mayer à la *Kommandantur*.

Elle grimpa à l'étage. Un bref instant, Blanchard s'imagina la rejoindre pour lui faire l'amour sauvagement, mais cela ne dura pas. Son intérêt pour les affaires l'emportait.

Elle redescendit quelques minutes plus tard, métamorphosée. La sauvageonne était devenue une bourgeoise élégante, quelque peu hautaine. Blanchard songea qu'elle aurait pu être une parfaite Mata Hari.

Ils gagnèrent la *Kommandantur* à pied. Les sentinelles les laissèrent entrer sans encombre.

— On dirait que tu es chez toi, ici ! s'exclama Blanchard.

— Être la maîtresse du commandant facilite les choses, oui.

L'aide de camp leur demanda d'attendre dans l'antichambre du bureau : Mayer était en rendez-vous. Avec une pointe de jalousie, Blanchard nota que le jeune officier, qui devait avoir vingt-cinq ans à peine, avait du mal à détacher son regard de Marie.

L'*Oberst* les reçut quelques minutes plus tard. Blanchard salua le visiteur qui sortait du bureau. C'était Georges Delumeau, l'un des plus gros exploitants de bois de la Bertrange. Le notaire s'étonna de sa présence. Parce qu'il était socialiste, il l'imaginait réticent aux Allemands. Mais peut-être existait-il des marchés juteux à glaner auprès de l'occupant ?

Mayer invita Marie et Blanchard à prendre place dans le canapé. Il s'assit en face d'eux.

— Je suis désolé de ne pas pouvoir vous garder longtemps…

— Ce n'est rien, répondit Marie, mais je souhaitais t'informer de la découverte que vient de faire Blanchard.

Il exposa le cas de Colliard. Il était le fils de Rachel Colliard, née Sapoznik, une famille juive d'origine russe qui avait épousé Jacques Colliard, catholique, à Paris en 1895. Certes, elle était devenue catholique grâce à son mariage, mais aux yeux des Allemands et des lois antijuives cela n'effaçait en rien le fait qu'elle fût juive, et que Colliard le fût à son tour ! Et ce, même si ses parents étaient aujourd'hui décédés.

Il tendit à Mayer le document d'état civil qu'il s'était procuré auprès de son informateur. Ce dernier le parcourut en silence.

— Je vais ordonner une enquête, dit-il lorsqu'il eut terminé.

— Ce papier est authentique ! insista Blanchard, qui parvenait difficilement à dissimuler sa déception.

— C'est vrai, renchérit Marie d'une voix douce. Pourquoi attendre pour l'arrêter et confisquer leurs biens ?

Mayer échangea un sourire avec la jeune femme et se leva.

— Je ne doute pas de l'authenticité de ce renseignement, mais je dois effectuer un contrôle approfondi avant de prendre la moindre décision.

Marie et Blanchard s'approchèrent.

— Cela prendra-t-il du temps ? demanda-t-elle.

— Quelques jours tout au plus, répondit Mayer.

Il serra la main de Blanchard.

— Pardonnez-moi, cher monsieur, mais je souhaiterais échanger quelques mots avec madame.

— Bien entendu, répliqua le notaire en se tournant vers Marie. Je t'attends à l'entrée.

Lorsqu'il fut sorti, Mayer ordonna à son aide de camp qu'on ne le dérangeât sous aucun prétexte, puis il referma en prenant soin de pousser le loquet. Aussitôt, il entraîna Marie vers le canapé, où elle s'allongea.

— Pas ici, chuchota-t-elle. Nous…

Elle n'alla pas plus loin. Déjà Mayer relevait sa robe et la pénétrait. Emportée à son tour par le désir, Marie s'offrait à ses rudes coups de reins en étouffant ses râles de jouissance. Pressés par le temps, ils se concentraient sur leur plaisir, impatients de parvenir à l'orgasme, qui ne tarda pas.

Ils se rhabillèrent avec un sourire complice. Encore vibrante d'émotion, Marie se recoiffa devant le miroir qui surplombait la cheminée. Elle s'adressa à Mayer, qui s'y reflétait aussi.

— C'est dangereux pour une femme d'entrer dans ton bureau !

— Uniquement pour toi ! répliqua-t-il.

Dès qu'elle fut prête, il emplit deux verres de schnaps, puis ils trinquèrent.

— Il faut que je te quitte, dit Mayer. Du travail m'attend. Ce soir, je serai absent. J'ai une réunion importante à Nevers.

Marie l'embrassa sur la bouche.

— Tant pis pour toi ! lui lança-t-elle en ouvrant la porte. Je trouverai à m'occuper…

Quelques instants plus tard, elle rejoignait Blanchard qui faisait les cent pas dans la rue.

— Tu en as mis, du temps !

— Tu trouves ? s'étonna-t-elle faussement.

— J'espère que tu l'as convaincu d'accélérer.

— Tout à fait ! répliqua-t-elle en éclatant de rire.

Marthe attendait qu'il fût 23 heures pour fermer. Il tombait des cordes et il faisait froid. Le vent soufflait par rafales. On entendait la pluie gifler la devanture embuée. Le poêle à bois ronflait et dispensait une agréable chaleur dans la salle. Il y avait peu de clients et aucun soldat allemand, ce qui était rare.

Marthe avait déjà renvoyé les filles, ce dont elles l'avaient remerciée. Pour une fois, elles allaient profiter d'un peu plus de repos et de calme ! Fernand n'avait pas traîné non plus, impatient de retrouver son logis à la sortie de la ville. Seuls les amateurs de belote s'obstinaient à rester. Marthe se demandait comment ils parvenaient à jouer durant des heures, sans se lasser.

Soudain, Marie entra. Elle avait remonté son imperméable sur la tête pour protéger sa chevelure. Malgré cela, elle était trempée. Elle s'approcha du bar. À sa démarche chaloupée, Marthe comprit qu'elle était ivre. Elles s'embrassèrent.

— Tu as l'air dans un drôle d'état, s'étonna Marthe. Tu as fait la fête avec ton…

— Tout juste ! coupa Marie en grimaçant un sourire. Et j'ai l'intention de continuer avec toi. Sers-nous un petit marc, c'est moi qui régale !

Marthe s'exécuta sans entrain. Le ton gouailleur de Marie l'énervait.

— Pourquoi tu n'es pas restée avec lui ?

— Il est parti en opération je ne sais où.

Marthe posa les verres sur le comptoir. Elles trinquèrent.

— Ça n'a pas l'air de te rendre malheureuse, remarqua-t-elle, histoire de parler.

— Pourquoi le serais-je ? s'exclama Marie. Il s'est occupé de moi avant de partir…

— Il te comble à ce point ?

— Pour ça, oui ! Mais ce n'est pas la raison de ma gaîté ! Je peux enfin briser l'autre salope de La Vernière !

Marie éclata d'un rire éraillé. Croisant son regard, Marthe tressaillit.

— Et pourquoi ne pas la laisser tranquille ? C'est fini, tout ça ! Les temps ont changé, et ce n'est pas le moment de se faire du mal entre Français.

Marie haussa les épaules. Elle avala le reste de son verre cul sec et en réclama un autre.

— Qu'est-ce que tu vas faire ? s'inquiéta Marthe.

— Lui faire rendre gorge ! Tu vas voir.

Marthe posa une main sur son avant-bras.

— Un peu moins fort ! Les clients peuvent t'entendre.

Marie se tourna vers les joueurs de cartes, qui feignaient de se concentrer sur leur partie. Marthe les rejoignit pour débarrasser les verres.

— Allez, les gars ! Il est tard, et demain j'ouvre aux aurores !

Ils protestèrent pour la forme, mais finirent par se lever pour quitter le café.

Marthe ferma la porte et revint au bar, où elle lava les verres. Après quoi elle éteignit les lumières, excepté celle du bar, et reprit sa place face à Marie.

— Tu ne m'approuves pas, hein ? lâcha Marie.

— C'est ton affaire, répondit Marthe en haussant les épaules.

— Tu parles ! Que je baise avec un Boche et que je veuille me venger d'Emma, ça te dégoûte, oui !

— Je m'en fous ! répliqua Marthe, agacée, tu fais ce que tu veux de tes fesses ! En revanche, faire du mal à Emma alors que nous sommes occupés par les Boches, je ne trouve pas ça très propre ! D'ailleurs, qu'est-ce que tu peux lui faire, à Emma ?

Marie avala une gorgée d'alcool, puis reposa son verre.

— Beaucoup de mal, crois-moi ! J'en ai le pouvoir, maintenant, grâce à Mayer.

Elle éclata d'un rire si vulgaire que Marthe en eut la nausée. Marie avait tellement changé qu'elle ne la comprenait plus. Pour tout dire, elle l'effrayait.

— Allez, rentre chez toi ! lui conseilla-t-elle avec une douceur feinte. Tu es cuite ! Demain, tu auras les idées plus claires et tu te rendras compte de l'énormité de tes propos.

Marie la dévisagea d'un œil éteint, puis descendit du tabouret en prenant appui sur le comptoir. Après s'être assurée qu'elle pouvait tenir debout, elle gagna la porte d'un pas hésitant.

— Tu me fiches dehors, c'est ça ? Je t'écœure ? Eh bien, je m'en fous !

Lorsqu'elle eut ouvert la porte, elle se tourna vers Marthe.

— Dommage ! On aurait fait une belle équipe, toutes les deux…

Puis elle claqua la porte derrière elle. La clochette d'entrée tintinnabula, puis ce fut le silence. Marthe éclata en sanglots. La guerre commençait bel et bien à faire des ravages.

Le lendemain matin, il faisait encore nuit lorsque Marthe commença à balayer la salle. Elle avait les yeux gonflés par le manque de sommeil. Inquiète des menaces de Marie, elle n'avait cessé de songer à Emma… Bien sûr, elle avait eu naguère un différend avec elle, mais cela s'était arrangé. Depuis, leurs rapports étaient devenus cordiaux. Colliard, qu'elle consultait régulièrement, lui était sympathique. Elle avait également songé aux deux marmots. Elle n'imaginait pas qu'on pût leur faire du mal !

Voir Marie s'enticher des Allemands et les utiliser pour faire du mal à d'autres Français la révulsait. Elle jugeait son comportement injustifiable et dangereux. Même si son commerce prospérait grâce aux Boches, jamais elle ne se compromettrait ainsi avec eux !

Elle passait la serpillière quand Romain entra. Comme chaque matin, il venait prendre un petit noir avant d'aller trier le courrier au bureau de poste.

Ils s'embrassèrent.

— Tu n'as pas l'air dans ton assiette, remarqua-t-il.

— J'ai mal dormi, répondit Marthe en remplissant deux tasses de café.

Ils s'attablèrent.

— Il faut que je te parle, lâcha-t-elle. Marie m'a causé hier, elle m'effraie. Elle est décidée à se venger d'Emma. Elle m'a laissé entendre que les Boches étaient dans le coup… Qu'elle avait maintenant du pouvoir.

Romain posa une main sur la sienne.

— Elle t'a dit comment elle comptait s'y prendre ?

— Non, mais j'ai compris que ce n'étaient pas des paroles en l'air. Elle a vraiment l'intention de faire du mal.

— Ça ne m'étonne pas de cette salope !

— Je ne sais pas quoi faire.

— Ce qui compte, c'est qu'Emma soit mise au courant. Cela lui donnera un temps d'avance pour s'organiser. Et essaie de savoir ce que Marie a derrière la tête.

— Ce sera difficile, elle a compris que je désapprouvais sa conduite.

Marthe prit la main de Romain, qui tenta de maîtriser son trouble.

— J'ai repensé à ce que tu m'as dit l'autre jour, reprit-elle. Je suis prête à vous aider. Je ne peux pas supporter l'idée de rester inactive. Dis-moi ce que je dois faire !

— Pour l'instant, rien. Nous ne sommes encore qu'une poignée. Mais un jour viendra où nous serons plus nombreux et organisés. Alors, je te dirai quoi faire. En attendant, file à La Vernière dès que tu peux et préviens Emma.

Il se leva et l'embrassa sur le front. Ils échangèrent un sourire, puis il sortit. Marthe le regarda s'éloigner. Le jour commençait à se lever. Elle jeta un œil vers le ciel dégagé. Au moins, il ne pleuvrait pas aujourd'hui.

Elle quitta le café à 19 heures. Elle s'était arrangée avec Fernand pour qu'il restât jusqu'à son retour. Néanmoins, celui-ci lui avait demandé de se dépêcher. Il avait à faire.

Elle roulait très vite. Elle avait beau réfléchir, elle ne voyait pas de quelle manière Marie se vengerait. Mais une chose était certaine : elle allait agir rapidement.

Elle entra en trombe dans la cour de La Vernière sous le regard surpris d'ouvriers qui se trouvaient là. Elle stoppa à quelques mètres de la cuisine et s'y rendit. Colette reprisait, Margot jouait avec les enfants.

— Marthe ? Tu as le feu au derrière ou quoi ? plaisanta Margot.

— Est-ce qu'Emma est ici ?

— Elle est dans son bureau.

Marthe gagna l'autre bâtiment, mi-marchant, mi-courant. Inquiète et curieuse, Margot l'observait par la fenêtre.

Arrivée au bureau, Marthe frappa et entra. Surprise, Emma s'était à moitié levée.

— Marthe ?

Celle-ci referma et s'affala dans le canapé. Emma vint la rejoindre.

— Qu'est-ce qui t'arrive ?

Marthe prit ses mains dans les siennes.

— Vous êtes en danger !

Puis elle lui rapporta sa conversation avec Marie.

— Elle parlait comme si elle désirait ta mort, conclut-elle.

Emma leur servit un verre de fine et revint s'asseoir.

— Elle t'a dit ce qu'elle allait faire ?

— Penses-tu ! Elle est trop maligne pour ça ! Elle m'a juste fait comprendre qu'elle ne te ferait aucun cadeau.

— Que veux-tu qu'elle nous fasse ?

— Je l'ignore, mais elle est prête à tout !

Elles burent en silence. Marthe alluma une cigarette, anxieuse.

— Ne sois pas effrayée, la rassura Emma. Je vais réfléchir.

Marthe la dévisagea.

— Il ne s'agit plus de réfléchir, mais d'agir ! Elle a les Boches dans sa poche. Elle couche avec le chef de la *Kommandantur* de Donzy ! Il faut te préparer au pire, mettre de l'argent de côté, penser aux enfants…

— Avec un Boche, marmonna Emma d'un air écœuré. Elle a vraiment le feu au cul, la salope !

Marthe se leva.

— Je suis désolée, je dois rentrer. Mais je t'en prie, agis, et vite !

Elles s'embrassèrent.

— Merci de m'avoir prévenue, ça me touche beaucoup.

Elle la raccompagna jusqu'à sa voiture. Margot regardait par la fenêtre, l'air inquiet. Marthe s'installa au volant.

— Si tu as besoin de quelque chose, n'hésite surtout pas.

Elle démarra. Emma regarda le véhicule s'éloigner, puis regagna la cuisine. Margot l'interrogea du regard, mais elle ne lui livra aucune explication.

— Sers la soupe aux enfants dans la salle à manger, dit-elle à Colette en prenant Martin et Madeleine par la main. Ce soir, je m'en occupe.

Quand Colliard revint de La Charité, les enfants étaient couchés. Colette, Margot et Emma avaient fini de dîner. Elles étaient encore attablées, silencieuses.

— Vous en faites, une tête ! dit Colliard en prenant place.

Colette le servit. Emma lui rapporta les propos de Marthe qu'elle-même venait de confier aux deux femmes. Colliard sembla surpris.

— Comment pourrait-elle nous faire du mal ? Je suis docteur et toi, l'une des plus importantes propriétaires de la région ! J'en toucherai un mot au maire dès demain matin.

Il commença à manger. Emma le dévisageait, agacée.

— Tu peux redescendre sur terre, oui ? Tu crois que dans la situation actuelle ton statut de notable te met à l'abri de la répression allemande ? Qui plus est, je suis dans leur collimateur ! Si la Marie-couche-toi-là se met à baver auprès de son Boche, nous sommes menacés pour de bon.

Colliard masquait son irritation. Il reposa sa cuillère et s'essuya la bouche.

— Ce n'est pas parce que Marthe vient te voir paniquée qu'il faut l'imiter, dit-il froidement. J'ai le pouvoir de m'expliquer avec…

— Mais tu n'as aucun pouvoir ! Lis les journaux, écoute la radio, et tu verras qu'ils n'hésitent pas à arrêter, emprisonner, et fusiller s'il le faut ! Tu comprends ça ?

Certaine qu'une nouvelle dispute s'annonçait, Colette disparut dans la cuisine, les bras chargés d'assiettes et de couverts. Margot écoutait. Elle donnait raison à Emma : Marie était assez méchante pour imaginer un coup tordu.

— Le fait que Marie couche avec un officier allemand ne lui donne pas tous les droits, reprit Colliard. Nous avons encore des lois qui nous protègent !

De rage, Emma jeta sa serviette par terre.

— Je t'en ficherais, des lois ! Ton vieux croûton de maréchal que tu respectes tant vient de baisser son froc devant les Boches. Pas un jour ne passe sans qu'une loi anti quelque chose soit édictée !

— Contre les Juifs, effectivement, mais nous, le Maréchal nous protège !

— Tu es vraiment trop bête, lâcha Emma en se levant. J'en ai assez entendu pour ce soir !

Elle passa dans la cuisine, attrapa une veste et sortit en claquant la porte.

Le silence s'installa. Quelques bruits provenaient de la cuisine, où Colette s'activait. Perdu dans ses pensées, Colliard jouait avec des miettes qui traînaient sur la nappe. Margot se retenait de pleurer. Il lui semblait qu'une nouvelle malédiction venait de s'abattre sur La Vernière. Elle songea au temps où Émile dirigeait le domaine et à l'ambiance active qui y régnait. Emma allant et venant dans la ferme, toujours joyeuse... Tout cela lui paraissait si éloigné.

— Emma a raison, dit-elle à Colliard. Vous devriez l'écouter. Avec les Boches, nous sommes tous en danger.

Il haussa les épaules et se leva brusquement.

— Vous n'allez pas vous y mettre vous aussi ! lui lança-t-il avant de monter à l'étage.

Margot décida de rejoindre la maison des Quatre-Vents. Tout lui échappait. Colette lui proposa de la raccompagner. Elle accepta. Cela lui changerait les idées.

Pour se calmer, Emma triait la paperasserie qui s'était accumulée sur le bureau. Ce n'était plus la peine de s'encombrer ! Des temps difficiles s'annonçaient. Elle avait fraudé, et les Allemands le lui feraient payer. Anticipant le pire, elle prévoyait d'être expropriée. Elle ne conservait donc que ce qui pourrait lui être demandé concernant la gestion de La Vernière. Le reste irait à la poubelle. Sans nostalgie, elle se débarrassa ainsi d'anciennes lettres d'Émile, de Louis et même de Colliard qui la rattachaient au passé. Seule comptait désormais la protection de la famille.

Dès le lendemain, elle se rendrait chez le notaire pour récupérer l'argent liquide qu'elle possédait encore. Avec ce qu'elle avait déjà ici, cela représenterait une somme qui lui permettrait à la fois de payer les ouvriers et de voir venir.

La naïveté de Colliard lui avait ouvert les yeux. Elle ne pouvait compter que sur elle-même pour protéger ceux qu'elle aimait. Margot était désormais trop âgée pour lui être d'un grand secours. À l'inverse, Colette et Marcel étaient trop jeunes. Restait Paul.

Déterminée, elle dessinait l'avenir au cas où les Allemands la ficheraient dehors. Elle louerait un appartement et travaillerait, tandis que Margot et Colette s'occuperaient des enfants. Avec son salaire, l'argent qu'elle avait mis de côté et ce que Colliard gagnait, cela suffirait largement à joindre les deux bouts.

Elle termina son tri à 2 heures du matin. Elle était épuisée, mais rassurée. Demain, elle brûlerait ce qu'elle avait jeté.

Elle s'affala sur le canapé. C'était l'heure d'aller se coucher, mais la perspective de dormir auprès de Colliard l'en dissuada. Elle s'allongea et se couvrit avec le plaid en laine qu'elle gardait là en permanence. Aussitôt après avoir éteint, elle s'endormit.

Le lendemain, à son retour de l'étude notariale, il pleuvait dru. Emma réunit le personnel à l'abri dans la grange. D'emblée, elle leur annonça que le domaine risquait de faire l'objet d'une mesure d'expropriation. Dans ces conditions, chacun était libre de s'en aller.

Lionel, l'un des plus jeunes employés, assura qu'il restait. Les autres firent de même, excepté deux journaliers qui devaient s'en aller quelques jours plus tard.

— On tiendra le coup ! conclut Paul.

Emma retenait ses larmes. Voir autant de grands gaillards l'assurer de leur fidélité la bouleversait. Elle les remercia, promettant de tout faire pour éviter cette catastrophe. Afin de fêter cette chaleureuse unanimité, elle demanda à Marcel et Colette d'aller chercher des bouteilles à la cave.

Quand ils se furent servis, tous portèrent un toast à la survie de La Vernière. Emma passa de groupe en groupe en prenant soin de parler avec chacun. Comme cela n'arrivait presque jamais, la plupart étaient intimidés. Consciente qu'elle se montrait trop distante avec eux, Emma s'efforçait de les mettre à l'aise. Elle les encourageait à lui livrer leurs remarques concernant la gestion du domaine, leurs préoccupations aussi.

Au fil des échanges, elle découvrait des hommes courageux, ouverts, heureux de leur travail et viscéralement attachés à La Vernière. Les plus hardis se moquaient de son caractère autoritaire, de ses colères, mais toujours avec respect et gentillesse. Certains, parmi les plus anciens, lui confièrent qu'elle leur avait fait oublier Émile, ce qui n'était pas le moindre des compliments.

Quand vint le moment de se séparer, elle les remercia de nouveau. Cette rencontre, leur dit-elle, resterait comme l'un de ses plus beaux souvenirs.

Colliard rentra de La Charité peu après. Emma se réjouit qu'il n'eût pas été là. Il n'aurait pas compris la complicité qu'elle et son personnel venaient de partager.

Quand elle eut rejoint la cuisine avec Colette et Margot, Colliard lui proposa de monter dans leur chambre. Il devait lui parler. Sitôt là-haut, il lui rapporta qu'il était allé voir le maire.

— Eh bien ? demanda sèchement Emma, adossée à la porte.

Le médecin se racla la gorge, l'air embarrassé.

— Ils ne peuvent rien faire, dit-il, penaud.

Emma se prit à rire.

— Ah ! Ils sont beaux, nos politiques ! Tous vendus aux Boches !

— S'il le faut, j'irai voir le préfet. Je suis même prêt à aller à Vichy !

Elle le toisa, effondrée de le découvrir aussi naïf.

— Ton vieux con de Maréchal n'a même pas sauvé la France, ce n'est pas pour sauver La Vernière !

Sur ces mots, elle planta Colliard. Il pouvait bien aller au diable, elle se débrouillerait seule.

Lorsqu'elle croisa Paul en se rendant à son bureau, elle fut à deux doigts de lui demander de la suivre pour lui faire l'amour.

Ce soir du 22 novembre, Mayer arriva très tard chez Marie. Il revenait de Clamecy, où il avait dirigé l'arrestation d'ouvriers en grève dans une usine de traitement de bois. Ils agissaient ainsi pour retarder les livraisons à l'armée allemande.

Marie l'invita à s'asseoir dans le canapé et lui servit un verre de prune, son alcool préféré. Elle s'installa à côté de lui et le caressa.

Mayer ne fut pas long à répondre à ses sollicitations. Ils s'embrassèrent, puis il la porta jusque dans la chambre, où ils continuèrent leurs ébats.

Un peu plus tard, lorsqu'ils s'éveillèrent, Marie alluma une cigarette qu'elle partagea avec Mayer. La pièce était éclairée par un réverbère proche.

— Tu ne regrettes pas ? demanda Marie.

— Quoi ? D'être tombé amoureux de toi ?

— Oui.

— Rien, pas même la guerre, ne me ferait regretter de t'aimer !

Elle émit un petit rire.

— Ce n'est pas très conforme à l'idéologie nazie…

Il l'étreignit.

— Qu'est-ce que tu en sais ?

— L'amour et les canons n'ont pas grand-chose en commun !

— Nous sommes des soldats, mais aussi des hommes pourvus de sensibilité.

Suivit un court silence. Ils savaient que la guerre serait toujours là, entre eux. Cependant, ni l'un ni l'autre ne souhaitaient ressasser cette évidence. Ils n'y pouvaient rien changer.

— Tu as des nouvelles à propos de Colliard ? demanda Marie.

— Oui. L'enquête est close. Sa judéité est formellement établie.

Elle se redressa.

— Alors ?

— Nous allons faire ce que nous faisons toujours dans ce cas.

— C'est-à-dire ?

— Je ne peux pas te le dire.

— Tu ne me fais pas confiance ?

— C'est une opération militaire, les consignes de confidentialité sont strictes. Néanmoins, je peux te confier que nous allons annexer La Vernière. Nous avons besoin de place pour héberger certains de nos services.

— Je croyais que…

— Ne t'inquiète pas, les titres de propriété seront mis à ton nom. Nous te louerons l'endroit, et tu pourras habiter dans la maison des Quatre-Vents dont tu m'as parlé.

— Tu viendras m'y rejoindre ?

— Bien sûr, autant que me le permettront mes obligations.

Marie s'allongea, soulagée. Que les Allemands occupent La Vernière lui était égal, pourvu qu'elle lui appartînt. Restait le sort d'Emma.

— Que comptes-tu faire de l'actuelle propriétaire ? demanda-t-elle.

— Elle sera arrêtée et jugée. La sanction sera sans doute très lourde.

Marie alluma une nouvelle cigarette pour apaiser sa frustration.

— Je veux plus que ça !

Mayer la dévisagea, étonné.

— Tu ne voudrais tout de même pas qu'on la fusille sur-le-champ ?

— Au contraire, répliqua Marie, je souhaite qu'elle soit épargnée avec ses mômes ! Je veux la voir chaque jour empêtrée dans la misère et contrainte d'assister à mon triomphe. Je veux qu'elle dépende de moi, qu'elle me doive sa survie, qu'elle soit libre, mais dépouillée de tout ! Et surtout de son mari…

Il éclata de rire.

— Je vais essayer d'arranger ça, dit-il en songeant combien la haine entre deux femmes pouvait atteindre des sommets.

6

Avant de quitter la cuisine, Colliard jeta un coup d'œil au calendrier mural. On était le 27 novembre.

Il faisait un froid glacial, mais le ciel était dégagé. Il gagna la grange, où il avait garé la voiture. Il avait hâte de retrouver son cabinet. Il s'y sentait à l'abri de l'agressivité d'Emma. Malgré ses tentatives de réconciliation, elle continuait de l'accabler de reproches. La plupart du temps pour des broutilles, mais c'était usant !

Le moteur démarra difficilement. L'essence que lui accordait la mairie en tant que médecin était de mauvaise qualité. Mais cela n'avait plus guère d'importance. Dans quelques jours, comme le lui avait promis le maire, Robert Drouin, la municipalité prendrait en charge la pose d'un gazogène sur le véhicule.

Après la traversée des Bertins, il décéléra. Il avait envie de prendre son temps. Les premiers patients n'arriveraient que dans une heure.

Le paysage était magnifique, les rayons du soleil levant rasaient les champs et les prés couverts de givre. Il songea à la journée qui l'attendait. Il commencerait par voir le maire, qui lui avait donné rendez-vous deux jours auparavant. Il ignorait pourquoi, mais cela ne devait pas être très important. Sans doute voulait-il lui parler de la voiture ? Après quoi, il commencerait ses consultations. Il y aurait du monde, c'était la période des rhumes.

L'après-midi, il devait rendre visite à plusieurs malades, pour la plupart des personnes âgées qui ne pouvaient plus se déplacer. Usées par la vieillesse, certaines étaient mal en point. Il s'agirait de les préparer à l'inévitable. C'était l'aspect de son métier qui lui répugnait le plus. Que dire à un grabataire aux portes de la mort ?

À La Charité, les rues étaient quasiment désertes. Depuis quelques semaines, les affaires tournaient au ralenti. La population s'était recroquevillée sur elle-même, dans l'attente de jours meilleurs.

Il se gara sur la place, devant le cabinet. Il eut envie d'aller prendre un café, puis se ravisa. Avant de recevoir les patients, il aimait étudier les fiches individuelles sur lesquelles il notait ses observations cliniques et les remèdes prescrits.

Cela l'occupa jusqu'à son rendez-vous avec le maire, à 8 heures. Comme il détestait être en retard, il sortit et traversa la place ensoleillée pour gagner l'hôtel de ville. Il croisa quelques connaissances, heureux qu'aucune ne l'arrêtât pour lui demander un conseil ou un rendez-vous.

Arrivé à la mairie, il grimpa à l'étage, où se trouvait le bureau de l'élu. Il frappa et entra.

— Excusez-moi, dit-il en découvrant Drouin en conversation avec deux gendarmes et deux civils.

— Je t'en prie, entre, dit le maire. On parlait de toi, justement.

Une vague angoisse saisit soudain Colliard. Tout lui paraissait anormal. Drouin, pas aussi jovial que d'habitude, et les inconnus qui affichaient des mines fermées. L'un d'eux, en civil, se leva et lui indiqua d'un signe de tête de prendre sa place. L'homme était grand et maigre, vêtu d'un imperméable noir qui descendait jusqu'aux chevilles. On aurait dit un ecclésiastique.

— Qu'est-ce qui se passe, Robert ? demanda Colliard une fois assis.

— Ce monsieur va t'expliquer, répliqua le maire en désignant son voisin.

L'homme, debout à côté du bureau, posa sur Colliard un regard vide qui trahissait une absence totale d'émotion.

— Vous êtes docteur, n'est-ce pas ?

— Absolument.

L'inconnu compulsa plusieurs feuillets qu'il tenait à la main, puis fixa de nouveau Colliard.

— Un nom bien français, n'est-ce pas ?

— Où voulez-vous en venir ? s'énerva le médecin. Que se passe-t-il ? continua-t-il en s'adressant au maire.

Drouin détourna le regard.

— C'est à moi que vous devez vous adresser, monsieur, reprit l'inconnu d'une voix égale.

— Je veux bien, mais qui êtes-vous ?

— Cela ne vous regarde pas, répliqua sèchement l'inconnu. En revanche, j'apprécierais que vous me parliez de Rachel Sapoznik.

À l'énoncé de ce nom, Colliard eut la sensation que son cœur s'était arrêté de battre. L'explication était à la fois si simple et si compliquée.

— Il s'agit de ma mère…

— Une youpine, n'est-ce pas ? insista l'inconnu avec mépris.

Blessé d'entendre sa mère ainsi désignée, Colliard préféra cependant se justifier plutôt que protester.

— Effectivement, elle était juive lorsqu'elle a rencontré mon père. Mais très vite, elle s'est convertie au catholicisme pour pouvoir l'épouser. Elle a alors renié sa première religion, donc sa judéité. J'ai tout naturellement été éduqué dans le respect des principes de la religion catholique jusqu'à la mort de mes parents. J'avoue que, si je connaissais leur passé, je ne me suis jamais considéré comme juif.

— Le problème, répliqua ironiquement l'inconnu, c'est que vous l'êtes tout de même ! Aussi, je vous demanderai de nous suivre.

Les autres hommes, qui étaient restés silencieux, se levèrent et l'entourèrent comme s'il s'apprêtait à fuir.

— Mais enfin ! s'énerva Colliard en se tournant vers Drouin, explique-leur que je ne peux pas abandonner le cabinet ! Des patients m'attendent !

Indifférent à ses protestations, l'inconnu le saisit par le bras et l'entraîna vers la sortie.

— Suivez-nous ! Vous êtes assigné à résidence.

Encadré par les deux civils, Colliard gagna sa voiture. Les gendarmes suivaient. Les passants regardaient passer cet étrange transport, à la fois surpris et inquiets. Qu'avait donc fait le docteur pour être traité de la sorte ?

Le civil qui avait interrogé Colliard s'installa à côté de lui, tandis que son acolyte montait dans le véhicule des gendarmes.

— Direction La Vernière ! ordonna-t-il.

Colliard démarra. Dans le rétroviseur, il aperçut l'autre voiture qui suivait.

— Que va-t-il se passer ? demanda-t-il, la peur au ventre.

L'inconnu regardait droit devant lui, les mâchoires serrées. Soudain, il ricana.

— Ce qui va bientôt arriver à tous les youpins de ton espèce. On va se débarrasser de vous !

Giflé par la violence de ces mots, Colliard se tut. Il tenta de se rassurer. C'était un mauvais rêve. Le Maréchal n'allait pas laisser faire de telles choses. Il était médecin ! Plein de gens allaient intercéder en sa faveur.

Mais ces réflexions n'avaient aucun effet apaisant sur lui. La peur demeurait logée au creux de son ventre. Il appréhendait le moment où il arriverait à la ferme sous le regard de ceux qui se trouveraient là. Il imaginait déjà leur stupeur, leur incompréhension, leur frayeur. Il devrait expliquer, se justifier. Comment réagiraient-ils ? Surtout Emma…

Quand le convoi pénétra dans la cour, Emma sortit sur le perron de la cuisine. Margot et Colette se tenaient derrière elle. Quelques ouvriers s'étaient arrêtés pour observer la scène.

Colliard descendit de la voiture, escorté par l'inconnu. Les trois autres demeurèrent dans le second véhicule.

— Que se passe-t-il ? demanda Emma d'une voix hésitante lorsque Colliard passa devant elle pour entrer dans la cuisine avec le policier en civil.

— Ce n'est rien, ne t'inquiète pas, dit-il.

Lorsqu'ils furent dans la pièce, l'homme s'adressa sèchement au médecin. Les femmes écoutaient.

— Vous n'avez plus le droit de sortir d'ici, ni de pratiquer la médecine. Si vous tenez à votre famille, ne tentez en aucune façon de fuir. La procédure suit son cours, on vous tiendra au courant.

Puis, sans rien ajouter, il sortit rejoindre ses acolytes. La voiture démarra aussitôt.

Un lourd silence s'installa dans la cuisine. Choquées, les femmes dévisageaient Colliard.

Soudain, sur un signe d'Emma, Margot monta rejoindre les enfants à l'étage et Colette quitta la pièce.

— Tu peux m'expliquer ? demanda-t-elle d'un ton sec.

Il raconta tout, d'une seule traite. Sans passion. Sans chercher à se justifier. C'était ainsi. Il n'avait jamais songé que naître d'une mère juive eût une quelconque importance alors qu'il avait reçu une éducation catholique. Au point qu'il l'avait même oublié !

Lorsqu'il eut terminé, ce fut de nouveau le silence. Emma le dévisagea longuement, puis sortit. Au dernier regard qu'elle lui lança en franchissant le seuil, il comprit qu'elle lui disait adieu.

Enfermée dans son bureau, Emma tentait de dominer sa colère. Colliard lui avait menti ! Il lui avait dissimulé une part de son identité ! La pire qui fût dans le contexte actuel ! En agissant de la sorte, il la mettait en danger, ainsi que leurs enfants et leurs proches. C'était impardonnable.

Lorsqu'elle réussit à s'apaiser, elle envisagea l'avenir. Un jour ou l'autre, Colliard serait arrêté et emprisonné. Il suffisait d'écouter la radio ou de lire les journaux pour en être convaincu. La chasse au Juif était ouverte ! Qu'en serait-il, alors, de la famille ? Et surtout des enfants, juifs par filiation directe ? Elle l'ignorait.

De son côté, Colliard avait gagné la chambre à coucher. Il tentait d'échafauder une explication qui ressemblât à une excuse. Mais rien ne pouvait justifier le fait qu'il eût dissimulé sa véritable origine à Emma. Il n'éprouvait pourtant aucune culpabilité. Il ne s'était jamais senti concerné par ce problème. Depuis toujours, y compris depuis que Vichy stigmatisait les Juifs, il était français et catholique ! Néanmoins, il était coupable aux yeux de sa femme, comme il l'était pour le gouvernement et les Allemands.

Emma prit l'initiative de l'explication. Dédaignant le dîner, elle alla dans la chambre après avoir demandé à Margot de s'occuper des enfants.

Elle découvrit Colliard affalé dans le fauteuil proche de la fenêtre, le regard triste, les traits défaits. En d'autres temps, elle aurait été émue. Aujourd'hui, elle était au bord de l'insulte, décidée à ne faire aucune concession.

— Qu'est-ce que tu comptes faire ? demanda-t-elle.

— C'est de ma faute, je le reconnais.

— Je me fiche de ta contrition ! répliqua-t-elle avec véhémence. En taisant ton origine, tu as impliqué tous ceux qui vivent sous ce toit. Y compris les ouvriers ! Autant de personnes qui n'ont rien demandé et à qui tu fais prendre d'énormes risques !

— Je sais…

— Tu sais, tu sais ! répéta Emma, étouffée par la colère. En quoi cela efface-t-il le problème ? Maintenant que tu nous as mis dans le pétrin, que vas-tu faire pour nous en sortir ?

Colliard se tourna vers elle et croisa son regard, où se lisaient à la fois l'exaspération et l'angoisse.

— Je l'ignore. Fuir, peut-être ?

Elle éclata d'un rire méprisant.

— Fuir ! C'est tout ce que tu as trouvé ? Effectivement, si tu veux que nous soyons fusillés, c'est ce qu'il y a de mieux à faire ! C'est affligeant. Où sont les valeurs défendues par ton maréchal d'opérette ? Ah ! mais j'oubliais ! C'est vrai qu'il a préféré la reddition au combat ! Sans doute tiens-tu à l'imiter !

— Je pensais…

— Je me fiche de ce que tu penses ! Dans une situation comme celle-ci, on assume ! Et l'on songe surtout à protéger ceux que l'on aime !

Emma se retenait de le gifler. Elle s'assit sur le rebord du lit.

— Je ne reviendrai pas sur ton mensonge, il est trop tard maintenant. Mais sache qu'avec lui tu as signé la fin de notre mariage, quel que soit l'avenir. Fais ce que tu veux, je dormirai dans le bureau. Je vais voir ce qui peut encore être sauvé.

Elle se leva et se dirigea vers la porte.

— Emma ! cria Colliard.
Elle claqua la porte sans se retourner.

Après une nuit sans sommeil, Emma convoqua Joseph, le contremaître, dans son bureau. Il arriva quelques minutes plus tard, bouleversé. Depuis la veille au soir, il évoquait l'événement avec les ouvriers sans pouvoir leur apporter le moindre début d'explication. Emma lui demanda de s'asseoir.

— Joseph, mon mari est consigné ici avec l'interdiction d'exercer la médecine.

— Mais…

— Laisse-moi finir ! Il convient donc de prendre des dispositions. Je crains que nous allions au-devant d'autres difficultés, bien plus graves pour nous tous.

— Mais, madame, insista Joseph, il faut me dire ce qui se passe réellement. Tout le personnel s'interroge !

Emma le dévisagea. Elle ne parvenait pas à parler. Exprimer la vérité signifiait la reconnaître et s'asseoir sur le banc des accusés.

— Mon mari est d'ascendance juive.

Joseph resta bouche bée.

— Vous l'ignoriez ? finit-il par demander.

— Oui, balbutia-t-elle en essuyant ses larmes.

Gêné de voir la patronne s'effondrer devant lui, il se leva.

— Ce n'est rien, dit-elle, c'est l'émotion. Je te demande de réunir tout le personnel dans la grange d'ici une heure. Je souhaite leur parler.

Il sortit. À peine avait-il quitté le bureau qu'on frappa. Emma essuya ses larmes d'un revers de manche avant d'ouvrir.

C'était Paul. Il entra en esquissant un sourire, puis referma doucement. Emma avait reculé jusqu'au bureau, troublée.

— Paul, commença-t-elle d'une voix étranglée, je....

Comme elle éclatait en sanglots, Paul l'enlaça. Ce témoignage de tendresse fit tomber les dernières défenses d'Emma, qui s'abandonna dans ses bras. Cela lui était tellement agréable de se sentir en sécurité, de respirer l'odeur de terre mouillée qui imprégnait sa chemise…

Quelques instants plus tard, elle se détacha de lui et se moucha.

— Je suis désolée, dit-elle.

Il ne répondit pas et s'assit.

— Pourquoi voulez-vous me voir ?

— Pour savoir ce qui se passe, tout le monde s'inquiète.

Elle s'assit pour se donner une contenance. Derrière son bureau, elle avait l'impression de retrouver un peu de dignité. Surtout, elle imposait un obstacle au désir qu'elle éprouvait pour cet homme. Elle répéta ce qu'elle venait de confier à Joseph. Paul ne broncha pas.

— Qu'en penses-tu ? demanda-t-elle pour briser le silence qui s'était installé.

— Rien, c'est votre affaire à tous deux. Par contre, je crois qu'il faudrait profiter du temps qu'il nous reste pour évacuer quelques machines. Peut-être aussi quelques valeurs, histoire de ne pas tout perdre. Avec quelques gars, on pourrait planquer tout ça aux alentours, dans des dépendances.

— Merci, répondit Emma, mais je ne crois pas que ce soit une bonne idée. Si les Boches le découvrent, je ne donne pas cher de notre peau. Il n'y a que l'argent que je puisse dissimuler aisément.

Il opina, puis se leva. Emma en éprouva un vif dépit. Elle voulait qu'il restât. Sa présence la rassurait tant !

— Ne t'en va pas.

Il se rassit.

— Pas encore, j'ai besoin…

Elle s'interrompit, consciente qu'elle ne pouvait pas aller plus loin, sauf à lui proposer de l'étreindre et de lui faire oublier cette réalité à laquelle elle n'était pas préparée. Pour échapper au désir qui lui fouaillait le ventre, elle changea de sujet.

— Que penses-tu des gars ? On peut leur faire confiance ? Il n'y en a pas qui seraient maréchalistes et qui…

— Nous le sommes tous ! Pour l'instant, en tout cas, mais la plupart sont anti-Boches.

— J'ai demandé à Joseph de les réunir, je vais leur dire ce qui arrive.

— C'est une bêtise, lâcha-t-il.

Elle le dévisagea, stupéfaite. Pour la première fois, elle l'entendait affirmer un point de vue avec conviction.

— Pourquoi ?

— À l'heure qu'il est, Joseph les a déjà informés. Vous n'avez pas à entrer dans les détails. À votre place, je les congédierais en expliquant que vous avez de graves problèmes avec les Boches et que vous devez interrompre leur contrat. Payez-les bien et gardez-en seulement deux ou trois, ce sera bien suffisant pour ce qu'il y aura à faire.

Il se leva. Elle ne le retint pas. En le raccompagnant, elle croisa son regard, plus doux qu'à l'ordinaire. Comme s'il voulait lui signifier qu'il était prêt à assumer à ses côtés une part de ses ennuis. Il esquissa une grimace qui se voulait sans doute un sourire, puis sortit.

— À tout à l'heure, dit-il en refermant la porte.

Une heure plus tard, comme elle l'avait demandé, le personnel était réuni dans le vestibule de la grange. Tout le monde se tut à l'entrée d'Emma. La gorge nouée, elle cherchait ses mots, quand Alphonse, l'un des plus vieux ouvriers de la ferme, prit la parole.

— Patronne ! C'est pas la peine de nous faire des discours. On sait tous ce qui est arrivé, on en a causé ensemble. Vous n'avez pas de souci à vous faire, on est avec vous. On se fiche bien que votre mari soit un…

Comme il hésitait, un autre lança :

— Bon Dieu, un Juif ! Dis-le !

— Un Juif, reprit Alphonse. Ce qui compte, c'est que vous avez toujours été juste et bonne avec nous. Et puis, ici, il n'y en a pas un pour aimer les Boches.

Emma se retint de pleurer. Elle devait faire bonne figure, leur montrer qu'elle avait décidé de tenir tête.

— Je vous remercie, mais je ne peux vous garder tous. Les Allemands vont revenir, et j'ignore avec quelles intentions. Je préfère vous éviter cela. Il y a du travail dans les fermes de la région, je vous recommanderai tous autant que vous êtes.

— D'accord, intervint Étienne, mais ils ne sont pas encore là ! En attendant, on peut vous donner un coup de main. Dites-nous ce qu'on doit faire, et on le fera.

Les autres ouvriers opinaient du chef. Dame, oui ! Qu'elle dise, ils le feraient !

Elle croisa le regard de Paul, un peu à l'écart.

— Cachez aux alentours ce qui peut l'être, dit-elle. Des machines, de l'outillage, du fourrage, des engrais… Mais que ça ne se voie pas trop. Ne touchez pas aux bêtes, ils en ont fait l'inventaire. Voyez ça avec Joseph et Paul.

Après un dernier remerciement, elle quitta la grange et se rendit dans la cuisine. La situation était catastrophique. Elle était au bord de tout perdre d'un instant à l'autre. Pourtant, elle n'éprouvait ni peur ni tristesse. Ces hommes, qu'elle connaissait à peine pour certains, venaient de lui redonner l'énergie d'affronter son destin.

Marthe quitta le café, abritée sous un parapluie. Il pleuvait depuis le matin, presque sans discontinuer. Giflée par le vent glacé, elle gagna la demeure de Marie, à la fois pleine d'espoir et inquiète.

Elle avait été informée des événements survenus à La Vernière. Tout le monde en parlait. Seuls quelques collaborationnistes tenaient des propos désobligeants à ce sujet. Les « youpins » trouvaient toujours le moyen de se cacher ! Rien que des lâches et des profiteurs ! Ils méritaient le sort qu'on leur réservait !

En dehors d'eux, les gens se disaient désolés. Colliard était un bon médecin, Emma, une agricultrice courageuse et compétente. Mais on ne le reconnaissait qu'à voix basse, afin de ne pas passer pour de mauvais Français.

Marthe n'en dormait plus. Les Juifs étaient dans le collimateur. Malgré son statut de médecin, Colliard risquait gros. Emma également, pour avoir spolié l'occupant.

Ce que la plupart ignoraient, c'était l'implication personnelle de Marie. Sa haine envers Emma, mais aussi son pouvoir, grâce à sa liaison avec Mayer. Or, elle-même le savait, et cela engageait sa responsabilité.

Elle n'avait pas partagé ses réflexions avec Romain. Elle savait déjà ce qu'il lui répondrait. Elle devrait se montrer prudente, attendre le moment propice pour agir, c'est-à-dire quand « eux » seraient prêts. Mais cet attentisme ne lui convenait plus. La fréquentation quotidienne des Boches l'écœurait. Elle ne supportait plus leurs rires gras, leur superbe et leurs plaisanteries douteuses, ni d'entendre les récriminations des filles qui les jugeaient mal élevés, brutaux et mauvais payeurs.

À force de remuer ces pensées, elle s'était décidée à aller voir Marie pour lui demander en quelque sorte la grâce d'Emma et de Colliard.

Arrivée devant l'immeuble, elle sonna. Marie ouvrit. Visiblement, ce n'était pas Marthe qu'elle attendait.

— Tiens, te voilà ! dit-elle d'un ton faussement amical. Je n'imaginais pas qu'un jour tu viendrais me rendre visite !

Elle aida Marthe à se défaire de son manteau.

— Sale temps, dit-elle, histoire de parler.

Marthe acquiesça, puis la suivit dans le salon. Il y régnait une agréable chaleur grâce à la flambée dans l'âtre. Elle s'assit dans le fauteuil et tendit les paumes vers le feu pour se réchauffer. Marie lui proposa un alcool de poire que Mayer s'était fait livrer d'Allemagne. Marthe accepta. Après l'avoir servie, Marie demeura debout, accotée au linteau.

— Je croyais que tu réprouvais mon comportement.

— Peu importe, répliqua Marthe. Je te l'ai déjà dit, tes choix te regardent.

Marie ricana.

— Tu n'es donc pas venue pour me faire la morale ?

Marthe se trémoussait sur son siège. L'assurance de Marie l'impressionnait toujours autant.

— Je suis venue te demander d'intervenir en faveur d'Emma et...

Elle s'interrompit, glacée par le rire méprisant de Marie.

— Tu plaisantes, ou quoi ? D'abord, je n'ai pas le pouvoir que tu me prêtes, et, même si je l'avais, je ne lèverais pas le petit doigt pour elle et sa clique !

Elle s'approcha pour planter son regard dans celui de Marthe. Celle-ci y perçut tant de colère et de haine qu'elle amorça un mouvement de recul.

— Elle m'a humiliée ! s'exclama Marie. Elle m'a chassée ! Elle m'a privée de mes biens ! Et tu veux que je m'attendrisse sur son sort ? Ne compte pas là-dessus. Elle a voulu faire la maligne, qu'elle paye !

Heurtée par cette violence, Marthe ne trouvait plus ses mots. Marie vida son verre d'un trait et gagna le meuble à alcools pour se resservir.

— Si c'est tout ce que tu as à me dire, tu peux filer ! gronda-t-elle. Et puis, tu ne vaux pas mieux que les autres, à me juger alors que tu t'enrichis avec la queue des Allemands ! Moi, au moins, j'aime Mayer !

Marthe se leva, certaine de ne rien obtenir. Leur amitié était morte.

Lorsqu'elle sortit du salon, Marie ne l'accompagna pas. Elle attrapa son manteau et sortit. Elle éprouvait un mélange de pitié et de détestation à l'égard de son ancienne amie. S'il arrivait quelque chose à Emma ou aux siens, elle le lui ferait payer !

Le temps était à l'unisson des événements, désespérant. Vichy était en effervescence avec le renvoi de Pierre Laval, Marcel Déat venait d'être arrêté.

Colliard referma le journal et demeura assis près de la cheminée où se consumait un amas de bûches. Colette allait et venait en silence dans la pièce, les enfants dormaient et Margot cousait en silence. Quant à Emma, il ignorait où elle se trouvait. Sans doute dans son bureau ?

Avec le froid, le silence était plus dense que d'habitude. Les ouvriers travaillaient à l'intérieur des bâtiments. Le bétail était rentré. Les véhicules et les machines étaient immobilisés. Cela accentuait son angoisse. Depuis plusieurs jours maintenant, il avait préparé sa valise, certain qu'on le jetterait en prison. Il attendait l'inéluctable en guettant l'arrivée des voitures. C'était épuisant.

Pour tromper son anxiété, il consacrait une grande part de son temps aux enfants. Dès qu'il le pouvait, il jouait avec eux, leur racontait une histoire ou les emmenait se promener. À voir leur père aussi souvent, ils semblaient heureux. Cela le réconfortait.

Il avait tenté de parler avec Emma à plusieurs reprises, mais elle s'était défilée. Lors des repas, elle évitait de croiser son regard et ne lui adressait plus la parole. Il lui avait écrit une lettre, mais elle lui était revenue dans sa chambre sans avoir été ouverte.

Parfois, il était au bord de pleurer en se rappelant les heures heureuses, quand Emma et lui étaient amoureux. Leurs étreintes passionnées, leurs discussions à perte de nuit, leurs rires… Il s'efforçait alors de se concentrer sur l'avenir.

Il demeurait optimiste. Des notables interviendraient en sa faveur ! Sans doute serait-il emprisonné, mais pas pour longtemps. Ou alors il serait assigné à résidence, mais au moins il serait ici et pourrait profiter des enfants.

Soudain, une traction noire et deux camions militaires allemands surgirent dans la cour. Il jaillit de son siège.

Ça y est, songea-t-il. L'heure est venue !

Tandis que plusieurs dizaines de soldats prenaient position autour de La Vernière, trois inspecteurs en civil firent irruption dans la cuisine. Colette se réfugia dans un coin de la pièce, effrayée.

— Vous êtes le docteur Colliard ? demanda l'un des hommes, pendant que les deux autres montaient à l'étage.

— Oui.

— Prenez quelques affaires et suivez-nous !

— Qui êtes-vous ? osa Colliard.

En guise de réponse, l'autre le poussa vers l'escalier.

— Dépêchez-vous !

Dans la chambre, les deux policiers fouillaient partout, ouvraient les tiroirs, déplaçaient les objets et le mobilier comme à la recherche de quelque chose. Les enfants, brutalement tirés de leur sommeil, se précipitèrent dans les jambes de Colliard. Quand il eut refermé sa valise, les deux hommes l'empoignèrent et le firent descendre sans ménagement.

Terrorisés, Martin et Madeleine les suivirent, en pleurs. Lorsqu'ils furent en bas, ils coururent se réfugier sur les genoux de Margot, assise sur le banc. Colette vint s'asseoir à côté d'elle et la prit par les épaules.

Les deux individus qui encadraient Colliard le forcèrent à s'arrêter à la hauteur du troisième, qui résumait le procès-verbal à Emma arrivée entre-temps.

— Au nom de l'État français et des forces d'occupation, vous, vos enfants et vos domestiques êtes assignés à résidence dans votre maison, sise à la Coulisse. Vous disposez d'une heure pour rassembler ce que vous voulez emmener, excepté le bétail, les fourrages, le blé et le matériel agricole. Dépêchez-vous ! Votre exploitation et tous les bâtiments sont désormais propriété de l'armée allemande.

Durant la lecture, Colliard avait fixé Emma dans l'espoir d'un regard complice. En vain. Elle avait décidé de l'ignorer.

Soudain, les deux individus saisirent Colliard par les bras et l'entraînèrent dehors. En traversant la cour pour rejoindre la voiture, il aperçut les soldats qui rassemblaient les ouvriers. Tous évitaient son regard.

Quelques instants plus tard, le troisième inspecteur sortait à son tour. Emma jeta un œil par la fenêtre. Elle vit Colliard, assis dans une traction noire, encadré par deux hommes. Malgré sa colère, elle échangea un regard avec lui.

À quelques mètres du véhicule, le policier qui avait lu le procès-verbal parlait avec un officier allemand, puis fit un signe au chauffeur de la traction, qui démarra. Emma la suivit des yeux jusqu'à ce qu'elle disparût derrière les haies qui bordaient la route de la Roncière.

L'inspecteur revint dans la cuisine peu après.

— J'ai dit une heure ! lança-t-il sèchement. Pas une minute de plus.

— Puis-je demander de l'aide aux ouvriers ? s'inquiéta Emma.

— Faites ce que vous voulez. Une heure, c'est tout.

Elle sortit et s'approcha de Paul, sous le regard suspicieux des sentinelles allemandes.

— Fais amener la remorque ici avec le tracteur, puis la voiture ! Demande aux gars de préparer leurs affaires et de venir donner un coup de main. Nous allons emporter ce que nous pouvons.

Durant l'heure qui suivit, ce fut l'effervescence. Marcel avait accompagné Margot aux Quatre-Vents pour qu'elle prît des vêtements et les quelques souvenirs auxquels elle tenait. Ce ne serait pas long, avait-elle dit, tout tient dans une boîte à gâteaux !

Sortie de sa torpeur, Colette courait entre la maison et la remorque, où elle entassait ce qu'Emma lui indiquait : des draps, du linge, de la vaisselle, des ustensiles de cuisine, des effets personnels... Quelques ouvriers déménageaient les meubles, les lits, les chaises, les bancs. Emma demanda à Paul et Joseph d'aller prendre dans son bureau les deux malles qu'elle avait préparées quelques jours plus tôt et de les mettre dans la voiture. Elle leur recommanda d'en prendre soin : elles contenaient la vie de La Vernière ! La comptabilité, des papiers personnels, du courrier, des actes notariés et l'argent liquide qu'elle avait rassemblé.

Soudain, l'inspecteur leur ordonna d'arrêter. Ils devaient partir. À peine avait-il terminé sa phrase que les soldats allemands investissaient la maison.

Emma grimpa dans la traction avec Margot, Colette et les enfants. Paul prit le volant. Joseph et Marcel s'occuperaient d'amener la remorque avec le tracteur, et le tombereau qui avait été rempli lui aussi. Coquette le tirerait jusqu'à la Coulisse.

Emma retenait ses larmes pour ne pas offrir cette ultime satisfaction aux Allemands. Paul démarra.

Au loin, elle aperçut des ouvriers qui entraient et sortaient du bâtiment du personnel. Elle eut un pincement au cœur en en voyant certains partir à pied avec un baluchon, d'autres avec une valise, sous le regard des soldats.

Collés contre Margot, les enfants se taisaient. Madeleine suçait son pouce, Martin avait fermé les yeux. On aurait dit qu'il dormait.

Emma vit La Vernière disparaître derrière un rideau d'arbres. Elle éclata en sanglots.

Paul posa une main affectueuse sur son épaule.

— Ne vous inquiétez pas, dit-il, on reviendra. Ils ne sont pas là pour l'éternité !

Il était près de 8 heures quand Emma se leva. C'était la deuxième nuit qu'elle passait à la Coulisse. Une nuit blanche, comme la précédente. Elle se sentait désorientée. Cet endroit lui rappelait trop de mauvais souvenirs. D'ailleurs, elle n'y avait jamais remis les pieds depuis qu'elle y avait surpris Louis dans les bras de Marie.

Après une toilette de fortune à l'unique évier de la pièce, elle se dépêcha de s'habiller. Dans quelques minutes, Paul devait passer la prendre en voiture pour la conduire à la mairie de La Charité, où elle comptait obtenir des informations sur Colliard.

Comme il tardait, elle relança le feu dans la cuisinière à bois, puis, histoire d'avoir quelque chose dans l'estomac, fit réchauffer un ersatz de café rapporté de La Vernière. Lorsqu'il fut prêt, elle s'en versa une tasse et s'attabla.

Malgré sa répulsion pour cette maison, elle se réjouissait que l'installation eût été aussi rapide. Elle le devait aux ouvriers, venus en renfort après l'expulsion. « Pas question qu'on vous laisse vous débrouiller seule ! » lui avaient-ils dit.

Grâce à son sens de l'organisation, elle avait vite attribué un usage à chaque pièce. Elle avait réussi à caser Margot, Colette et les enfants à l'étage. Évidemment, ils y étaient à l'étroit, mais cela restait supportable.

Marcel et Paul logeaient dans une dépendance, un peu plus loin sur le chemin de la Bertrange. Elle appartenait aussi à Emma, mais celle-ci ne s'en était jamais préoccupée. Elle était petite et en mauvais état. Cependant, les deux hommes avaient assuré que cela ferait l'affaire. Quant à Coquette, elle l'avait confiée à Gus, le maréchal-ferrant, qui disposait d'un box dans son écurie.

Excepté Margot, qui s'occupait des enfants et de la cuisine, chacun avait pris sa part du rangement, sans jamais se plaindre.

Colette s'était montrée efficace. Elle avait pris des initiatives heureuses pour agencer l'espace du haut, où Armand avait naguère habité à l'invitation de Marie. Elle occuperait la chambre la plus vaste avec les enfants, tandis que Margot disposerait de l'autre pièce, qui avait longtemps servi de débarras.

Dans la grande pièce du rez-de-chaussée, d'un seul tenant, Emma s'était aménagé un espace pour dormir, dissimulé par une armoire et un drap tendu entre celle-ci et le mur.

La cuisine et la salle à manger occupaient le reste de la pièce. Dans la précipitation, ils avaient disposé le mobilier au hasard, mais cela ne durerait pas. Emma savait qu'à force d'y vivre tout se mettrait naturellement en place.

Sans qu'elle le leur eût demandé, des ouvriers avaient proposé d'effectuer des travaux de restauration, en particulier dans la petite dépendance dévolue à Paul et Marcel. Cela leur permettrait de passer l'hiver à peu près confortablement.

Des voisins étaient passés pour leur témoigner une sympathie parfois inattendue. La plupart avaient proposé leur aide. Emma les avait remerciés, mais en se gardant d'accepter. Comment savoir si tel ou tel n'avait pas d'accointances avec l'occupant ?

Comme Paul arrivait au volant de la traction, elle sortit le rejoindre. Le ciel était sombre, il faisait froid, le givre recouvrait le sol parsemé de flaques d'eau gelées. En grimpant dans la voiture, elle se fit la réflexion qu'il allait bientôt neiger.

Il la salua d'un hochement de tête et démarra.

— Tu me laisseras devant la mairie, dit-elle. Je vais tâcher de savoir où se trouve Colliard. Avec un peu de chance, je pourrais lui rendre visite.

En fait, elle n'avait pas très envie de revoir son mari. Tout ce qui arrivait était en grande partie de sa faute. Certes, le fait qu'elle fût en contravention lui aurait sans doute attiré des ennuis, mais pas à ce point. Avec son mensonge, ils étaient tous devenus la cible de la haine ! Mais elle ne souhaitait pas l'abandonner pour autant. Rien que pour les enfants, qui ne cessaient de le demander, elle devait savoir ce qu'il était devenu et voir dans quelle mesure elle pourrait l'aider.

Paul la déposa devant la mairie et partit garer la voiture sur la place. Il en profiterait pour faire quelques courses. Comme les commerçants commençaient à manquer de tout, Emma lui avait recommandé de prendre ce qu'il trouverait sans se poser de questions.

Sitôt dans la mairie, Emma monta à l'étage avec l'espoir de rencontrer le maire. Elle le connaissait bien. Le père de ce dernier avait partagé avec Émile une même passion pour la chasse, et le reste.

À son arrivée sur le palier, la secrétaire, affairée derrière son bureau, releva la tête. En apercevant Emma, elle ne put dissimuler son embarras.

— Ah ! Emma ! s'exclama-t-elle sur un ton faussement enjoué. Comment allez-vous ?

Emma ignora la question. Pourquoi faisait-elle la cruche ? Elle ne pouvait ignorer l'objet de sa visite.

— Je souhaite voir le maire pour m'informer du sort de mon mari, dit-elle sur un ton ironique.

La secrétaire rougit.

— C'est-à-dire... Monsieur le maire est absent. Il avait un rendez-vous urgent à Nevers.

— Dans ce cas, peut-être pouvez-vous me renseigner ? Je suppose que vous êtes au courant.

— Oui, enfin... Pas vraiment, marmonna la jeune femme. Je ne fais que remplir les papiers.

Emma la fixa. Elle résistait à l'envie de l'empoigner et de la secouer jusqu'à ce qu'elle crache ce qu'elle savait.

— Ne me prenez pas pour une idiote ! répliqua-t-elle. Dites-moi où est mon mari et je vous laisse tranquille.

La jeune femme esquissa un sourire gêné.

— J'ai entendu qu'ils l'avaient emmené à Nevers, au siège de la police allemande. C'est tout ce que je sais.

Emma la remercia sèchement et descendit. Elle luttait contre la panique. Colliard aux mains de la police allemande ? Autant dire inaccessible !

Elle déboula sur le parvis de la mairie, au bord de défaillir. Mon Dieu ! Comment n'y avait-elle pas pensé ?

Elle tourna la tête en tous sens à la recherche de Paul. Elle avait besoin qu'il la prenne dans ses bras, qu'il lui dise n'importe quoi pour la rassurer.

Quelques passants la dévisageaient avec curiosité, comme si elle avait l'air anormal. Soudain, elle tressaillit : de l'autre côté de la grand-rue, Armand la regardait, un sourire moqueur aux lèvres.

Elle lui tourna le dos, puis se dirigea vers la voiture pour se donner une contenance. Alors qu'elle s'en approchait, elle se retourna et vit le vieil homme la suivre. Comme elle n'avait pas les clés du véhicule, elle décida de se retourner et de lui faire face.

Il fut bientôt à sa hauteur.

— Alors, s'exclama-t-il avec mépris, on ne fanfaronne plus ?

— Fiche-moi le camp ! Je n'ai rien à te dire.

— Moi, si ! J'ai su pour ton youpin de mari et je m'en réjouis ! En fait, ça ne m'a pas étonné plus que ça. À y regarder, il en a la tête.

Elle le gifla si violemment qu'Armand trébucha.

— Salaud ! Fiche le camp ! Tu ne mérites même pas de vivre !

Il la dévisagea, l'air mauvais, la main sur la joue.

— Tu vas me le payer, je te le promets ! Tu ne sais pas ce dont je suis capable !

— De rien, à part te soûler.

Un attroupement s'était formé. Armand s'approcha d'elle, les poings serrés.

— Je suis peut-être devenu un ivrogne, dit-il d'une voix menaçante, mais je vaux encore mieux que toi et ta salope de Margot !

Elle le repoussait quand elle aperçut Paul s'approcher d'un pas pressé.

— Je te conseille de partir !

— Je fais ce que je…

Il n'eut pas le temps de terminer. Déjà Paul l'attrapait par les épaules et le faisait pivoter. Le saisissant par le revers de sa veste, il l'éloigna d'Emma et le colla contre la voiture.

— Si tu touches un seul de ses cheveux, je te tue ! gronda-t-il en serrant le col autour de sa gorge.

— Lâche-moi ! s'étrangla Armand, effrayé.

Des badauds de plus en plus nombreux les entouraient. Paul jugea qu'il valait mieux s'en aller.

Il repoussa Armand et grimpa dans le véhicule avec Emma. Il démarra aussitôt.

Lorsqu'ils furent arrivés à la Loire, il suivit la berge jusqu'à la sortie de La Charité et s'engagea sur la route de Narcy.

— Merci, dit Emma, qui parvenait difficilement à se calmer.

Elle éclata en sanglots. C'était agréable, comme si elle évacuait toute sa colère. Paul posa une main sur sa cuisse. Elle la recouvrit de la sienne.

— Il va falloir faire attention, dit-il. Je ne crois pas que ce soit une bonne idée de retourner en ville. Il vaut mieux rester aux Bertins et se débrouiller sur place.

Elle acquiesça et lui raconta ce qui s'était passé à la mairie.

— Je ne sais pas quoi faire, conclut-elle.

— Ce n'est pas la peine d'aller vous jeter dans la gueule du loup. Déjà que vous n'êtes pas en odeur de sainteté... Pour votre mari, on essaiera de savoir autrement.

Ils arrivaient maintenant à Narcy. Paul descendit.

— Je passe à l'épicerie, je vais voir ce qu'ils ont.

Emma demeura assise. Elle le regarda s'éloigner de son pas lent et régulier. Elle y reconnaissait cette démarche des hommes de la terre qui l'émouvait depuis qu'elle était petite. Il lui évoquait Émile, Hippolyte, et même Maxime.

Elle se détendit. Pour la première fois depuis le départ de La Vernière, elle se sentait rassurée, prête de nouveau à relever tous les défis.

À midi, Marthe décida de décorer la salle du café en prévision du réveillon de Noël qui aurait lieu le soir même.

En d'autres temps, elle l'aurait fait plus tôt. Elle y aurait même pris du plaisir. Depuis son enfance, c'était la fête qu'elle préférait. Elle se serait également réjouie d'accueillir du monde et de gagner de l'argent. Aujourd'hui, c'était différent. L'idée de retrouver des Boches chez elle pour le dîner la dégoûtait. Avec Fernand et Marcelle, une serveuse qu'elle avait recrutée pour l'occasion, elle allait devoir les servir, leur sourire, faire semblant de s'amuser en leur compagnie.

Heureusement, elle devrait être souvent en cuisine, où officieraient deux cuisiniers engagés spécialement eux aussi. D'habitude, ils travaillaient dans un restaurant de Pouilly, mais celui-ci fermait pour Noël, alors ils avaient accepté de la dépanner.

Pour satisfaire la demande des Allemands, elle avait recruté deux filles d'une maison close de

Nevers dont elle connaissait la patronne. Cela lui avait coûté cher, mais avec l'affluence qu'elle attendait elle était certaine de rentrer dans ses frais.

Ce n'était rien au regard de la nourriture qu'il lui avait fallu trouver. On manquait de tout, au point que dans certains villages des magasins avaient fermé. Elle avait dû dire à Mayer que, s'il voulait une grande fête, l'intendance allemande devrait faire un effort et fournir la viande, en particulier.

Comme il fallait monter sur un escabeau pour punaiser des guirlandes au plafond, elle s'adressa aux hommes qui se trouvaient dans la salle.

— Au lieu de jouer aux cartes, venez donc me donner un coup de main !

Les gars ne se firent pas prier. Ils l'appréciaient, leur Marthe ! Ils ne voulaient pas qu'elle se fatigue ou qu'elle se donne un tour de rein. Comment feraitelle, ce soir, si elle ne pouvait plus bouger ?

— Même les reins bloqués, je me remue encore mieux que la plupart d'entre vous ! répliqua-t-elle.

Marthe ne se formalisait jamais de leurs blagues pleines de sous-entendus. Elle les aimait, ces hommes ! Là depuis des années, à taper le carton et à l'enrichir...

À force de confidences sur l'oreiller ou autour d'un verre, elle en savait plus long que quiconque sur leur vie. Pour la plupart, ils n'étaient pas méchants. Lorsqu'ils buvaient leur vin, ils cuvaient leur solitude et leur amertume.

Tous avaient travaillé dur, souvent pour des salaires de misère. Ils avaient eu femme et enfants, mais à quelques exceptions près ils n'avaient guère été heureux, ni en amour ni en famille. La guerre de

1914, la pauvreté et la vieillesse avaient eu raison de leurs illusions.

Elle fit un tour à la cuisine, vérifia que les cuisiniers ne manquaient de rien, puis monta parler avec les filles.

Avant chaque grande fête, elle leur donnait des conseils. Aujourd'hui, cela lui semblait encore plus indispensable. Elles allaient devoir satisfaire des étrangers soûls comme des barriques, qui ne savaient pas parler français. Ils se montreraient exigeants, parfois brutaux, souvent graveleux. Il faudrait donc qu'elles fassent attention à ne pas attiser leurs mauvais penchants.

En même temps, il était probable qu'elles pourraient faire le minimum : la plupart de leurs clients seraient tellement imbibés qu'ils seraient plus proches de dormir que de baiser... Elle voulait leur dire tout cela, et d'autres choses encore. Comme une mère. Car, aussi étrange que cela pût paraître, ses filles réveillaient en elle son instinct maternel. Elle souhaitait les savoir en sécurité, épanouies, gaies. Et être sûre qu'elles profitaient de la vie, sans pour autant gâcher leurs rêves.

Cela faisait déjà deux bonnes heures que Marie et Mayer avaient entamé le réveillon lorsqu'ils firent leur entrée au Café de la Poste. Prenant un peu d'avance sur la fête, comme le fit remarquer Marie, Mayer l'avait rejointe chez elle avec deux bouteilles de champagne et du foie gras reçu de la *Kommandantur*.

Sitôt arrivé, il s'était jeté sur elle, qui n'avait pas résisté. Cela faisait trop longtemps qu'elle attendait !

Ils avaient fait l'amour un peu partout dans la maison, alternant étreintes et longues séquences de boisson, si bien qu'ils étaient déjà gris en arrivant chez Marthe.

La fête battait son plein. Debout sur une table, l'accordéoniste, l'un des joueurs de belote, enchaînait les airs à la mode tandis que des couples se trémoussaient sur la piste aménagée en repoussant les tables.

Marthe avait réussi à dégoter un petit sapin qu'elle avait disposé sur le bar. Habillé de quelques boules et guirlandes qu'elle conservait au grenier, il était censé rappeler la raison de ce joyeux brouhaha, mais personne dans la salle ne s'en souciait. C'eût été la Toussaint qu'ils se seraient amusés de la même manière ! En fait, sans l'avouer vraiment, les Français fêtaient l'armistice qui les avait sauvés d'un probable anéantissement, alors que les Allemands trinquaient à leur victoire !

Quelques-uns, tels Blanchard, Armand et d'autres collaborationnistes, s'affichaient sans vergogne avec l'occupant. D'autres, au contraire, n'étaient venus que pour s'imprégner de ce spectacle écœurant, comme pour se convaincre encore davantage de la justesse de leur engagement. Certes, ils n'étaient qu'une poignée, mais le fait d'être présents, immergés dans la foule, leur donnait déjà la force et l'assurance dont ils auraient besoin lorsqu'ils passeraient à l'action.

Romain était de ceux-là. Bien qu'il n'eût pas bu, il affectait d'être déjà plein, plaisantant et riant à l'unisson de ses voisins. En même temps, il ne perdait pas de vue Henri, Hubert et Antonio, qui évoluaient dans la salle.

Il lui vint alors l'idée qu'ils étaient présents pour fomenter un attentat. Mayer et les Boches qui se trouvaient là offraient des cibles faciles. Ils les tueraient à coups de pistolet et s'évaporeraient dans la nature. Sans doute dans la Bertrange, où pas un Allemand ne serait capable de les retrouver. Mais il revint vite sur terre : pour l'instant, excepté leur foi dans la libération de leur patrie, leur enthousiasme était leur seul viatique de résistant !

Il concentrait son attention sur les collabos, qu'il n'oublierait pas quand viendrait l'heure de rendre des comptes. En particulier ce gros porc de Blanchard, déjà éméché, qu'il voyait rire à gorge déployée avec Mayer et cette pute de Marie, aussi belle que salope. Il devait ravaler sa colère, mais cela lui faisait mal. C'était à cause d'individus comme eux que son pays fichait le camp ! À cause d'eux qu'on entendait parler d'arrestations, de pillages, d'exécutions…

Blanchard faisait suffisamment de raffut pour qu'on le remarquât. Il en était conscient. Enfin, presque. Il avait déjà tant bu qu'il ne maîtrisait plus ce qu'il disait, mais il s'en tapait. La bonne nouvelle était arrivée en fin d'après-midi : il était officiellement désigné liquidateur des biens juifs dans le département ! Il avait éprouvé une telle joie à l'idée de l'argent qu'il allait amasser qu'il avait, lui aussi, commencé le réveillon avant l'heure. Seul, certes, mais déjà convaincu qu'il ne le resterait pas longtemps. Pas une femme ne pouvait résister à l'argent !

Pour l'heure, il pensait à autre chose. Ivre comme il l'était, il aurait été de toute façon bien en peine de bander, et surtout il parlait avec Marie et Mayer de choses sérieuses et, pour certaines, fort distrayantes. L'*Oberst* venait de lui annoncer qu'il avait confisqué La Vernière et qu'il comptait y installer une partie de son administration. Mieux, il y habiterait, en compagnie de Marie, dans la maison des Quatre-Vents.

Cela avait déclenché chez Blanchard une hilarité bruyante, tant il se plaisait à imaginer la tête d'Emma, exilée à la Coulisse. Si elle avait été reine, elle aurait été Marie Stuart ! Il la revoyait lui retirer ses affaires, triomphante, et s'en moquait, suscitant le rire carnassier de Marie. Ah, elle doit en faire, une gueule, maintenant qu'elle n'a plus ni mari ni maison ! On ne la reverra pas de sitôt se pavaner en ville !

— Et encore, cela aurait pu être pire, enchaîna Marie en enlaçant Mayer, mais mon bel officier a su se montrer magnanime !

Excité par cette marque de tendresse, il l'embrassa à pleine bouche avant d'ajouter que, sans Marie, la dame serait déjà devant le peloton d'exécution avec son Juif de mari.

Comme ils étaient proches du comptoir, où Marthe se démenait pour traiter les commandes, cette dernière les entendait, partagée entre l'envie de vomir et la tentation de les insulter. Surtout Marie, que l'alcool rendait vulgaire. Quand elle riait, son joli minois se transformait en un masque satanique effrayant. Marthe l'aurait giflée, si la prudence ne lui avait commandé de rester impassible.

Plus discret, mais sans doute était-ce dû à l'âge et à la fatigue, Armand s'était installé près des joueurs de belote, rassemblés au même endroit que d'habitude, de peur d'être bousculés par cette foule jeune et agitée. Il buvait. Avec l'avance confortable de Marie, doublée de l'apport de Blanchard, il s'était senti rajeunir et de nouveau capable de grandes choses. Il aurait été bien en peine de dire lesquelles, mais cela n'avait guère d'importance. Ce qui importait, c'était de ressentir en lui le désir de vivre qui l'avait abandonné depuis son éviction de La Vernière. Il allait profiter à fond de la victoire des Allemands ! Il saurait trouver les moyens de satisfaire tous ses désirs, et même celui de baiser, ce qui lui manquait terriblement ! Et puis, s'offrir de ces petits bonheurs alcoolisés qui le ragaillardissaient.

Il ferait également tout pour se venger. Pour cela, il ne se faisait pas de bile : il lui suffirait de se mettre dans le sillage de Marie et de Blanchard pour y parvenir. Et d'attendre.

Quand Romain le bouscula en passant près de lui, il lui lança un regard peu amène, tandis que ce dernier s'excusait. Il connaissait ce gamin depuis longtemps et ne l'aimait guère. Sans doute parce que son père, lui-même postier à l'époque, avait la réputation de lire les courriers qui ne lui étaient pas adressés.

Romain n'avait pas prêté attention à Armand. Il était pressé de rejoindre Marthe, qui avait accepté de monter avec lui. Il se réjouissait de se retrouver auprès d'elle, loin de ce charivari d'ivrognes. La rencontrer là-haut, sans doute dans son appartement qu'elle lui avait fait visiter une fois, c'était un peu comme prendre un bain purificateur, une bouffée d'innocence. Ce n'était pas le désir qui le poussait à grimper derrière elle, même s'il n'ignorait pas son déhanchement lascif, mais l'envie de goûter un peu à cette paix intérieure qui le fuyait depuis l'arrivée des Boches.

Une fois entrés dans la pièce, elle referma à clé. Cela plut à Romain, qui y vit une volonté de les isoler du monde. Elle lui offrit à boire, il opta pour une fine. Elle se versa un marc, puis ils s'assirent côte à côte dans le canapé. Ils échangèrent un regard où s'exprimait la même satisfaction de se retrouver ensemble, loin du tumulte.

— Eh bien ? dit-elle avec le sourire. Tu as souhaité venir avec moi, j'imagine que ce n'est pas pour…

Il posa délicatement un doigt sur sa bouche.

— Ne dis rien ! Je ne suis pas là pour ce que tu crois, même si j'en ai envie.

Marthe le dévisageait, désorientée. Au regard de Romain, à la manière délicate dont il venait de lui imposer le silence, elle comprenait qu'elle s'était fourvoyée.

— Je ne suis pas là pour baiser, reprit-il, mais pour te dire qu'un jour je viendrai faire l'amour avec toi… T'aimer.

Marthe faillit pleurer. Elle se reprocha ce réflexe de midinette, mais cela faisait si longtemps qu'on ne lui avait pas parlé ainsi ! Elle sut en cet instant qu'elle était tombée amoureuse de cet homme. Vraiment amoureuse. Elle s'approcha, effleura sa bouche de ses lèvres, puis s'abandonna dans ses bras. Elle non plus n'avait pas envie de faire l'amour, pas maintenant. Se réfugier sous sa puissante épaule en fermant les yeux lui procurait une jouissance autrement plus subtile.

Ils demeurèrent ainsi un long moment, oublieux des bruits étouffés qui montaient du café, des râles et des ahanements qui parvenaient des chambres. Nul besoin de maire ni de prêtre, ils étaient déjà unis.

Marthe finit par se lever. Elle ne pouvait s'absenter plus longtemps.

— Je vais m'en aller, dit Romain. Je n'en peux plus de les voir.

— Je te comprends, répondit-elle en se recoiffant. Si je pouvais, je les tuerais tous.

Il s'approcha de Marthe et lui caressa les cheveux.

— Cela viendra bientôt, je te le promets.

Elle le regarda dans le miroir de la coiffeuse.

— Vraiment ?

— Vraiment.

Elle étreignit sa main, qui caressait son épaule.

— File, maintenant ! Je préfère qu'on ne nous voie pas descendre ensemble.

— Pourquoi ?

— Parce que l'amour se lit aussi sur les visages...

Il l'embrassa dans le cou et sortit sans se retourner. Aussitôt, Marthe éclata en sanglots, heureuse.

À la Coulisse, tout le monde dormait, sauf Emma, qui ne cessait de se retourner dans son lit. Malgré le feu qu'elle avait alimenté et deux couvertures supplémentaires, elle était encore transie. Ce n'était pas le froid qui la faisait frissonner, mais la sensation désagréable de se sentir vide, glacée à l'intérieur, seule. Que n'eût-elle pas donné pour que Paul fût à ses côtés !

Elle se fit le reproche de ne pas désirer Colliard, avec qui elle avait pourtant partagé tant de nuits ! Mais de lui ne subsistait plus rien. Il s'était déjà fondu dans la nuit des souvenirs. Elle s'en voulait de penser de la sorte, mais qu'y pouvait-elle ? Avec son mensonge sur ses origines, il avait tué le peu d'attachement qu'elle éprouvait encore pour lui.

Comme elle frissonnait, elle alla s'asseoir près du feu. La chaleur lui fit du bien. Elle repensa au triste réveillon qu'elle venait de vivre avec Paul, Marcel, Colette, Margot et les enfants. Le plus triste de sa vie. Sinistre, même, tant chacun était accaparé par ses soucis. Même les enfants, bouleversés par les derniers événements, n'avaient rien demandé. Sans doute avaient-ils compris que le père Noël n'existait pas.

Margot avait préparé un rôti avec l'aide de Colette. Histoire de marquer le coup, comme elle avait dit. À part cela, rien. C'était une soirée comme les autres, mais plus silencieuse. Ils n'avaient parlé que pour répondre aux questions des enfants. Que devenait leur père ? Comment allaient-ils vivre désormais ? Reverraient-ils un jour La Vernière ? L'un ou l'autre leur avait répondu évasivement. Le mot « avenir » n'avait plus de signification. Pour Emma, la seule source de joie avait été de croiser le regard de Paul et d'y deviner l'affection qu'il lui portait. Elle eût préféré que ce fût de l'amour, ou de la passion, mais c'était déjà beaucoup. Elle se sentait moins seule.

Au hasard de leurs rares échanges, elle leur avait répété sa volonté de se battre, de sauver Colliard des griffes de la Gestapo et de récupérer La Vernière. Mais elle avait exprimé cela avec si peu de conviction que personne n'y avait cru véritablement.

Une seule chose était certaine : tous étaient décidés à faire face à l'adversité, ensemble. Marcel s'était montré le plus convaincu et convaincant. Son analyse de la situation paraissait juste : les Boches ne pourraient pas conquérir le monde entier. Un jour viendrait donc où ils devraient faire face à trop d'adversaires ! Ce jour-là, la France serait libérée !

Margot avait haussé les épaules.

— Que Dieu t'entende ! En attendant, cela n'en prend pas le chemin. Je crois bien qu'on les a dans les pattes pour longtemps.

Paul, à son habitude, n'avait pas parlé, ou si peu. Emma s'était dit que, pour connaître ses pensées, il faudrait lui transpercer le crâne à la perceuse. Néanmoins, elle ne désespérait pas d'y parvenir un jour.

Elle se leva et jeta un œil à l'extérieur. Quelques flocons venaient se coller à la vitre. Elle songea à Martin et Madeleine. À leur joie au réveil, en découvrant la neige. Elle se promit de faire une partie de boules de neige avec eux pour réintroduire un peu de gaieté dans cette maison.

Deux jours plus tard, la campagne était recouverte de neige. Cependant, comme il ne faisait pas assez froid, la plupart des routes étaient dégagées. On roulait facilement, ce dont se félicita Albert. Maintenant qu'il était à Narcy, il ne mettrait pas longtemps à atteindre la Coulisse ! Cela l'intriguait de découvrir cette bâtisse. Il se demandait si elle était aussi imposante que La Vernière.

Cela lui arracha un sourire. Emma allait baisser d'un ton, maintenant ! Avec un mari youpin et une amende au cul pour dissimulation de marchandises, elle allait se montrer coopérative, et Colette avec elle !

Il conduisait rapidement, habité d'un sentiment de puissance nouveau depuis qu'il avait intégré les jeunesses maréchalistes. Désormais, il était pris au sérieux, y compris par son père, qui se rengorgeait à l'idée que son fils fût introduit dans les milieux vichystes du département.

C'était grâce à cela qu'il avait pu apprendre les événements qui s'étaient déroulés à La Vernière. Lors d'une réunion, un membre de leur groupe, intime d'un flic de Nevers, avait tout raconté dans le détail. Il semblait même qu'Emma eût échappé au pire grâce à l'intervention d'une gonzesse qui couchait avec le commandant de la garnison de Donzy.

Albert alluma une cigarette, en inclinant la tête de côté, comme il l'avait vu faire. Il trouvait que cela donnait un air viril.

Quand il eut dépassé les Bertins, il ralentit. Il jeta un œil sur sa montre. 15 heures. Il avait donc le temps de faire une virée avec Colette et de la sauter avant de l'emmener au bal à Fourchambault, où il devait retrouver ses copains. Il n'imaginait pas qu'elle pût refuser, malgré leur différend.

Aujourd'hui, il faisait partie de l'élite du département. Il militait pour que la France changeât de visage et devînt un pays aussi prospère et puissant que l'Allemagne. On ne pouvait rien lui refuser. En tout cas, pas une domestique comme Colette ! Militant national, pour ne pas dire national-socialiste, il était irrésistible par nature !

Il se gara à quelques pas de la maison. Il aperçut Colette jouant dehors avec les enfants. Il croisa son regard agressif alors qu'il avançait avec précaution pour ne pas salir ses bottines neuves. Ce regard n'annonçait rien de bon mais il ne se démonta pas.

Elle demanda aux enfants de rentrer. Comme ils rechignaient, elle leur dit qu'elle ne tarderait pas. Quand ils furent seuls, il voulut l'embrasser, mais elle se déroba. Puis elle l'entraîna vers la voiture.

— Que viens-tu faire ici ? demanda-t-elle sèchement.

Il ricana pour se donner une contenance.

— Pourquoi tu me parles comme ça ? Tu me reconnais ? Je suis Albert ! Tu as même couché avec moi !

— Ce n'est pas ce que j'ai fait de mieux !

— Je venais te proposer une balade pour qu'on se réconcilie. Après, on pourrait aller au bal de Fourchambault, qu'en penses-tu ?

Elle le dévisagea avec froideur, désarmée par sa candeur. Bon Dieu ! Elle ne lui avait pourtant laissé aucun espoir !

— Je n'ai pas congé, lâcha-t-elle.

Il esquissa un sourire moqueur.

— C'est vrai que ta patronne a régressé, semble-t-il. Ici, ça tient plus du poulailler que de la maison !

Colette croisa les bras pour se réchauffer.

— C'est grâce à tes copains qu'on en est là !

— Pourquoi tu dis ça ?

— Tu t'es assez vanté d'être un fournisseur des Boches, rappelle-toi. Ils t'achètent ton pinard à pleins tonneaux et tu ramasses plein de fric ! C'est toi qui l'as dit !

Il alluma une cigarette et réfléchit. L'entretien était mal parti, cette gourde faisait de la résistance. Mais il allait la mater.

— Tu sais quoi ? Maintenant que je suis dans les jeunesses maréchalistes, je suis une huile dans le département, j'ai beaucoup de pouvoir. Il se pourrait que je puisse causer à qui de droit pour arranger les affaires de ta patronne, et les tiennes par la même occasion.

Colette le regarda, cherchant le mensonge dans son regard. Elle hésitait. Peut-être disait-il vrai ? Peut-être pouvait-il faire quelque chose pour Colliard ? Pour La Vernière ?

Conscient de l'avoir ferrée, Albert insista.

— Alors ? Une balade ?

— Oui, mais tu ne me touches pas.

— D'accord, juste en amis !

Colette rentra dans la maison pour demander la permission de s'absenter une heure ou deux. Quand elle revint, Emma l'accompagnait. Bien qu'il n'en eût pas envie, Albert s'avança pour la saluer. Elle hocha la tête sans témoigner la moindre chaleur.

— Vous la ramenez avant la tombée de la nuit, dit-elle. Et soyez prudent, ça glisse !

— Ne vous inquiétez pas, madame, répliqua Albert en accompagnant Colette jusqu'à la voiture.

Il lui ouvrit la portière, puis fit le tour du véhicule pour prendre le volant. Il exultait. Dans quelques minutes, il la tiendrait dans ses bras.

Tandis qu'ils roulaient en direction de La Charité, elle demanda où ils allaient.

— En forêt ? suggéra-t-il. C'est beau, avec la neige. Et on n'aura pas froid, le chauffage marche correctement !

Colette accepta. Albert semblait beaucoup moins pressant que les fois précédentes. S'il fallait cette balade pour obtenir la libération de Colliard ou de meilleures conditions de vie à la Coulisse, ce n'était pas une affaire ! Qui plus est, sortir lui faisait du bien. Secrètement, elle espérait aussi qu'Albert avait révisé son point de vue et qu'il lui ferait une proposition sérieuse. Après tout, il était revenu.

Ils roulèrent jusqu'au carrefour des Cinq Chemins. La route était dégagée. Albert conduisait vite, impatient de trouver un endroit où s'arrêter, mais aussi pour manifester sa virilité. Colette accepta la cigarette qu'il lui tendit. Elle toussa en aspirant la première bouffée, ce qui les fit rire.

Elle admirait le paysage hivernal. Sous le ciel plombé, il lui semblait que la végétation recouverte d'une fine pellicule de neige exprimait sa propre tristesse.

Quand Albert s'arrêta devant une baraque de bûcherons apparemment vide, elle ne s'étonna pas. Sans doute voulait-il lui parler.

Elle entrouvrit la vitre pour laisser entrer un peu d'air frais dans l'habitacle enfumé.

— Tu pourrais faire quelque chose pour le docteur ? s'enquit-elle aussitôt.

Il se tourna vers elle et afficha son sourire le plus innocent.

— Qu'est-ce que tu crois ? J'ai de sacrées relations, maintenant !

— Ce serait formidable ! Le docteur est peut-être juif, mais ça ne justifie pas qu'on l'arrête.

Le regard tourné vers un stère de bois, elle admirait l'alignement des bûches. Albert se retint de lui servir la propagande qu'il avalait maintenant depuis des semaines. Ce n'était pas ainsi qu'il l'aurait.

— Ils vont le relâcher, lâcha-t-il d'une voix posée.

— Tu crois ?

— J'en suis certain ! Je vais en parler à mon père, il fera quelque chose.

Elle se tourna vers lui et posa la main sur son bras.

— Vrai ? Tu ferais ça ?

Albert se contenait. Même si son désir s'était éveillé, il devait attendre. La laisser approcher encore. Après seulement, il lui ferait son affaire.

Soudain, consciente de l'ambiguïté de son geste, Colette ôta sa main. Il valait mieux repartir, rouler. Il ne la regardait plus en ami, pas même en amant, mais en prédateur ! Elle prit peur, mais il était déjà trop tard. Le fauve avait bondi.

Elle se débattit, en vain. Albert était trop fort pour qu'elle pût résister longtemps. Quand enfin elle céda, dans la positon la plus inconfortable qui fût, elle se laissa aller. À quoi bon lutter ? Elle avait mal partout, ses muscles étaient atones à force d'avoir résisté.

Quand elle le sentit en elle, elle étouffa ses pleurs, ferma les yeux et le laissa se démener jusqu'à la fin. Elle ne pleurait même pas, honteuse de s'être montrée aussi naïve.

Il sortit en sifflotant pour se rhabiller. Elle se releva courbaturée et rabaissa sa jupe. Elle ignora sa culotte qui traînait sur le plancher. L'idée même de la remettre lui soulevait le cœur.

Elle attendit qu'il remontât dans la voiture, espérant qu'il se montrât un peu honteux. Au lieu de cela, il tira deux cigarettes de son paquet et les alluma avant de lui en tendre une, qu'elle accepta. Cette fois, elle ne toussa pas. Elle lui parut même agréable.

Albert démarra, sans un mot, sans un regard pour elle. Il avait l'esprit clair, débarrassé de ses fantasmes encombrants. Elle le regarda avec un détachement qu'elle ne se connaissait pas. Un jour, elle le tuerait.

7

En cette mi-janvier, la neige tombait sans discontinuer depuis plusieurs jours. Le froid avait redoublé d'intensité, les mares étaient gelées, la terre craquait sous les pas. Pas même un chuchotis d'oiseau ne venait troubler le silence.

À la Coulisse, il n'y avait rien d'autre à faire que de se cantonner dans la pièce principale et d'attendre que le temps s'améliorât. Comme on y consommait beaucoup de bois, Paul et Marcel allaient chaque jour dans la forêt et en coupaient tant qu'ils pouvaient.

Se déplacer sur les routes était devenu très difficile. Seuls les convois militaires allemands y parvenaient, et encore. Une fois ou deux, on avait vu des camions bloqués sur la nationale.

Dans la maison, l'ambiance était morose. Margot ne parlait guère. Paul et Marcel jouaient aux cartes en silence. Quant à Colette, elle accomplissait ses tâches d'un air absent et ne répondait aux questions que par monosyllabes.

Depuis sa dernière rencontre avec Albert quelques jours plus tôt, elle s'était murée dans le silence. Emma et Margot avaient tenté d'en savoir plus, mais elles n'avaient rien pu en tirer. À force d'échafauder diverses hypothèses, elles avaient plus ou moins deviné, sans en avoir la certitude. Quoi qu'il en soit, elles avaient décidé de ne plus importuner la jeune femme.

Marcel était également préoccupé par l'indifférence de Colette. Lui aussi subodorait qu'il lui était arrivé quelque chose de grave avec Albert, mais il n'osait pas lui en parler.

Au fil des jours, il avait sympathisé avec Paul. Ensemble, ils passaient le plus clair de leur temps, hormis la corvée de bois, à jouer aux cartes et à guetter le moment propice pour se rendre à l'épicerie des Bertins, pour y faire quelques courses. Bertaud, le propriétaire, parvenait encore à se fournir en produits de première nécessité, sans qu'on sût trop comment. Néanmoins, ses rayons étaient chaque jour plus clairsemés. Il revenait ensuite à Margot et Colette de dépenser des trésors d'imagination pour confectionner les repas.

Lorsqu'ils s'arrêtaient au café des Bertins, les deux hommes glanaient quelques nouvelles. Les Allemands avaient mis l'industrie locale au pas. À Guérigny, Imphy, Prémery, Varennes-Vauzelles, les usines, petites ou grandes, tournaient au profit des occupants. Comme les approvisionnements souffraient de retards importants à cause des intempéries, les Allemands harcelaient les agriculteurs pour obtenir des surplus de nourriture.

Inquiète, Emma tournait en rond. Irritable, elle passait de l'euphorie à la tristesse la plus noire de manière déconcertante. Elle n'avait guère la tête à jouer avec les enfants. Aussi, à leur grand regret, les confiait-elle le plus souvent à Colette ou à Margot.

Le 20 janvier, alors que la neige avait cessé de tomber, Mayer avait décidé du transfert de certains services de la *Kommandantur* de Donzy à La Vernière. Après avoir aménagé les Quatre-Vents, il s'y était installé avec Marie dès le lendemain.

Celle-ci ne tenait plus de joie. Enfin, elle avait récupéré son dû ! Avec méthode et efficacité, elle avait pris en main l'organisation de la maison. Elle avait fait jeter tout ce qui appartenait à Margot ou à Emma afin de l'aménager à son goût. Selon ses désirs, des meubles étaient arrivés, sans qu'elle se préoccupât de leur provenance. Il suffisait qu'elle demandât à Mayer pour que, par miracle, elle fût exaucée. Cela lui convenait très bien.

Elle avait aussi exigé un cuisinier. Ce dernier, emprunté au contingent allemand, ne faisait que baragouiner le français. En revanche, elle avait demandé à Mayer de lui dégoter deux domestiques françaises, l'une pour le linge, l'autre pour le ménage, deux corvées qu'elle tenait à superviser personnellement.

Enfin, elle avait convaincu Armand de se mettre définitivement à son service. Il habiterait à La Vernière dans le bâtiment réservé aux Allemands. Quand il lui avait demandé des détails sur les tâches qu'il aurait à accomplir, elle était demeurée évasive. Une seule chose était certaine : il serait son chauffeur personnel.

Ainsi, en quelques jours, la maison des Quatre-Vents avait changé de visage. Marie s'en réjouissait. Elle n'était plus la bâtisse isolée et maussade qu'elle avait connue naguère, mais une agréable demeure qu'elle nommait avec fierté son « petit nid d'amour ».

Le reste des bâtiments avait été investi par des militaires de la *Kommandantur*. La bâtisse qui avait servi à héberger le personnel de la ferme leur était désormais dévolue. Le corps d'habitation principal, lui, avait été transformé pour abriter les bureaux. Mayer avait fait entreprendre des travaux dans la grange et les écuries pour disposer d'un espace réservé aux véhicules. Par prudence, la propriété était entourée d'une enceinte en barbelés, fortement gardée. Mayer avait décrété cette partie du domaine zone militaire. Même Marie n'y avait pas accès.

Prendre possession des Quatre-Vents avait profondément influé sur le caractère et le comportement de Marie. Elle en avait conscience et en jouait. D'abord, elle portait un nouveau regard sur elle-même. Elle n'était plus seulement la « maîtresse » du commandant, comme on l'avait considérée jusqu'alors, mais sa compagne, et également la propriétaire de la maison.

De ce fait, sa tendance à diriger et à contrôler s'était accentuée. Le ton de voix s'était modifié. Quand elle donnait une consigne, c'était un ordre. Elle ne tolérait aucune contestation de la part du personnel, qu'il fût français ou allemand. Même les sentinelles postées à proximité devaient lui obéir au doigt et à l'œil.

Déjà, elle entrevoyait le futur, certaine que les Allemands étaient là pour longtemps. Elle ferait de cet endroit un lieu de rendez-vous pour les officiers allemands, mais aussi pour celles et ceux qui collaboreraient. Elle organiserait des fêtes, des réunions d'amis, des repas. Bref, elle souhaitait en faire un lieu brillant et renommé dans toute la région.

Pour l'heure, alors qu'elle admirait le paysage recouvert de neige, elle se fichait de tout cela. Elle guettait la route, d'où devait surgir un véhicule militaire. Celui qui transporterait Emma et l'amènerait à elle !

Sa vengeance était en marche. Elle souhaitait frapper son ennemie au cœur. Emma devait souffrir ! Lui avoir ôté La Vernière, son mari et toute chance de se redresser n'était pas suffisant. Désormais, elle voulait l'humilier.

À Donzy, Marthe préparait le repas de midi. Aujourd'hui, il n'y aurait pas grand monde, excepté « ses petits vieux » qui jouaient aux cartes.

Les restrictions commençaient à se faire sentir. Les prix augmentaient pour tout et l'on prenait garde à ne pas trop dépenser. Pour beaucoup, il n'était plus possible de venir dilapider au café le peu qu'ils avaient. Encore moins se payer une fille ! Du coup, la clientèle s'était raréfiée au profit des nantis et des Allemands. Si Marthe y trouvait largement son compte, ce n'était pas fait pour lui plaire. Elle préférait sa clientèle populaire habituelle.

Sa seule véritable satisfaction était de savoir Marie installée à La Vernière avec Mayer. Par la force des choses, elle la verrait plus rarement. Cela l'arrangeait. Elle n'aurait plus à se justifier d'entretenir des relations avec elle.

Elle attendait Romain, qui devait passer après sa tournée. Ce rendez-vous quotidien s'était installé peu de temps après le réveillon de Noël. Marthe y tenait. C'était le moment de la journée où elle se sentait le plus heureuse. Femme, aussi, car elle désirait et était désirée en retour.

Jusqu'ici, elle avait prêté son corps, écouté, consolé, encouragé. Elle avait joui et fait jouir, mais jamais elle n'avait vibré, ressenti une telle émotion. Elle se reprochait parfois d'avoir ainsi galvaudé ce que la nature lui avait donné. Sa beauté, son tempérament, mais aussi sa gentillesse.

Romain entra. Elle lui renvoya son sourire, puis l'attira à l'intérieur de la cuisine, où ils s'embrassèrent. S'il l'avait conduite dans son appartement, elle l'y aurait suivi, mais il était convenu entre eux qu'ils feraient l'amour plus tard. Elle avait compris pourquoi. Il ne voulait pas passer dans son lit entre deux clients. Il souhaitait même qu'elle retrouvât une forme de virginité en abandonnant son métier. C'est pourquoi, deux jours plus tôt, elle lui avait confié qu'elle arrêtait les passes.

Ils s'installèrent autour de la table. Il lui annonça qu'il ne déjeunerait pas. Il devait rattraper le retard accumulé dans la distribution du courrier à cause de la neige. Elle lui servit une tasse de café. Elle lui trouva l'air plus épanoui que d'ordinaire.

— Il y a de bonnes nouvelles, dit-il à voix basse.

Elle se rapprocha.

— Les choses se mettent en place, reprit-il. Plusieurs maquis sont en train de se constituer. Hier, j'ai eu une réunion avec des responsables de réseaux…

Il s'interrompit pour avaler une gorgée de café.

— À Lormes, à Vauzelles, ici, des hommes se dressent contre l'occupant. Les journaux n'en disent rien, mais des actions ont déjà eu lieu. Le réseau à haute tension de Vauzelles a été saboté, de même que le central téléphonique de Pougues.

— Et toi ? C'est quoi, ton rôle ?

Il lui posa un doigt sur la bouche.

— Je te le dirai bientôt.

Elle prit sa main dans la sienne.

— Fais attention, tu sais que je tiens à toi.

Il lui caressa la joue et se leva.

— Moi aussi.

Puis il sortit. Elle ne l'accompagna pas, même si cela lui coûtait.

Quand Marie aperçut le véhicule emprunter le chemin des Quatre-Vents, son pouls s'accéléra. Voir Emma face à elle, dépendante de son bon vouloir, l'excitait au plus haut point.

Pour lui en imposer encore davantage, elle se tint debout près de la table de la salle du rez-de-chaussée, une tasse de café à la main. On frappa. Elle ordonna d'entrer. Une sentinelle lui annonça l'arrivée d'Emma.

Deux soldats la poussèrent à l'intérieur. Marie la toisa, réjouie de voir qu'elle avait perdu de sa superbe. Elle avait maigri, des cernes s'étaient creusées sous ses yeux, une ride nouvelle au coin des lèvres lui donnait un air revêche. Elle s'était coiffée, certes, mais avec un clou, songea Marie en se retenant de rire. Le pire était sa robe grise en coton chiffonnée. On aurait dit une souillon.

Elles se dévisagèrent. Avec un cynisme appuyé, Marie lui proposa un « vrai » café. Emma refusa.

— Alors, heureuse à la Coulisse ?

Comme Emma ne répondait pas, Marie accentua son sourire.

— Tu veux montrer que même dans ta situation tu tiens encore tête ! Mais cela ne m'impressionne pas le moins du monde.

Elle but une gorgée avant de reprendre :

— Tu te demandes sans doute pourquoi je t'ai fait venir ici ? Je vais te le dire. J'ai pensé que tu serais contente de travailler ! Il faut bien que tu gagnes un peu d'argent pour nourrir ta famille et me régler le loyer de la Coulisse, n'est-ce pas ?

Elle toisa Emma.

— J'espère que tu n'as pas cru que ce serait gratuit d'habiter là-bas ? N'oublie pas que cette maison fait partie du domaine et qu'elle m'appartient de fait !

Comme Emma se taisait toujours, elle continua :

— J'ai pensé à toi. Nos amis allemands cherchent du personnel pour toutes sortes de tâches. Ménage, repassage... J'ai pensé que cela te dépannerait. Évidemment, si pour une raison ou une autre je devais moi-même avoir besoin de toi, je n'hésiterais pas à t'emprunter.

Le silence s'installa. Emma bouillait intérieurement. Elle se sentait si humiliée, si démunie ! Cette salope de Marie avait tous les atouts en main. Elle aurait pu l'injurier, mais cela ne servirait qu'à compromettre encore davantage sa situation, celle de Colliard et de toute la famille. Elle devait jouer le jeu.

— Quand est-ce que je commence ? demanda-t-elle du ton neutre de l'employée qui s'adresse à son employeur. Quels seront mes gages ?

Marie marqua le coup. Emma venait de placer l'échange sur le plan strictement professionnel.

— Dès demain, 8 heures. Tu te présenteras aux bureaux de la *Kommandantur*, ils sont au courant. Quant à tes gages... On verra si ton service est satisfaisant ! Maintenant, tu peux rentrer à la Coulisse. Tu connais le chemin.

Emma s'apprêtait à sortir, quand Marie la rappela.

— J'ai oublié de te dire, Armand supervisera ton travail. Il est désormais à mon service et loge en bas. Je suis certaine que vous allez bien vous entendre !

Emma sortit. Elle se sentait tellement anéantie qu'elle se serait volontiers assise pour pleurer. Mais entendre la porte claquer dans son dos et croiser le regard méprisant des sentinelles lui redonna du courage. Elle garderait la tête haute, quoi qu'il arrive ! Un jour viendrait où la situation évoluerait à son avantage.

Ce matin-là, Blanchard devait passer à La Vernière. Marie lui avait demandé de venir avec les actes de propriété dûment modifiés. Il y avait travaillé deux jours durant avec un plaisir sadique. Biffer, transformer, ajouter un alinéa, c'était chaque fois comme détruire un pan de la vie d'Emma. Se venger de l'avoir humilié en lui retirant la gestion de ses affaires.

Quand il quitta l'étude, il fut saisi par le froid, mais le ciel dégagé le mit de bonne humeur. Il haïssait la neige, sans qu'il sût pourquoi. Il entreprit de rouler vers La Vernière en passant par la nationale, sans doute plus praticable. Et puis, c'était tout droit, ce qui limitait les risques de déraper.

Tandis qu'il roulait, indifférent au paysage, il récapitulait ses raisons d'être un homme comblé. Les affaires prospéraient. Être liquidateur de biens juifs lui permettait d'acheter et de revendre avec de confortables plus-values.

Comme certains confrères, il aurait pu mettre son argent sur un compte professionnel ou dans son coffre. Pas lui. Il préférait acheter de l'or et l'entreposer à la banque. L'idée lui avait été soufflée par l'un des entrepreneurs qu'il avait dépossédés. Les taux de change, surtout en temps de guerre, étaient trop fluctuants pour qu'on fît confiance à la monnaie papier. Et son interlocuteur avait oublié de lui parler de la jouissance à regarder un lingot, à le soupeser, le caresser… Il sourit. Il serait bientôt très riche, plus que jamais.

En dépassant la Coulisse, il songea avec satisfaction à Emma, obligée de faire la domestique pour les Boches. Quand Marie lui avait raconté cela, lors d'un récent dîner organisé aux Quatre-Vents, il avait failli s'étrangler de rire. La reine de La Vernière devenue souillon !

Il se garait devant le perron de la maison quand Marie sortit. Toujours aussi sûre d'elle-même, et désirable.

— Alors, maître ! lança-t-elle sur le ton de la boutade, vous avez fait de moi une propriétaire ?

— Oh oui ! Et bien malin qui pourra défaire cela juridiquement !

Elle le regarda en fronçant les sourcils.

— Pourquoi ? Tu crois que ça pourrait être le cas ?

— Pas du tout !

Ils s'installèrent dans le salon à l'étage, où Marie avait fait servir le café. C'était confortable et chaleureux, même si Blanchard trouvait l'aménagement un peu trop chargé, sans doute sous l'influence de Mayer.

— Comment va la domestique ? demanda-t-il.

— Bien. Armand me dit qu'elle ne moufte pas.

— Cela m'étonne, orgueilleuse comme elle est !

— Elle est matée, va !

Marie servit le café puis s'assit. Blanchard sortit les actes de propriété de sa sacoche. Marie refusa de les voir.

— Je te fais confiance. C'est pour une autre raison que je t'ai demandé de venir.

Blanchard sentit son ventre se contracter.

— J'ai appris que tu gagnais pas mal d'argent avec tes youpins ?

— Oui. Enfin, ce ne sont pas des fortunes.

Elle sourit et le dévisagea.

— Pas avec moi ! Je te connais.

Il ne répondit pas et décroisa les jambes. Il transpirait.

— J'en veux une part ! lâcha-t-elle, imperturbable.

Blanchard déglutit. Il avait tout prévu, sauf ça.

— Pourquoi ? demanda-t-il.

— Pourquoi ? répéta-t-elle en éclatant de rire. Pourquoi veut-on de l'argent, à ton avis ?

— Mais pourquoi moi ? Tu viens d'acquérir un domaine pour rien, tu vis avec l'un des officiers les plus influents de la région, tu as tout ce que tu veux ! Moi, je ne peux vivre que de mon travail.

Elle le toisa d'un regard froid.

— Ton travail, comme tu dis, t'a été octroyé grâce à moi. Par ailleurs, j'ai besoin de liquidités. Ma position m'amène à engager beaucoup de dépenses.

Blanchard réfléchissait vite, mais mal. Pris par surprise sur un terrain aussi sensible, il était incapable d'imaginer une réponse satisfaisante. Il ne pouvait qu'accepter.

— Soit. Combien ?

Elle se leva et s'approcha de la fenêtre. Elle lui tournait le dos. Blanchard ne pouvait détacher le regard de ses fesses si bien mises en valeur par le tissu.

— Rien ne presse, dit-elle. Réfléchis. Ton accord me suffit. En revanche, organise la vente du matériel agricole et du mobilier qui est ici. Nous nous en partagerons le produit.

Elle se retourna, consciente de l'effet qu'elle produisait sur lui. Elle lui lança un regard provocant.

— Et les femmes ? demanda-t-elle. Je ne te vois guère accompagné, en ce moment…

Il se leva, histoire de ne pas se sentir trop dominé.

— Ça va, ça vient…

— Chez Marthe ? Avec elle, peut-être ?

Il secoua la tête.

— Non, je couche rarement avec elle.

— Tu as tort, répliqua-t-elle en passant devant lui pour le raccompagner. Je suis sûre que c'est une affaire au lit. Et elle a de la classe, avec ça !

Il acquiesça, soudain pressé de partir. Cette femme l'effrayait. Alors qu'ils s'embrassaient sur le seuil, elle le retint par la main.

— Le 20 févier, je donne une réception ici. Sois là, c'est important. Il y aura du beau linge, tu verras !

Alors qu'il empoignait le volant, Blanchard vit qu'il tremblait. Il jura entre ses dents. Journée de merde ! Non seulement il venait de perdre de l'argent, et sans doute beaucoup, mais il venait de se faire humilier une fois de plus par cette salope.

Ce soir-là, quand elle rentra, Emma était épuisée, humiliée, au bord de pleurer. Les deux kilomètres qui la séparaient de la Coulisse avaient été un calvaire. Le froid mordant l'avait vidée de ses dernières forces.

Elle fut heureuse de retrouver la chaleur de la maison. Elle s'affala sur une chaise face à la cheminée, tandis que les enfants lui racontaient leur journée. Aujourd'hui, comme il ne neigeait plus, ils s'étaient baladés en forêt avec Colette. Ils racontaient cela comme une expédition polaire.

Margot lui apporta un bol de bouillon. Elles ne se parlèrent pas. Cette habitude s'était installée dès les premiers jours. Emma était si déprimée quand elle revenait qu'il était convenu de la laisser tranquille jusqu'à ce qu'elle eût retrouvé un peu de vigueur.

Peu après, Paul et Marcel arrivèrent, les bras chargés de bois. Ils se mirent à table. Ce soir, ce serait bombance ! Comme Marcel avait aidé le boucher à nettoyer sa boutique, celui-ci lui avait donné du lard et du saucisson, en lui précisant de n'en parler à personne.

Le repas se déroula joyeusement. On parlait de tout et de rien, mais cela n'avait aucune importance.

Ce qui comptait était de se retrouver ensemble et de se sentir appartenir à une famille solidaire.

Emma était émue de voir que chacun la soutenait à sa manière, par un mot gentil, un sourire, une attention. On évitait, bien sûr, d'évoquer les sujets délicats : Colliard, dont on était sans nouvelles, ainsi que le travail et les vexations endurées par Emma.

À la fin du dîner, Margot emmena les enfants se coucher, tandis que Colette faisait la vaisselle. Marcel l'aidait en essuyant. Emma les regardait de temps à autre. Quand ils riaient, elle enviait leur jeunesse et leur optimisme.

Paul s'était servi une fine et s'était assis à côté d'Emma, face à la cheminée. Comme d'habitude, il ne disait pas un mot et restait absorbé dans la contemplation des flammes. Emma l'observait à la dérobée. Qu'il lui semblait beau, à la lueur des flammes ! Ses traits s'accusaient et lui donnaient davantage de caractère. Il émanait de lui une assurance apaisante. Elle aurait tant aimé lui ressembler…

Quand il se tourna vers elle, ils échangèrent un regard. Elle crut qu'il lui souriait, mais peut-être n'était-ce qu'une illusion due à la lueur mouvante des flammes ? Elle lui sourit à son tour. Il ne détourna pas les yeux.

— J'aimerais que tu restes un peu ce soir, dit-elle.

Elle rougit. Cette invite était sortie de sa bouche presque à son insu. Il ne répondit pas, mais elle comprit qu'il acceptait.

Ils demeurèrent silencieux, jusqu'à ce que Marcel et Colette eussent terminé. Avaient-ils senti qu'il fallait laisser les deux adultes tranquilles ? Quoi qu'il en soit, ils s'en allèrent presque aussitôt après avoir souhaité le bonsoir.

Après leur départ, le silence se fit plus dense encore, seulement troublé par les craquements du bois se consumant dans l'âtre.

— Ça va ? demanda Paul.

La formulation surprit Emma. Elle laissa échapper un petit rire, puis pleura aussitôt. Il posa sa main sur sa cuisse.

— Parlez, ça vous fera du bien.

— Que dire ? C'est horrible ! Si tu les voyais… Si sûrs d'eux ! Si méprisants ! Pour eux, nous ne sommes que des sous-hommes ! Nous avons perdu la guerre, voilà tout ! Et moi, que suis-je à leurs yeux, sinon une bonniche ? Moins bien traitée que les autres car ils ont eu des consignes de l'autre salope ! Tout est bon pour m'en faire baver…

— Qu'est-ce qu'ils vous font faire ?

— Ça dépend. Un jour, nettoyer les écuries, un autre, laver et repasser leurs vêtements, cirer leurs bottes, leur faire à manger… Toujours à me hurler dessus, à m'insulter en allemand ! À me tripoter, aussi, pour certains…

Il lui prit la main et l'étreignit.

— Si tu savais combien…

Elle s'interrompit. Des larmes coulaient sur ses joues. Elle ne faisait rien pour les retenir. C'était presque agréable.

— Et Armand, qui ne manque jamais une occasion de les monter contre moi ! Comment imaginer qu'il deviendrait ainsi ?

— Qu'est-ce qu'il fout là, celui-là ? gronda Paul.

— C'est une sorte de régisseur. C'est lui qui trimballe Marie en voiture. Ah, tu verrais comme il se pavane, maintenant ! Quant à elle, je ne la vois quasiment pas, sauf quand elle passe dans les bureaux. Elle ne me regarde même pas… C'est la reine, là-bas !

Paul se leva et remplit leurs verres d'alcool. Il se rassit. En appui sur les coudes, il se tenait incliné vers l'âtre, le regard fixé sur les flammes, son verre entre les mains.

— Ils ne perdent rien pour attendre. On s'occupera d'eux le jour venu.

Emma se sentait mieux. Parler l'avait détendue.

— Et toi, ça va ? demanda-t-elle.

— Oui, j'ai trouvé un boulot à la Tuilerie. Je ramènerai de quoi…

— Ce n'est pas nécessaire. On peut s'en sortir avec ce que j'ai mis de côté.

Il ne répondit pas. Il vida son verre et se leva. Elle ne lui demanda pas de rester. Elle savait qu'il refuserait. Il l'embrassa sur le front et sortit sans se retourner.

Marie était impatiente de voir Mayer arriver. Aujourd'hui plus qu'un autre jour, elle désirait sa présence, son corps, sentir qu'il l'aimait. Non pas qu'elle fût incertaine de son amour – il se montrait toujours aussi prévenant, amoureux et délicat –, mais elle n'était pas rassurée. Elle pressentait que sa situation, plus que confortable, ne durerait pas. Qu'elle mangeait son pain blanc.

Pourtant, les événements contredisaient cette impression. Les Allemands avaient gagné la guerre en France et étaient victorieux un peu partout dans le monde. Mais cela ne suffisait pas à lui faire croire que c'était pour l'éternité. Déjà, ici, on évoquait des sabotages. Quand elle descendait à La Vernière, elle constatait que les Allemands étaient nerveux.

Elle apportait une dernière touche à son maquillage quand Mayer arriva. Elle se précipita dans ses bras. Il s'inquiéta, comme s'il avait deviné son anxiété. Elle l'embrassa puis l'attira aussitôt dans la chambre.

— Fais-moi l'amour !

Après leur étreinte, ils demeurèrent enlacés, en silence. Mayer fumait. La tête logée au creux de son épaule, Marie lui caressait le torse.

— Bonne journée ? demanda-t-elle.

— Comme les autres. Sauf que plusieurs sabotages ont eu lieu aujourd'hui. Le réseau téléphonique a été coupé. Deux locomotives qui devaient transporter du matériel militaire ont été mises hors d'usage à Nevers. Je n'aime pas ça.

— Tu ne t'attendais pas à ce que personne ne bouge…

— Évidemment, mais ça vient trop vite. Il va falloir qu'on réagisse ! Il n'est pas question de laisser s'installer une telle situation.

Mayer se leva et se rhabilla. Il souhaitait dîner. Marie l'imita. Ils descendirent et se mirent à table.

Comme chaque soir, il y avait profusion de plats. La domestique persistant à les installer à chaque extrémité de la table, ils rapprochèrent leurs couverts pour être côte à côte. Ils commençaient à manger, quand une estafette s'annonça avec un pli à l'attention de Mayer. Marie n'y prêta pas attention. Cela arrivait quasiment tous les soirs.

— Tiens ! dit-il en lisant la lettre, c'est à propos du médecin… Colliard ! Il va être transféré au camp de Beaune-la-Rolande !

— Quand ?

— Dans les semaines qui viennent.

Marie se servit encore en poulet. Cette nouvelle la réjouissait. Elle ne manquerait pas d'en informer Emma. Pour le seul plaisir de voir l'inquiétude se dessiner sur son visage. Évidemment, elle ne dirait rien sur le lieu de détention. Sûr qu'elle la supplierait de lui en dire davantage !

— Il peut être libéré ?

Mayer se contenta de rire. Elle s'esclaffa à son tour.

— Tu crois qu'elle peut le voir avant son départ ?

Il la regarda, surpris.

— Pourquoi ? Aurais-tu des remords ?

— Penses-tu ! Mais je trouverais ça plus drôle qu'elle puisse le rencontrer une dernière fois…

— Toujours aussi sadique, hein !

— Encore plus que tu ne le crois ! Procure-moi un laissez-passer pour elle.

Il s'essuya la bouche et avala une gorgée de vin.

— Tu l'auras demain.

Elle sourit à l'idée qu'elle passerait pour une sainte aux yeux de cette gourde d'Emma quand elle lui apprendrait son intervention pour qu'elle pût voir Colliard.

Elle embrassa Mayer, qui sortit alors une enveloppe de sa poche intérieure.

— Tiens, c'est pour toi.

Elle ouvrit l'enveloppe avec fébrilité. C'était de l'argent. La somme semblait rondelette.

— En quel honneur ?

— C'est ton loyer pour La Vernière.

Cela provoqua l'hilarité de Marie. Non seulement elle était devenue propriétaire de La Vernière, mais cela lui rapportait de l'argent !

Cet après-midi-là, Albert roulait en direction de la Coulisse en compagnie de deux camarades André et Roger, adhérents comme lui des Chantiers de jeunesse du Maréchal. Il était heureux : son père l'avait félicité pour son travail – une attitude rare chez lui, plus souvent occupé à se féliciter de sa propre réussite.

Il conduisait vite, une cigarette aux lèvres, en plaisantant avec les passagers. Ils se racontaient leurs exploits amoureux. André et Roger mentaient à tour de bras, mais aucun ne s'en souciait ! Ils étaient trop soûls ! Roger venait de lever la petite du boulanger de Narcy, une cochonne selon lui, qui découvrait ses fesses avant qu'on le lui demande ! André, lui, était sur un coup génial : la nouvelle maîtresse d'école arrivée à Pouilly semblait en pincer pour lui. Les deux autres se fichaient de lui : il se faisait des illusions, il était bien trop jeune pour elle…

Albert, lui, ne mentait pas, et ses copains le devinaient à sa manière de s'en vanter. Il avait bel et bien baisé la petite domestique de La Vernière. Avec un tel palmarès, il était leur maître incontesté.

Ils n'évoquaient pas ce qu'ils allaient faire, mais ce n'était pas nécessaire. Dès qu'Albert leur avait fait part de son projet, ils l'avaient trouvé génial : aller à la Coulisse, y enlever la gamine et la sauter ensuite à tour de rôle, il n'y avait pas mieux pour finir la journée !

Ils savaient que c'était une bêtise, mais pourquoi s'en soucier ? Ils étaient désormais les maîtres et, au cas où il leur faudrait se montrer méchants, ils avaient été assez malins pour piquer les fusils paternels.

Quand ils bifurquèrent vers la Coulisse, ils sortirent leurs armes, mais les tinrent dissimulées pour que l'effet de surprise fût total. D'après Albert, il n'y avait aucun risque. La patronne faisait la bonniche à La Vernière, les ouvriers étaient partis. Il n'y avait guère que la vieille servante qui pourrait s'opposer à leur intrusion – autant dire personne.

Ils riaient niaisement quand ils s'engagèrent en trombe sur le chemin de la maison. Encore une centaine de mètres et ils seraient à pied d'œuvre. Le temps que la petite salope se rende compte de ce qui lui arrivait, elle serait déjà dans la voiture en train de filer vers un coin tranquille de la Bertrange !

Surpris par les deux enfants qui jouaient sur le terre-plein, face à la demeure, Albert freina et dérapa. Par miracle, il évita Madeleine et fit un tête-à-queue qui le ramena dans le chemin. Dans un éclair de lucidité, il songea qu'il ferait mieux de repartir. Mais bon Dieu, il était trop fier pour ça ! Pas question de passer pour un nul aux yeux de ses copains !

Il se gara à quelques mètres de la maison. Il descendit du véhicule et, suivi de ses deux acolytes, fit irruption dans la pièce. Colette et Margot sursautèrent. Avant qu'elle ait eu le temps de prononcer un mot, les trois garçons empoignèrent la jeune fille et la tirèrent vers l'extérieur.

Impuissante, Margot les suivait en leur hurlant de la relâcher. Les enfants effrayés demeuraient immobiles et cois. Madeleine pleurait.

Colette se débattait en criant. Elle voyait l'instant où elle allait être poussée dans le véhicule quand un coup de feu retentit. Surpris, Albert et ses amis se retournèrent et lâchèrent la jeune fille, qui courut attraper les enfants pour les faire rentrer. Un fusil dirigé sur eux, Paul s'avançait, suivi de Marcel.

Brutalement dégrisés, les trois agresseurs se tenaient immobiles à côté de la voiture. Albert songeait à saisir le fusil disposé sur la banquette arrière avec l'intention de riposter, mais les deux autres étaient terrorisés.

Paul ignora Roger et André. Il s'approcha d'Albert et lui enfonça le canon du fusil dans le ventre.

— Tu montes dans ta bagnole et tu disparais ! Sinon, je te jure que je te plombe !

Albert n'en menait pas large. Au regard de Paul, il savait que celui-ci tirerait. Il croisa les yeux de Marcel, aussi peu amène.

Il s'installa au volant, sans un mot. Ses deux acolytes étaient déjà installés, se gardant du moindre geste qui pût prêter à confusion.

Il démarra doucement et accéléra un peu plus loin, un doigt tendu en direction de Paul. Certes, c'était dérisoire, mais cela signifiait qu'il n'en resterait pas là. Merde ! Il avait tous les pouvoirs, il devait être respecté !

Quand la voiture eut disparu, Paul rentra avec Marcel.

— Merci ! dit Colette.

Paul déchargea le fusil et se servit une tasse de café. Il songea que la guerre rendait les gens fous.

Du jour de cet incident, Colette se montra plus joyeuse. Plus diserte, aussi. En particulier avec Marcel, qui n'en croyait pas ses oreilles. Lui qui devait batailler pour lui arracher quelques mots ou un sourire, il bénéficiait maintenant de toute son attention ! Elle le questionnait sur sa vie, lui demandait régulièrement s'il allait bien. Quand il venait, elle lui servait une tasse de café. Elle acceptait même qu'il l'accompagnât dans ses promenades avec les enfants.

Elle-même se dévoilait un peu. Elle désirait des enfants et vivre aux côtés d'un homme sérieux et travailleur. Elle rêvait de posséder une maison et un bon travail à la ville. Cela ne lui répugnait pas d'être domestique, mais elle voulait que ce fût chez des gens qu'elle appréciait. C'était le cas avec Emma. Cependant, elle doutait que cette dernière pût se tirer d'affaire. Avec les Boches sur le dos, et son mari parti, sans doute pour longtemps, l'argent viendrait immanquablement à manquer. Elle répétait qu'elle aiderait autant qu'elle le pourrait, mais que cela aurait forcément une fin.

Marcel était plus optimiste. Il croyait dur comme fer que les Boches ne resteraient pas éternellement vainqueurs et qu'un jour des hommes les jetteraient hors de France. D'ailleurs, il serait de ceux-là !

Colette n'appréciait pas quand il abordait ce sujet. Elle lui disait d'arrêter de jouer au héros. Il était piqué au vif, et néanmoins content de sa réaction.

Sans le lui avouer, elle tenait donc à lui. Elle ne voulait pas le voir mourir ! Enfin, ce n'était qu'une interprétation, mais il s'y cramponnait. Il voulait croire qu'un jour elle tomberait amoureuse de lui.

Colette commençait bien à s'attacher à lui, mais ce n'était pas de l'amour. Marcel avait beau être sympathique, gai, travailleur, elle lui trouvait bien des insuffisances. À ses yeux, il était jeune, et surtout il manquait de plomb dans la cervelle. Elle n'imaginait pas s'enticher d'un gamin. Par ailleurs, elle lui trouvait un physique massif, peu attrayant. Ses traits n'avaient aucune finesse, et ses dents inégalement plantées la rebutaient. Tout le contraire de ce salaud d'Albert, qu'elle continuait à désirer…

Le car pour Nevers était à l'heure. Emma grimpa, paya et s'installa près de la fenêtre. C'était une belle journée de février. Le soleil reprenait des couleurs.

Elle était de bonne humeur. Aujourd'hui, elle n'irait pas à La Vernière, ne se ferait pas houspiller par les Allemands, n'aurait pas à supporter la superbe d'Armand, ni les privations et les moqueries. Pendant ces prochaines heures, elle serait comme tout le monde.

Même si elle lui en voulait encore, elle était heureuse de revoir Colliard. Savoir qu'il n'avait pas été emprisonné à Beaune-la-Rolande ou à Pithiviers, comme l'étaient la plupart des Juifs, la rassurait. Peut-être avait-il encore une chance d'échapper au pire ?

Quand Marie lui avait annoncé cette permission de visite, en ajoutant qu'elle était intervenue personnellement pour qu'elle lui fût accordée, Emma n'avait pas laissé éclater sa joie. Elle s'était surtout demandé quel avantage la jeune femme pouvait en tirer. N'en voyant aucun, elle avait alors imaginé, sans trop y croire, qu'elle avait peut-être changé.

En entrant dans les faubourgs de Nevers, Emma renonça à cerner les motivations de Marie. L'essentiel était de réconforter Colliard. Comme il devait manquer de tout, elle lui apportait du pain et du chocolat chipés dans les cuisines de La Vernière.

Quand elle fut admise dans la maison d'arrêt, elle prit conscience de son embarras. Qu'allait-elle lui dire ? Elle ne l'aimait plus, certes, mais elle ne souhaitait pas l'accabler. Il avait beau être là par sa propre faute, il ne méritait pas le traitement qu'on lui infligeait. C'était un homme honnête, un excellent médecin, un bon père et un vrai bûcheur. Après avoir été fouillée et malheureusement dépouillée du colis qu'elle lui destinait, elle fut menée au parloir.

Colliard fut introduit dans la pièce, menotté et vêtu d'une tenue de prisonnier. Emma faillit éclater en sanglots en découvrant combien il avait maigri et semblait fatigué. Un gardien l'amena jusqu'à son siège et précisa qu'ils disposaient de cinq minutes.

Ils échangèrent un sourire.

— Comment vont les enfants ? demanda-t-il.

Elle répondit qu'ils étaient en pleine forme et qu'ils le demandaient tous les jours. Quelques larmes perlèrent aux paupières de Colliard, mais il se reprit très vite.

— Et toi, ça va ? enchaîna-t-il.

Elle lui raconta que les Allemands les avaient expropriés et qu'ils habitaient à la Coulisse. Leur existence était un peu difficile, mais tout le monde y mettait du sien pour la rendre supportable. Pour ne pas l'affliger davantage, elle lui cacha qu'elle était domestique à La Vernière.

— De ton côté, tu t'en sors ? demanda-t-elle.

Il ne répondit pas.

— Ils vont peut-être te relâcher ? dit-elle en esquissant un sourire qui se voulait encourageant.

— Je crains que non.

Il n'eut pas le loisir d'en dire plus, déjà le gardien l'arrachait à son siège.

— Je t'aime, dit-il.

— Moi aussi, balbutia-t-elle avant qu'il ne disparût derrière une porte en fer.

Elle se leva, la gorge nouée d'avoir vu Colliard dans un tel état, de savoir que son calvaire n'était pas terminé, de l'imaginer seul et abandonné, sans recours ni secours. Elle mit un point d'honneur à ne pas pleurer avant de sortir. C'était tout ce qui lui restait à opposer à ces sales Boches.

Depuis plusieurs jours, Marthe ne décolérait pas. Par ouï-dire, elle avait appris la manière dont Marie traitait Emma. Elle en était révoltée.

En cette fin de journée, elle décida d'aller rendre visite à Emma pour lui remonter le moral. Elle emportait avec elle de la viande, du pain et des œufs, qu'elle pouvait se procurer à la *Kommandantur*. En ces temps de disette, c'était le plus beau cadeau qu'on pût faire.

Elle prit la route vers 19 heures, après avoir averti Fernand qu'elle serait de retour pour la fermeture. Elle subit un contrôle impromptu des Allemands juste avant les Bertins, mais ils ne fouillèrent pas la voiture. Son permis de circuler était en règle et doté d'un tampon spécial de la *Kommandantur*.

Quand elle se gara devant la maison de la Coulisse, Paul se tenait sur le perron, un fusil à la main. Il vint lui ouvrir la portière.

— Dis donc, c'est dangereux de venir ici ! s'exclama-t-elle.

— Je suis désolé, expliqua-t-il en s'éloignant. On a eu des ennuis, récemment…

Sans chercher à en savoir davantage, Marthe rentra avec le cageot rempli de victuailles qu'elle posa sur la table. Après avoir embrassé Margot, Colette et les enfants, elle s'assit près du feu pour se réchauffer.

— Mon Dieu ! criaient les femmes en découvrant la nourriture. De la viande ! Des œufs ! Des légumes !

— Ce n'est rien, dit Marthe. Avec les Boches, j'en ai plus qu'il ne m'en faut.

Margot s'approcha. Marthe eut un pincement au cœur en voyant qu'elle marchait désormais en traînant les pieds et en s'appuyant çà et là pour s'assurer. À son regard, la vieille servante devina ses pensées.

— C'est que je n'ai plus les jambes de mes vingt ans, dit-elle en se laissant choir sur son siège.

Marthe lui étreignit la main.

— J'en connais de plus jeunes que toi qui aimeraient posséder ton énergie !

— Tu es gentille, mais je sais bien que mes jours sont comptés.

— Ah, non ! s'exclama affectueusement Colette, vous n'allez pas commencer à geindre ! Vous allez nous faire pleurer !

Margot rit de bon cœur.

— On verra comment tu seras à mon âge, la donzelle !

Marthe s'inquiéta de l'heure à laquelle rentrait Emma. Margot haussa les épaules.

— Il n'y a pas de règle, ça dépend de ces salopards. Mais on l'attend toujours pour dîner.

— Je pourrais aller la chercher en voiture, suggéra Marthe.

— Ce ne serait pas une bonne idée, intervint Paul, revenu entre-temps. La Parisienne le prendrait très mal ! Marcel est allé au-devant d'elle…

— Comment Marie a-t-elle pu devenir aussi méchante ? s'interrogea Marthe à voix haute.

— Avec la guerre, la véritable nature des gens se révèle, dit Margot. Regarde Armand ! Le voilà cul et chemise avec les Teutons !

Ils se turent. On entendait les rires des enfants qui chahutaient sur le lit d'Emma, et le soupir des bûches qui se consumaient. Par intermittences, aussi, le sifflement du vent qui s'engouffrait dans la cheminée. Habituée à l'agitation du café, Marthe était prête à s'assoupir.

Elle sursauta lorsque la porte s'ouvrit. C'était Emma, accompagnée de Marcel. Elles se précipitèrent dans les bras l'une de l'autre. Les enfants vinrent embrasser leur mère, mais ne restèrent pas. Ils avaient appris à ne pas la harceler quand elle rentrait.

Emma se laissa choir sur une chaise près du feu.

— C’est gentil d’être passée, dit-elle à Marthe en se frottant les mains à la chaleur du feu.

— C’est normal, j’ai appris ce que l’autre t’a fait.

— Ce n’est pas grave, comparé à ce qu’endure Colliard. Si tu l’avais vu l’autre jour, à la prison ! Il n’a plus que la peau et les os. Et voilà qu’ils le transfèrent bientôt à Beaune-la-Rolande. Marie s’est fait un plaisir de me l’annoncer avant-hier.

Elle se mit à pleurer silencieusement. Marthe approcha sa chaise et la prit par les épaules.

— On va se battre, Emma ! Je te promets qu’on va leur en faire baver !

Emma acquiesçait, mais sans y croire.

— J’espère…

Tandis que Margot et Colette préparaient le repas, les deux femmes se mirent à discuter sur un ton complice. Elles avaient oublié leurs différends.

Emma contait son quotidien à La Vernière, puis leur vie difficile à la Coulisse. Marthe parlait du café, de son écœurement à voir tant de Français pactiser avec l’occupant, pour la plupart des notables comme Blanchard, qui voulaient obtenir des faveurs. Mais tout cela changerait ! D’autres relevaient la tête. Emportée par son enthousiasme, elle avait haussé la voix. Marcel l’entendit et donna son point de vue.

— C’est sûr, dit-il, on va leur en faire voir !

— Va d’abord te moucher, morveux ! ironisa Paul.

Tout le monde rit de bon cœur. Cependant, au regard franc du gamin, Marthe supposa qu’il y avait davantage que de la vantardise derrière ses mots. Du courage, certainement.

Emma invita Marthe à dîner. Celle-ci refusa. Elle devait retourner au café. En son absence, les soldats allemands se montraient parfois détestables avec les filles. Elle promit de revenir et de leur apporter d'autres extras chaque fois qu'elle le pourrait.

Marcel l'accompagna jusqu'à la voiture.

— Je pourrais venir vous voir un jour au café ?

Elle lui sourit.

— Tu veux essayer…

— Pas du tout ! se récria-t-il en rougissant. C'était juste comme ça…

Elle lui caressa la joue.

— Viens quand tu veux… Juste comme ça !

Puis elle démarra en lui adressant un signe amical de la main.

Ce 20 février, c'était l'agitation des grands jours à La Vernière. Marie organisait une réception en l'honneur de Déat, originaire de la Nièvre, et de la création du Rassemblement national populaire. Pour cela, elle avait requis l'aide du personnel allemand et avait également engagé quelques jolies gamines du coin pour plaire aux invités.

Elle avait pensé mobiliser Emma pour qu'elle fût obligée d'évoluer au milieu de tout ce que le département comptait de collaborationnistes. Finalement, elle y avait renoncé. Elle était trop laide. Amaigrie, le teint gris, l'œil triste, elle aurait gâché ce qu'elle espérait être une réception inoubliable.

Elle avait invité des notables de communes environnantes et des officiers allemands, dont ceux de la *Kommandantur* de Nevers. Pour l'occasion, elle avait fait débarrasser le rez-de-chaussée et le premier étage des Quatre-Vents pour y disposer quelques canapés, des sièges et des tables pour les buffets.

Sur le conseil de Mayer, elle avait requis l'orchestre du régiment allemand de Nevers. Enfin, elle avait demandé à des négociants de Pouilly et de Sancerre, dont Bardeau, le père d'Albert, de lui fournir leurs meilleurs crus.

Par précaution, elle avait fait appel à des patronnes de maisons closes, excepté Marthe, dont elle savait qu'elle refuserait, pour disposer de quelques filles faciles. Enfin, Mayer avait délégué des soldats de la garnison de Donzy pour assurer la sécurité. Bref, tout se présentait à merveille.

Marie s'était réservé une bonne heure pour s'habiller et se maquiller. Elle ne voulait aucune concurrence durant cette fête. Malheureusement, elle n'était pas parvenue à surmonter son inquiétude à ce sujet. Parmi les épouses ou maîtresses de ces messieurs, voire parmi les prostituées, certaines viendraient peut-être lui faire de l'ombre.

Elle enfilait une robe longue blanche en fuseau, largement décolletée devant et derrière, lorsque Mayer fit irruption dans la salle de bains.

— Dépêche-toi ! dit-il en l'embrassant, ils ne vont pas tarder.

Elle l'enlaça.

— Rassure-toi, je suis prête.

Prenant du recul pour admirer Mayer, elle ajouta :

— Tu es magnifique ! Je serai fière de paraître à ton bras.

Mayer se regarda dans la psyché, satisfait. Son uniforme d'*Oberst* était remarquable. Il songea qu'il le serait encore davantage lorsqu'il serait promu. Malheureusement, cela ne dépendait pas de lui.

Les invités se présentèrent presque en même temps. Le chef de la *Kommandantur* de Nevers arriva en dernier, en compagnie de Marcel Déat, dans une luxueuse Mercedes. La garde motorisée était si nombreuse qu'on aurait dit une visite d'homme d'État.

Mayer et Marie les accueillirent sur le perron, d'où l'on entendait la musique de l'orchestre et le brouhaha de la foule.

Les deux personnalités entrèrent, aussitôt entourées et congratulées par les invités. Particulièrement Marcel Déat, qui semblait jouir d'une cote exceptionnelle parmi les Français présents.

Quand les deux hommes parvinrent à l'étage, d'où Déat devait prononcer son discours, le silence s'instaura. Le tribun s'approcha de la rambarde et entama sa harangue avec emphase, se réjouissant d'entrée de la victoire allemande, qui ouvrait selon lui une nouvelle ère européenne.

Il continua en se félicitant de la récente création de son parti, le Rassemblement national populaire, qui jouerait un rôle majeur dans la propagation de l'idéal national-socialiste. En bon politique, il avait un mot agréable pour tous : Hitler et les autorités allemandes du département, dont il s'enorgueillissait d'être originaire puisqu'il était natif de Guérigny, mais aussi Joseph Darlan, nommé vice-président du Conseil et ministre des Affaires étrangères, et enfin Pétain, dont il loua à la fois l'habileté et la détermination à créer un ordre nouveau.

Sans cesse interrompu par des applaudissements et des vivats, il conclut assez vite et invita chacune et chacun à se faire le relais des idées de Vichy auprès de la population.

L'orchestre entama alors un morceau rythmé, mais personne ne dansa. On préférait commenter le discours de l'orateur et supputer ses chances de devenir ministre dans un prochain gouvernement. D'autres, plus malins, jouaient des coudes pour s'approcher du grand homme afin de se faire connaître ou reconnaître de lui. Par les temps qui couraient, avoir son appui revenait à faire partie des puissants de ce monde.

Blanchard était de ceux-là. Prévoyant, il s'était positionné dès le début pour être parmi les premiers à avoir accès au héros. Il avait soigneusement préparé son intervention afin qu'en quelques mots il s'installât dans la mémoire de Déat.

Il lui parla peu après la fin du discours. À peine une minute. Présenté et encensé tout à la fois par Marie et Mayer, il insista sur les points qui lui semblaient les plus importants : il était originaire de La Charité, notaire et très engagé au côté de la restauration pétainiste. Si nécessaire, il se mettait au service de Déat. En retour, ce dernier lui serra chaleureusement la main et le félicita.

Quand ce fut fini, Blanchard était satisfait. L'affaire était dans le sac ! Il pouvait désormais se mêler à la foule, bavarder avec des connaissances, et peut-être lever une petite gourgandine pour finir agréablement la soirée.

Albert accompagnait son père, qui n'aurait manqué cet événement pour rien au monde. Afin de s'assurer les bonnes grâces des autorités allemandes, ce dernier avait fait cadeau de plusieurs dizaines de bouteilles à Mayer et l'avait invité à venir goûter ses meilleurs crus à Pouilly.

Lassé des bavardages politiques, Albert se fondit dans la foule à la recherche d'une « poupée », comme on disait dans ces films américains dont il raffolait. S'exprimer ainsi lui donnait, croyait-il, la stature d'un caïd.

Il allait bientôt partir pour les chantiers de jeunesse, ce qui ne l'enchantait guère. Il n'était pas du genre à mettre la main à la pâte ! Cependant, il n'avait même pas tenté de convaincre son père d'intervenir pour qu'il en fût exempté. Pour le père, que son fils allât sur un chantier constituait une partie de sa carte de visite.

Ce qui désespérait Albert était de ne pouvoir se venger immédiatement de l'humiliation que lui avait fait subir le type de la Coulisse. Mais il ne perdait rien pour attendre, son heure viendrait. Quant à Colette, il saurait se débrouiller pour l'avoir un jour rien qu'à lui.

8

En quelques mois, Marie avait fait de La Vernière le lieu de rendez-vous de la Collaboration le plus couru du département. Grâce à l'argent qu'elle récupérait sur les affaires de Blanchard, au loyer exorbitant que lui versaient les Allemands et aux largesses de Mayer, elle pouvait dépenser sans compter.

Les dîners succédaient aux dîners, les fêtes aux fêtes. De nombreuses réunions politiques de groupuscules collaborationnistes se tenaient aux Quatre-Vents. Entre autres, celles du RNP de Déat, que Marie choyait particulièrement.

À son rôle de maîtresse de maison, qu'elle tenait à merveille, selon les dires des habitués, s'ajoutait celui d'« amante attitrée » de Mayer. En réalité, mais tout le monde l'ignorait, elle était bien plus que cela. Au fil des mois, une véritable histoire d'amour s'était nouée entre l'officier et elle. L'attirance physique et intellectuelle qu'ils éprouvaient l'un pour l'autre dépassait largement celle qui gouverne une liaison éphémère.

Lorsqu'ils se retrouvaient, ils n'avaient qu'une idée en tête : s'aimer comme en temps de paix. Leur désir n'avait fait que s'accroître. Ils faisaient souvent l'amour, parfois dans des conditions un peu baroques qu'ils inventaient pour donner plus de piquant à leurs ébats. Cette aimantation des corps jouait un rôle majeur dans leur entente. D'ailleurs, ils ne s'en cachaient pas. Lors des fêtes ou des dîners, ils s'embrassaient et se caressaient comme s'ils venaient de se rencontrer.

À force de vivre ensemble, ils avaient appris à harmoniser leur vie de couple et fonctionnaient selon un mode bien établi, auquel ni l'un ni l'autre ne dérogeaient. Autant que le permettait l'emploi du temps de Mayer, de plus en plus sollicité par des opérations de police, ils dînaient toujours à l'heure, écoutaient la radio, lisaient ou se promenaient comme tout un chacun.

Ils parlaient rarement de politique, voire jamais. Sans doute parce que Marie goûtait peu ce genre de discussions, mais aussi parce que les décisions liées à la politique allemande d'occupation étaient du seul ressort de Mayer et qu'elles n'étaient pas susceptibles d'être commentées.

Cela donnait d'ailleurs à leur union un côté petit-bourgeois, comme disait Blanchard, qui s'étonnait qu'une femme aussi libérée que Marie pût se montrer si conformiste. Bien qu'il eût passionnément aimé sa première femme, il affirmait haut et fort que l'amour entre deux êtres n'était qu'une affaire de cul et que le sentiment n'était qu'un leurre.

Évidemment, le fait qu'il se moquât de cette union, trop parfaite à ses yeux, n'était pas dû à ses seules certitudes « philosophiques », mais aussi au fait qu'il était écœuré de voir le Schleu réussir là où lui-même avait échoué. S'ajoutait à sa frustration son ressentiment envers Marie, qui le rançonnait. Toujours en avance d'une dette, celle-ci entendait qu'il la rétribuât de ses rapines au juste prix, autrement dit le plus élevé. Vu les avantages qu'il tirait d'elle et de Mayer, il avait décidé de ne pas discuter. Restait la douleur presque physique qu'il éprouvait en lui donnant régulièrement sa petite enveloppe.

Pour tromper son ennui – voler son prochain était vraiment trop facile –, Blanchard s'était jeté dans la luxure. Son argent lui permettait de s'offrir n'importe quelle fille, que ce fût à Nevers, chez Marthe ou même à Paris, où il montait de temps en temps.

Au début, il professait avec conviction que c'était la meilleure manière de mener son existence, jusqu'au jour où il avait compris que ce n'était en réalité qu'une fuite devant ses propres complexes et frustrations. Au fond, il ne trouvait jamais de plus grande satisfaction que de passer ses soirées chez Marthe, qu'il appréciait et qui lui témoignait, sinon de la tendresse, du moins de la sympathie.

Elle réprouvait sa conduite et ne s'était pas gênée pour le lui faire savoir, mais il ne lui en voulait pas. Peut-être parce qu'il partageait avec elle des souvenirs qui lui étaient chers, mais plus certainement parce qu'il jugeait son avis sans intérêt. Une femme n'avait pas à se mêler de politique !

Plus la guerre s'amplifiait et s'étendait, en particulier entre l'Allemagne et l'URSS, plus il s'impliquait dans la Collaboration. Il y était d'autant plus enclin qu'on parlait désormais de résistance, que des actes de sabotage, des agressions et des distributions de tracts avaient lieu chaque jour sur tout le territoire, y compris dans la Nièvre, où l'on supputait l'existence de réseaux très actifs.

Enlisé dans la débauche, hypnotisé par l'or qu'il amassait, mais aussi par paresse intellectuelle, il avait fini, à la fin de l'été 1941, par opter définitivement pour l'Allemagne. Intelligent et informé comme il l'était, ce choix paraissait étrange à certains de ses clients qui l'auraient cru plus subtil. Il se justifiait en expliquant que son choix n'était pas de nature idéologique, mais la conséquence d'un goût immodéré du jeu. Comme tout joueur, il avait fait tapis avec l'espoir de remporter le pot.

Quand il en parlait avec Marthe, elle désapprouvait, sans toutefois exprimer son réel dégoût. C'est que, hâbleur et bavard, il était devenu à son insu une source d'informations qu'il fallait ménager.

Elle était d'autant plus écœurée par l'attitude du notaire qu'elle avait parcouru le chemin inverse. Forte d'un amour partagé avec Romain, encore platonique, elle avait désormais sa place au sein du réseau de la Bertrange.

Son rôle était différent de celui des maquisards réfugiés au fond de la forêt qui harcelaient sans cesse les Allemands. Comme elle avait accès aux services de la *Kommandantur*, qu'elle pouvait rencontrer Mayer et croiser chaque soir des huiles frustrées de l'état-major allemand, le réseau lui avait confié une mission de renseignement. Marthe menait son action avec l'énergie et la foi qu'impliquait son attachement à la France, à la liberté et à la paix. Son engagement n'était guidé par aucune considération politique. Elle n'était pas davantage gaulliste que communiste. Elle était tout simplement française.

Parfois, au cours de réunions clandestines auxquelles la conviait Romain, il lui arrivait de devoir écouter les interventions de membres du réseau qui se réclamaient de telle ou telle obédience. Ces discours la laissaient de marbre. Pour elle, ils n'étaient qu'une réplique de ceux qu'on entendait en temps de paix, destinés à promouvoir des individus assoiffés de pouvoir. Lorsqu'on l'interrogeait, elle expliquait que son engagement se justifiait uniquement par le désir de ficher dehors un envahisseur qui n'avait rien à faire là.

Par nécessité, et malgré son désir d'arrêter à cause de Romain, elle continuait d'en accompagner certains au lit. Ce dernier l'y avait finalement encouragée. Il préférait qu'elle couchât et obtînt des renseignements plutôt que de se « revirginiser » pour lui témoigner son sentiment. Ils s'aimaient, c'était l'essentiel. Il n'était pas nécessaire qu'ils se le prouvent en faisant l'amour.

Marthe avait tenu sa promesse envers Emma et les siens. Chaque fois qu'elle le pouvait, elle leur amenait de quoi améliorer l'ordinaire. Au fil de ses visites, une relation affectueuse s'était tissée entre Emma et elle, au point qu'il leur arrivait d'échanger des confidences sur leur vie amoureuse. Emma lui avait même raconté ses relations avec Louis et Colliard.

Depuis que Marthe lui avait laissé entendre qu'elle servait d'oreille pour certains, sans en dire plus, il arrivait qu'Emma lui confiât des informations, glanées à La Vernière. Découvrir que Marthe s'était engagée lui avait donné du ressort en l'aidant à voir son propre « esclavage » d'un autre œil. Toute harcelée et exploitée qu'elle était, elle assimilait sa propre situation à celle d'une résistante et se sentait utile.

Cela n'atténuait en rien son épuisement, ni son désespoir qu'alimentaient de sombres réflexions. Malgré plusieurs démarches auprès de la mairie ou de la gendarmerie, elle n'avait pas pu obtenir de nouvelles de Colliard. Au regard du traitement réservé aux Juifs, elle finissait par penser qu'il était déjà déporté, et peut-être mort.

Elle s'angoissait aussi à l'idée de voir surgir les Allemands à la Coulisse pour embarquer tout le monde. Sa crainte s'accentuait chaque jour à la lecture du journal.

Enfin, l'état de santé de Margot la préoccupait. Celle-ci se plaignait de plus en plus d'être fatiguée. Elle se mouvait avec difficulté. Dans l'incapacité de s'occuper des enfants, elle avait passé le relais à Colette. Pourvu qu'elle fût assise, elle pouvait encore coudre, éplucher des légumes, mais son activité s'arrêtait là. Son état attristait Emma, surtout quand elle se rappelait l'énergie de la servante par le passé.

Heureusement, dans cet environnement désespérant, elle trouvait aussi des motifs de se réjouir. Ses enfants grandissaient harmonieusement, malgré les privations. Ils fréquentaient l'école communale des Bertins, dirigée par un homme respectable et équilibré. Ils étaient enchantés de s'y rendre et d'y nouer des amitiés. Cela les changeait de leur quotidien au milieu d'adultes silencieux, épuisés et sur leurs gardes. Insouciants ou affectant de l'être, ils jouaient beaucoup avec Colette, à qui ils étaient très attachés.

Emma avait changé son regard sur la jeune fille. Elle reconnaissait s'être trompée sur son compte. Elle n'était pas la cruche qu'elle croyait, mais au contraire une jeune femme fiable, courageuse et optimiste. Elle gérait les enfants, les courses, l'entretien de la maison, les menus et donnait également des directives aux hommes pour effectuer certaines tâches qui exigeaient de la force physique.

Devenue en quelques mois le pilier de la Coulisse, Emma lui laissait prendre en son absence les décisions qui s'imposaient, sans jamais les contester.

Au début du mois de juin 1941, alors qu'Emma voulait lui donner ses gages, Colette avait refusé.

— Je n'en ai aucune utilité, avait-elle dit. Ce n'est plus le temps des bals ou de la mode ! Cet argent sera mieux utilisé ici pour améliorer notre ordinaire.

Emma avait insisté, sans succès. Mais elle avait pris la secrète décision de la dédommager largement au cas où ils s'en sortiraient.

Avec Marcel, ses relations avaient également évolué. Ils s'appréciaient. L'adolescent fanfaron et inconscient s'était mué en un jeune homme plus assuré. Il avait perdu de son insouciance, au profit d'une plus grande maturité physique et intellectuelle.

Il était le plus intéressé de tous par la lecture des journaux. Quand il le pouvait, il allait écouter la radio au café des Bertins, où le poste était allumé en permanence. Cela l'entraînait dans d'interminables discussions, voire des disputes, avec Germain, son propriétaire, devenu maréchaliste convaincu.

À la Coulisse, il était ainsi devenu le mieux informé de tous et le plus affûté pour analyser la situation politique. Sûr de lui, il affirmait percevoir les signes annonciateurs d'un prochain retournement de situation. À Paris, un officier allemand avait été assassiné dans le métro, ce qui témoignait de l'existence d'une résistance active. À l'extérieur, le général Leclerc s'était emparé de Koufra, la RAF avait bombardé Berlin, l'Allemagne commençait à s'enliser en Russie…

Paul lui reprochait son excès d'optimisme. Il ne voyait guère d'issue heureuse au conflit avant longtemps. En ce début d'automne 1941, l'armée allemande semblait victorieuse sur tous les fronts, et en France l'emprise de Vichy sur l'administration et les esprits se faisait de plus en plus forte.

Quoi qu'il en soit, tous écoutaient « le gamin », comme l'appelait Margot, histoire de retrouver un peu de courage.

Si Marcel se passionnait pour la politique, d'autres soucis plus intimes lui occupaient l'esprit. Son sentiment pour Colette prenait chaque jour plus d'ampleur, ce qui lui occasionnait des tourments. En effet, consciente du désir de l'adolescent, la jeune fille s'arrangeait pour ne rien lui laisser espérer. Elle discutait et plaisantait volontiers avec lui. Elle appréciait son intelligence, sa vivacité d'esprit et son courage. Elle aimait son enthousiasme, sa disponibilité et sa gaieté. Il savait la faire rire, lui remonter le moral, la cajoler aussi. Mais c'était tout.

En ces mois sombres, elle se rendait compte qu'elle quittait les rives de l'adolescence pour devenir une femme accomplie. Les stigmates du viol demeuraient et la renvoyaient parfois à quelques ruminations sur la condition féminine. Elle percevait combien la fréquentation des hommes s'annonçait difficile. Combien, aussi, ses rêves d'amour risquaient de n'être que des élucubrations romantiques. Aimer serait sans doute un chemin de souffrances, quel que fût le compagnon qu'elle choisirait.

Elle n'accablait pas tous les hommes pour autant, au motif qu'Albert était une triste exception, un de ces individus pour lesquels la violence physique est le moyen d'assurer leur domination sur la femme. Cela ne l'excusait évidemment en rien. Son désir de vengeance demeurait entier.

Ces réflexions l'occupaient surtout la nuit. Dans la journée, entre les tâches ménagères et l'éducation des enfants, elle avait d'autres chats à fouetter. C'était difficile, mais les compliments d'Emma et de Margot signifiaient qu'elle ne s'en sortait pas trop mal.

Elle était fière d'avoir conquis la confiance d'Emma. Une « grande dame » selon elle, qui traversait les épreuves avec une force et une dignité rares qu'elle lui enviait. Leurs relations avaient pris un tour amical et complice. Cette connivence nouvelle ressemblait à celle qui liait Emma et Margot, et elle s'en réjouissait.

Sans jamais avoir abordé la question avec Emma, elle devinait ses tourments sentimentaux. Sa culpabilité vis-à-vis de Colliard, mais aussi son désir pour Paul. Elle comprenait combien la solitude devait lui peser et combien elle avait besoin d'être aimée et soutenue. Elle souhaitait de tout cœur que Paul répondrait un jour à son attente.

Emma l'espérait également, même si elle avait conscience de peu le connaître. Les rares fois où il s'exprimait, cela se résumait à quelques mots derrière lesquels il fallait deviner un sens, une intention, une opinion.

Chez lui, parler revenait à livrer une pensée brute. Pourtant, et c'était un paradoxe aux yeux d'Emma, cette économie de mots suffisait pour qu'il fût compris.

Elle avait fini par entrevoir le début d'une explication, un soir où il était resté veiller auprès d'elle. En fait, ce n'était pas tant les mots qui importaient chez lui, mais la vibration de son être. Il fallait écouter ses gestes, son regard et ses silences. Avec lui, elle avait l'impression que son âme s'exprimait. Cela ne la rebutait pas. Au contraire, qu'il requît plus d'attention, de patience et de curiosité l'attirait encore davantage.

Son sentiment pour Paul lui donnait le courage d'affronter le reste de sa vie mentalement désespérante et physiquement épuisante. Chaque journée n'était qu'une étape supplémentaire d'un long calvaire dont elle ne voyait pas le bout.

Par tous les temps, il lui fallait franchir à pied les deux kilomètres qui séparaient la Coulisse de La Vernière, et toujours se présenter à Armand à 7 heures tapantes. Quand elle arrivait à son bureau aménagé dans le bâtiment d'hébergement des soldats, il prenait un malin plaisir à regarder la pendule et à noter le moindre retard. Dans ce cas, il la sanctionnait par une retenue sur ses gages, si bien qu'à la fin du mois il ne lui restait pratiquement rien.

Après quoi, il lui indiquait ses tâches de la journée. Nettoyer les chambres des officiers et les dortoirs, les escaliers, laver les carreaux, servir les repas, faire la lessive… Elle disposait d'un temps limité pour chaque corvée. Si elle ne parvenait pas à suivre la cadence, il la privait de sa pitance, réduisait encore son salaire ou bien lui infligeait des heures supplémentaires.

Elle effectuait son travail seule ou avec d'autres domestiques, allemandes pour la plupart, qui ne parlaient pas un mot de français et avaient reçu la consigne de lui rendre la vie impossible afin de miner son moral.

Le plus difficile était la fin de journée, quand elle devait retrouver Armand dans son bureau, où il jouait au patron qui prend plaisir à humilier son personnel. C'était insupportable car il lui ôtait ainsi encore un peu plus de dignité.

À plusieurs reprises, il avait tenté de la mener vers des discussions portant sur le passé, mais elle avait refusé – sa manière à elle de lui signifier son mépris. Toutefois, cela n'avait guère d'impact sur le bonhomme, imbu de son pouvoir. Il se vengeait en lui assignant des tâches encore plus dégradantes, comme nettoyer les garages ou les latrines.

Au début, sa plus grande souffrance n'était pas tant les humiliations répétées d'Armand ou du personnel allemand que de devoir évoluer dans cet espace naguère accueillant mais devenu un camp militaire retranché. Il lui arrivait alors de pleurer. Aujourd'hui, elle s'était endurcie. La Vernière était devenue à ses yeux un lieu de travail comme un autre.

Ses rencontres avec Marie, jamais programmées, étaient également très pénibles. Cela arrivait de temps en temps, au bon vouloir de la nouvelle propriétaire des lieux. Celle-ci prenait alors un malin plaisir à lui rappeler le passé, tout en sirotant un café ou de l'alcool. Elle évoquait ses nuits d'extase avec Louis, en insistant sur le fait qu'elle avait baisé avec lui à quelques mètres d'Emma, le soir de leur mariage. Elle feignait de s'apitoyer sur la mort tragique de ce dernier, dont elle rendait Emma responsable avec la plus mauvaise foi.

Mais le pire était de l'entendre la menacer de représailles du fait de sa judéité par alliance et de celle de ses enfants. Marie en profitait pour lui rappeler les lois de Vichy, les pogroms, les déportations, en Pologne ou ailleurs, et l'obligation dans laquelle elle se trouverait un jour de faire face à ce problème.

Ainsi, quand Emma revenait à la Coulisse, elle était en lambeaux, selon ses propres termes, et tout juste bonne à dormir. Pourtant, elle tenait. Pour elle et pour ses enfants, par orgueil, mais aussi parce qu'en ce mois de septembre 1941 quelques rumeurs crédibles commençaient à circuler qui laissaient penser que l'Allemagne avait mangé son pain blanc. En Russie, sa progression ralentie faisait supposer que son armée rencontrait une résistance sérieuse. En France, plusieurs attentats spectaculaires avaient eu lieu, ce qui témoignait également d'une résistance accrue. Même dans la Nièvre, ça bougeait ! Des ouvriers s'étaient mis en grève dans des usines qui travaillaient pour l'armée d'occupation, des lignes téléphoniques étaient sabotées, des voies et des convois ferroviaires détruits…

9

Ce 11 octobre, Emma arriva à la Coulisse peu après 19 heures. C'était exceptionnel par rapport aux autres soirs. Elle était fatiguée, mais son moral était bon.

À La Vernière, les Allemands étaient nerveux. Ils couraient et aboyaient au moindre prétexte. Alors qu'elle faisait le ménage dans le bâtiment des personnels, elle avait surpris des bribes de conversation entre deux collabos croisés dans le couloir. Ils évoquaient l'attentat de la veille, à Paris, où deux officiers et un soldat allemands avaient perdu la vie. Elle avait perçu leur inquiétude. La résistance armée agissait désormais en plein jour ! Selon eux, il fallait que les Allemands du département redoublent de vigilance et se montrent intraitables avec ceux qu'ils attraperaient.

Quand elle entra, Paul et Marcel jouaient aux cartes, les enfants s'amusaient à côté de la cheminée, Margot cousait et Colette s'activait devant les fourneaux. Il faisait chaud et l'on sentait l'odeur du rôti, ce qui était rare. Colette expliqua que Marthe était passée en coup de vent.

Emma se laissa choir dans le fauteuil, face à la cheminée. Elle goûtait la sérénité qui régnait dans la pièce. Cela lui rappelait La Vernière et ces soirées d'été, quand elle s'asseyait devant la maison en attendant la tombée de la nuit.

Colette poussa soudain un cri. Margot venait de s'affaisser sur le côté. Paul se précipita et la rattrapa de justesse avant la chute. Avec l'aide de Marcel, il la transporta sur le lit d'Emma. Colette lui desserra le col de son chemisier, tandis qu'Emma glissait un oreiller sous sa tête.

Margot rouvrit les yeux.

— Qu'est-ce qu'il m'est arrivé ? demanda-t-elle, souriante.

— Tu es tombée dans les pommes, répliqua Emma, soulagée de la voir si détendue. Il serait temps que tu voies le docteur...

— Allons, ma fille ! la coupa Margot. Je ne suis pas malade ! C'est la vieillesse, voilà tout ! Pas de quoi se biler !

Comme elle tentait de se redresser, Colette la força à demeurer allongée.

— Tu ne veux pas aller au bal, pendant que tu y es ? dit-elle en plaisantant.

Tout le monde éclata de rire. Margot n'insista pas.

— Fichez-moi le camp, je ne suis pas encore morte ! À vous voir tous autour du lit, j'ai l'impression d'agoniser !

Ils se retirèrent tous, excepté Emma, qui s'assit à ses côtés.

— Bon Dieu ! Tu m'as fichu une sacrée trouille ! dit-elle en lui caressant le visage.

Margot prit sa main dans la sienne.

— Il faut t'y préparer, ma fille. Je ne suis pas immortelle.

— Peut-être, mais je compte te voir auprès de nous pendant plusieurs années encore.

Margot lui fit signe d'approcher et chuchota :

— Ne fais pas semblant de ne pas comprendre. Pour moi, c'est la dernière ligne droite… Je vais vous quitter un de ces jours, ma chérie ! Note bien que cela ne me fait pas plaisir, j'aurais eu envie de voir grandir les enfants et d'assister au départ des Schleus, mais je…

— Tais-toi ! coupa Emma.

— Oh, ma fille ! Tu ne me feras pas taire ! Tu as beau être la patronne, tu sais que tu ne m'en as jamais remontré !

Emma sourit. Margot lui fit signe de fermer le rideau qui séparait le lit du reste de la pièce. Emma s'exécuta et revint s'asseoir.

— J'ai deux ou trois choses à te dire tant que j'ai encore toute ma tête, commença Margot à voix basse. Je m'en voudrais de m'en aller sans l'avoir fait. Tu sais bien que je n'ai pas les yeux dans ma poche…

Emma opina.

— Je vois bien que tu en pinces pour Paul, et lui pour toi…

Emma ne put s'empêcher de rougir.

— Je t'en conjure, reprit Margot, n'entame rien avant de savoir ce qui est arrivé à Colliard. C'est le père de tes enfants et tu te dois d'abord à eux ! Même si tu te sens seule, tu dois d'abord penser à respecter tes engagements. Je te rappelle que tu es mariée avec lui et qu'il n'a pas tous les torts ou les défauts que tu lui prêtes.

Emma ne trouvait rien à répondre. Elle se sentait gagnée par la culpabilité, ce qui revenait à donner raison à la servante.

— Ne t'inquiète pas, finit-elle par répondre en esquivant la question.

Margot lui sourit.

— Je ne m'inquiète pas. Tu as la tête bien vissée sur les épaules et tu es courageuse. Mais je connais tes faiblesses quand il s'agit du cœur et de la bagatelle !

Emma s'apprêtait à répliquer, mais Margot ne lui en laissa pas le temps.

— Il y a autre chose. Tu n'es pas obligée de me répondre, mais... s'agissant d'Émile, j'aimerais que tu me dises la vérité.

Emma se crispa.

— Je n'ai rien d'autre à dire que tu ne saches déjà.

Margot plongea son regard dans le sien, mais n'ajouta rien. Emma se leva.

— Reste allongée ! On va t'apporter de quoi manger, puis les hommes te monteront dans ta chambre.

— Tu ne m'en veux pas ? s'inquiéta Margot.

Emma l'embrassa sur le front.

— Pourquoi t'en voudrais-je ? Tu as sans doute raison...

Elle regagna la pièce principale et croisa le regard de Paul. Margot pouvait dire ce qu'elle voulait, elle avait besoin d'amour et de réconfort, de bras forts qui l'étreignent, d'un corps contre le sien. Si Paul se lâchait, elle ne résisterait pas.

Ce soir-là, la pluie tombait sans discontinuer depuis le début de l'après-midi. Il n'y avait guère de monde au café. Trois habitués jacassaient bruyamment au fond de la salle. Deux soldats de la Wehrmacht éclusaient bière sur bière au bar, et là-haut un capitaine allemand faisait son affaire avec Raymonde, la plus gironde de ses filles.

Marthe attendait qu'ils fussent descendus pour fermer. Pour un peu, elle serait montée leur demander de se hâter ! Les autres filles l'attendaient pour partir ensemble car Marthe n'aimait pas les voir rentrer seules. Parfois, elle demandait même à des hommes du coin ou à des soldats de les accompagner chez elles. Mais elle se moqua de son fichu instinct protecteur et gagna la cuisine. La ranger l'aiderait à repousser le véritable motif de sa fébrilité. Romain devait passer.

Cela la rendait nerveuse, pour ne pas dire angoissée. Cela faisait maintenant un moment qu'elle œuvrait pour le réseau, mais il n'y avait rien à faire. Elle ressentait chaque fois cette même crispation au ventre.

Elle avait peur pour lui, pour eux, pour leurs amis. Un rien pouvait l'effrayer : la porte du café s'ouvrant trop violemment, la sonnerie du téléphone à une heure impromptue, le regard insistant d'un Allemand, les propos sibyllins d'un client…

Habituée à parler tout le temps, la pratique de la clandestinité et du secret lui était difficile. Elle était encore loin de posséder l'assurance de certains résistants, capables de vivre dans la plus totale duplicité. Combien de ces hommes paraissaient banals le jour, alors qu'ils devenaient, la nuit venue, de véritables fauves capables de tuer sans ciller ?

Elle entendit l'officier allemand descendre les escaliers. Il paya la passe, laissa un généreux pourboire pour la fille et sortit, suivi des deux soldats qui l'attendaient au bar. Peu après, les filles firent de même, et enfin les autres clients.

Quand elle fut seule, Marthe verrouilla la porte et éteignit les lumières de la devanture. Romain entrait toujours par la fenêtre de la cuisine, qu'elle laissait entrouverte.

Quand elle eut passé le balai et lavé les derniers verres, elle éteignit la salle, puis monta à son appartement. Elle s'y déshabilla et enfila un peignoir. Cela l'amusa : tout homme la découvrant dans cette tenue penserait qu'il s'agissait d'une invite ! Avec Romain, c'était différent. Cela faisait belle lurette qu'elle s'affichait ainsi devant lui, sans qu'il se passât rien.

Il n'y avait pas encore de place pour l'amour physique dans leur relation. En revanche, il leur arrivait de s'embrasser, de laisser échapper une caresse ou une parole tendre. Pour Marthe, c'était émouvant, mais également perturbant. Comme elle le lui avait expliqué un jour, c'était la première fois qu'elle vivait une histoire platonique avec un homme. Ils en avaient ri, mais Romain était resté ferme : s'embarquer dans une histoire d'amour risquait de leur faire perdre la plus élémentaire prudence.

Leur mission primait sur le reste. Lorsqu'ils se rencontraient, ils échangeaient des informations et élaboraient des stratégies pour qu'elle en recueillît d'autres. Notamment, elle devait « traiter » personnellement, dans l'intimité d'une chambre, tel ou tel officier de l'armée allemande, voire des Français réputés collabos.

Elle se servait un verre quand il entra dans la pièce, sans qu'elle l'eût entendu venir. Elle sursauta, puis se jeta dans ses bras.

— Trouve un moyen de me prévenir que tu arrives ! dit-elle. Sinon, un jour, je vais mourir d'un arrêt du cœur !

Il s'assit dans le canapé et alluma une cigarette.

— Les nouvelles ne sont pas bonnes, dit-il. Les Allemands réagissent brutalement aux attentats. Une trentaine de gars ont été fusillés à Châteaubriant, cinq à Paris, une cinquantaine à Bordeaux, seize à Nantes…

Elle s'assit à côte de lui.

— Quoi d'étonnant ? On ne pouvait guère s'attendre à une autre réaction de leur part…

— Je sais, mais je pense qu'il va falloir réorienter notre stratégie. Tuer des Allemands coûte trop cher en vies humaines.

Marthe ne répondit pas. C'était l'affaire des politiques.

— Pour l'instant, les Allemands nous intéressent moins que les collabos notoires, reprit-il. Blanchard, en particulier. Il passe son temps avec les huiles du département et il monte régulièrement à Paris, où il rencontre des membres de divers partis collaborationnistes. Les informations que tu pourras lui soutirer nous intéressent. Mais fais gaffe, c'est un malin et…

— Ne t'en fais pas pour ça, je le connais bien.

— Malheureusement, oui. Savoir ce salaud dans ton lit ne me réjouit pas particulièrement.

Elle se réfugia dans ses bras.

— Je t'aime ! Je n'éprouve rien pour personne d'autre que toi. Et pour lui encore moins...

Ils s'embrassèrent, puis il se leva.

— Je ne peux pas traîner...

— Je sais, dit-elle. File !

Ils s'étreignirent.

— Qu'est-ce que je dois chercher avec Blanchard ? demanda-t-elle.

Il se dégagea avec douceur.

— Tout et n'importe quoi, on fera le tri !

Ils gagnèrent la cuisine. Romain enjamba le rebord de la fenêtre, puis disparut dans la nuit noire. Marthe referma derrière lui. Elle n'aimait pas le savoir dehors à une heure pareille. Les Allemands patrouillaient sans cesse. Surtout, elle regrettait qu'il ne fût pas resté. Elle avait besoin de sa force et de sa tendresse pour mener à bien sa mission.

Blanchard était revenu de Vichy le 4 novembre. Son voyage avait été profitable. Recommandé par Mayer, il avait pu prendre contact avec les autorités du gouvernement chargées de la question juive, en particulier avec le directeur de cabinet de Pucheu, le ministre de l'Intérieur, un jeune type ambitieux, pur produit de l'administration, qui lui avait parlé de la nouvelle Europe qui s'annonçait.

Blanchard l'avait poliment écouté, sans adhérer à son galimatias idéaliste. Il n'était pas là pour refaire le monde, mais pour trouver les moyens de profiter de la situation. Quand il avait pu prendre la parole, il avait exposé ce qu'il faisait concrètement pour déposséder les Juifs du département. Il avait insisté sur son expérience et sa capacité à étendre son activité à d'autres régions. Sincèrement épaté par son efficacité, le chef de cabinet l'avait assuré de son appui. Il avait même promis de le recommander pour la francisque !

— Avec ce que vous faites pour la France, s'était-il exclamé, ce serait bien le diable si on ne vous l'accordait pas !

Blanchard repensait à cela en se garant devant le café de Marthe. Il s'y taperait une des petites, ou peut-être Marthe elle-même. Il s'en réjouissait à l'avance. Outre le plaisir qu'il en tirait, il appréciait de discuter avec elle. Malgré le peu d'études qu'elle avait faites, elle possédait une culture populaire qui lui plaisait. Elle s'exprimait bien et ses réflexions étaient frappées au coin du bon sens. Cela le changerait de ces gourdes de Vichy qui jargonnaient pour avoir l'air intelligent.

Lorsqu'il entra, la salle était bondée. L'atmosphère y était détendue, presque amicale. Des soldats allemands plaisantaient avec des Français en un joyeux baragouin. Cela le conforta dans son engagement en faveur de la collaboration. La question juive mise à part, les deux peuples pouvaient s'entendre.

Il se fraya un chemin jusqu'au bar, où il commanda une bière à Marthe, qu'il embrassa. Comme il en profita pour solliciter une « faveur », elle lui demanda de patienter un petit quart d'heure. Cela l'arrangeait. Il avait ainsi le temps de se mettre dans l'ambiance.

Quelques minutes plus tard, elle lui fit signe de la suivre. Sitôt dans l'appartement, elle déboucha une bouteille de champagne plongée dans un seau à glace.

— On fête quelque chose ? s'étonna Blanchard en ôtant sa veste.

— Est-ce nécessaire, pour boire du champagne ?

Ils trinquèrent, puis elle gagna la salle de bains.

— Je vais me préparer, dit-elle, mets-toi au lit.

Blanchard se glissa sous les couvertures. Il appréciait particulièrement ce moment où l'on attend sa partenaire. Marthe revint et s'allongea à ses côtés. Ils firent l'amour comme un vieux couple, tendrement, sans hâte. Il finit par jouir, mais cela avait été plus long que d'habitude. Marthe avait simulé son orgasme, mais avec tant de naturel que Blanchard y avait cru. Passée maîtresse dans cet art, elle pouvait abuser tous les hommes. Pour elle, cette simulation faisait partie de sa prestation. Un homme qui payait pour la baiser devait croire qu'il l'avait fait jouir. Ils allumèrent une cigarette. Blanchard leur servit une nouvelle coupe de champagne.

— C'était comment, à Vichy ? demanda-t-elle.

Il raconta ses visites aux huiles du gouvernement et les questions abordées, liées aux Juifs – sa spécialité, comme il disait. Il relata aussi les confidences qu'on lui avait faites. D'ici quelques jours, des mesures allaient être prises au sujet des youpins. Ils ne pourraient plus exercer les professions de commerce des grains, des chevaux et des bestiaux… On allait les organiser en minorité nationale et leur recensement serait prescrit, qu'ils fussent français ou étrangers ! Gonflé de son importance, Blanchard donnait toutes sortes de détails sur les personnalités qu'il avait rencontrées et les lieux où s'étaient déroulés les entretiens.

Marthe enregistrait tout, en même temps qu'elle luttait contre son dégoût à l'entendre parler de ces horreurs avec décontraction. Il aurait raconté ses vacances sur le même ton !

Blanchard dévoilait également ses intentions. Il ne dirait rien aux négociants juifs du coin, puis, lorsque la loi serait promulguée, il rachèterait leurs commerces pour les revendre à prix d'or à de bons Français.

Quand il eut terminé, Marthe avait son compte. Elle n'avait qu'une idée : le mettre dehors. Il se leva avant qu'elle eût à le faire.

— Si je veux faire des affaires, dit-il en se rhabillant, il faut que je me repose. C'est que ça épuise, la chasse aux Juifs !

Écœurée, Marthe esquissa un faux sourire. Elle l'aurait volontiers giflé. Elle se leva à son tour et enfila un peignoir.

— Descends, lui dit-elle, je dois passer par la salle de bains.

Il s'approcha, un sourire épanoui aux lèvres. En l'embrassant dans le cou, il voulut glisser une imposante liasse de billets dans sa poche. Elle l'arrêta.

— Tu n'as pas besoin de me donner tout cet argent !

Il insista.

— Je te le donne d'autant plus volontiers que ça ne m'a pas demandé beaucoup d'efforts pour me le procurer.

Il éclata de rire, content de son allusion, puis sortit.

Marthe referma et s'assit sur le lit, les billets à la main. Elle les compta. De quoi payer l'une de ses filles pendant un mois ! C'était répugnant.

Elle rangea la liasse dans un tiroir. Elle la donnerait à Romain. Au moins servirait-il ainsi à une cause juste.

En cette matinée de début décembre, Margot et Colette avançaient sur le chemin des Bertins. Il faisait froid à pierre fendre. Il ne pleuvait pas, mais cela ne tarderait pas, d'après Margot. Il suffisait de regarder les lourds nuages gris qui couraient dans le ciel.

Une heure auparavant, Margot avait demandé à Colette de confier les enfants à Marcel et de l'accompagner au café du village. Elle avait un coup de téléphone à passer. Colette avait vainement tenté de savoir qui elle projetait d'appeler.

— Cela ne te regarde pas, lui avait répondu la servante. J'ai encore le droit d'avoir des secrets !

Au café, Germain les accueillit avec un enthousiasme un peu forcé. Maréchaliste engagé, il goûtait peu de se compromettre avec les bannis de La Vernière. Certains clients pourraient raconter qu'ils les avaient vus chez lui, ce qui ne serait pas bon pour le commerce. Mais il ne pouvait pas non plus leur interdire le café. Il connaissait Emma et Margot depuis toujours, et Émile l'avait dépanné à plusieurs reprises quand il avait été sans le sou.

— Eh bien, Margot ! s'exclama-t-il jovialement, on vient s'encanailler ?

La servante, qui connaissait son oiseau depuis longtemps, savait l'hypocrisie dont il était capable. Elle joua le jeu néanmoins.

— Il n'y a pas d'âge pour se faire plaisir ! rétorqua-t-elle en commandant un « vrai café » pour elle et la petite.

— Il y a belle lurette que je n'en ai plus, dit Germain.

Margot s'attabla avec Colette.

— Ne me prends pas pour plus bête que je ne suis, dit-elle, je sais que tu en trouves pour d'autres !

Piqué au vif, le cafetier ne répondit pas, pour ne pas se ridiculiser. Finaude comme elle était, Margot était bien capable de lui balancer deux ou trois noms. Il prit donc un paquet dissimulé sous le comptoir pour leur préparer deux vrais cafés.

Colette demeurait silencieuse. Elle avait perçu l'hostilité de Margot envers Germain. Elle-même ne l'appréciait pas beaucoup, mais cela n'avait rien à voir avec ses opinions politiques. Elle le trouvait simplement laid et hypocrite.

Lorsqu'il apporta les tasses, Margot lui demanda où se trouvait le téléphone. D'un signe de la tête, il lui désigna le comptoir.

— Pas celui-là, le tien !

Germain la dévisagea, feignant de ne pas comprendre.

— Ne me regarde pas comme ça ! lui lança Margot. Je te parle de ton téléphone.

Germain hésita.

— Il est dans la cuisine, pourquoi ?

— Parce que c'est là que je veux téléphoner. Je souhaite que personne ne m'entende.

Le cafetier esquissa un vague sourire.

— Pourquoi ? Tu appelles le Maréchal en personne ?

— Ça ne risque pas !

Quelques rires fusèrent autour d'eux, qui mirent Germain mal à l'aise.

— Tu me diras quand tu veux y aller, dit-il en rejoignant le comptoir.

Il ruminait sa colère. Bon Dieu ! La vieille l'avait ridiculisé ! Mais elle ne l'emporterait pas au paradis.

Colette admirait la verve de la vieille femme. Elle songea qu'elle aimerait avoir la même à son âge.

— Tu n'as pas l'air de l'aimer beaucoup, dit-elle à voix basse.

— Comme on connaît ses saints, on les honore ! répliqua Margot. C'est un pauvre type.

Quand elles eurent avalé leur café, Germain accompagna Margot à la cuisine. Colette en profita pour en commander un autre et alluma une cigarette.

Margot revint quelques minutes plus tard.

— Allez, viens ! dit-elle à Colette.

En traversant la salle au bras de la jeune femme, elle salua des consommateurs qu'elle connaissait, puis s'arrêta au comptoir pour régler.

— Tu as eu ton correspondant ? demanda Germain.

Elle acquiesça, puis paya. Après un bref salut au cafetier, elle reprit le bras de Colette et l'entraîna vers la sortie. Elle avait hâte de s'en aller, Germain lui sortait par les yeux.

Dehors, une rafale de vent glacée balaya le trottoir. Colette prenait la direction de la Coulisse, quand Margot l'attira en sens inverse.

— Ce n'est pas fini ! Il faut que je passe chez Bertaud, j'ai quelque chose à lui dire.

Colette n'osa pas la questionner sur ce qu'elle manigançait. Devant l'épicerie, Margot lui demanda de l'attendre dehors.

— J'en ai pour une minute, dit-elle simplement.

Colette s'abrita dans le renfoncement de la porte pour se protéger des bourrasques. Margot l'intriguait. Que signifiaient ces déplacements ? Depuis qu'ils vivaient à la Coulisse, elle n'avait pourtant jamais manifesté le désir d'aller aux Bertins…

Quelques minutes plus tard, la servante réapparut, accompagnée de Bertaud. Ils s'embrassèrent.

— Allez, Margot, bonne journée ! Et ne soyez pas inquiète.

— Je ne le suis pas, répliqua Margot en lui adressant un petit signe de la main.

Elles traversèrent le village, croisant ici et là des connaissances qui les saluaient. Certains demandaient de leurs nouvelles, d'autres se contentaient d'un hochement de tête.

Quand elles furent engagées sur le chemin de la Coulisse, Colette n'y tint plus :

— Vous ne voulez pas me dire ce que vous fabriquez ?

Margot la regarda d'un air malicieux.

— Tu le sauras bien assez tôt ! En attendant, tu ne dis rien à qui que ce soit, c'est promis ?

— D'accord, répondit Colette, mais vous pourriez tout de même me faire confiance !

— C'est bien ce que j'ai fait en te demandant de m'accompagner.

Quand elles arrivèrent, les enfants et Marcel jouaient à chat devant la maison. Ce dernier se plaignit du temps qu'elles avaient mis à revenir.

— Si j'avais les jambes de mes vingt ans, rétorqua affectueusement Margot, tu pourrais toujours courir pour me rattraper !

Il rit. Avant de rentrer, elle ajouta :

— À propos, que j'aie joué les filles de l'air ne regarde personne.

— J'en parlerai à Emma dès qu'elle reviendra ! plaisanta Marcel.

— Garnement, va ! grommela Margot en poussant la porte.

Blanchard s'approcha de la fenêtre de sa chambre. Le ciel était sombre et menaçant. Sa migraine lui arracha une grimace de douleur. Il dessoûlait à peine. La veille, chez Marie, il avait tant bu qu'Armand avait dû le ramener !

Justement, ce dernier devait venir dans quelques minutes pour le ramener à La Vernière y récupérer sa voiture.

Il s'assit dans un fauteuil et but son café à petites gorgées. La bouche encore pleine de vin, il ne parvenait pas à en apprécier la saveur.

Bon sang, quelle soirée ! songea-t-il. Tout le gratin du département était présent ! Des maires, des conseillers généraux, le sous-préfet, des juges… Et avec ça, une brochette d'officiers allemands, dont certains S.S. et des membres de la Gestapo…

Blanchard avait eu son petit quart d'heure de gloire en lisant à voix haute quelques extraits d'articles du journal *Je suis partout*, dénigrant la juiverie internationale. Il avait été aussi sacrément chaviré par le cul d'une petite servante embauchée par Marie, qui lui avait proposé de l'emmener si cela lui chantait. Sans doute l'aurait-il fait, s'il n'avait pas tant bu !

La sonnette d'entrée retentit. Il s'extirpa de son fauteuil et descendit. C'était Armand. Il le fit patienter, le temps d'enfiler son manteau, puis ils montèrent en voiture.

— Eh bien, maître, on en tenait une bonne hier ! lança Armand en s'installant au volant.

Blanchard esquissa un sourire en appuyant délicatement sa tête sur le haut du siège.

— Et ce n'est pas terminé !

Ils s'engagèrent sur la nationale. Un voile de brume stagnait au-dessus des champs. Des corbeaux picoraient çà et là… Il allait neiger sous peu, songea Blanchard.

Ils roulaient depuis un moment quand Armand prit la parole.

— Je voulais vous dire quelque chose hier, mais dans l'état où vous étiez j'ai préféré attendre aujourd'hui.

Blanchard se tourna vers lui.

— Je vous écoute.

— Voilà, dit-il, je sais que vous l'aimez bien, mais j'ai la conviction que Marthe travaille pour la Résistance.

Blanchard se redressa, ce qui réveilla une nouvelle douleur dans sa tête.

— Marthe résistante ! s'exclama-t-il. C'est stupide ! C'est à peu près aussi plausible que moi, gaulliste !

— Et pourtant..., lâcha Armand, le regard fixé sur la route.

Blanchard se mit à le mépriser. Il avait bien la gueule de l'emploi, tiens ! À dénoncer à tort et à travers !

— Vous avez des preuves ? demanda-t-il sèchement.

— Non, mais ça jase à son sujet.

— C'est à la mode, en ce moment !

Armand garda le silence.

— À votre air, reprit Blanchard, je suis certain que vous avez des informations...

— Effectivement. Reste à s'assurer qu'elles sont exactes.

Blanchard transpirait. L'inquiétude le gagnait. Bon Dieu, si c'était vrai, il avait du souci à se faire ! Chaque fois qu'il la baisait, il lui racontait ce qu'il faisait, qui il rencontrait, ses projets...

— Vous m'en avez dit trop ou trop peu, insista Blanchard.

— Je sais, répondit Armand, énigmatique. Je vais me renseigner, et je vous tiens au courant.

Lorsqu'ils arrivèrent à La Vernière, les gardes soulevèrent aussitôt la barrière. Armand gagna les Quatre-Vents, où Blanchard avait laissé son véhicule. Il coupa le moteur et se tourna vers le notaire.

— Je sais que vous éprouvez de l'amitié pour elle. Moi aussi, d'ailleurs. Mais cela ne suffit plus pour faire confiance. Nous sommes en guerre, maître !

Dégrisé, Blanchard alluma une cigarette. Il en proposa une à Armand, qui refusa.

— De là à soupçonner Marthe, il y a un pas, dit-il. Laissez-moi m'en occuper ! Je la connais, je saurai tout de suite si…

— Faites comme vous voulez, répliqua Armand.

Blanchard sortit du véhicule. Il détestait cet homme. Qu'il s'occupât de dénoncer qui il voulait, mais pas son amie Marthe !

Il le remercia assez froidement avant de se diriger vers son propre véhicule. À cet instant, Marie apparut sur le seuil. Elle s'approcha de lui, un sourire aux lèvres.

— Tu sais quoi ? dit-elle après l'avoir embrassé. Les Japonais ont détruit la flotte américaine à Pearl Harbor ! Tu te rends compte ! Les Ricains sont en guerre ! C'est formidable, non ?

— Euh… oui, bredouilla Blanchard. Incroyable !

Elle lui proposa de boire un verre pour fêter l'événement.

— Impossible, répondit Blanchard, j'ai des rendez-vous que je ne peux pas annuler.

— D'accord, répliqua Marie, dans ce cas, passe ce soir, on fêtera ça à plusieurs.

Blanchard accepta et s'engouffra dans sa voiture. Il se fichait bien que les Japonais eussent bombardé Pearl Harbor ! Il ne voyait d'ailleurs aucune raison de s'en réjouir. Les Américains en guerre, le conflit prenait une tournure inquiétante pour les Allemands qui piétinaient devant Stalingrad. Mais il ne s'étonna pas de l'enthousiasme imbécile de Marie. Elle n'entendait rien à la politique.

Il lui adressa un signe amical en partant. Après le poste de garde, il accéléra. Marthe dans la Résistance ! Il devait absolument s'assurer qu'il s'agissait d'une erreur.

Parfois, Colette et Marcel se retrouvaient seuls, comme cet après-midi. Emma était à La Vernière, les enfants à l'école, Margot faisait une sieste et Paul travaillait à la Tuilerie.

Ils étaient dans la pièce du bas. Colette repassait, Marcel lisait l'almanach près de la cheminée. Le craquement des bûches dans l'âtre était le seul bruit perceptible.

Dehors, il neigeait. Poussés par le vent, les flocons tombaient dru comme des gouttes de pluie. Devant la maison, le terre-plein était déjà recouvert d'une fine couche de neige.

Lorsqu'elle eut fini, Colette proposa un café à Marcel, qui refusa. Elle s'en servit un et vint s'asseoir près de lui, sur le marchepied de l'âtre. Frileuse, c'était la place qu'elle préférait.

Marcel était heureux de la voir si proche de lui. Il pouvait se repaître de sa beauté et fantasmer à son aise. Ils s'aimaient, vivaient ensemble…

— Ça va ? lui demanda-t-elle, le regard rivé sur la flambée.

— Et toi ? demanda-t-il à son tour.

Elle haussa les épaules.

— Ça pourrait aller mieux. En ces temps de guerre…

— On va la gagner, la guerre, tu verras !

Elle se tourna vers lui, un sourire triste aux lèvres.

— Si seulement tu disais vrai ! C'est tellement pénible de vivre dans la peur, de voir tout le monde malheureux... Sans compter ces salauds qui fricotent avec les Boches.

— Cela durera jusqu'à notre victoire. Mais ils le paieront un jour !

Elle laissa échapper un petit ricanement.

— J'en doute. Comme d'habitude, la plupart passeront à travers les gouttes.

Marcel se leva, comme il le faisait chaque fois qu'il voulait argumenter. Debout, il avait la sensation d'être plus convaincant. Cela amusa Colette.

— Reste donc assis, tu n'es pas encore à la tribune !

Rougissant d'avoir été pris en défaut, il s'exécuta.

— Tu penses parfois à tes parents ? demanda-t-il pour relancer la conversation.

— Pour le bonheur qu'ils m'ont offert... répondit-elle. Ils sont bien où ils sont !

— C'est-à-dire ?

— Au cimetière, pardi ! Et les tiens, ils te manquent ?

Il la regarda, surpris qu'elle s'en préoccupât. D'ordinaire, elle se montrait plutôt indifférente à ses états d'âme.

— Oui, répondit-il. Surtout mon père. Mais maintenant, c'est un peu différent. J'ai l'impression de faire partie d'une famille.

Elle but son café en silence. Elle paraissait triste. Marcel avait envie de la prendre dans ses bras.

— Tu es vraiment certain qu'on peut gagner la guerre ? demanda-t-elle.

— Bien sûr, pourquoi tu me demandes ça ?

Elle pleurait. Hésitant, il s'approcha d'elle et lui prit la main.

— Que se passe-t-il ?

Elle s'essuya les joues d'un revers de manche.

— Rien ! Un coup de fatigue…

— Je peux t'aider ? demanda-t-il.

— Non, ce n'est rien, dit-elle en lui tapotant la main, tu es gentil.

Cependant, de nouvelles larmes affluèrent à ses paupières. Cette fois, il l'enlaça et elle ne résista pas. Puis il l'étreignit, le cœur gonflé de joie. Il se sentait devenu un homme.

Après quelques secondes, elle s'écarta avec brusquerie pour se moucher.

— Il faut que je me remette au travail ! dit-elle, comme pour s'excuser.

Il la retint.

— Ce n'est pas l'avenir de la guerre qui te met dans cet état, n'est-ce pas ?

Elle soutint son regard. Elle eut envie de lui faire confiance, de se libérer de ce fardeau qu'elle portait depuis plusieurs semaines sans pouvoir le partager avec quiconque.

— Je peux te livrer un secret ?

Il opina.

— Tu me promets de n'en rien dire à personne !

— Évidemment !

— Albert…

Elle hésita.

— Eh bien quoi, Albert ? s'emporta-t-il soudain.

— Il m'a, enfin… Il m'a forcée !

Marcel semblait tétanisé.

— Je suis une imbécile ! dit-elle en se dégageant. Oublie ce que je t'ai dit !

Elle se dirigea vers l'évier, où elle se servit un verre d'eau. Il s'approcha d'elle.

— Je t'ai promis que je n'en parlerais à personne, dit-il. Je tiendrai parole.

Colette se remit à la tâche. Il regagna sa place et reprit sa lecture de l'almanach. Ce fut de nouveau le silence. Chacun replongea dans ses pensées. Sans savoir pourquoi, Colette regrettait de s'être ainsi livrée. Quant à Marcel, il concevait déjà un plan pour faire payer Albert.

Margot s'approcha de la fenêtre et jeta un œil au-dehors. Il commençait à neiger, le givre envahissait les vitres. « Tant pis, se dit-elle, il faut que j'y aille quand même. »

Bertaud devait passer la prendre dans quelques minutes avec sa fourgonnette de livraison.

Prévenue un peu plus tôt, Colette désapprouvait cette initiative.

— Fatiguée comme vous l'êtes, vous n'allez pas faire de la voiture par ce temps ! Qu'est-ce qu'il se passera si....

— N'insiste pas, répliqua Margot en souriant.

Colette haussa les épaules.

— J'aurais dû en parler à Emma, maugréa-t-elle.

— Et tu aurais eu tort ! répondit la servante en enfilant un manteau. Tu comprendras pourquoi plus tard.

Elle finissait d'ajuster son écharpe quand Bertaud arriva. Il sortit de la camionnette et vint au-devant d'elle, qui avançait soutenue par Colette. Il l'aida à grimper dans le véhicule puis promit à Colette de faire attention. Il la ramènerait dès qu'elle aurait fini.

Inquiète, Colette regarda la fourgonnette s'éloigner. Elle aimait Margot. La savoir sur la route par un froid pareil la rendait malade. Elle espérait qu'il n'arriverait rien. Que dirait alors Emma, à qui elle avait caché le projet de la servante, dont elle-même ignorait tout !

Bertaud roulait lentement pour que Margot ne fût pas trop bringuebalée. Il respectait le silence de cette femme qu'il connaissait et admirait depuis longtemps. Il l'avait rencontrée à de multiples reprises à La Vernière, quand il passait livrer les commandes. Souvent, il partageait un café avec elle. Ils parlaient de tout et de rien, mais chaque fois il repartait joyeux. Elle avait ce je-ne-sais-quoi qui redonne confiance en la vie.

Aujourd'hui, il l'accompagnait à La Charité avec plaisir. Si cela pouvait la rendre plus heureuse, il s'en réjouissait.

— Tu te demandes ce que je vais faire au chef-lieu, n'est-ce pas ?

Il éclata de rire.

— Ma foi, oui ! Mais si vous ne voulez pas en parler, c'est votre affaire. Cela ne me regarde pas.

— Je te remercie de m'accompagner sans poser de questions. Sache simplement que c'est important. Comment vont tes enfants ?

— Dame ! De vrais garnements, mais je les aime et je veux qu'ils réussissent dans la vie !

— Tu es un bon gars, je suis certaine qu'avec ta femme vous en ferez des gens bien.

Elle replongea dans le silence, le visage tourné vers la campagne, qui lui semblait recouverte d'une sorte de linceul blanc. Cela l'emplit de tristesse. Elle ne voulait pas mourir avec cette dernière image de sa terre, occupée de surcroît. Elle voulait quitter ce monde avec le soleil, le chant des oiseaux, les odeurs d'herbe sèche et la caresse du vent chaud. En sachant, aussi, que la paix était revenue et que les survivants pourraient de nouveau croire au bonheur.

Mais ce serait Lui, là-haut, qui déciderait. Un matin ou un soir, sans prévenir, Il lui ferait signe de venir Le rejoindre. Elle n'avait plus peur. Au fil des années, sa crainte s'était muée en espérance.

— Vis à fond, mon petit Bertaud ! dit-elle. Même aujourd'hui, sous la botte des Boches. Chaque minute est importante.

Il se tourna vers elle.

— Vous pouvez compter sur moi, dit-il en posant une main affectueuse sur son épaule.

Dès qu'ils furent en ville, elle lui demanda de la déposer devant la porte de l'étude Blanchard. Ils arrivèrent peu après. Il l'aida à descendre du véhicule, puis l'accompagna jusqu'au portail.

Elle sonna. Blanchard apparut quelques secondes plus tard. Il prit le relais de Bertaud, qui attendrait qu'elle ressorte.

Margot s'appuya sur le bras du notaire jusqu'à l'intérieur. Lorsqu'elle fut assise, il lui proposa un café, qu'elle refusa. Il s'assit à son bureau.

— J'ai préparé tout ce que vous m'avez demandé.

Il ouvrit un dossier contenant différents documents. Il en sélectionna un et le donna à Margot qui chaussa ses lunettes pour le lire. Il l'observa. Elle avait vieilli, elle s'était affaissée. La voir ainsi l'émouvait. Elle avait aidé Émile à prendre son essor dans la vie et l'avait accompagné jusqu'au bout. Elle avait réchauffé les nuits d'Armand et épaulé Emma au fil des épreuves. Dans sa cuisine, où elle avait passé le plus clair de son temps, elle avait été au cœur de l'histoire de ces femmes et de ces hommes qui avaient fait La Vernière.

Elle releva la tête.

— C'est exactement ce que je voulais ! dit-elle en reposant le document.

Il lui tendit un stylo pour qu'elle signât. Elle le fit sans trembler.

— J'ai mis l'argent dans un sac. Faites attention, c'est une grosse somme !

Elle sourit.

— Il n'y a pas de danger, on est bien protégés ! Surtout en ce moment, n'est-ce pas, maître ?

Ignorant si c'était une pique à son égard, Blanchard esquissa un vague sourire.

— Je compte sur vous pour garder ma démarche secrète, reprit-elle. Je sais que vous en voulez à Emma de vous avoir évincé, mais ce n'est pas une raison. Je veux votre parole.

— Vous l'avez, Margot, dit-il avec sincérité. Je n'ai aucune raison de vous en vouloir. J'ai même de l'affection pour vous.

— Je vous remercie, répondit-elle. Mais la question n'est pas là. Je crains l'attitude de certains, vous comprenez !

Il acquiesça d'un hochement de tête en songeant à Armand. Comme Margot se levait, il se précipita pour l'aider. Quand ils furent face à face, elle le regarda fixement.

— Une dernière chose, maître. Je vous connais depuis longtemps. Vous avez été l'ami d'un homme que j'ai aimé, vous le savez. Plus tard, vous avez géré les affaires d'Emma, vous avez souvent partagé notre intimité, bref, vous êtes de ceux qui ont le mieux connu La Vernière et ses occupants. À ce titre, je souhaite vous dire combien je désapprouve vos choix personnels et politiques. Ils ne sont pas conformes aux valeurs qui étaient celles d'Émile, ni à celles d'Emma, ni aux miennes.

Comme giflé par ces propos inattendus, Blanchard ne savait quoi répondre. Il fut soulagé quand la vieille femme lui prit le bras pour qu'il l'accompagnât dehors.

Sur le seuil, elle s'arrêta et le regarda de nouveau.

— Ne soyez pas surpris par ce que je viens de vous dire, maître. Je me serais tue si je n'éprouvais pas de l'affection pour vous.

Blanchard garda le silence. Il la soutint jusqu'au véhicule de Bertaud, qui l'attendait en fumant. Avant de grimper dans l'habitacle, elle caressa la joue du notaire, qui s'empourpra.

— On ne se reverra plus, pensez à ce que je vous ai dit.

Au retour, Bertaud et Margot ne parlèrent pas davantage qu'à l'aller. Tenant fermement contre elle le sac que lui avait donné Blanchard, elle contemplait le paysage, avec la certitude que c'était la dernière fois.

À l'arrivée, elle embrassa Bertaud.

— Merci, lui dit-elle simplement. Je te dois une fière chandelle.

10

À 8 heures pile, comme Marie le lui avait demandé, Armand garait la voiture devant la maison des Quatre-Vents. Elle enfila son manteau en fourrure, puis sortit. Il faisait encore nuit et très froid. Quelques flocons virevoltaient dans l'air. Elle courut jusqu'au véhicule et s'y engouffra, frissonnante.

— À Donzy, chez Marthe !

Armand se tourna vers elle, surpris.

— Mais…

— Roulez ! l'interrompit-elle.

Armand conduisait prudemment. La route était verglacée. En même temps, il tentait d'y voir clair. Il ne comprenait pas le comportement de Marie. Quel jeu jouait-elle ? Lorsqu'il l'avait informée que Marthe appartenait sans doute à un réseau de résistance, il s'attendait à ce qu'elle réagît avec colère. Au lieu de cela, elle n'avait fait aucun commentaire.

Elle alluma une cigarette et fuma en regardant droit devant elle.

— Si je peux me permettre, reprit Armand, je ne comprends pas que…

— Il n'y a rien à comprendre. D'ailleurs, vous n'êtes pas à mon service pour cela. Faites ce que je vous demande, ce sera suffisant.

— Bien sûr, convint ce dernier, mais tout de même… Si ce qu'on dit à son propos est juste, elle est dangereuse pour la Révolution nationale !

Marie éclata de rire.

— Autant que je sache, vous ne faites pas partie de la police ni du bureau politique du RNP ! Je vous en prie, cessez de parler comme nos maréchalistes ! Vous n'êtes pas fait pour la politique, Armand, contentez-vous d'en profiter au maximum. Mettez de côté le fruit de vos combines, ce que je vous verse, et offrez-vous une maison pour votre retraite.

Vexé, Armand se tut. Il aimait le Maréchal et appréciait les Allemands, il souhaitait leur victoire et celle de leurs idées. Marie pouvait bien se moquer, ce serait grâce à des hommes comme lui que la juiverie disparaîtrait ! Grâce à lui qu'on arrêterait les résistants !

Le plus humiliant était de constater combien Marie le méprisait, comme naguère Margot et Emma. Les femmes ne savaient décidément pas l'apprécier à sa juste valeur. Cependant, il n'avait pas envie de se faire mal voir de Marie. Il jouissait d'une place enviable à La Vernière, il était grassement rémunéré, invité à toutes les fêtes, et il disposait de temps pour arrondir son pécule en trafiquant sur les tickets de rationnement.

Arrivés à Donzy, Marie demanda à Armand de l'attendre dans la voiture. Elle n'en aurait pas pour longtemps.

Son entrée dans le café fit sensation. Personne ne s'attendait à la trouver ici, surtout à une heure aussi matinale.

Nullement perturbée par les visages ahuris, elle traversa la salle en saluant telle ou telle connaissance. Comme Fernand était seul au bar, elle en déduisit que Marthe se trouvait soit dans la cuisine, soit à l'étage. Sans même marquer un temps d'arrêt ou s'informer auprès du serveur, elle souleva le rideau et passa dans la cuisine. Marthe y épluchait des légumes pour le repas du soir. Elle ne put dissimuler sa surprise. Marie s'installa sur l'un des tabourets qui encadraient la table et ôta ses gants.

— Il faut qu'on parle, commença-t-elle.

Pour se donner une contenance, Marthe s'était levée pour préparer un café. Quand il fut prêt, elle posa deux tasses sur la table, poussa le sucrier vers Marie et attendit.

— Je n'irai pas quatre chemins. J'entends dire ici et là que tu appartiendrais à la Résistance, tu devines ce que ça veut dire ? Si jamais c'est vrai, ce dont je doute, tu connais les risques que tu prends ? Être arrêtée par la Gestapo, sans doute torturée et déportée, voire fusillée ! Alors, écoute mon conseil : tiens-toi peinarde ! Occupe-toi des culs de ces messieurs, et de rien d'autre. Sinon, je ne pourrais rien pour toi !

Elle alluma une cigarette et avala une gorgée de café.

— Qu'est-ce qu'il te prend de venir me débiter des horreurs pareilles à cette heure ? s'exclama Marthe, estomaquée.

Marie haussa les épaules.

— Cesse de jouer les bécasses ! Tu sais qu'en ce moment la délation est l'occupation préférée des gens ! La plupart des dénonciations atterrissent dans les bureaux de la *Kommandantur*, et au moindre doute ils vérifient. Je préférais t'informer qu'on allait te balancer. Et certains s'en réjouissent, crois-moi ! Tu n'as pas que des amis !

— Soit, répliqua Marthe, on me dénonce. Que veux-tu que ça me fasse ? Je n'ai rien à me reprocher !

Marie écrasa nerveusement sa cigarette dans la soucoupe de la tasse et se leva.

— Je préfère ça, dit-elle en enfilant ses gants.

— Et puis, que me vaut une telle attention de ta part ? s'étonna Marthe. Je croyais que nous étions…

— Nous le sommes ! trancha Marie. Mais j'ai voulu te prévenir. En souvenir du passé, sans doute.

Elle saisit son sac et ressortit aussitôt. Marthe était inquiète. De la part de Marie, l'avertissement n'était pas à prendre à la légère. Mais le plus angoissant demeurait la menace de dénonciation. Elle devait en parler d'urgence à Romain.

Elle se servit un autre café. Pourquoi Marie était-elle venue la prévenir ? Pourquoi cette démarche amicale, alors qu'elles étaient fâchées ? C'était incompréhensible.

Bouleversée, elle alla dans la salle pour donner un coup de main à Fernand.

Blanchard avait pris ses précautions. Il avait téléphoné à Marthe, pour lui dire qu'il souhaitait passer un long moment en sa compagnie. Elle l'avait assuré qu'il n'y aurait aucun problème. Il n'avait qu'à venir un peu plus tôt que d'habitude.

À mesure qu'il s'approchait de Donzy, son inquiétude s'accroissait. Et s'il découvrait, comme le lui avait confié Armand, que Marthe appartenait effectivement à la Résistance ?

Cette question le taraudait. Il avait repassé dans sa tête les souvenirs qui le rattachaient à Marthe pour tenter d'en exhumer une présomption de culpabilité, mais cela n'avait rien donné. Cette femme était indifférente à la chose politique ! Elle ne pensait qu'à baiser, s'amuser et gagner de l'argent !

Lorsqu'il se gara devant le café, un peu avant 19 heures, il tentait encore de se rassurer. Bien sûr qu'elle était innocente !

Marthe l'accueillit et le fit monter dans sa chambre. Alors qu'elle se dénudait, elle le charria gentiment.

— Alors, on y prend goût, hein ?

Affalé dans le canapé, un verre de whisky à la main, Blanchard ne bougeait pas.

— Tu ne te déshabilles pas ? s'étonna-t-elle.

— Non, il faut qu'on parle.

Intriguée, elle enfila un peignoir et vint s'asseoir à ses côtés.

— Tu as des ennuis ? s'inquiéta-t-elle.

Il secoua la tête.

— Non, c'est toi qui en as…

Soudain sur ses gardes, Marthe alla se servir un martini. Elle resta debout à côté de la fenêtre, son verre à la main.

— Je t'écoute.

— Il m'est revenu aux oreilles que tu ferais partie de la Résistance. Et cela m'inquiète.

Elle tressaillit sans rien en montrer.

— Décidément ! s'exclama-t-elle en se forçant à rire. D'abord Marie qui vient me mettre en garde, et maintenant toi ! Vous vous êtes passé le mot, ou quoi ?

— Ce n'est pas le moment de plaisanter, répliqua Blanchard en se redressant. J'ai vu Armand, on lui aurait affirmé que c'est le cas.

Elle haussa les épaules.

— Armand ? Tu parles d'une référence ! À moitié soûl toute la journée, revanchard envers les femmes et pro-allemand, par-dessus le marché !

— Moi aussi, je le suis ! coupa Blanchard.

— Ce n'est pas ce que tu fais de mieux, répliqua Marthe. Quoi qu'il en soit, j'ai autre chose à faire que de résister. D'ailleurs, j'aimerais savoir comment j'en aurais le temps, je suis toujours derrière le bar ou dans un lit !

Elle avait débité cette évidence avec assurance. Afin d'éloigner les soupçons, il lui fallait passer pour une oie blanche.

Blanchard avait relevé la critique de Marthe, mais ne désirait pas y répondre. À quoi bon ? Il serait trop long de lui expliquer les raisons de son philogermanisme. Quant à sa prétendue appartenance à la Résistance, les arguments de Marthe étaient fondés. Depuis le temps qu'il la fréquentait, il aurait immédiatement décelé qu'elle mentait. Cette pensée le détendit. Il réclama un autre verre de scotch.

Elle le servit et vint se rasseoir auprès de lui. Son instinct lui disait qu'elle l'avait convaincu. Ne restait qu'à le cajoler un peu… Toutefois, alors qu'elle commençait à déboutonner sa chemise, elle se mit à songer à Romain. Il était urgent de le voir et de le mettre en garde. Le réseau courait un danger.

Après qu'ils eurent fait l'amour, Blanchard ne resta pas. Sitôt habillé, il sauta dans sa voiture et prit la direction de La Vernière. Il voulait voir Marie le soir même, autant pour éloigner les soupçons à l'encontre de Marthe que pour se rassurer lui-même. À aucun prix il ne voulait qu'on fît du mal à la jeune femme ! Après avoir partagé son lit tant d'années, elle lui était devenue indispensable. L'une de ces personnes qui l'aidaient à vivre.

Marie vint lui ouvrir en peignoir. Après s'être étonnée de sa présence, elle l'invita à prendre un verre dans le salon. Elle leur servit un scotch et s'assit dans le canapé, face à lui.

— Pour venir à une heure pareille, tu viens au moins m'annoncer la victoire des Allemands à Stalingrad ! plaisanta-t-elle.

Il grimaça un sourire.

— J'ai rendu visite à Marthe, moi aussi. Je l'ai interrogée, et je te garantis qu'elle ne fait pas partie de la Résistance !

Elle éclata de rire.

— Tu viens me voir pour m'annoncer ça ? Cela ne pouvait pas attendre demain ? Ton empressement serait presque suspect…

— Cesse d'ironiser, tu sais comme moi combien il est dangereux d'être dénoncé aujourd'hui. Je ne voudrais pas qu'il lui arrive quelque chose alors qu'elle est innocente.

Elle lui lança un regard inquisiteur.

— Tu ne serais pas amoureux d'elle, par hasard ?

Il haussa les épaules.

— Je l'aime bien, c'est tout. Disons que c'est une amie. Peut-être la seule.

Elle avala une gorgée de whisky et alluma une cigarette.

— Qu'est-ce qui te prouve qu'elle n'est pas résistante ?

— Rien d'autre que mon intime conviction.

— Mon pauvre Blanchard, ironisa-t-elle, c'est insuffisant ! D'autant que l'intuition n'est pas ton fort ! Tu as passé ton temps à te tromper. Sur moi, sur Emma, sur les relations des uns et des autres...

— Peu importe. Je connais Marthe.

— Moi, j'ai l'intuition inverse, le coupa Marie. Elle a exactement le profil d'une résistante ! Patronne de bar et de bordel, elle fréquente sans arrêt des Allemands, plus ou moins fins mais toujours bavards. Elle entend donc quantité de confidences qui pourraient s'avérer utiles pour un réseau. En plus, elle est suffisamment belle pour extorquer n'importe quel secret à un mâle en rut ! Et je sais de quoi je parle.

— Dans ce cas, dit Blanchard, laisse-moi m'en occuper. Je la surveillerai moi-même et je te tiendrai au courant.

Elle haussa les épaules et se leva.

— Comme tu veux, mais ça ne changera rien. Si les Allemands ont le moindre doute, ils l'arrêteront, coupable ou non ! Et ils sauront la faire parler.

— Mais tu n'as qu'un mot à dire pour la protéger !

— Pas question. J'en ai fait assez en la mettant en garde !

Blanchard avait compris que Marie le mettait dehors. Il se leva à son tour. Ils s'embrassèrent sans chaleur. Blanchard prit conscience qu'il ne la désirait plus. Son charme n'opérait plus sur lui et il en conçut une grande joie. Désormais, il ne se laisserait plus égarer par son désir.

Marthe était venue à la Coulisse avec un panier de victuailles. Noël approchant, il y en avait plus que d'habitude. Pressée, elle avait juste échangé quelques mots avec Margot et Colette.

Elle s'apprêtait à repartir, quand Marcel surgit du chemin de la forêt et s'approcha. Ils s'embrassèrent.

— Je suis content de vous voir ! dit-il. Je voulais justement vous parler.

— Je n'ai pas le temps, répondit Marthe, je dois aller faire des courses à La Charité.

— C'est important ! insista-t-il.

Elle jeta un œil à sa montre et lui proposa de monter dans la voiture. Il n'avait qu'à l'accompagner jusqu'en ville. Elle le déposerait à la Coulisse à son retour.

Après s'être engagée sur la nationale, Marthe roula à vive allure.

— Alors, jeune homme ?

— Eh bien, voilà... Je ne sais comment le dire...

Marthe se mit à rire.

— Je vais t'aider, va ! Tu as envie d'essayer, et tu veux que je te facilite la chose.

Marcel la dévisagea, surpris.

— Je ne comprends pas de quoi vous parlez.

Marthe se tourna vers lui.

— Ce n'est pas pour baiser que tu voulais me voir ?

— Pas du tout ! Je n'y pensais même pas !

— Bon Dieu ! Excuse-moi. Je pensais que ça te démangeait vraiment !

Elle alluma une cigarette et lui en proposa une. Il accepta. Elle aimait bien ce gamin. Elle appréciait sa nature spontanée, son enthousiasme joyeux.

— De quoi veux-tu me parler, alors ?

— Voilà... J'ai compris que vous étiez engagée dans la Résistance.

— Malheureux ! répliqua-t-elle vivement. Tu te rends compte de l'énormité de ce que tu viens de dire ? Qu'en sais-tu ? Si ça se trouve, je suis collabo !

Il éclata de rire.

— Ne vous fatiguez pas ! J'ai entendu vos messes basses avec Emma quand vous discutez, le soir... J'ai l'ouïe fine, vous savez.

Marthe demeurait silencieuse. Depuis ses rencontres avec Marie et Blanchard, elle redoublait de prudence. Si ce gamin s'y mettait aussi... Elle décida de nier.

— C'est stupide, tu te fais des illusions ! Et je te conseille de ne plus en parler avec quiconque. Sais-tu qu'en ce moment nous vivons une époque très dangereuse ? Et que tout peut se retourner contre toi ?

— Je le sais, répondit Marcel. Justement.

Comme ils arrivaient à La Charité, Marthe ralentit.

— Au lieu de dire des bêtises, tu vas m'aider à faire les courses.

— Avec plaisir !

Grâce aux tickets de rationnement qu'elle obtenait par Mayer, elle put acheter à peu près ce qu'elle voulait. C'était injuste, elle le savait. Surtout qu'elle passait par les arrière-boutiques, alors que la plupart faisaient la queue. Mais elle ne culpabilisait pas. Ce qu'elle achetait servait à nourrir des Allemands dont elle tirait des informations capitales.

Lorsqu'ils eurent fini, Marthe reprit le chemin des Bertins. Ils roulaient depuis un moment quand Marcel rompit le silence.

— Je ne veux pas vous forcer à m'aider, mais je trouverai le moyen de me faire recruter. Je hais les Boches. Ils m'ont fait trop de mal. Jamais je ne leur pardonnerai.

Marthe haussa les épaules.

— Tu serais mieux avisé de ne rien faire du tout ! C'est dangereux, des hommes autrement plus aguerris que toi y laissent leur vie tous les jours.

— Alors, je devrais ne rien faire ? s'exclama-t-il, la voix vibrante de colère. Et attendre qu'ils nous prennent tout ? Ils n'ont rien à foutre ici ! Ils ont tué mon père, mon meilleur copain et tous ceux dont vous parlez.

Marthe ne l'encouragea pas. Il était trop jeune pour mourir.

Elle le laissa devant le café des Bertins. Il finirait à pied. Avant de quitter le véhicule, il l'embrassa en la remerciant pour tout ce qu'elle leur apportait.

Avant de redémarrer, elle le regarda s'éloigner sur le chemin de la Coulisse. Elle avait senti chez lui une détermination inhabituelle chez un gamin de son âge. Il avait du courage à revendre, de quoi faire une bonne recrue… Elle en parlerait à Romain.

À la Coulisse, le repas de Noël prit fin aussi tristement qu'il avait commencé. Grâce à Marthe, ils avaient mieux mangé que d'habitude et bu un vin de Pouilly. Ils avaient aussi échangé quelques cadeaux, mais sans enthousiasme. Chacun avait fait un effort pour que les enfants fussent gâtés. Martin avait reçu le camion miniature dont il rêvait, Madeleine, une poupée, et les deux s'étaient partagé des friandises. Emma avait remercié Colette, qui s'était tout procuré par l'entremise de Bertaud, l'épicier.

Après quelques embrassades, tout le monde était allé se coucher, excepté Paul, qui s'était installé face à la cheminée. Cela avait fait plaisir à Emma, qui était venue s'asseoir à ses côtés.

Le feu crépitait à cause des bûches humides. Emma regardait les flammes danser dans le foyer en dessinant des arabesques multicolores.

Paul fumait, perdu dans ses pensées, et perdu tout court. Déjà plusieurs jours qu'il s'interrogeait sur ses sentiments pour Emma. S'aimaient-ils ? Leur attirance réciproque n'était-elle pas la seule conséquence de leur solitude ? Avaient-ils un avenir ensemble ? Aussi peu doué pour poser des questions que pour y répondre, il pataugeait. Il avait besoin de certitudes, pas de mystères ! Il se sentait d'autant plus perdu que sa vie amoureuse se résumait à des accouplements de fin de bal ou de maison close. Toutefois, la nouveauté était qu'il acceptait ce questionnement.

Il aurait voulu confier tout cela à Emma, mais il lui manquait le don de la parole. Dès qu'il s'agissait de s'exprimer, il se heurtait au mur des mots. Sans doute cela venait-il de son éducation ? Jusqu'à l'adolescence, il avait été immergé dans le silence. Ses parents ne discutaient quasiment jamais, son frère et sa sœur non plus. Il se disait parfois qu'il lui aurait mieux valu entrer au monastère.

Emma se leva et farfouilla dans la maie. Elle en sortit une bouteille de vin, qu'elle tendit à Paul.

— Ouvre ça ! C'est du bon, que je garde depuis un moment.

Comme il la regardait, l'air indécis, elle précisa que c'était pour fêter Noël. Alors il la déboucha, puis remplit deux verres. Il huma le vin. Effectivement, ce cru fleurait bon la terre et le fût de chêne. Ils trinquèrent.

— Et si nous nous souhaitions une bonne année ? suggéra Emma. Qui verrait la défaite des Allemands et la fin de la guerre…

Il opina, mais sans conviction.

— À voir comment les choses évoluent, je ne suis pas certain…

— Je le sais, Paul ! coupa-t-elle. Mais pourquoi se priver de quelques instants d'illusion ?

Leurs regards se croisèrent.

— J'ai besoin de toi, dit-elle.

Ces mots avaient jailli sans qu'elle pût les retenir. Des mots simples qui témoignaient du tumulte de ses sentiments. Elle avait besoin de son amour, de son corps, de sa force, de sa protection… Elle se sentait si vulnérable, si menacée !

Il avait compris. Toutefois, même s'il en éprouvait l'envie, il ne se sentait pas en mesure de lui répondre. Tant d'obstacles les séparaient ! Colliard, les enfants qui n'étaient pas les siens, leur différence d'âge, la guerre…

Il lui sourit et posa une main sur sa cuisse. Elle la recouvrit de la sienne, puis ils replongèrent dans le silence. Elle n'était pas déçue. Un jour viendrait, elle en était certaine, où sa parole se libérerait. Ce jour-là, il lui dirait qu'il l'aimait.

Le morbier sonna 2 heures. Elle finit son verre et se leva.

— Joyeux Noël ! dit-elle avant de l'embrasser sur la joue.

— À vous aussi !

— Éteins quand tu sortiras, ajouta-t-elle, avant de fermer le rideau qui dissimulait son lit.

Marthe ferma plus tôt que d'habitude. Elle était impatiente de voir Romain. Elle avait besoin de lui pour apaiser son inquiétude. La mise en garde de Marie et les soupçons de Blanchard lui avaient mis les nerfs en pelote, à tel point que, lors du réveillon de Noël qui réunissait des notables, dont Blanchard, des officiers allemands et quelques esseulés, elle avait eu l'impression que certains la dévisageaient comme une suspecte. Elle s'était raisonnée, mais sans pouvoir se défaire de la désagréable sensation d'un danger imminent.

Elle se trouvait dans la cuisine quand Romain entra par la fenêtre. Il avait le visage rougi par la morsure du froid. Ils s'étreignirent brièvement, puis elle lui servit un lait chaud. Ils s'attablèrent, l'un à côté de l'autre.

— Tu as l'air nerveux, dit-elle en lui caressant la joue.

— Depuis quelques jours, les Fritz sont sur les dents, répondit-il. On n'a plus un moment de répit. Ce soir, j'ai même dû faire un détour pour éviter deux patrouilles. Ils commencent à s'organiser, nous devons être de plus en plus prudents.

— Justement, reprit-elle, il faut que je te parle à ce sujet.

Elle lui raconta la venue de Marie, celle de Blanchard et le fait qu'Armand faisait courir des bruits sur sa probable appartenance à la Résistance. Romain écoutait en tirant nerveusement sur sa cigarette. Une ride profonde traversait son front de part en part, juste au-dessus des sourcils.

Quand elle eut terminé, il demeura silencieux un long moment avant de répondre.

— Armand tient ça de quelqu'un d'autre, mieux informé que lui. Il y a forcément un bavard dans la nature.

— Sans doute.

Il lui tapota la main pour la rassurer.

— Ne te bile pas, nous le trouverons. Continue de te conduire comme d'habitude. Surtout, ne montre pas la moindre inquiétude.

Marthe sourit. L'assurance de Romain la réconfortait.

Elle lui fit alors son rapport sur ce qui était susceptible d'intéresser la Résistance. Toutes sortes de renseignements apparemment anodins, mais qui, mis bout à bout, constituaient un véritable faisceau d'informations : la mutation d'un officier dans un autre service, les confidences d'un employé à la *Kommandantur* de Donzy, des bribes de conversations au bar. Dotée d'une excellente mémoire, elle n'oubliait rien.

Romain l'interrompait parfois pour lui faire préciser tel ou tel détail. Il l'interrogeait aussi sur certains de ses clients, leurs changements d'habitudes, le comportement qu'ils avaient avec les Allemands, ce qu'ils lui confiaient sur l'oreiller.

Il lui répétait que l'essentiel résidait dans le détail, que chaque information, même la plus banale, pouvait receler une indication importante.

À d'autres moments, il opinait, l'air satisfait. Il lui arrivait même de la féliciter. Grâce à ce qu'elle lui racontait, on pourrait peut-être sauver des vies. Dans ce cas, elle était heureuse et fière. Elle se sentait utile et efficace.

— C'est bien ! dit-il lorsqu'elle eut terminé. Une vraie Mata Hari ! Continue comme ça.

Il se leva.

— Tu ne restes pas ? s'étonna-t-elle.

À son regard, elle comprit qu'il hésitait. Elle vint se blottir dans ses bras. Elle avait tant besoin de réconfort, ce soir.

Soudain, il l'embrassa dans le cou, puis chercha sa bouche. De baiser en baiser, de caresse en caresse, ils se retrouvèrent dans l'appartement de Marthe, puis dans son lit.

Dans les bras de Romain, Marthe éprouvait l'étrange sensation de faire l'amour pour la première fois. Elle, l'experte, se trouvait maladroite, embarrassée. Elle y vit le signe qu'elle l'aimait, qu'il était l'homme de sa vie, par lequel se réaliserait son destin de femme.

Au cours du long silence qui suivit leurs ébats, Marthe se réappropria le réel par petites touches, comme si elle revenait de très loin. Elle accepta la cigarette allumée que lui tendait Romain, puis ils fumèrent en silence, attentifs à ne pas briser ce moment de grâce.

Le charme fut rompu lorsque Romain se leva. Il ne pouvait pas s'éterniser. Il devait gagner le bureau de poste pour traiter le courrier que lui apporteraient les Boches et préparer sa tournée.

Marthe cacha sa déception. Elle aurait tant aimé qu'il restât encore un peu.

Après une rapide toilette, il s'habilla. Devant elle, sans gêne, comme s'ils se fréquentaient depuis longtemps. Assise dans le lit, elle se forçait à sourire. L'homme qu'elle aimait allait disparaître d'un coup...

Pour éloigner cette désagréable sensation, elle lui parla de Marcel, lui raconta leur récente conversation. Il ferait une bonne recrue, conclut-elle.

— On verra ça, répondit Romain assez sèchement.

Marthe n'insista pas. Peut-être avait-elle outrepassé son rôle ? Quand il fut prêt, il l'embrassa sur le front et refusa qu'elle le raccompagnât en bas.

Lorsqu'il eut refermé derrière lui, Marthe s'inquiéta. L'aimait-il, lui aussi ? Ne s'était-elle pas laissé égarer par ses sentiments ? N'allait-elle pas au-devant d'une nouvelle désillusion ? Mais elle préféra se lever plutôt que de s'interroger inutilement. Elle en connaissait déjà assez long sur l'amour pour savoir qu'il n'y avait pas de réponses à ces questions.

Marie avait imaginé les choses en grand pour la soirée du Nouvel An. Il fallait que les plus haut gradés de l'armée d'occupation du département fussent présents, ainsi que toutes les huiles collaborationnistes. Maintenant que l'URSS était envahie et que les Japonais étaient entrés en guerre, les perspectives d'une victoire allemande se précisaient. Il convenait de fêter cela dignement ! Il fallait également rendre hommage aux soldats de la Légion des volontaires français, qu'on disait héroïques.

Mais ces raisons restaient secondaires à côté de la grande nouvelle qu'elle annoncerait avec Mayer, et qui devait rester secrète jusqu'au dernier moment.

Elle finit de s'habiller. Elle avait choisi une robe longue de facture classique, à la ligne fluide et évasée, avec un empiècement plissé sous la poitrine et un décolleté croisé soutenu par de larges bretelles dorsales. Elle peaufina son maquillage puis gagna la salle de bains, où Mayer se préparait. Face au miroir, ils se complimentèrent l'un l'autre sur leur élégance, puis s'embrassèrent fougueusement, résistant à l'envie de faire l'amour. Les invités, environ une cinquantaine, allaient arriver d'une minute à l'autre !

Ils se postèrent à l'entrée pour les accueillir. Bientôt, ce fut un défilé ininterrompu d'automobiles aux carrosseries rutilantes. Les couples qui en sortaient rivalisaient d'élégance. Les officiers allemands exhibaient leurs uniformes d'apparat, les femmes, des robes de couturier achetées à Paris. Marie était ravie. Tous la complimentaient pour sa toilette raffinée, d'autres, pour son sourire et sa beauté. Parfois, on adressait des félicitations au couple, qu'on trouvait tout à fait assorti.

Une heure plus tard, la fête battait son plein. L'orchestre allemand jouait des airs à la mode, tandis que les domestiques, allemandes et françaises mêlées, passaient entre les convives en proposant du champagne et des petits fours.

Déat, très en verve, était le plus entouré. Blanchard se tenait à ses côtés, tout à sa joie d'avoir réussi à s'imposer. Marcel, comme il le désignait avec tendresse, en avait fait l'un de ses collaborateurs pour le récompenser de lui avoir ouvert les portes de notables locaux.

Blanchard souffrait encore de n'avoir pas été reconnu par le grand homme pour ses talents intellectuels, mais il ne désespérait pas d'y parvenir. Déat l'avait déjà envoyé à Vichy à deux reprises pour traiter certains dossiers concernant les Juifs.

Pour autant, Blanchard ne se méprenait pas sur son rôle. Il ne faisait pas partie de la garde rapprochée. Il payait en cela son manque de conviction idéologique, que lui-même ne contestait pas. S'il spoliait des propriétaires ou exploitants juifs, c'était moins par antisémitisme militant que par cupidité. D'ailleurs, si on l'avait interrogé sur la politique antisémite de Vichy et des Allemands, il n'aurait pas hésité à la critiquer. Selon lui, il aurait été plus profitable pour le IIIe Reich d'utiliser les talents des Juifs en matière financière et commerciale. Naturellement, il n'exprimait jamais ce point de vue, conscient de n'avoir aucune chance d'être entendu.

Lassé des conversations politiques, il finit par laisser Déat à ses admirateurs et se fondit dans la foule à la recherche d'une femme avec laquelle passer la nuit. Il jeta son dévolu sur une domestique allemande à laquelle il fit un brin de cour. Grâce à quelques questions judicieuses, il comprit qu'elle était libre et disposée à le suivre contre quelques billets. Cela lui suffisait. S'il n'était pas trop soûl, il l'enlèverait en fin de soirée.

Après l'avoir quittée, il s'approcha de Bardeau, autour duquel un petit groupe s'était formé. Le négociant en vins, aussi rondouillard que son fils Albert était fin et élancé, félicitait ce dernier de sa conduite exemplaire sur l'un des chantiers du Maréchal.

Gonflé de fierté, il lui prédisait un bel avenir dans le sillage de Déat, qui aurait de hautes responsabilités après la victoire des Allemands. L'adolescent se rengorgeait. Enfin, son père reconnaissait publiquement sa valeur !

Cependant, il songeait à bien autre chose qu'aux postes mirifiques que celui-ci lui accordait par anticipation. Il avait désormais le pouvoir de se venger. Jamais il n'avait oublié ce salopard qui l'avait humilié à la Coulisse et, maintenant qu'il était de retour, il allait s'occuper de lui. Déjà quelques amis du parti avaient promis de lui prêter main-forte. Par la même occasion, il ferait son affaire à Colette, cette petite pute qui lui ravageait la tête de fantasmes jour et nuit ! Aucune femme, aucune bouteille n'était parvenue à l'extirper de ses pensées. Il l'avait dans la peau.

À quelques pas, Armand était attablé, seul, regardant les couples évoluer sur la piste. Jamais il n'avait dansé ainsi, songeait-il. De son temps, il y avait moins de falbalas, de frou-frous et de manières ! Et pour cause, il ne faisait pas partie de la haute, comme la plupart de ceux qu'il regardait.

Ce constat réveilla en lui de méchantes pensées, pleines de haines recuites et de désirs de vengeance.

Il songea à Emma. Il la voulait encore plus épuisée, au bord de s'effondrer. Il souhaitait que Marie abandonnât sa magnanimité à son égard et qu'elle fût traitée comme une youpine ! Il ignorait sciemment Margot. De toute manière, elle crèverait de la déchéance d'Emma. En tuant l'une, il tuait l'autre.

Même si elle ne lui avait rien fait, il était également jaloux de Marthe, de la protection dont elle jouissait, elle, une putain, alors que lui, qui avait trimé toute sa vie, ne bénéficiait même pas du respect de Marie, qui le traitait comme un larbin.

Il en voulait à cette dernière. Pourquoi refusait-elle d'entendre que Marthe travaillait pour la Résistance ? Pourquoi l'avait-elle rabroué, au lieu de le remercier et de la faire arrêter ? Il ne le supportait pas. Emma et Marthe devaient être punies au motif qu'elles s'opposaient au redressement de la France. Mais, puisque personne ne voulait le prendre au sérieux, il allait s'en occuper lui-même !

Fort entourés, Marie et Mayer étaient aux anges. Soudain, ils demandèrent l'attention de l'assistance. Le silence se fit. Après un toast porté par Mayer à l'attention du *Führer*, auquel il souhaita une bonne année, Marie prit la parole à son tour.

— Klaus et moi souhaitons vous faire partager notre joie. Nous attendons un enfant ! Il est le symbole du rapprochement de nos deux peuples et du partage de valeurs communes à nos deux nations !

Une salve d'applaudissements salua ses mots. Opportuniste, Déat leva encore son verre pour cet enfant qui incarnerait l'ordre nouveau voulu par Hitler et Vichy.

Blanchard affectait de se réjouir. En réalité, il était effondré par la naïveté de Marie. Sans être devin, il savait qu'il n'y aurait jamais d'ordre nouveau, pas plus que de victoire allemande. Avec l'entrée de l'Amérique en guerre, les jeux étaient faits. Ce n'était plus qu'une question de temps. Il repensa alors à la petite domestique allemande. Ce soir, juré, il la mettrait dans son lit !

En cette nuit de janvier 1942, Marcel ne parvenait pas à trouver le sommeil. Il faisait froid, très froid, malgré les aménagements effectués dans la pièce où il dormait avec Paul. Ils l'avaient isolée pour retenir un peu de chaleur, mais c'était loin d'être suffisant.

Toutefois, la température n'expliquait pas son insomnie. Il était de mauvaise humeur. Tout allait de travers ! La veille, il avait croisé Marthe apportant des victuailles à la Coulisse. Il l'avait de nouveau sollicitée au sujet de la Résistance, mais elle l'avait rabroué. Non, elle n'avait aucune accointance avec un quelconque réseau. Puis elle lui avait enjoint de ne plus jamais en parler.

Cette déconvenue s'ajoutait à celle causée par l'attitude de Colette. Depuis qu'elle lui avait raconté avoir été forcée par Albert, elle se montrait distante, comme si elle regrettait cette confidence. À maintes reprises, il avait tenté de s'isoler avec elle, mais sans succès. Elle se dérobait toujours en invoquant n'importe quel prétexte.

Cela lui était insupportable. Il aurait tant aimé pouvoir lui exposer ses plans pour éliminer cette vermine d'Albert, lui dire qu'il allait s'en occuper, et lui offrir cette vengeance comme un témoignage d'amour.

Comme Marthe, elle le considérait comme un gamin. Puisqu'il en était ainsi, il n'allait pas attendre ! Il allait leur montrer de quoi il était capable, il tuerait Albert de ses propres mains et, en vengeant Colette, poserait un acte de résistance !

Il saisit sous le lit la boîte à biscuits qui servait de cendrier, puis alluma une cigarette. Tiré de son sommeil par l'odeur du tabac, Paul se redressa.

— Qu'est-ce qui te prend, de fumer à cette heure-ci ?

— Je n'arrive pas à dormir.

Paul en alluma une à son tour.

— C'est Colette qui te met dans cet état ?

Marcel tressaillit. Il savait donc, lui aussi !

— Sûr que oui, reprit Paul. Il n'y a qu'à voir comment tu la regardes !

Comme Marcel demeurait silencieux, il continua :

— Tu ferais mieux de l'oublier, elle n'est pas faite pour toi. Elle cherche à se caser avec un richard, pas un péquenot !

— Qu'en sais-tu ? répliqua Marcel, piqué au vif. Tu ne la connais pas…

— Elle ne cherche pas un gars comme toi, je te dis ! Tu es trop jeune pour elle, et t'as pas un radis ! Les femmes, elles cherchent d'abord la sécurité.

Marcel aurait voulu lui répondre qu'il n'en savait rien. Que connaissait-il des femmes ? Il ne lui en avait jamais connu une ! Il s'abstint. Ils fumèrent en silence en se repassant le cendrier.

— Tu sais, dit Paul, l'autre con qui est venu faire le malin ici avec ses copains ?

— Albert ?

— Oui. C'est pour lui qu'elle en pince, la petite !

— C'est pas vrai ! s'exclama Marcel.

Paul ricana.

— Comment tu le sais ?

— Je le sais, c'est tout !

— Même si elle prétend que c'est un salaud, je te dis que c'est son genre.

— Elle ne voudra jamais de lui ! répliqua Marcel. Il l'a violée.

— C'est elle qui t'a dit ça ? demanda Paul d'un ton ironique.

— Oui.

— Raconte…

Marcel se tut. Il s'en voulait d'avoir trahi la confiance de Colette. Et puis, il ne savait rien de précis. Colette ne lui avait pas donné de détails.

— En fait, tu n'en sais rien. Après tout, elle l'a peut-être allumé, va savoir !

— C'est dégueulasse, ce que tu dis ! s'exclama Marcel, choqué. Colette n'est pas comme ça ! Ce type est un salaud, voilà tout.

— C'est une merde, un traître, oui ! Un violeur, je n'en sais rien… Mais au fond, cela n'a guère d'importance. Il devra payer un jour…

Marcel alluma une nouvelle cigarette, satisfait de voir que Paul haïssait Albert autant que lui.

— Et si on le supprimait ? suggéra-t-il.

— T'es dingue, mon gars !

— Je le ferai un jour !

Paul alluma la lampe de chevet.

— Tu ne feras rien ! dit-il d'un ton glacial. On a assez d'emmerdes comme ça ! Je n'ai pas envie de voir rappliquer les Boches ici, tu as pigé ?

Marcel comprit qu'il ne plaisantait pas. Il acquiesça d'un hochement de tête. Paul éteignit et s'allongea.

— Tu ferais mieux de dormir… À demain.

Marcel se glissa sous les couvertures. Paul pouvait toujours parler, il tuerait Albert.

Il tombait une pluie froide d'hiver. Le temps s'était radouci, mais pas suffisamment pour faire fondre la neige des derniers jours.

Derrière le bar, Marthe attendait le moment de fermer. Elle avait déjà renvoyé Fernand, pour être tranquille. Romain devait passer avec un gars dont elle ignorait l'identité.

À minuit pile, elle s'adressa à deux anciens, assis à la même table, qui fumaient en silence.

— Je ferme ! dit-elle. Allez continuer vos rêves dans vos lits, vous y serez bien mieux !

Les deux hommes se levèrent, l'embrassèrent et sortirent. Elle poussa le loquet, éteignit et passa dans la cuisine, où elle entrouvrit la fenêtre.

Elle vérifia que le café était chaud, elle sortit des gâteaux secs avant de se laisser choir sur une chaise, épuisée.

Bon Dieu ! Faire l'espionne, ça use ! Emmagasiner toutes sortes d'informations lui demandait un intense effort d'attention et de mémoire. Elle devait aussi se contrôler sans cesse. Un regard bizarre, une question inopportune pouvaient éveiller la suspicion de son interlocuteur. S'ajoutait à cela la crainte permanente d'être découverte.

Elle écrasa sa cigarette et se servit un café. La nuit serait sans doute longue.

Elle songea à Romain. Elle l'aimait. En revanche, elle n'était pas sûre que ce fût réciproque. Pour cette raison, elle tentait de se raisonner. Elle ne devait pas s'investir dans cette histoire. Risquer une déception… Mais cela demeurait sans effet.

La fenêtre s'ouvrit. Romain enjamba l'encadrement, suivi d'un autre homme, un grand type efflanqué au regard inquisiteur. Marthe eut l'impression qu'il s'agissait d'un tueur professionnel. Elle se força à sourire.

L'inconnu la salua, puis s'assit à côté de Romain, déjà attablé. Elle leur proposa un café. Ils acceptèrent. Tandis qu'elle les servait, elle remarqua que l'inconnu regardait autour de lui avec application.

— Je te présente Léon, le chef de notre réseau. Il voulait te connaître.

Elle esquissa un nouveau sourire et s'assit à son tour.

— Romain m'a parlé de vous, dit l'homme. Nous apprécions beaucoup votre travail.

— Merci. Je le fais pour mon pays !

— Ma présence ne s'explique pas seulement par le fait que je souhaitais faire votre connaissance. Je veux aussi vous confier une nouvelle mission. Elle est dangereuse, mais indispensable pour nous tous. En acceptez-vous le principe ?

Marthe acquiesça d'un hochement de tête. Elle dévisageait l'inconnu, sans trop savoir ce qu'elle en pensait. Il avait un côté froid et distant qui correspondait sans doute à son rôle. Il parlait d'une voix égale et se montrait économe de ses gestes. Son regard était fixe.

— Parmi vos clients boches, reprit-il, un officier nous intéresse. Il vient ici régulièrement. Il s'occupe de la logistique à la *Kommandantur*. Pour nous, c'est un homme-clé car il est au courant avant tout le monde des allées et venues des Schleus dans la région. Grâce à lui, nous pourrions mieux programmer nos attentats.

Marthe essayait de repérer de quel client il s'agissait.

— Il faudrait me dire son nom et à quoi il ressemble.

— Il s'agit de l'*Oberleutnant* Müller. Un type petit et rondouillard.

Marthe sut aussitôt de qui il parlait. Ce n'était pas elle qui le « traitait », mais Nicole, l'une des filles. Elle frémit à l'idée qu'elle pourrait un jour le retrouver dans son lit.

— Qu'attendez-vous de moi ?

— Il faut que tu le fasses parler, répondit Romain.

Elle haussa les épaules et but une gorgée de café.

— Sûr qu'il va me donner son planning ! Uniquement parce qu'il aura caressé mes seins !

— Nous savons que c'est une mission compliquée, reprit Léon, mais votre efficacité n'est plus à prouver.

Marthe sourit.

— Arrêtez de me cirer les pompes. Vous savez très bien que c'est impossible, mais je vais tout de même essayer de me débrouiller.

Les deux hommes se détendirent. Romain posa une main sur son avant-bras.

— Merci. J'étais certain que tu accepterais.

Il se leva, imité par Léon.

— Nous devons repartir très vite. Nous avons encore à faire.

Il l'embrassa sur la joue, tandis que Léon lui serrait la main. Marthe frémit. Cet homme l'effrayait malgré son sourire courtois.

Ils enjambèrent l'encadrement et disparurent dans la nuit. Marthe referma la fenêtre. Le froid la fit frissonner. Elle hésita à monter se coucher. Elle avait besoin de réfléchir. Elle se servit une tasse de café relevé d'une rasade de marc.

Elle songea à Müller, le plus beau spécimen de l'Allemand ordinaire. Petit, gras et chauve, il était tout sauf l'Aryen encensé par la propagande ! L'idée de coucher avec lui la dégoûtait. De surcroît, elle était certaine que c'était un piètre amant. Il faudrait qu'elle en parle avec Nicole. Quant à savoir comment elle allait s'y prendre pour lui extorquer des renseignements, elle n'en savait fichtre rien !

Sa cigarette terminée, elle monta se coucher. Le marc commençait à faire son effet. Elle allait dormir comme un ange ! Elle s'en réjouit. Elle ne voulait plus penser à ce qui l'attendait dans les prochains jours.

En entrant dans sa chambre, elle songea que son corps n'était plus seulement destiné à donner du plaisir, mais aussi à résister à l'envahisseur. Cette pensée la réconforta.

Assis à côté du conducteur, Albert tirait nerveusement sur sa cigarette tout en vérifiant le mécanisme de sa mitraillette. La voiture, suivie d'une autre, filait à travers la campagne blanche de neige. Ses trois compagnons fumaient en silence.

Comme lui, ils faisaient partie du RNP de Déat. Tous avaient une vingtaine d'années. Pour la plupart, ils appartenaient à des familles puissantes qui tiraient leur fortune de commerces licencieux avec l'occupant. Ils s'étaient juré, au cours de l'une de leurs beuveries dans les chais de son père, de faire respecter l'ordre maréchaliste.

Ils n'en étaient pas à leur première virée. Ils avaient déjà terrorisé plusieurs familles de paysans, rançonné des commerçants qui faisaient du marché noir et violé des domestiques, qui n'avaient rien dit par peur des représailles. Il leur arrivait aussi d'aller boire et manger dans des auberges du département sans que personne osât leur présenter l'addition. Ils étaient intouchables.

Qui oserait leur tenir tête en cette fin d'hiver 1942 ? Les Allemands semblaient invincibles, l'ordre maréchaliste régnait partout en France. S'opposer à eux, c'était risquer le peloton d'exécution.

Albert réfléchissait. Cette expédition punitive était d'abord la sienne. Il allait se venger de l'humiliation que lui avait fait subir ce sale con de Paul, à la Coulisse. Il s'était renseigné sur lui auprès d'Armand. Ce dernier lui avait relaté les conditions de son arrivée à La Vernière, comment il avait pris de l'ascendant sur Emma, au point qu'Armand avait fini par penser qu'ils étaient amants. C'était aussi un taiseux qui pouvait se montrer brutal. Il lui avait rapporté quelques anecdotes à ce sujet et comment il l'avait molesté à La Charité.

Quand Albert lui avait fait part de son désir de vengeance, au prétexte que ce Paul l'avait « agressé » alors qu'il venait « tranquillement » rendre visite à Colette à la Coulisse, le vieux l'avait encouragé. Une bonne raclée lui apprendrait à vivre !

Le plan d'action d'Albert était simple. Comme Paul travaillait à l'usine de la Tuilerie, ils allaient l'y choper, puis l'entraîneraient dans un coin isolé de la Bertrange. Albert lui-même se chargerait de lui montrer ce qu'il en coûtait de le provoquer !

À l'entrée de Sainte-Hélène, il demanda à son voisin de ralentir. Avant de réaliser leur coup, il souhaitait boire un godet au café de la Bertrange, au bord de la nationale. Cette fois, ils paieraient, leur annonça-t-il, ce qui provoqua l'hilarité de ses compagnons. Le vieux Pierre, qui tenait le troquet, était un maréchaliste convaincu.

Ils y restèrent plus d'une heure, pour en ressortir passablement éméchés. Ils avaient levé le coude en l'honneur de Pierre, un rescapé de la Grande Guerre, de Déat, des Allemands, et de l'ordre nouveau ! Certains clients s'étaient associés à leurs libations. D'autres, moins enthousiastes envers Vichy et l'occupant, s'étaient éclipsés en invoquant des urgences. Albert n'avait pas manqué de se renseigner sur eux auprès du vieux Pierre.

L'usine était située à quelques centaines de mètres, en contrebas de la route. Histoire d'impressionner, ils déboulèrent à vive allure dans la cour où des employés faisaient la pause. Ils sortirent des véhicules, armes à la main, et investirent le bureau du directeur, Étienne Morland, un ancien ouvrier qui avait gravi les échelons à la force du poignet. De nature conciliante, l'homme était néanmoins pointilleux sur la discipline

— Messieurs ! s'exclama-t-il lorsque la bande pénétra dans la pièce, on n'entre pas ici comme dans un moulin ! Je vous prierai…

— Ta gueule ! le coupa Albert en l'empoignant par le col, ici c'est nous qui faisons la loi ! On vient chercher Paul, le gars de la Coulisse ! Ordre de la *Kommandantur* !

D'une bourrade, Morland repoussa Albert.

— Il n'est pas nécessaire de m'agresser ! lança-t-il, en prenant le temps de s'asseoir à son bureau. Paul est absent aujourd'hui. Il m'a demandé sa journée pour convenance personnelle. Vous n'avez qu'à aller à la Coulisse, peut-être l'y trouverez-vous.

Agacé par cet imprévu, Albert écrasa son poing sur le bureau, puis fit signe à ses acolytes de le suivre. Avant de sortir, il se tourna vers Morland.

— Je te conseille de ne pas faire le malin, lui lança-t-il. Sinon, on reviendra !

Morland soutint son regard, un vague sourire aux lèvres. Albert entraîna les autres à l'extérieur. Sous l'œil narquois des ouvriers, ils s'engouffrèrent dans leurs véhicules et démarrèrent en trombe.

Alors qu'ils roulaient à tombeau ouvert sur la nationale, Albert ruminait sa déconvenue. Il venait d'être privé de la mise en scène qu'il avait imaginée : saisir Paul à son poste de travail, puis l'emmener sous le regard inquiet des autres ouvriers.

Lorsqu'ils stoppèrent sur le terre-plein de la Coulisse, Albert et ses sbires étaient au comble de l'excitation. Ils ouvrirent brutalement la porte et s'engouffrèrent dans la pièce principale en brandissant leurs armes. Terrorisée, Colette était terrée dans le fond, les deux enfants contre elle. Attablée en train d'éplucher des légumes, Margot était tétanisée.

L'un des gars donna un coup de pied dans le banc, qui se renversa avec fracas. Un autre, avec la crosse de son fusil, ficha par terre ce qui se trouvait sur la table. Après avoir déchiré le rideau qui isolait la chambre d'Emma, deux autres assaillants retournaient la literie et vidaient l'armoire en flanquant tout sur le sol. Le reste de la bande était occupé à vider les placards et les tiroirs.

Albert s'approcha de Colette. Il repoussa les enfants et la saisit par le bras.

— On vient chercher Paul ! dit-il d'une voix menaçante. On a deux mots à lui dire…

La gorge nouée, la jeune fille secouait la tête pour signifier qu'elle ignorait où il se trouvait. Les enfants avaient rejoint Margot, qui les tenait serrés contre elle.

Soudain, un gars de la bande siffla d'étonnement en découvrant le contenu du garde-manger.

— Putain ! s'exclama-t-il, on ne s'emmerde pas, ici ! Regardez toute cette bouffe !

Il disposa sur la table ce qui s'y trouvait : du pain, des légumes, de la viande, du saucisson, du fromage, des œufs…

Albert s'approcha.

— Eh bien ! dit-il en s'adressant à Margot, il en faut, des tickets de rationnement, pour acheter tout ça ! C'est qu'on fait du marché noir, ici...

La servante tentait de contenir sa peur. Comment justifier un tel amas de nourriture sans trahir Marthe ?

Au même moment, Marcel s'échappait de la dépendance par la fenêtre de derrière. En voyant débouler la troupe, il avait deviné qu'Albert venait se venger. Tandis qu'il courait vers la lisière de la Bertrange, où Paul coupait du bois, il réfléchissait. Ce dernier devait fuir sans attendre.

Quelques minutes plus tard, Marcel déboucha dans la clairière. Paul interrompit la découpe d'une souche.

— Qu'est-ce que tu fous là ? demanda-t-il.

— Albert est revenu en force ! Sûr qu'ils en ont après toi !

Paul haussa les épaules.

— Si tu crois qu'ils me font peur ! lâcha-t-il. Je vais aller leur dire deux mots !

— Tu es maboule, ou quoi ? répliqua Marcel. Ils sont une dizaine, armés jusqu'aux dents ! Tu veux tous les tuer ?

Paul le dévisagea, silencieux. L'argument avait fait mouche.

— Rends-toi au carrefour des Cerfs, reprit Marcel. Attends-moi près du cabanon du garde forestier !

— Et toi ? Que vas-tu faire ?

— Je retourne là-bas. Quand ils auront fichu le camp, je viendrai te rejoindre. On avisera.

Il repartit en courant. À l'approche de la maison, il marcha normalement. Il fallait faire croire aux autres qu'il n'était au courant de rien.

Lorsqu'il pénétra dans la cuisine, il marqua un temps d'arrêt. Attablée, la bande ripaillait. La pièce était dans un état indescriptible. Quantité d'objets jonchaient le sol. Entourées des enfants, Margot et Colette étaient assises sur le lit d'Emma.

— Tiens, voilà le jeunot ! s'exclama Albert. Tu ne saurais pas où on pourrait trouver ton copain, par hasard ?

Marcel prit l'air ahuri.

— Ma foi, non ! Ce matin, il est parti sans nous dire où il allait.

Albert vint le rejoindre et lui fit face. Il le dominait d'une tête. Marcel n'avait pas peur.

— Tu es certain de ne pas savoir ?

— Comment le saurais-je ? répliqua Marcel en soutenant son regard. Je ne suis pas marié avec lui !

Agacé par son aplomb, Albert lui envoya une gifle. Marcel ne bougea pas, conscient que, s'il répondait à la provocation, il allait passer un sale quart d'heure.

Albert ricana pour se donner une contenance, puis appela Colette, qui s'approcha. Il la saisit par le bras et l'entraîna dehors. La rage au cœur, Marcel les regarda s'éloigner vers la dépendance.

Indifférents à la présence de Marcel, les agresseurs continuaient de boire et de manger.

— Il va lui faire sa fête ! lâcha l'un d'eux.

— Elles aiment toutes ça ! répliqua un autre.

— Comment le sais-tu ? ironisa le précédent. Monté comme tu es, tu n'as pas dû en baiser des tas !

Tous éclatèrent de rire.

Pour se donner une contenance, Marcel alla s'asseoir sur le lit à côté de Margot et des enfants.

— Mon Dieu ! chuchota la servante. Qu'est-ce qu'il va lui faire ?

— Devinez, répondit Marcel, les poings serrés.

Albert poussa Colette dans la chambre où dormaient Paul et Marcel.

— Dessape-toi ! ordonna-t-il.

Comme elle ne s'exécutait pas, il saisit sa robe par le col et la déchira d'un coup sec. Par réflexe, Colette le repoussa. Vexé, il lui envoya une gifle qui la projeta sur le lit de Marcel.

— Tu veux que je te dénonce comme trafiquante ? éructa-t-il. Tu sais ce que ça coûte ? Le peloton ! C'est ça, que tu veux ?

Agenouillée sur le lit, les bras croisés sur la poitrine, Colette ne répondit pas. Ils se dévisagèrent, puis il s'assit sur la seule chaise de la pièce, face à elle. Colette était désemparée. Il aurait pu lui sauter dessus, elle n'aurait rien pu faire. Au lieu de cela, il se contentait de la dévorer des yeux. Elle-même, malgré sa nudité, n'éprouvait plus aucune crainte.

Soudain, il se leva et la toisa.

— Si Paul ne se livre pas, dit-il, je fais arrêter ta youpine de patronne et ses deux mômes !

Ils se mesuraient du regard. Colette décroisa les bras, découvrant ses seins. Il porta la main à sa ceinture, comme s'il allait la défaire, puis arrêta son geste.

— Allez, ça suffit ! lâcha-t-il en la forçant à se lever. Amène-toi !

Colette réussit tant bien que mal à enfiler sa robe et à cacher sa nudité. Albert la toisait de la tête aux pieds.

— Regarde la souillon que tu fais ! Quand je pense à ce que je pourrais t'offrir !

Dehors, il la poussa brutalement devant lui. Elle manqua trébucher, mais se rétablit.

— Salope ! cria-t-il. On reviendra et on l'aura, ce salopard !

Colette eut peur de nouveau. Elle ne comprenait pas le comportement d'Albert, mais ce n'était rien comparé à la honte qu'elle éprouvait à l'idée d'exposer sa quasi-nudité au regard de ceux qui se trouvaient dans la pièce.

Comprenant qu'elle n'y échapperait pas, elle se redressa et entra d'un pas assuré. Feignant l'indifférence aux rires des complices d'Albert, elle ramassa un drap qui traînait sur le sol et s'y enroula avant de s'asseoir sur le lit, aux côtés de Marcel.

— Ne t'inquiète pas, murmura celui-ci. Ils le paieront un jour, tous autant qu'ils sont.

À cet instant, la troupe décida de partir. Albert s'approcha du lit.

— Je vous préviens, dit-il d'un ton menaçant, il y a intérêt à ce que l'autre se repointe, sinon c'est vous qui trinquerez !

Quand il fut sur le pas de la porte, il ajouta dans un grand rire :

— Nous reviendrons. Mais ce jour-là, il faudra que ce soit mieux rangé !

Personne ne broncha jusqu'à ce que les voitures se fussent éloignées, puis Marcel se leva.

— Paul m'attend dans la Bertrange. Je vais le rejoindre, il faut lui trouver une planque. Je serai de retour assez tard.

— Mais enfin ! s'exclama Margot, tu as entendu ce qu'il a dit ! Si Paul ne se livre pas, il va s'en prendre à nous tous !

Il sortit sans répondre.

Colette posa une main rassurante sur la cuisse de la servante.

— Ne t'inquiète pas, dit-elle. Cela n'arrivera pas.

Margot haussa les épaules.

— Qu'est-ce que tu en sais ?

— Je le sais, c'est tout.

11

Marcel et Paul se mirent en route pour Donzy. Selon l'adolescent, Marthe saurait quoi faire, mais Paul avait renâclé. Il ne voyait pas en quoi elle pourrait être utile. Contrairement à ce qu'affirmait Marcel, rien ne prouvait qu'elle fût dans la Résistance. D'ailleurs, elle fréquentait trop les Boches pour que ce fût possible ! Marcel n'avait rien voulu entendre. C'était la meilleure solution, disait-il !

Ils coupèrent à travers champs, traversèrent Sainte-Colombe, puis suivirent la nationale jusqu'à Donzy, se dissimulant chaque fois qu'un véhicule venait à passer.

Lorsqu'ils arrivèrent au café, c'était le coup de feu de midi. Marthe et une serveuse couraient entre les tables, des plats à la main. Au comptoir, Fernand servait l'apéritif aux clients, allemands et français mêlés, qui attendaient qu'une place se libère.

Marthe s'approcha d'eux, inquiète.

— Qu'est-ce que vous faites là ? demanda-t-elle discrètement.

Au regard de Paul, elle comprit qu'il était arrivé quelque chose. Elle les invita à la suivre. Par prudence, elle préféra les emmener dans son appartement plutôt que dans la cuisine.

Une fois la porte refermée, elle laissa éclater son irritation.

— Vous êtes fous de vous pointer comme ça en pleine journée, au vu et au su de tout le monde ! Il suffit d'un rien, aujourd'hui, pour avoir des ennuis…

— Albert et quelques autres sont passés à la Coulisse, l'interrompit Marcel.

Puis il raconta ce qui s'était produit et conclut :

— Il faut cacher Paul !

Marthe soupira, agacée.

— Mon pauvre garçon ! Tu crois que les choses se font comme ça ! Le cacher où ? Ici ? Au milieu des Allemands ? Ce serait signer notre arrêt de mort !

Elle se tourna vers Paul, qui gardait le silence.

— J'ignore ce qu'il faut faire, continua-t-elle. En attendant, restez ici et n'en bougez pas. J'espère que personne n'a fait attention à vous.

Puis, s'adressant à Marcel :

— Toi, je te ramènerai à la Coulisse à la nuit tombée. Si jamais ces salopards reviennent, il ne faut pas qu'ils croient que tu as partie liée avec Paul. Si on t'interroge, tu ne sais rien. Et bien sûr, tu n'es jamais venu ici. Quant à vous, Paul, vous ne bougez pas de cette pièce ! Je vais voir comment vous tirer d'affaire. On devrait pouvoir vous trouver une planque dans le maquis de la Bertrange.

Elle remonta un peu plus tard pour leur donner de quoi manger. Elle leur laissa aussi un jeu de cartes. Entre crapette et belote, le temps passerait plus vite.

Ils discutèrent peu. Marcel tenta à deux reprises de questionner Paul sur sa vie, mais ce dernier ne lâcha que des banalités.

À 9 heures du soir, Marthe vint chercher Marcel afin de le ramener à la Coulisse. Fernand avait accepté d'assurer la fermeture, sans poser de questions.

Avant de se séparer, les deux hommes se serrèrent la main en se souhaitant bonne chance. Paul demanda à Marcel de rassurer tout le monde. Ce dernier comprit qu'il pensait surtout à Emma.

Après avoir recommandé une dernière fois à Paul de n'ouvrir à personne, Marthe descendit avec Marcel et le fit sortir par la fenêtre de la cuisine. Elle voulait éviter de lui faire traverser la salle, où il risquait d'être reconnu. Il devait l'attendre dans la rue, devant le portail du jardin.

Quelques minutes plus tard, elle vint le prendre en voiture. Elle quitta la ville par un chemin inhabituel afin d'éviter les barrages allemands, de plus en plus nombreux.

Alors qu'ils roulaient en direction des Bertins, Marcel redit à Marthe son désir d'intégrer la Résistance, en invoquant les mêmes arguments que la fois précédente. Son enthousiasme juvénile émouvait la jeune femme. La France n'en serait pas là, songeait-elle, si tous les Français réagissaient comme lui ! En même temps, elle se souvenait des propos de Romain.

— Je t'ai déjà dit que je ne voulais plus entendre parler de ça, dit-elle fermement.

Marcel alluma sa cigarette et une autre pour Marthe, puis il se rencogna dans son coin. Puisque c'était ainsi, il se débrouillerait seul ! Il agirait sans en référer à qui que ce fût.

Marthe était consciente de la déception du gamin et la partageait, mais que pouvait-elle faire ? Elle se promit d'en reparler avec Romain.

Emma somnolait, assise dans l'un des deux fauteuils, face à la cheminée. Dans l'autre, Margot dormait, la tête inclinée sur la poitrine. Emma souffrait de la voir dans un tel état. Elle déclinait si rapidement !

Engourdie par la chaleur, elle songea au choc qu'elle avait subi en découvrant le capharnaüm laissé par Albert et ses acolytes.

En approchant de la maison, elle avait senti qu'il s'était passé quelque chose d'anormal. Les lumières étaient allumées, la porte d'entrée, grande ouverte. Elle avait compris en découvrant l'état de la pièce principale. Même si Colette et Margot avaient nettoyé, il restait encore des traces du saccage. Le garde-manger était ouvert et vide, un tas de détritus, de vaisselle cassée et de vêtements déchirés trônait au milieu de la salle.

— Mon Dieu ! Que s'est-il passé ? s'était-elle exclamée en enlaçant les enfants.

Attablées l'une en face de l'autre, Margot et Colette buvaient une tisane. Elles paraissaient effondrées. Elles avaient les yeux rougis et humides, comme si elles n'avaient pas cessé de pleurer.

— Si tu savais, ma chérie… avait dit Margot en triturant son mouchoir. C'était terrible.

Colette avait raconté l'agression dans les moindres détails, excepté ce qui s'était passé dans la dépendance avec Albert. Elle avait expliqué que Marcel était parti rejoindre Paul.

Emma s'était servi une tisane avant de s'asseoir à côté de Margot. Que dire ? Que faire ? Elle l'ignorait. En revanche, une certitude s'était imposée : de précaire, leur situation était devenue quasiment désespérée.

— Si Paul ne se livre pas, avait-elle dit, les enfants et moi, nous sommes bons pour les camps !

— Non ! avait répliqué Colette. Albert me veut, je vais lui donner satisfaction.

— Tu perds la tête, ma fille ! s'était exclamée Margot, ce n'est qu'un salaud qui…

— C'est mon affaire. Je vais lui offrir ce qu'il attend. En échange, je lui demanderai notre protection !

Margot avait haussé les épaules.

— Mais tu n'as rien à échanger.

— Ne croyez pas cela…

— Tu ne vas tout de même pas te mettre à le fréquenter !

— Je ferai ce que j'ai à faire.

Colette s'était alors levée pour coucher les enfants dans le lit d'Emma. Un peu plus tard, elle était revenue s'asseoir à la même place. Sous la lumière de la lampe à suspension, ses traits paraissaient plus sévères.

— Je lui téléphonerai demain, avait-elle dit.

Emma était restée silencieuse. Peu lui importait les motivations de Colette. Ce qui comptait était la survie de tous ici. Et pour cela, tous les moyens étaient bons ! Dans la situation dans laquelle ils se trouvaient, chacun devait résister à sa manière. Que faisait-elle d'autre en acceptant les vexations d'Armand à La Vernière ?

Aujourd'hui, par exemple, rien de ce qu'elle avait fait n'avait trouvé grâce aux yeux du vieux tortionnaire, si bien qu'elle avait dû recommencer plusieurs fois les mêmes tâches. Trois fois de suite il lui avait fait nettoyer le plancher des bureaux, au prétexte qu'ils étaient toujours maculés de boue.

Elle se leva et remit une bûche dans le feu. Ce geste lui rappela Colliard, qui le faisait souvent naguère. Elle se demanda si elle le reverrait un jour, alors qu'on déportait quotidiennement les Juifs par dizaines, dans la région.

Penser à lui la ramena aux échecs de sa vie sentimentale. Elle s'en voulait. Ceux-ci n'étaient pas dus à la malchance, mais à son foutu caractère. Elle n'avait jamais su s'accorder avec un homme. Que ce fût avec Louis ou avec Colliard, elle avait été incapable de se donner, de s'effacer, de répondre à leurs attentes. Son égoïsme l'en avait empêchée. Serait-ce différent avec Paul ? Elle en doutait.

Elle fut tirée de ses pensées par l'arrivée de Marcel et Marthe. Emma était heureuse de la revoir. Cela lui remonterait le moral.

Les trois femmes s'attablèrent. Marcel s'assit sur le marchepied de l'âtre. Margot était toujours assoupie dans son fauteuil.

Marcel raconta comment Paul et lui avaient gagné Donzy. Marthe confirma que ce dernier se trouvait chez elle et qu'elle allait tenter de le sortir de là.

— Il ne peut pas se livrer aux autorités allemandes, ajouta-t-elle, sinon, il est cuit ! Je connais Albert, il fait partie de mes clients. Grâce à son père, il possède une véritable influence auprès des Boches.

Elles bavardèrent encore un peu, puis Marthe prit congé. Elle ne voulait pas courir le risque d'être arrêtée par une patrouille allemande en pleine nuit. Malgré son *Ausweis*, elle devrait fournir des explications, et cela la rebutait.

Emma la raccompagna jusqu'à la voiture.

— Merci pour tout, dit-elle en l'embrassant. Sans toi, Dieu sait ce que nous deviendrions…

Marthe s'installa au volant.

— Tiens le coup ! dit-elle. Je repasserai demain vous apporter de la nourriture. J'ai encore des réserves dont les Allemands ignorent l'existence…

Elle démarra et ouvrit la vitre. Emma se pencha vers elle.

— Paul est vraiment en sécurité ?

Marthe lui fit un clin d'œil.

— Ne t'inquiète pas, je vais bien m'en occuper…

— Je te fais confiance.

Emma rentra. Marcel et Colette, l'un à côté de l'autre près de la cheminée, parlaient à voix basse pour ne pas éveiller Margot. Emma reprit sa place dans le fauteuil.

— Vous feriez mieux d'aller vous coucher, dit-elle aux deux adolescents. Moi-même, je ne vais pas tarder.

— Qu'est-ce qu'on fait pour Margot ? demanda Colette.

Cette dernière releva aussitôt la tête.

— Ne t'inquiète pas pour moi, je sais ce que je dois faire !

— Je suis désolée, bafouilla Colette, je croyais que tu dormais…

Margot se redressa avec difficulté, la respiration courte et sifflante.

— Allez donc vous coucher, les jeunes, dit-elle. Après une telle journée, il vaut mieux dormir !

Quand ils furent sortis, Emma étala les braises à l'aide du tisonnier puis mit une nouvelle bûche.

— Toujours la même ! dit-elle d'un ton affectueux. À ne dormir que d'un œil…

— C'est un hasard, répondit Margot. Je m'assoupis de plus en plus souvent…. Jusqu'au jour où je ne me réveillerai plus !

Emma haussa les épaules.

— Cesse donc de dire des bêtises ! Tu nous enterreras tous !

— À quoi bon ? Pour dormir tout le temps et ne plus rien pouvoir faire ? Tu parles d'une vie ! Mais ne crois pas que j'envisage de partir de gaieté de cœur. Je vous aime tant…

Elle se mit à pleurer. Emma s'accroupit devant la vieille femme et s'appuya sur ses cuisses.

— J'ai encore besoin de toi. Et les enfants aussi.

— Je sais, mais je suis au bout du rouleau. Mes jambes ne me portent plus. Mon cœur fatigue.

Margot caressa les cheveux d'Emma. Celle-ci se sentait comme une petite fille qui se fait cajoler par sa mère. Ce n'était pas loin d'être la vérité. Margot s'était substituée depuis longtemps à Jeanne, sa vraie mère, qu'elle avait quasiment oubliée.

— Allons ! s'exclama Margot avec une vigueur inattendue. Je ne suis pas encore morte ! Va donc dormir ! Avec les journées que tu as, tu en as besoin. D'ailleurs, tu devrais obliger les enfants à monter dans leur chambre.

Emma se releva.

— Je ne peux pas, dit-elle. C'est dur pour eux aussi.

Elle embrassa Margot.

— Tu veux rester là ce soir ?

— Oui ! Ajoute une bûche ou deux et donne-moi une couverture, ça ira comme ça.

Emma l'installa confortablement dans le fauteuil et alla se coucher. Elle poussa les enfants qui dormaient, étalés dans le lit. Après un dernier bonsoir à l'adresse de Margot, elle s'endormit d'un coup.

Lorsque Marthe arriva au café, Fernand fermait. Elle le remercia de l'avoir remplacée. Il lui signala que des officiers allemands s'étaient étonnés de son absence. Il leur avait expliqué qu'elle était partie rendre visite à un parent, mais ils avaient semblé sceptiques. Il désigna l'étage d'un hochement de tête, ajoutant qu'elle ferait bien de s'en débarrasser le plus vite possible.

— Il sera parti demain, répondit-elle.

Il esquissa un sourire.

— Ce serait préférable pour vous.

Puis il disparut d'un pas rapide dans l'obscurité.

Marthe était touchée par sa sollicitude. Dommage qu'il ne fût pas plus loquace ! Elle aurait apprécié le connaître mieux.

Elle éteignit les lumières de la salle et gagna l'appartement. Paul dormait sur le canapé, recouvert d'une courtepointe dénichée dans l'armoire. Il avait laissé une lampe allumée, ce qui créait une atmosphère apaisante.

Marthe s'assit sur le rebord du lit. Elle était épuisée. Inquiète, aussi. Elle cachait un homme recherché par la Gestapo et soutenait une famille mise au ban de la communauté, à la barbe des Allemands qu'elle voyait tous les jours et dont certains la baisaient !

Elle se reprocha de trop jouer avec le feu. Elle se rappela les avertissements de Marie, ceux de Blanchard, les réprimandes de Romain et les propos de Fernand. Oui, elle devait se méfier.

Après une rapide toilette, elle se coucha. Romain passerait le lendemain matin. Elle devrait le convaincre de cacher Paul.

Après avoir quitté Emma et Margot, Colette et Marcel avaient gagné la dépendance. C'était lui qui l'avait souhaité, en précisant qu'il voulait juste lui parler. Colette avait renâclé.

— De quoi veux-tu qu'on parle ?

— Tu verras bien, avait répondu Marcel.

— Je ne resterai pas longtemps, avait-elle prévenu. Je suis fatiguée.

Cela faisait quelques minutes qu'ils étaient installés sur le lit de Marcel, chacun enroulé dans une couverture pour se protéger du froid.

— J'ai entendu ce que tu as dit, commença Marcel. Comment peux-tu souhaiter revoir un type qui vient de te violer parce que tu te refuses à lui ? Je ne comprends vraiment pas !

Colette ne répondit pas.

— Enfin quoi, reprit Marcel avec véhémence, tu devrais lui en vouloir à mort ! Surtout que c'est la seconde fois !

— C'est plus compliqué que ça, dit simplement Colette.

Marcel la dévisagea, interrogatif. Comme la jeune fille n'en disait pas plus, il s'énerva.

— Et en quoi c'est compliqué ? Il nous a agressés ! Il t'a forcée ! C'est un salaud ! Il ne mérite qu'une chose, crever.

Colette était incapable d'exprimer clairement ce qu'elle ressentait. Ses sentiments étaient trop contradictoires. Elle le pouvait encore moins avec Marcel, aveuglé par la jalousie. Comme elle regrettait d'être venue, elle se leva.

— Je vais le revoir parce qu'il peut nous protéger tous.

— Mon cul ! s'exclama Marcel. Tu veux le revoir parce que tu l'aimes !

Comme elle ne répondait pas, il se leva à son tour.

— Mais dis-le, que tu l'aimes ! Dis-le !

Elle était proche de la porte, prête à sortir. Marcel lui parut soudain si haineux qu'elle prit peur.

— Je vais y aller, dit-elle calmement. On en reparlera quand tu te seras calmé.

Elle ouvrit.

— Je ne le serai jamais ! répliqua Marcel. Et je ferai la peau à ce salopard !

Elle sortit précipitamment. Elle n'avait qu'une hâte, se retrouver à l'abri dans sa chambre.

Quand la porte fut refermée, Marcel envoya un coup de pied dans la chaise, qui valdingua. Colette n'était qu'une salope ! Elle lui préférait ce salopard de collabo ! Elle ne valait pas mieux que lui !

Il s'affala sur le lit, la gorge serrée. Il suffoquait de chagrin et de haine mêlés. Il alluma une cigarette pour se calmer. Sans succès. L'âcreté de la fumée ne faisait que renforcer son sentiment de dégoût. Il l'écrasa rageusement au sol. Ah, elle l'aimait ! Eh bien, elle allait voir ce qu'elle allait voir !

Colette avait couru jusqu'à la maison. Pour s'éloigner de Marcel, mais aussi pour échapper à la morsure glacée du vent qui venait de la forêt. Arrivée dans sa chambre, elle ne prit pas la peine d'allumer. Elle se déshabilla et se glissa entre les draps gelés. Recroquevillée sur elle-même pour se réchauffer, elle repensa à cette journée épuisante, marquée par la violence.

L'agression d'Albert et de sa bande, et maintenant celle de Marcel ! Elle haïssait cette guerre qui faisait dérailler les esprits, montait les individus les uns contre les autres et ne semait que haine et colère.

Prise au cœur de ce maelström, elle se sentait perdue, ballottée entre des sentiments contradictoires. Albert était un collaborationniste, un type brutal et méprisable. Pourtant, elle ne parvenait pas à le détester. Pire, elle était irrésistiblement attirée par lui ! Déjà, lorsqu'il l'avait forcée dans la forêt, elle n'était pas parvenue à le haïr. Elle s'était promis qu'elle le lui ferait payer, mais cela n'avait pas duré. Même si cette vérité était intolérable, elle devait reconnaître qu'elle y avait pris du plaisir, comme elle en avait pris à se dénuder devant lui cet après-midi et à découvrir dans son regard l'ampleur de son désir, et comme elle en prenait encore maintenant, en se rappelant qu'il ne l'avait pas prise alors qu'elle s'offrait à lui. Cela ne pouvait signifier qu'une seule chose : il l'aimait !

Comment aurait-elle pu faire comprendre aux femmes et à Marcel que cet instant avait été le plus beau de sa vie, que l'amour qu'elle partageait avec Albert valait ceux que bénissaient le maire et le curé, même si c'était un amour de salauds ? C'était impossible, bien trop éloigné de leur manière de concevoir une relation amoureuse ! Oui, leur amour était un amour de salauds ! Un amour soudé par le désir et un accord qui en valait bien d'autres. Il l'aurait à lui corps et âme contre la protection de la Coulisse, elle l'aurait tout à elle contre son propre renoncement à la morale commune…

Elle se sentit honteuse de raisonner ainsi, mais cela ne dura pas. Elle n'était pas comme les autres, voilà tout ! Cette dernière pensée lui permit de trouver le sommeil.

Romain arriva juste avant l'ouverture. Il expliqua à Marthe qu'il avait du courrier en retard à trier, à cause de la censure.

Elle lui servit son café dans la cuisine, ne sachant pas comment lui révéler la présence de Paul. Elle craignait sa réaction. Après s'être attablée en face de lui, elle se décida.

— Paul… Le gars de la Coulisse, tu connais ? demanda-t-elle d'une voix hésitante.

— Oui, bien sûr.

— Eh bien, il est là-haut !

Il la dévisagea avec insistance dans l'attente de la suite. Sans oser soutenir son regard, elle lui raconta toute l'histoire. À mesure qu'elle parlait, Romain secouait la tête, contrarié.

— Tu es complètement folle ! s'exclama-t-il quand elle eut fini. Tu sais qu'on peut être fusillé pour bien moins que ça ! Ce type est recherché comme n'importe quel terroriste !

Prise d'une soudaine colère, Marthe le toisa. Pourquoi la critiquait-il ? En accueillant Paul, elle l'avait sauvé des griffes de la Gestapo ! N'était-ce pas cohérent avec son engagement ?

— C'est justement parce qu'il risque d'être fusillé que je l'ai caché ici !

Romain alluma une cigarette. Ses mains tremblaient d'exaspération.

— Et tu comptes le garder ici jusqu'à la fin de la guerre ?

Elle se leva, agacée par l'ironie du propos.

— Non, j'espérais que tu l'engagerais…

— L'engager ? Tu sais que les choses ne se passent pas comme ça ! Il faut d'abord s'assurer qu'il est de notre côté et qu'il possède les qualités d'un combattant.

— Il est fiable, je m'en porte garante.

Romain écrasa rageusement sa cigarette dans le cendrier.

— Déjà, tu me proposes l'autre gamin, maintenant, ce gars-là… Je suis désolé, je le connais à peine, j'ignore s'il…

— Tu pourrais au moins le voir.

Indécis, Romain demeura un moment silencieux, puis reprit la parole :

— D'accord ! Mais je ne saurais pas quoi lui dire, bon Dieu !

Marthe esquissa un sourire.
— Merci, dit-elle simplement.
Ils montèrent à l'appartement. Lorsqu'ils entrèrent, Paul lisait, assis sur le canapé. Il se leva, méfiant, mais se détendit en reconnaissant Romain. Ils se serrèrent la main. Paul reprit place sur le canapé, tandis que Romain s'installa sur le rebord du lit. Il lui demanda de raconter ce qui s'était passé. Marthe était debout, près de la porte.
Pendant que Paul parlait, Romain le jaugeait. Il s'exprimait de manière concise, calmement. Tout en reconnaissant la gravité de sa situation, il ne dramatisait pas. Il respirait l'honnêteté, la franchise et le regardait droit dans les yeux, avec aux lèvres un vague sourire qui exprimait autant l'ironie que la joie de vivre. L'homme lui plaisait.
Quand Paul eut terminé, Romain prit la parole.
— Je ne sais pas quoi vous dire. Je propose qu'on se revoie très vite.
— D'accord, répondit Paul, mais je ne veux pas créer d'ennuis à Marthe. Il serait préférable que je me cache ailleurs.
Romain se leva.
— Je vais voir ce que je peux faire. En attendant, ne sortez pas !
Puis, s'adressant à Marthe :
— Tu pourrais peut-être le mettre au grenier ?
Elle acquiesça.
— Dans ce cas, je vous laisse, dit-il en sortant. À bientôt.
Marthe marqua le coup, déçue qu'il ne lui eût témoigné aucune tendresse. Elle se reprit. Après

tout, ce n'était ni le lieu, ni le moment de s'apitoyer sur son sort d'amante négligée.

Paul et elle sortirent dans le couloir. À l'aide de l'escabeau, pris au passage dans le réduit où l'on rangeait les draps et les éléments de toilette, elle grimpa et souleva la trappe aménagée dans le plafond, avant de disparaître dans le grenier. Paul l'y suivit.

Il jeta un coup d'œil circulaire sur l'endroit, encombré d'objets et de meubles hétéroclites. Il aida Marthe à dérouler un vieux matelas fixé par de la ficelle. Lorsqu'il fut étalé sur le plancher, elle sourit.

— Il est propre, dit-elle. Je vous monterai des draps et des couvertures plus tard. Il faudra être patient.

— Je le suis, répondit Paul.

Elle s'apprêtait à redescendre, quand Paul l'interpella.

— Si vous allez à la Coulisse, dites-leur que je vais bien.

— Je le ferai.

Il esquissa un sourire.

Quand il eut refermé la trappe, il s'assit et alluma une cigarette. Emma lui manquait. Quoi qu'il arrivât, il s'arrangerait pour la revoir.

Il était près de 22 heures, il faisait nuit noire. Emma marchait d'un pas rapide, la capuche de son manteau rabattue sur le visage pour se protéger du vent glacé. Elle était impatiente de retrouver la maison.

Alors que le jour déclinait, Armand lui avait ordonné de nettoyer le premier étage de l'ancienne habitation des ouvriers, où dormaient des officiers de la Wehrmacht. Cela n'avait aucun sens, mais elle avait obéi.

Travailler dans cette maison l'avait bouleversée. Elle s'était rappelé la joie qui régnait naguère entre ces murs, et ces soirées chaudes d'été où tous les ouvriers se retrouvaient dehors pour jouer à la belote... Consciente que ces souvenirs appartenaient à un passé révolu, elle les avait chassés de son esprit. Il s'agissait désormais de regarder l'avenir en face, de faire en sorte que les enfants et elle ne soient pas inquiétés et de préserver l'harmonie familiale de la Coulisse.

Quand elle arriva, Marthe était là. Elle buvait un verre de vin en compagnie de Margot, installée devant la cheminée dans un fauteuil qu'elle quittait de plus en plus rarement.

Les enfants, qui jouaient dans un coin de la pièce, se précipitèrent dans ses bras et lui racontèrent que des soldats allemands étaient venus voir la directrice de l'école. Ils avaient eu très peur, tant ces hommes semblaient méchants. L'un de leurs camarades avait dû les suivre... Puis ils retournèrent à leurs jeux.

Emma salua Colette et s'étonna de l'absence de Marcel. La jeune femme la rassura : il était dans l'appentis, où il entreposait du bois rapporté de la Bertrange. Emma embrassa Marthe et Margot, puis s'installa sur une chaise à côté d'elles.

Elle allongea ses jambes endolories et ferma les yeux. Elle voulait goûter pleinement cet instant de détente. Entendre les rires des enfants, le craquement des bûches dans l'âtre, le tic-tac régulier de la pendule, l'entrechoc des ustensiles de cuisine qu'utilisait Colette…

Elle refusa de manger. Elle n'avait pas faim, peut-être plus tard. En revanche, elle accepta un verre de vin et trinqua avec Marthe et Margot. Elles se mirent à parler de choses et d'autres, sans grande importance. Le froid qui persistait, l'éventualité d'une mauvaise récolte, l'avenir du pays qui s'assombrissait de jour en jour, puis La Vernière et quelques souvenirs qui y étaient attachés. Il leur arrivait de rire.

Le temps s'écoula ainsi, jusqu'à ce que les enfants fussent couchés dans le lit d'Emma. Un peu plus tard, Marcel entra, puis disparut de nouveau. Il allait prendre un verre au café des Bertins. Colette accompagna Margot à l'étage.

Il était près de minuit quand Emma et Marthe se retrouvèrent seules. Emma disposa quelques bûches dans le feu, puis leur resservit du vin.

— Je suis heureuse que tu sois là, dit-elle.

— Moi aussi, répondit Marthe, mais j'aurais préféré que ce soit dans d'autres circonstances. Je hais cette guerre. Les gens ont changé, tout le monde se méfie de tout le monde… Je le vois au café, on est sans cesse sur le qui-vive. On ne rit plus, on fait attention à ce qu'on dit…

— Et ce n'est pas près de s'arrêter. Si tu les voyais à La Vernière, avec leurs airs supérieurs ! Cette certitude qu'ils ont d'avoir déjà gagné la guerre !

— Le pire, c'est que des Français pensent comme eux ! Regarde Armand, qui aurait pu croire qu'il virerait collabo ?

Elle avala une gorgée de vin et alluma une cigarette. Elle en proposa une à Emma, qui refusa.

— Lui, c'est différent, il se venge d'une vie ratée !

— Ce n'est pas une excuse, il aurait pu choisir de résister…

Elles se turent. Il faisait bon. Les flammes dansantes dessinaient de belles arabesques colorées. Pour un peu, on se serait cru en temps de paix.

— Paul va bien, dit soudain Marthe. Il m'a demandé de te rassurer.

— Merci ! répondit Emma.

— Tu l'aimes ?

— Il ne m'est pas indifférent… Mais cela m'effraie plus qu'autre chose. J'ai vécu trop d'échecs. Louis, Colliard… Eux aussi, j'ai cru les aimer, et regarde comment ça s'est terminé… Je n'apporte que des ennuis aux hommes que j'aime.

Marthe se mit à rire.

— Cesse de culpabiliser ! Louis était un salaud et Colliard t'a menti.

— Peut-être, mais il ne mérite pas son sort pour autant. Est-il seulement vivant ? Et s'il l'est, où est-il ? Dans un camp ? Seul ? C'est horrible ! Je n'en dors plus…

— Et les enfants ? s'inquiéta Marthe.

— Oh ! Ils sont formidables ! Ils ne se plaignent jamais, mais ils souffrent de ne plus le voir.

— Je vais demander à mes camarades s'ils peuvent se renseigner à son sujet. On ne sait jamais !

— « Camarades » ? Tu es communiste, maintenant ?

— Penses-tu ! Je me fiche de la politique. Ce que je veux, c'est que les Boches fichent le camp et qu'on retrouve la vie d'avant !

— Je n'y crois plus. À la fin de cette guerre, tout aura changé.

Emma se leva, soudain affamée. Elle coupa un morceau du camembert que Marthe avait apporté et l'étala sur une tranche de pain. Elle revint s'asseoir.

Soudain, la pendule sonna 1 heure. Marthe se leva vivement.

— Mon Dieu ! Il faut que je rentre ! Les Boches vont finir par se demander où je passe mes soirées. Et puis, il faut que je m'occupe de Paul…

Emma éclata de rire.

— Je te fais confiance, tu sais y faire !

Marthe sourit.

— Je voulais dire que…

— Je sais, je faisais ma jalouse !

Marthe enfila son manteau. Emma l'accompagna jusqu'à la voiture. Elles s'étreignirent.

— Ne t'inquiète pas, dit Marthe en s'installant au volant. On va le mettre à l'abri, ton Paul…

Elle démarra. Quand le véhicule eut disparu dans l'obscurité, Emma rentra vite pour échapper au froid. Pour la première fois depuis longtemps, elle souriait.

La rumeur selon laquelle Marthe était engagée dans la Résistance turlupinait Blanchard. Il voulait en avoir le cœur net. Si c'était le cas, cela lui offrirait une occasion supplémentaire de s'enrichir un peu plus. Bien sûr, il appréciait Marthe, mais il n'hésiterait pas entre son amitié pour elle et la perspective de faire de l'argent en la dénonçant.

Une autre raison, plus intime, le poussait à agir de la sorte : il rêvait d'être décoré de la francisque. Or, s'il livrait un résistant, il était certain de l'obtenir. Et par Déat, de surcroît !

Il concevait combien cette récompense était dérisoire. Il mesurait aussi la disproportion entre dénoncer une amie et obtenir une breloque, mais c'était ainsi ! Avec la francisque, il deviendrait l'un des notables les plus influents de la région. Il pourrait prétendre à une carrière politique, entrer dans des milieux qui lui demeuraient inaccessibles et être un intermédiaire entre les faibles et les puissants. Bref, tout ce qu'il désirait.

Lorsqu'il arriva au café de Donzy, vers 15 heures, Marthe se trouvait dans la salle. Elle s'entretenait avec trois individus, dont un en uniforme, les deux autres en costume. Il s'approcha. Marthe fit les présentations. L'officier appartenait au service de renseignement de la SS de Nevers et les deux civils faisaient partie de la Gestapo. Elle décrivit Blanchard comme l'une des personnalités d'avenir du département. Celui-ci précisa qu'il connaissait très bien Mayer et qu'il militait au RNP de Déat.

L'officier, le seul à parler français couramment, opina avec gravité et le félicita. Si tous les Français étaient comme lui, le Reich survivrait plus de mille ans !

— Ces messieurs, dit Marthe, veulent s'assurer que le café n'est pas un rendez-vous de partisans. Ils sont ici dans le cadre d'une enquête de routine. Ils me demandent de fouiller le café et les chambres.

Blanchard éclata de rire.

— C'est ridicule ! s'exclama-t-il en s'adressant à l'officier S.S. Ce café, un repaire de la Résistance ? Il passe ici plus d'Allemands que dans n'importe quel autre établissement de la région ! Et même des officiers de très haut rang ! Il faudrait que les résistants soient stupides pour venir s'exhiber ici !

— Justement, répliqua l'officier d'un ton glacial, c'est la meilleure couverture pour des terroristes.

— Et moi ? J'en ferais partie alors que mes filles et moi, on baise avec tout le contingent allemand ? ironisa Marthe. Je…

— Permettez-vous que nous fouillions les lieux ? coupa l'officier.

Marthe leur montra le passage qui menait à l'étage.

— Je vous en prie. De toute manière, je ne crois pas que vous ayez besoin de ma permission.

— C'est exact, dit l'officier en entrant dans la cuisine, suivi des deux civils.

Blanchard dévisagea Marthe, qui paraissait sereine, ou presque. Il la connaissait suffisamment pour déceler une légère inquiétude dans son regard. Mais n'était-ce pas naturel, vu la situation ? Il profita du fait que les enquêteurs ne pouvaient pas l'entendre pour l'interroger :

— Tu as quelque chose à te reprocher ?

— Non, dit-elle, pas le moins du monde. Qu'ils fouillent !

Elle passa derrière le zinc où se trouvait Fernand et se servit une bière. Elle en proposa une à Blanchard, qui accepta.

Les joueurs de belote, le regard fixé sur leurs cartes, gardaient le silence, de même que deux consommateurs, installés dans le fond de la salle. Aucun n'avait ouvert la bouche depuis que les Allemands avaient vérifié leurs papiers.

Tandis que les trois hommes investissaient la maison, Blanchard et Marthe continuaient de boire en attendant leur retour.

Marthe affectait d'être sereine, mais l'angoisse la gagnait. Paul était dans le grenier. Il était probable que l'un ou l'autre des enquêteurs repérerait la trappe. Dans ce cas, elle savait que tout serait fichu.

— Tu es certaine que tout va bien ? insista Blanchard.

— Oui.

Quand l'officier l'appela soudain du premier étage, son cœur fit un bond. Elle grimpa l'escalier en s'accablant de reproches. Elle aurait dû cacher Paul à l'extérieur !

Les policiers avaient bel et bien remarqué la trappe du grenier. Ils lui demandèrent un escabeau pour y accéder. Elle s'exécuta.

Les deux civils montèrent d'abord. Elle les suivit avec l'officier. Son cœur battait à tout rompre. Quelle explication allait-elle pouvoir donner ?

Lorsqu'elle fut dans le grenier, elle parvint difficilement à masquer sa surprise. Paul avait disparu ! Le matelas était roulé dans un coin et rien ne traînait, ni vêtements suspects, ni couvertures, ni restes de nourriture, ni mégots, rien ! Quant au fouillis, il ressemblait à celui de n'importe quel grenier. Sans la présence des Allemands, elle aurait éclaté de rire.

Elle se sentit d'un coup si libérée qu'elle réussit à feindre l'agacement.

— Je trouve très désagréable d'être ainsi suspectée. J'en parlerai à l'*Oberst* Mayer !

Les deux représentants de la Gestapo la dévisagèrent sans ciller. L'officier S.S. s'excusa.

— Je comprends votre irritation, chère madame, mais vous avez été l'objet d'une dénonciation.

Marthe le prit de haut.

— Serait-il possible de connaître le nom de cet informateur ?

— Malheureusement non. C'est confidentiel.

Les hommes redescendirent. Elle les suivit. Juste avant de refermer la trappe, elle jeta un dernier coup d'œil au grenier. Elle ne vit rien de particulier. Paul s'était envolé !

En bas, Marthe proposa une consommation aux Allemands. Parce qu'ils étaient pressés, ils déclinèrent son offre.

Quand ils furent sortis, l'atmosphère se détendit. Les joueurs de belote se mirent à plaisanter.

— Tu as eu chaud, ma belle ! dit l'un. Avec tous les terroristes que tu héberges !

— Ces cons-là n'ont même pas pensé à la cave ! remarqua un autre.

C'était vrai. Dans leur précipitation, les enquêteurs avaient omis d'inspecter la cave. Cela fit rire tout le monde, y compris Blanchard. Toutefois, il n'avait pas oublié l'inquiétude perceptible de Marthe. Elle avait forcément quelque chose à cacher, et il était bien décidé à trouver quoi.

Sa bière terminée, il lui fit comprendre qu'il aimerait monter avec elle. Elle accepta avec empressement. Il fallait à tout prix qu'elle se libérât de la tension qui lui nouait le ventre.

Ils firent l'amour avec entrain et tendresse. Après leur étreinte, ils demeurèrent au lit. Marthe goûtait de s'y prélasser, en plein milieu de l'après-midi, à l'abri du froid et des jacasseries des clients. Elle était impatiente de retrouver Paul pour comprendre ce qu'il avait fait.

— Tu sais, dit Blanchard, il ne faut pas me prendre pour ce que je ne suis pas. En fait, je déteste les Boches.

Marthe le dévisagea, incrédule. Blanchard anti-Boches ? C'est une blague ! Ou alors il joue merveilleusement la comédie.

— C'est vrai que c'est un peu difficile à croire ! dit-elle en s'esclaffant.

Il se cala confortablement contre les oreillers.

— Je sais, je suis le grand méchant ! Et pourtant…

— Tu dois souffrir énormément, ironisa-t-elle.

— Cesse de te moquer !

— Tu comprendras quand même que j'aie du mal à te croire. Tu passes ton temps à faire des affaires avec eux, tu es toujours fourré à La Vernière, tu te pavanes avec Déat, tu tiens sans arrêt des propos antijuifs…

— C'est vrai que je m'enrichis, dit-il en caressant les seins de Marthe, qui frémirent sous ses doigts. Mais cela ne veut pas dire que je suis un inconditionnel du IIIe Reich ! Comme toi, d'ailleurs. J'ai parfois l'impression que cela te pèse beaucoup d'accueillir des Boches dans ton lit.

— Au contraire, se récria-t-elle. J'y trouve largement mon compte !

Marthe se félicita de sa réponse. Il valait mieux que Blanchard la crût acquise aux Boches. C'était sa meilleure protection.

Il se colla contre elle, sans cacher son excitation.

— Tu sais, dit-il, certains jours, je me dis que je devrais agir contre eux, m'engager un peu plus... J'éprouve vraiment de l'admiration pour tous ceux qui luttent. Les derniers attentats à Clamecy et à Nevers, c'était vraiment courageux de leur part...

Marthe s'interrogeait. Et s'il pensait ce qu'il disait ? Ses propos avaient un tel accent de sincérité ! En même temps, elle se méfiait, tant ses paroles étaient difficiles à croire.

— Eh bien, engage-toi ! lui dit-elle.

Comprenant que Marthe n'avait pas envie de refaire l'amour, il s'allongea sur le dos.

— Mais il faudrait que je trouve quelqu'un qui fasse partie d'un réseau, et ça ne se lit pas sur le visage...

Blanchard trouvait son stratagème parfait, d'autant qu'il avait mis dans ses propos toute la conviction dont il était capable. Si Marthe faisait partie de la Résistance, elle l'aiderait. Et alors, elle serait piégée.

— C'est vrai, dit-elle, ça ne se voit pas.

Il se tourna vers elle, souriant.

— Si tu le dis, c'est que tu en connais, évidemment ?

— Disons qu'il m'arrive parfois d'avoir des doutes sur certains.

Cet aveu en demi-teinte suffisait à Blanchard. Il ne faut jamais effrayer sa proie. Il se leva et commença à se rhabiller.

— Je vais y aller, dit-il, j'ai du travail. Mais si tu veux, on en reparle.

Marthe ne répondit pas. Elle réfléchissait. Si vraiment Blanchard disait la vérité, ce serait une recrue de choix. On ne pouvait être mieux placé que lui pour obtenir des renseignements. Mais mieux valait en parler d'abord à Romain.

Lorsqu'il fut prêt, il l'embrassa.

— À bientôt, dit-il avec tendresse. Comme d'habitude, c'était très bien.

Il glissa discrètement de l'argent dans le tiroir de la table de nuit et sortit.

Quand il fut dans le couloir, il esquissa un sourire, convaincu d'avoir introduit le doute dans l'esprit de Marthe. Encore un effort, et il pourrait arborer la francisque ! En passant sous la trappe du grenier, il ne put s'empêcher d'y lancer un coup d'œil.

Blanchard sorti, Marthe se leva, fit une rapide toilette et s'habilla, impatiente de comprendre ce que Paul était devenu.

Elle descendit au café pour s'assurer que le notaire était parti, puis grimpa au grenier. Elle referma la trappe derrière elle. Rien n'avait changé. Paul n'était pas là. Elle s'avança et l'appela à voix basse. Personne ne répondit. Incompréhensible…

Soudain, elle entendit du bruit en provenance d'un mur à moitié caché par un amoncellement de vieilles fripes, de journaux et de chaises cassées. Elle s'approcha. Noir de suie, Paul s'extirpait du foyer d'une ancienne cheminée, dissimulé par une plaque en fonte.

Elle éclata de rire.

— Si vous vous voyiez ! Un vrai ramoneur !

Il lui sourit.

— Je m'en serais passé…

— Mais… Comment vous avez su ?

— Le conduit de cheminée rejoint celui du café. Il suffit de prêter l'oreille pour entendre ce qui se dit dans la salle. Je l'ai découvert par hasard, en inspectant les lieux…

Ils s'assirent sur une vieille malle. Elle lui tendit un mouchoir pour qu'il s'essuyât le visage.

— Quand j'ai entendu les Boches, j'ai préféré prendre mes précautions. J'ai tout remis en ordre et je me suis caché.

— Bravo ! dit-elle. Pour ma part, j'ai bien cru que ma dernière heure était arrivée…

Il se leva.

— Il vaut mieux que je ne reste pas ici. C'est trop dangereux pour tout le monde.

— Vous avez raison. Romain doit passer ce soir, nous aviserons. En attendant, je vais vous monter à boire et à manger.

12

Il était 18 heures, la nuit était quasiment tombée. Debout devant la fenêtre de sa chambre, Marie regardait l'horizon s'assombrir.

Quand l'obscurité eut complètement envahi la pièce, elle alluma la lampe de chevet, puis s'allongea. Cela lui arrivait plusieurs fois par jour, lorsque son ventre la faisait souffrir. Elle avait consulté le médecin à ce sujet. Selon lui, il n'y avait pas grand-chose à faire. C'était courant lors d'une grossesse. Le meilleur remède consistait à se reposer.

Mayer s'enquérait plusieurs fois par jour de son état. Il lui arrivait de passer en coup de vent à La Vernière, quand son emploi du temps le lui permettait. Le personnel était également très prévenant.

Malgré cela, elle n'était pas totalement épanouie. Depuis quelques jours, elle se sentait mal dans sa peau, angoissée, irritable. Elle sursautait au moindre bruit, dormait mal et était la proie d'idées noires. Elle se souciait sans cesse de l'avenir de son enfant, qui allait naître en plein conflit. Parfois, comme ce soir, elle en venait même à regretter de l'avoir conçu.

Elle était d'autant plus préoccupée qu'elle s'interrogeait sur l'évolution de la situation. Aujourd'hui, tout semblait sourire à Hitler : aucun officier allemand ne semblait inquiet, pas plus que les collaborationnistes, et avec l'entrée en guerre des Japonais la victoire était assurée. Marie n'était pourtant pas convaincue. En attaquant Pearl Harbor, les Japonais avaient tout de même entraîné les Américains dans le conflit.

Cette incertitude sur l'issue de la guerre la minait. Qu'arriverait-il si l'Allemagne était défaite ? Que deviendraient-ils, Mayer, elle et leur enfant ? Quelle serait leur vie ?

Elle alluma une cigarette, puis se cala contre les oreillers pour atténuer la douleur. Elle songea à Marthe, se demanda ce qu'elle pouvait faire en ce moment. Elle regrettait de ne plus pouvoir parler avec elle à perte de nuit de leurs amours, de leurs désirs, de leurs rêves, comme elles le faisaient naguère. Elle avait la nostalgie de ces temps déjà lointains où elle avait aimé Émile, puis Blanchard et Louis... Même son affrontement avec Emma lui semblait avoir été une séquence heureuse de sa vie ! Elle était alors au faîte de son pouvoir, de son intelligence et de sa beauté !

Elle avait choisi d'aimer Mayer, de rompre avec Marthe et de se venger d'Emma, mais n'avait-elle pas été le jouet de circonstances qui la dépassaient ? Ses choix n'avaient-ils pas été induits par un enchaînement d'événements sur lesquels elle n'avait aucun pouvoir ? Hormis l'amour qu'elle portait à Mayer, elle trouvait que plus rien dans sa vie d'aujourd'hui n'avait de sens.

Une douleur plus aiguë que la précédente la força à se lever. Elle fit quelques pas dans la chambre avant de s'asseoir dans un fauteuil. Cela lui procura un court répit. Elle devait à tout prix reprendre le dessus, redevenir celle qu'elle avait été et ne pas se laisser gangrener par d'oiseuses songeries de midinette défaitiste !

Elle se répéta ce que lui disait Mayer : l'Allemagne était en passe d'être victorieuse sur tous les fronts et, une fois la paix revenue, ils partiraient s'installer en Bavière. Elle devait être patiente, accepter la nécessaire épreuve de la guerre qui permettrait d'offrir le bonheur aux peuples grâce à la vision lumineuse du *Führer*.

Elle entendit approcher la voiture de Mayer. Elle se leva et s'installa devant la coiffeuse pour se maquiller. Elle devait se montrer belle et forte ! Pour lui, mais aussi pour l'enfant qu'elle portait. Elle devait assumer la vie qu'elle avait choisie.

À 19 h 45, Colette quitta la maison de la Coulisse, emmitouflée dans un manteau qu'Emma lui avait donné. Elle avait préparé le dîner, lavé les enfants et dressé la table. Margot et Marcel s'étaient engagés à s'occuper de Madeleine et Martin jusqu'à l'arrivée d'Emma.

Elle marchait rapidement, impatiente de retrouver Albert qui l'attendait au café. Plus vite elle arriverait, plus vite il la serrerait dans ses bras.

Ce matin, elle avait appelé chez son père, à Pouilly. Une domestique lui avait répondu qu'elle allait voir si Monsieur était éveillé. Peu après, Albert avait répondu d'une voix assurée. Il l'avait interrogée sur les raisons de son appel. Elle avait bafouillé, ils avaient ri, puis il lui avait donné rendez-vous au café des Bertins.

Elle repéra sa voiture, garée devant le bar de Germain. Son cœur se mit à cogner fort dans sa poitrine. Elle entra. Albert, accoudé au zinc, plaisantait avec le patron. Il vint au-devant d'elle.

— Je règle et on y va, dit-il discrètement.

Colette acquiesça, comme asphyxiée par le désir. Il était si séduisant, avec son costume sur mesure, ses chaussures rutilantes, sa coiffure ondulante et gominée…

Lorsqu'il eut payé, il l'entraîna dehors, sous l'œil goguenard des clients. Avec une galanterie appuyée, il lui ouvrit la portière et s'installa au volant.

— Pour une surprise, c'en est une ! s'exclama-t-il en démarrant.

Tout à ses pensées érotiques, elle ne répondit pas. Qu'importaient les raisons de sa présence, elle voulait être désirée, aimer et jouir !

Ils roulaient en direction de Pouilly quand il caressa sa cuisse. Elle frémit. Ils échangèrent un regard. Il se gara quelques centaines de mètres plus loin, à l'abri d'un bosquet, et coupa le moteur. Ils s'enlacèrent.

Ils se fichaient bien du froid et de l'inconfort du véhicule. Pour la première fois, ils faisaient l'amour, habités par le même désir ! Pour la première fois, ils laissaient parler leur corps sans arrière-pensée. Colette était bouleversée. Elle n'éprouvait aucune gêne à exhiber sa nudité, à découvrir celle d'Albert et à répondre à ses sollicitations. Elle souhaitait qu'il fût heureux. De son côté, Albert se donnait avec une ardeur qu'il ne se connaissait pas. Colette était bel et bien là, dans ses bras, offerte et consentante !

Quand ils eurent joui à l'unisson, ils s'affaissèrent sur le siège arrière, épuisés, leurs corps mêlés. Albert alluma une cigarette. Colette se réfugia dans ses bras. Il étendit sa veste sur son dos, ce qu'elle apprécia.

— C'est curieux, dit-il, je n'aurais jamais pensé que…

— Ne pense pas ! coupa-t-elle. Savourons l'instant.

— Tu n'as pas envie de parler ?

— Non.

Ils demeurèrent silencieux un long moment, à se caresser, s'embrasser. Puis, le froid devenant plus vif, ils se rhabillèrent.

— Que veux-tu faire, maintenant ? demanda Albert.

— Ce que tu veux.

— Je passerais bien la nuit avec toi.

— Moi aussi. Chez toi ?

— Non ! J'ai une meilleure idée qui devrait te rappeler de bons souvenirs…

Un sourire énigmatique aux lèvres, il fit demi-tour et prit la direction de la Coulisse. Colette chercha à deviner l'endroit où il l'emmenait, puis elle oublia. Peu importait, pourvu qu'elle fût avec lui.

— Pourquoi tu m'as appelé ? demanda-t-il. Tu devrais m'en vouloir, après ce que je vous ai fait subir, à toi et à tes youpins de patrons !

Colette leur alluma une cigarette.

— Ne parle pas d'eux comme ça. D'abord, Emma et Margot ne sont pas juives. Et si les petits le sont, ce n'est pas leur faute.

— Cela n'enlève rien au fait qu'ils le sont ! Et ils subiront le même sort que les autres. Je peux déjà te dire qu'ils seront bientôt arrêtés... Et ils ne seront pas les seuls ! Nous serons enfin débarrassés de cette vermine !

— Empêche qu'on leur fasse du mal ! dit-elle.

Albert ralentit, puis s'arrêta au bord de la route, à l'entrée du hameau de Malmaison. Il alluma le plafonnier et se tourna vers elle.

— Tu les aimes à ce point ? Tu sais que les protéger revient à trahir ?

— Je sais, mais je dois tout à Emma et Margot. Sans elles, je ne serais pas la même. Quant aux enfants, je me suis attachée à eux. Ils ont déjà perdu leur père, à quoi bon les accabler davantage ?

Il ricana.

— Tes bonnes femmes ne méritent aucune pitié ! Ne serait-ce que pour le mal qu'elles ont fait à Armand et...

— C'est lui qui s'est mal conduit à leur égard, coupa Colette. Je sais ce qui s'est passé ! C'est un pauvre type, il a mérité ce qui lui est arrivé, crois-moi.

Albert fumait nerveusement, par petites bouffées. Il se sentait à cran, comme pris au piège. Il ne voulait pas perdre Colette. Surtout maintenant. Bien sûr, il pouvait intervenir ! Et très certainement obtenir la clémence pour les habitants de la Coulisse. Ils ne seraient pas les premiers youpins à passer entre les mailles du filet. Seulement, pour que les autorités françaises ou allemandes lui accordent une telle faveur, il lui faudrait leur offrir quelque chose en échange.

— Très bien, dit-il. Je vais faire en sorte qu'ils soient épargnés. Mais il me faut plus.

Elle se tourna vers lui.

— Tu m'as, moi, ce n'est pas suffisant ?

— Non ! Il me faut la planque de Paul.

— Je ne sais pas où il est.

Il la dévisagea. À son sourire carnassier, elle comprit qu'il ne la croyait pas.

— Ne me prends pas pour un imbécile ! s'exclama-t-il, furieux. Tu le sais forcément. Et même si tu l'ignorais, Marcel le sait…

L'angoisse gagna Colette. Il était hors de question de révéler quoi que ce soit. Dénoncer Paul revenait à compromettre Marthe, et toute la famille dans la foulée.

— À la Coulisse, personne ne sait ce qu'il est devenu ! Il a vraiment disparu. Nous-mêmes, on se pose la question, on…

Albert tapa violemment du poing sur le volant.

— Arrête tes salades !

Il lui saisit l'épaule et la secoua. Colette laissa échapper un gémissement de douleur.

— Écoute-moi bien, petite pute ! Tu croyais m'avoir en écartant les cuisses, c'est ça, hein ?

Colette perdait pied. Elle s'était conduite comme une imbécile ! Elle n'avait pas suffisamment pris en compte les enjeux de cette sale guerre. S'offrir à Albert ne suffirait pas. Il était fanatisé.

— Arrête ! Tu me fais mal !

Il lâcha son emprise.

— Tu es décidément trop bête, dit-il d'une voix sourde. Je peux t'avoir comme je veux, quand je veux, c'est moi qui ai le pouvoir, pas toi ! Un mot de ma part, et c'est vous tous à la Coulisse qui êtes arrêtés.

Colette s'écarta pour s'appuyer contre la portière. Elle refoulait ses larmes, qu'elle savait inutiles.

— Je ne suis pas une pute ! répliqua-t-elle. Je ne suis pas venue vers toi pour sauver qui que ce soit. Je l'ai fait parce que je t'aime, que j'ai besoin de toi…

Albert se tourna vers elle, bouleversé. D'un coup, cette déclaration d'amour avait anéanti sa colère. Il n'avait qu'une envie, l'étreindre à nouveau et lui faire l'amour encore et encore… Bon Dieu ! Qu'il l'aimait, lui aussi ! Il détourna le regard pour cacher son trouble. Il devait la ficher dehors et rejoindre ses copains qui faisaient la fête dans un bar de Pouilly.

— Tire-toi ! dit-il.

Colette savait que, si elle s'approchait de lui, le caressait, lui redisait qu'elle l'aimait, il ne résisterait pas. Lui aussi l'aimait, elle en était convaincue. Pourtant, elle sortit. Mieux valait ne rien brusquer.

Emma quitta La Vernière vers 22 heures. Armand lui en avait fait baver. Au dernier moment, il avait exigé qu'elle lave les uniformes des officiers, ce qui revenait d'ordinaire aux autres domestiques.

Elle était épuisée. Chaque pas lui coûtait. Ses muscles endoloris la faisaient souffrir atrocement. Elle avançait pourtant avec un entrain inhabituel.

Ce qui la portait, ce soir, c'était la conversation qu'elle avait surprise entre Armand et le policier français qui avait arrêté Colliard, un habitué des lieux. Ils se tenaient dans le couloir menant à la buanderie, où elle se trouvait. Ils parlaient à voix haute, sans doute convaincus d'être seuls. Elle avait prêté l'oreille. Ils parlaient de Marthe. Armand affirmait qu'elle appartenait à un réseau de résistance et insistait pour que l'autre l'arrêtât. Cela forcerait la main aux Allemands ! Le policier répondait qu'il avait averti ses supérieurs, mais qu'ils lui avaient ordonné de ne rien faire. Selon lui, elle bénéficiait de la protection de Mayer, mais aussi d'autres officiers allemands qui fréquentaient son établissement.

Armand était furieux. Il disait avoir tout fait pour que les soupçons se portent sur elle, il en avait même parlé à Marie et Blanchard pour la compromettre, mais cela n'avait rien donné... Après quoi, ils étaient sortis.

Ce renseignement n'avait rien d'exceptionnel. Qu'Armand fût impliqué dans cette affaire ne l'étonnait guère. En revanche, le fait d'avoir surpris cette conversation la confortait dans son désir d'espionner au profit de la Résistance. Pourvu qu'elle s'y prît correctement, elle pourrait glaner d'autres informations, autrement plus décisives.

Lorsqu'elle arriva à la Coulisse, les enfants dormaient dans son lit. Elle les embrassa et les couvrit.

Margot était assise dans le fauteuil, face à la cheminée. Elle n'en bougeait quasiment plus. La plupart du temps, elle préférait finir sa nuit là. Assis au bord de l'âtre, Marcel lisait le journal. Emma s'attabla. Colette lui servit une soupe et prit place à ses côtés. Marcel vint les rejoindre.

Colette raconta qu'elle avait pu se procurer des légumes chez Bertaud pour préparer le bouillon. Il avait même ajouté un morceau de cantal, sans le lui faire payer. « Pour cette pauvre Emma qui en voit des vertes et des pas mûres », lui avait-il dit. La boulangère lui avait également donné un pain sans lui demander ni ticket ni argent. On verrait cela plus tard...

Ces témoignages de solidarité réconfortaient Emma. Tout le monde n'était pas aussi pourri que ceux qu'elle croisait à La Vernière.

Marcel avait la mine renfrognée. Voir le sourire de Colette lorsqu'elle était revenue de son rendez-vous avec Albert avait réveillé sa jalousie. L'imaginer dans les bras de ce dernier le mettait en rage.

— Tu en fais, une tête ! s'étonna Emma. Tu as eu des ennuis ?

— Non, pourquoi ?

— Tu as l'air de mauvais poil.

Il se leva et gagna sa place près de la cheminée. Colette esquissa un sourire.

— Monsieur n'est pas content parce que je ne lui ai pas raconté ce que j'ai fait avec Albert !

— Cela s'est-il passé comme tu le souhaitais ? demanda Emma.

— Il nous fichera la paix.

Marcel ricana.

— Reste à savoir à quel prix !

— Eh bien oui, j'ai baisé avec lui, si c'est ce que tu veux savoir ! s'exclama Colette, hors d'elle. Qu'est-ce que ça peut te foutre ? On n'est pas mariés, que je sache !

Emma s'interposa en leur demandant de se calmer, puis, s'adressant à Marcel :

— Cela ne te regarde pas.

L'adolescent se leva et sortit en claquant la porte.

— Qu'est-ce que ça peut lui faire, à ce morveux ? dit soudain Margot, réveillée par les éclats de voix. La petite fait ce qu'elle veut de ses fesses ! Si en plus c'est pour nous protéger, je ne vois rien à redire !

Emma et Colette échangèrent un regard amusé et vinrent s'installer à côté d'elle.

— Dame ! reprit Margot en s'adressant à Colette. À nous, tu peux bien dire ce qui s'est passé…

Colette refusa. Margot n'insista pas, Emma non plus. Elle se fichait de savoir ce que la jeune fille fricotait avec Albert. Ce n'était pas son affaire. L'essentiel était qu'elle assurât la protection de ceux de la Coulisse. Que cela lui coûtât quelques parties de jambes en l'air lui semblait être un moindre mal. En revanche, mais elle se garda bien d'en parler, la facilité avec laquelle elle semblait s'accommoder d'Albert l'étonnait. Elle la remercia néanmoins.

Margot réagit un peu plus tard.

— Fais attention à ne pas t'amouracher de lui. Cet homme est un traître, ne l'oublie pas.

Colette ne répondit rien.

Romain arriva au café vers 11 heures. Il expliqua à Marthe avoir trouvé une solution pour Paul, sans toutefois donner de détails. La jeune femme n'insista pas. Elle connaissait la règle : pour ne rien avoir à avouer, en savoir le moins possible.

Elle lui livra les quelques informations recueillies dans la journée. Quant à Müller, il était passé, mais il n'avait pas désiré coucher avec elle. Il préférait la petite Marlène… Cela dit, rien n'était perdu, elle s'arrangerait pour être un jour la seule disponible.

Aux alentours de minuit, elle monta chercher Paul. Romain l'informa qu'il allait l'emmener et le cacher en lieu sûr. Après avoir avalé un marc, les deux hommes sortirent par la fenêtre de la cuisine et s'éclipsèrent dans l'obscurité, sous l'œil inquiet de Marthe.

Romain avançait d'un pas assuré. Paul le suivait. Ils passaient d'une ruelle à une autre, s'arrêtaient à l'abri d'une porte cochère, puis repartaient. Les rares lampadaires allumés facilitaient leur progression. Il n'y avait aucune lumière aux fenêtres. Toutefois, des rideaux mal fermés permettaient çà et là de distinguer la lueur d'une bougie.

Paul se tenait sur le qui-vive. Pour la première fois, il se baladait dehors après le couvre-feu. Le silence et l'obscurité lui paraissaient oppressants. Par réflexe, il marchait sur la pointe des pieds. Romain stoppait parfois pour lui faire signe d'en faire autant.

Quelques minutes plus tard, sans avoir croisé de patrouille allemande, ils furent hors de la ville et prirent la direction de Vielmanay. Romain était plus détendu. Il offrit une cigarette à Paul et la lui alluma. Il lui montra comment la tenir dans sa main refermée pour que le bout incandescent fût invisible. Il lui recommanda de rester sur ses gardes, un convoi allemand pouvant surgir à n'importe quel moment.

Ils marchaient sur le bord de la route, le plus souvent à couvert. Parfois, on entendait au loin l'aboiement d'un chien ou le hululement d'une chouette. Ils ne se parlaient guère.

Ils contournèrent Vielmanay et traversèrent la nationale pour rejoindre Murlin par des chemins de campagne.

Malgré le froid encore vif, Paul sentait que la terre se préparait à l'arrivée du printemps. Des effluves forestiers annonçaient l'éveil de la nature.

Lorsqu'ils passaient trop près d'une habitation, des chiens aboyaient auxquels d'autres répondaient. On entendait les propriétaires gueuler, mais aucun ne sortait voir. En ces temps de guerre, on craignait autant les maraudeurs que les Allemands.

À Murlin, ils traversèrent une autre nationale, puis Romain s'approcha d'un bâtiment et frappa à la porte trois coups rapprochés suivis de trois autres, plus espacés. La porte s'entrouvrit. Romain et Paul entrèrent. Un homme referma derrière eux. Il alluma une lampe de poche et les précéda.

La maison sentait le bois fraîchement coupé. Ils passèrent une autre porte et débouchèrent sous un hangar. Paul reconnut les machines entre lesquelles ils passaient. C'était une scierie.

Peu après, l'inconnu souleva une trappe et les invita à descendre. Il les suivit, referma et alluma enfin. Ils se trouvaient dans une cave, très humide, encombrée d'ustensiles divers, pour la plupart rouillés, et de bouteilles vides. Paul découvrait enfin leur guide, un grand gaillard à la musculature impressionnante. Sa barbe et sa chevelure étaient foisonnantes et peu entretenues.

Il tendit la main à Paul.

— Salut, heureux de te connaître ! lança-t-il d'une voix grave et forte. Moi, c'est Antonio.

— Italien ? risqua Paul.

L'autre éclata de rire.

— Plus nivernais que toi, mais arrière-petit-fils d'immigrés *carbonari* ! On perpétue le souvenir des anciens par les prénoms qu'on donne à nos gamins !

Romain, qui s'était éloigné, revint avec une bouteille de vin et des verres qu'il posa sur une table branlante à côté d'eux. Il les servit, puis proposa de trinquer.

— À la mort de tous les Boches ! lança Antonio avant de faire cul sec.

Il expliqua que c'était la scierie familiale. Construite à la lisière de la forêt, elle était devenue la plaque tournante du réseau de la Bertrange. C'était par elle que transitaient les hommes, les armes et les informations. En cas de nécessité, elle servait aussi de planque.

— Je te laisse l'informer, l'interrompit Romain. Je dois retourner à Donzy préparer ma tournée.

— Prends mon vélo, dit Antonio, tu iras plus vite. Je me débrouillerai pour le récupérer.

Romain le remercia et grimpa à l'échelle. Lorsqu'il fut parti, Antonio remplit de nouveau les verres.

— Tu vas dormir chez moi, dans les combles. Il y a ce qu'il faut. Demain, des gars viendront te chercher.

— Pour aller où ? demanda Paul.

— Je n'en sais rien, notre organisation est cloisonnée. Moins on en sait, mieux on se porte.

Ils sortirent pour rejoindre la demeure principale. Antonio n'alluma sa lampe de poche qu'à l'intérieur.

Ils grimpèrent un escalier en colimaçon qui débouchait dans le grenier. Il y faisait très chaud et l'odeur du bois était plus forte qu'en bas. Dans le faisceau de lumière, Paul devina que l'endroit était encombré. Ils firent quelques pas au milieu du capharnaüm, puis Antonio braqua la lampe sur un petit lit en fer dissimulé derrière un amoncellement de caisses et de cageots. Une couverture pliée était posée sur le matelas.

— Tu vas dormir ici. Pas d'allées et venues. Tu restes sur le lit et tu attends que je vienne te chercher, d'accord ?

Paul acquiesça. Antonio lui souhaita bonne nuit et s'éloigna. Le halo de la lampe de poche dansa quelques instants dans l'obscurité, puis disparut d'un coup.

Paul s'allongea et étendit la couverture sur lui. Il repoussa son envie d'allumer une cigarette. L'odeur de la fumée pouvait dénoncer sa présence.

Il ne tenta pas de dormir. Il n'avait pas sommeil. Tant d'événements s'étaient succédé depuis son départ de la Coulisse ! Il avait besoin de s'accoutumer à sa nouvelle situation. Il était désormais un terroriste recherché par la Gestapo et la police française. Finie, la tranquillité de la Coulisse ! À partir d'aujourd'hui, il devrait loger ici et là, dans des conditions précaires, avec la sensation permanente du danger. Sans doute serait-il amené à se battre, à risquer sa peau ? Cela ne l'enchantait guère. Il n'était pas fait du bois des héros, loin de là ! Jusqu'à présent, son ambition dans la vie s'était cantonnée à avoir un bon emploi et une femme avec qui fonder une famille. Néanmoins, il était un homme de devoir. Et il ferait le sien.

Ce qui le chagrinait le plus était de ne plus revoir Emma. En tout cas, pas avant longtemps. Éloigné d'elle, il constatait combien il lui était attaché. Il regretta d'être resté sur la réserve quand elle lui tendait la main. Avant de s'endormir enfin, il se jura d'aller la retrouver à la Coulisse un jour prochain et de lui avouer ses sentiments.

Comme tous les matins, Armand s'engagea sur le chemin des Quatre-Vents pour aller chercher ses consignes auprès de Marie. Selon les jours, elle lui confiait des courses, ou bien il devait la conduire ici ou là. Parfois, elle ne lui donnait rien à faire, et il disposait alors de sa journée.

En cette heure matinale, le soleil était déjà chaud. L'herbe, mouillée de rosée, scintillait. Dans les arbres qui commençaient à bourgeonner, les oiseaux pépiaient à tue-tête. Le printemps était bel et bien là ! Une énergie nouvelle venue de la terre redonnait un coup de fouet à la nature.

Marie l'accueillit dans la cuisine. Impeccablement coiffée et habillée, elle était attablée devant un café. À son regard acéré, il supposa qu'elle était réveillée depuis longtemps. Il accepta la tasse qu'elle lui proposa.

— J'ai décidé de ne pas requérir vos services aujourd'hui, dit-elle. Voyez si on a besoin de vous à La Vernière, sinon vous êtes libre.

Il fit la moue. Marie était maligne : elle le libérait pour mieux l'emprisonner ! Elle savait qu'il y aurait toujours un officier en bas pour lui demander de le conduire ici ou là, ou un chef de bureau pour requérir son aide. Il lui faudrait alors classer des papiers ou bien aller chercher des fournitures à La Charité. Bref, il serait un larbin parmi d'autres, et cela l'irritait au plus haut point. Il valait mieux que cela !

— Cela ne semble pas vous réjouir ? s'étonna Marie.

Dans l'impossibilité de se plaindre, il justifia son exaspération en invoquant les mauvaises nouvelles du matin.

— Je songeais au bombardement des usines Renault qu'ils ont annoncé ce matin à la radio, 623 morts ! Vous vous rendez compte, tous ces innocents morts à cause de ces salauds de Rosbifs…

Marie le dévisagea, intriguée. Elle ne l'avait jamais vu dans un tel état. Il éructait plus qu'il ne parlait.

Elle haussa les épaules.

— C'est la guerre, dit-elle simplement.

— Mais ce sont des Français qui meurent ! Et par la faute de ces sales gaullistes !

— Vous vous piquez de politique, maintenant ? s'étonna-t-elle, amusée.

Tremblant d'indignation, Armand remuait nerveusement le sucre qu'il venait de verser dans sa tasse. Il s'emporta.

— Oui ! Je soutiens le Maréchal et je veux l'aider ! Il a raison ! Il faut remettre de l'ordre dans notre pays et se débarrasser des Juifs et des communistes qui nous contaminent ! À ce propos, pourquoi Emma et ses mômes n'ont-ils pas été arrêtés ?

— Elle m'est plus utile ici qu'à Pithiviers ou à Beaune-la-Rolande, répondit Marie, soudain agacée.

— Pour ce qu'elle sert ici ! Une paresseuse, oui ! Toujours à rechigner !

— Je suis certaine que vous faites ce qu'il faut pour la dresser, dit-elle avec un sourire entendu. N'est-ce pas, Armand ?

Se sentant encouragé, il s'enflamma pour de bon.

— Oh oui ! Vous pouvez compter sur moi ! Mais c'est encore trop doux pour cette presque juive, elle mérite bien pire !

— Que les choses soient claires, répliqua sèchement Marie. Je ne veux pas qu'elle parte !

Armand n'insista pas, mais la réaction de Marie l'énervait. Tout juste si elle ne protégeait pas cette garce !

Il se leva, renfrogné.

— Ne faites pas cette tête, reprit Marie, radoucie. Faites comme moi, réjouissez-vous de la voir s'étioler un peu plus chaque jour en trimant dans la maison qui fut la sienne naguère !

Armand acquiesça, puis prit congé. Il était peu convaincu. Emma et ses chiards méritaient davantage de souffrances ! Même sous ses ordres, elle avait la vie encore trop belle. La vérité, c'était que Marie mollissait !

Armand parti, Marie demeura songeuse. Le vieil homme n'avait pas tort. Elle aurait dû souhaiter mille fois la mort d'Emma et celle de ses enfants. Elle aurait dû affirmer haut et fort qu'elle méritait la déportation. Or, elle n'avait rien dit de tout cela. Était-elle en train de fléchir ?

Elle en voulut à Armand d'avoir suscité cet échange. Désormais, elle ne parlerait plus d'Emma avec lui.

Marthe était fébrile. Romain allait bientôt passer. Il le lui avait fait comprendre ce matin lors de sa tournée. Elle espérait qu'il resterait. Elle avait envie de faire l'amour avec lui.

Comme d'habitude, il se pointa un peu après la fermeture. À son regard, elle comprit que lui aussi la désirait.

Ils montèrent aussitôt à l'appartement. À peine entrés, Romain la saisit par la taille et l'allongea sur le lit pour la prendre comme un cosaque, selon l'expression de Marthe. Elle apprécia. Habituée à mener les hommes, elle aimait se sentir dominée.

Quand ils eurent joui, ils s'allongèrent l'un à côté de l'autre. Contrairement à son habitude, Romain se montrait très tendre. Tourné vers elle, il la caressait et l'embrassait en lui racontant sa tournée. Le pneu avant de son vélo avait crevé à quelques centaines de mètres de la ferme des Theurand, perdue dans la campagne. Il aurait préféré que ce fût ailleurs. Le patron était un soiffard doublé d'un bavard et tout y passait, de la vache qui avait vêlé à sa femme qui l'emmerdait ! Sa marotte, aujourd'hui, consistait à dézinguer l'armée française et ces salauds de politicards qui s'étaient carapatés devant les Boches. Heureusement, en même temps qu'il jacassait, il lui avait donné un coup de main efficace, et Romain avait pu repartir très vite.

Marthe riait de bon cœur, oubliant un instant la guerre et le danger. Elle était heureuse. Soudain,

Romain se détacha d'elle et jeta un coup d'œil au réveil, posé sur la table de nuit.

— Bon Dieu ! Il faut que je me sauve !

Il se leva et remit son pantalon.

— Tu rentres chez toi ? demanda-t-elle en enfilant un peignoir.

— Penses-tu !

— Où vas-tu, alors ?

— Ne cherche pas à savoir, dit-il en l'enlaçant.

— Paul est en sécurité ?

— Oui, tout va bien.

Ils s'embrassèrent. Marthe essaya de l'attirer de nouveau dans le lit, mais il résista.

— Ne me tente pas, bon Dieu ! Tu sais bien que j'en ai envie…

Elle n'insista pas. Il s'apprêtait à sortir quand elle le retint encore une fois.

— On n'a pas eu le temps d'en parler, dit-elle, mais Blanchard ne cesse de me faire des appels du pied pour entrer en contact avec la Résistance. Il veut donner de l'argent et transmettre des documents confidentiels…

Le visage de Romain se figea. Son regard s'était durci.

— Tu ne lui as rien dit, j'espère ?

— Évidemment non ! Je voulais d'abord t'en parler.

Romain alluma une cigarette.

— Tu sais quoi ? dit-il d'un ton glacial. C'est la pire des ordures que je connaisse ! Un pourri, un salopard ! Il a saigné tous les Juifs de la région, il se pavane avec Déat, Mayer et sa salope de Marie ! Ce type salit tout ce qu'il touche !

— Je sais, répondit Marthe, mais je pensais que cela pouvait être une couverture. On en connaît d'autres dans son cas.

Romain écrasa sa cigarette dans le cendrier de la table basse. Il semblait s'être déjà calmé.

— Que t'a-t-il dit, exactement ?

Elle rapporta ses propos dans le détail. Quand elle eut fini, Romain la prit dans ses bras.

— Parle le moins possible avec ce type-là ! C'est un serpent qui vendrait père et mère pour quelques francs ! Et c'est d'ailleurs valable pour tout le monde, on ne peut plus faire confiance à quiconque.

Il lui caressa le visage, l'embrassa une dernière fois et sortit. Elle le regarda s'éloigner dans l'obscurité du couloir, silencieux, puis elle referma. Sans trop savoir pourquoi, elle se mit à pleurer.

Emma avait retrouvé un peu d'énergie depuis qu'elle s'entraînait à espionner à La Vernière. « Espionner » était un bien grand mot pour ce qu'elle faisait : tendre l'oreille, identifier des individus, repérer où se trouvaient les documents dans les bureaux, écouter aux portes… Mais elle ne désespérait pas de devenir efficace un jour prochain. Paradoxalement, la méchanceté d'Armand la servait. À tant vouloir la tuer à la tâche, il lui donnait accès aux bureaux où se trouvaient les documents de l'administration allemande.

Il était de plus en plus odieux à son égard. Comme ce matin, lorsqu'il l'avait convoquée dans son petit bureau.

Emma se tenait debout au milieu de la pièce, face à la table derrière laquelle il était assis. Elle attendait qu'il eût fini de remuer le sucre dans son café. Ses jambes la faisaient atrocement souffrir.

— C'est encore la belle vie pour toi, hein ? commença-t-il. Tu as du travail, une petite maison à la Coulisse et ta famille avec toi. Eh bien, tout cela va prendre fin bientôt !

Emma se dandinait d'un pied sur l'autre pour atténuer la douleur, mais elle écoutait attentivement. Armand n'était pas le même. S'il éructait d'ordinaire, il parlait aujourd'hui de manière posée, ce qui rendait ses menaces crédibles. Une vague d'angoisse la submergea. Elle connaissait sa rancœur, sa méchanceté. Il pouvait avoir inventé n'importe quoi pour la faire souffrir davantage.

— Tu lis le journal, je suppose ? Tu dois même écouter la radio. Je ne te parle pas de celle des traîtres de Londres, bien sûr, mais de celle des bons Français, ceux qui luttent contre la juiverie internationale, le bolchevisme, les fainéants, les profiteurs… Bref, tu as dû apprendre qu'on déporte de plus en plus de youpins, hein ? Eh bien je vais m'arranger pour qu'on n'oublie personne, figure-toi.

Il dévisagea Emma. Son regard était chargé de haine et son rictus exprimait à la fois la frustration et la colère. Emma prit peur. Elle devinait où il voulait en venir.

— Je sais qu'à la Coulisse il y en a au moins deux, reprit-il. Note bien, je m'en voudrais de les priver de leur mère. C'est pourquoi je les verrais bien dans le même camp, tous ensemble. Beaune-la-Rolande, Pithiviers, voire plus loin. Je me suis laissé dire qu'on les expédiait maintenant en Pologne. Qu'en penses-tu ? Cela vous ferait voir du pays !

Il ricana et avala une gorgée de café.
— Tu ne dis rien ? Tu peux, tu sais !
— Tu n'es qu'un salaud, répondit froidement Emma. J'ignore comment tu as pu le devenir, et je m'en fous. Ce que je vois devant moi, c'est un vieil ivrogne frustré qui croit avoir le pouvoir ! Mais ce n'est pas toi qui décides, ici ! Ni même ta salope de maîtresse ! Tu n'es qu'un larbin !
— Tu te trompes, ma petite Emma. Je peux tout à fait décider. Il suffit que j'insiste auprès de la police française ou de la Gestapo…
— Tu vois, Armand, répliqua Emma d'un ton bravache, je hais les Boches, mais au moins ils sont dans leur rôle. Toi, en revanche, je te méprise. Tu n'existes pas à mes yeux. Aucune de tes saloperies ne m'atteint.
— Toujours aussi fanfaronne ! Mais on verra si tu le seras encore quand la Gestapo viendra te chercher avec tes mômes.
— Je te plains, mon pauvre Armand. Il a fallu que tu en accumules, des frustrations, pour devenir ce que tu es !
— Épargne-moi ton laïus ! Tu ferais mieux de te préparer à cette éventualité. Ce sera difficile, tu verras.
Comme il se levait avec difficulté, Emma ricana.
— Je vois que la méchanceté ne soigne pas les rhumatismes !
— Ris tant que tu veux ! Aujourd'hui, je t'ai réservé une belle journée à l'atelier de mécanique. Les gars m'ont dit qu'il fallait nettoyer les lieux, ils t'attendent.
Emma sortit sans qu'il le lui eût demandé.

— Tu peux faire la maligne ! cria-t-il dans son dos. Mais t'es foutue !

Lorsqu'elle eut récupéré son matériel de nettoyage à la buanderie, elle se rendit à l'atelier qui occupait les anciennes granges. Elle refoulait son envie de pleurer, ce n'était pas le moment de chialer. Elle devait plutôt penser au meilleur moyen de protéger Martin et Madeleine.

Le jour déclinait. Colette attendait Albert devant l'école, comme il le lui avait demandé. Elle était vêtue d'une robe légère et colorée, agréable à porter en ce début de printemps, et qui mettait son corps en valeur.

Elle s'assit sur un banc. Tout le monde pouvait la voir, mais elle s'en fichait. Elle attendait celui qu'elle aimait.

Son enthousiasme, sa virilité, sa manière de lui faire l'amour lui manquaient. La dernière fois, ses mots, ses gestes, ses attentions à son égard lui avaient semblé sincères. Certes, il l'avait éconduite, mais il était repassé la veille à la Coulisse pour lui donner rendez-vous.

Elle avait conscience que tout n'était pas réglé pour autant. L'autre jour, il avait été clair : si elle voulait que ceux de la Coulisse fussent épargnés, elle devait lui livrer des informations utiles sur Paul. Or, elle n'en avait aucune.

Prudente, honteuse aussi, elle n'avait parlé à personne de cette exigence d'Albert. Et surtout pas à Marcel. Elle se méfiait trop de lui désormais. Pas un jour ne passait sans qu'il fît une remarque désobligeante sur Albert ou critiquât sa relation avec lui.

Ses propos étaient parfois si violents qu'elle l'envoyait paître, mais cela ne changeait rien. Il recommençait dès le lendemain.

Récemment, il lui avait reproché avec virulence d'avoir renoncé à se venger d'Albert. Ce bellâtre, comme il le désignait, l'avait pourtant violentée ! Et c'était un collabo, qui plus est !

Piquée au vif, elle avait défendu son amant. Albert n'était pas le salaud qu'il décrivait. Mais cela s'était avéré inutile. Marcel le haïssait trop. D'ailleurs, avait-il ajouté, il le ferait payer, le jour où il aurait rejoint le maquis de la Bertrange, celui où Paul s'était réfugié. Marthe en avait parlé lorsqu'il l'avait accompagné chez elle, le jour de l'agression.

Elle aperçut le véhicule d'Albert approchant à vive allure en provenance de La Charité. Elle se redressa, le cœur battant.

Il vint se garer à sa hauteur et sortit pour lui ouvrir la portière. Après un rapide baiser, il revint s'asseoir au volant et démarra, un sourire aux lèvres.

— J'ai tout arrangé avec les flics, dit-il. La Coulisse ne sera pas inquiétée pour l'instant.

— Merci ! dit-elle en l'embrassant. Je suis si heureuse !

Il eut un mouvement de recul.

— Ne t'emballe pas trop. Ils veulent toujours des informations sur Paul. Je leur ai dit que je me démerderais pour en obtenir. À toi d'agir ! Si tu veux protéger les gosses, trouve quelque chose !

Colette se rencogna dans son siège et alluma une cigarette. Pourquoi fallait-il que tout fût si compliqué ? Pourquoi devait-elle trahir Paul, qu'elle savait maintenant réfugié dans le maquis de la Bertrange, pour pouvoir aimer librement Albert et protéger ceux qu'elle aimait ? En condamner un pour en sauver plusieurs ? C'était absurde et révoltant.

Ils roulaient en direction de Châteauneuf. Elle ne lui demanda pas où ils se rendaient, elle s'en fichait. Quel que soit l'endroit, elle serait heureuse dans ses bras.

— Je ne sais rien de plus que la dernière fois, mentit-elle. Je ne sors jamais de la Coulisse.

En même temps, elle réfléchissait à la manière de présenter l'information qu'elle détenait sur Paul sans compromettre qui que ce fût. Albert posa soudain une main sur sa cuisse. Elle frémit.

— C'est bon, laisse tomber. Tes youpins ne risquent rien pour l'instant...

— Je t'ai déjà dit de ne pas les appeler comme ça ! s'agaça Colette, tout en s'offrant aux caresses osées d'Albert.

Il éclata de rire.

— Il faudra t'y faire...

— Cela ne te ressemble pas ! répliqua-t-elle en étouffant un gémissement de plaisir.

— Je ne suis peut-être pas celui que tu crois ?

Il s'engagea sur une petite route qui descendait vers l'étang de Germenay. De là, il rejoindrait la chapelle Sainte-Anne, où il connaissait un endroit retiré.

Lorsqu'ils furent arrivés, il se gara à la lisière du bois qui bordait le champ de la chapelle, puis déroula une couverture sur l'herbe. Déjà enivrée par les premières caresses d'Albert, Colette s'offrit à lui.

Au cœur de la nature, sous le ciel étoilé de printemps, chacune des caresses d'Albert était pour elle une promesse de bonheur, chaque mot tendre, un chant d'amour, chacun de ses assauts, une libération. Peu importait qu'il fût bon ou mauvais, sincère ou menteur, elle se donnait à lui pour fêter le renouveau de la sève, la clarté lunaire, les effluves de terre et d'herbe mouillée qu'elle respirait. Elle l'aimait et le lui disait.

Le désir exacerbé par l'abandon de Colette, Albert lui avoua qu'il l'aimait aussi, qu'elle habitait ses pensées nuit et jour, qu'il la désirait pour la vie !

Leurs corps apaisés, ils demeurèrent enlacés, nus et silencieux, à l'écoute de la nuit, particulièrement bruissante en cette saison.

Toutefois, la froidure de la terre, mêlée à celle de la brise qui se levait, les contraignit bientôt à s'habiller et à se réfugier dans la voiture. Après un long baiser et de nouvelles promesses d'amour, ils reprirent la route. Ils avaient ouvert les vitres pour laisser s'échapper la fumée des cigarettes. Parfois, ils échangeaient des regards complices et éclataient de rire sans raison.

À la hauteur de Vielmanay, Colette s'inquiéta de savoir où ils allaient. Albert ne voulut rien lui dire. C'était une surprise !

Quand ils arrivèrent à Donzy, elle comprit qu'ils se rendaient au Café de la Poste. Sans l'avouer à Albert, elle le regretta. Se retrouver face à Marthe aux bras d'un type réputé collaborationniste ne l'enchantait guère. Que penserait-elle à son sujet ? Surtout elle qui avait sauvé Paul !

Après avoir passé aisément un barrage allemand grâce à l'*Ausweis* spécial d'Albert, ils se garèrent devant le café. À peine descendus de voiture, ils perçurent le brouhaha de la musique et des conversations.

Ils entrèrent. Un nuage de fumée stagnait au-dessus des têtes. Quelques couples dansaient sur un air de tango diffusé à la radio, pour la plupart des soldats allemands avec leurs maîtresses françaises.

Colette était à la fois ravie et mal à l'aise. Elle pénétrait dans un monde inconnu dont elle devinait les attraits, mais aussi les dangers.

Marthe, qui courait de table en table, s'arrêta net en les apercevant. Après une légère hésitation, elle leur sourit et s'approcha. Elle serra la main d'Albert et embrassa Colette.

— Si je m'attendais à vous voir ! s'exclama-t-elle. Suivez-moi, on va bavarder ailleurs. On ne s'entend pas, ici !

Ils gagnèrent la cuisine, où Marthe les invita à s'asseoir. Le bruit de la salle leur parvenait étouffé.

— Colette et Albert chez moi ! s'exclama-t-elle. Et ensemble, par-dessus le marché !

— Eh oui ! On s'aime, c'est ainsi, répliqua Albert en riant. Allez, sers-nous un remontant pour fêter ça !

Le regard complice qu'ils échangèrent n'échappa pas à Colette. Sans doute avaient-ils déjà couché ensemble ? songea-t-elle sans s'en offusquer. Elle éprouvait de la tendresse pour Marthe et savait que ce n'était pas une femme à s'attacher.

Quand celle-ci s'absenta pour aller chercher les boissons au bar, ils s'embrassèrent.

— Tu la connais ? demanda Colette.

— Un peu, répondit Albert, je suis venu ici à plusieurs reprises.

— Il m'a semblé que vous étiez intimes.

Il éclata de rire.

— Tu ne serais pas jalouse, par hasard ?

Elle se contenta de sourire. Non, elle n'était pas jalouse. Ce n'était pas une complicité sexuelle qu'elle avait surprise entre eux, mais quelque chose de plus essentiel.

Marthe revint et leur servit un Picon. Ils trinquèrent.

— À vos amours ! lança-t-elle, un brin ironique.

— À ton bordel ! répliqua Albert.

Ils discutèrent quelques minutes. Colette donna des nouvelles de la Coulisse, Albert évoqua les affaires de son père et fit remarquer avec humour que Marthe n'achetait pas son vin. Ils convinrent de se revoir pour en parler. Colette les observait, toujours intriguée par leur façon si particulière de discuter. Soudain, Albert l'invita à danser. Elle accepta avec enthousiasme. Après tout, ils étaient là pour s'amuser.

Ce 1er avril, après le dîner, Margot voulut s'asseoir dehors. Elle installa une chaise à côté de la porte et recouvrit ses jambes d'un plaid. Le printemps était revenu. En face de la maison, la végétation s'était étoffée. On entendait les oiseaux chanter, il faisait bon. Le crépuscule s'annonçait.

Elle se sentait fatiguée, mais contente de pouvoir profiter encore d'une si belle soirée. Les enfants s'amusaient dans la maison, Colette faisait la vaisselle. Sans la guerre et la menace qui pesait sur la famille, elle aurait pu se dire heureuse.

Diverses pensées la ramenaient à sa jeunesse. À sa relation avec Émile, qu'elle avait tant aimé... À La Vernière...

Elle savait que ce retour dans le passé annonçait l'imminence de sa mort. Elle l'avait vérifié auprès des anciens : plus on se rapprochait du cimetière, plus on se détachait du monde présent. À l'époque, elle se moquait d'eux ; aujourd'hui, elle les comprenait. Quand la Camarde prenait son temps, on avait le privilège de s'y préparer.

Elle n'avait plus la force de vivre, et peut-être même n'en avait-elle plus envie. Le monde avait trop changé. Elle ne le comprenait plus.

Madeleine et Martin sortirent en poussant des cris. Maintenant que les jours rallongeaient, ils se couchaient plus tard. Elle les appela pour les embrasser, mais ils ne l'entendirent pas, trop occupés par leur jeu. Elle ne put refouler ses larmes. Décidément, qu'il est dur de partir...

Emma n'allait pas tarder, heureusement. Elle s'occuperait d'elle, viendrait s'asseoir à ses côtés, lui raconterait sa journée. Elles évoqueraient quelques souvenirs d'antan qui la réconforteraient et l'aideraient à passer une bonne nuit. Dieu qu'elle l'aimait, cette gosse !

Elle la vit arriver sur le chemin, d'un pas alerte malgré sa fatigue. Elle lui fit un signe de la main. Elle se sentait si faible...

Elle chuta de sa chaise peu avant qu'Emma arrivât à sa hauteur. Celle-ci poussa un cri et se précipita, mais il était trop tard. Margot gisait sur le sol, l'œil vitreux. Les enfants s'étaient immobilisés, regardant la scène sans comprendre. Colette apparut quelques instants plus tard. Elle aida Emma à porter la vieille femme sur le lit.

— Il faut aller chercher le docteur Pic aux Bertins ! s'exclama Emma.

Colette sortit en courant. Emma s'assit à côté de Margot et prit sa main dans les siennes. La servante respirait avec difficulté. Les enfants s'approchèrent, Emma les renvoya gentiment.

— Allez jouer dehors ! Ce n'est rien, Margot a eu un vertige…

Celle-ci ouvrit les yeux. Elle semblait si triste qu'Emma se mit à pleurer. La servante exerça une faible pression sur sa main.

— Ce n'est rien, ma fille, murmura-t-elle. Ce n'est pas encore pour aujourd'hui, mais cela ne devrait plus tarder.

— Cesse tes bêtises ! s'indigna Emma en séchant ses larmes d'un revers de manche. Tu nous enterreras tous, je te dis !

— Je ne le souhaite pas, ma chérie, je suis fatiguée de vivre… Maintenant, tu vas m'écouter sans faire ta tête de bourrique. J'ignore quand cela arrivera, mais c'est pour bientôt. Aussi, je voudrais que tu montes dans ma chambre. J'ai placé ma boîte à biscuits dans une niche du mur. Elle est à toi, désormais. Tu y trouveras quelques vieilleries auxquelles je tenais, mais il y a également un paquet enveloppé de papier journal. Ce sont mes économies, que j'ai retirées de chez Blanchard. Je veux que tu les prennes et que tu t'en serves. C'est pour toi. Pour tenir le coup jusqu'à la fin de la guerre…

Emma haussa les épaules.
— Si tu crois que je vais…
— Tu vas le faire ! ordonna Margot en haussant la voix autant qu'elle le pouvait. Pour une fois, j'aimerais que tu m'écoutes.
Emma sourit.
— Mais c'est ce que j'ai fait toute ma vie !
Margot sourit, puis ferma les yeux, rassurée. Emma ferait ce qu'elle lui demandait.
Le médecin arriva en voiture à cheval avec Colette. Il connaissait toute la famille, et surtout son confrère Colliard. Il sauta du véhicule et se précipita.
Quand il fut à côté du lit, Margot ouvrit les yeux.
— Tiens ! Pic ! dit-elle d'une voix faible. Il faut que je sois au bord du tombeau pour vous voir !
— Si vous vouliez me voir, répliqua le médecin, il fallait être plus souvent malade !
Quand il commença à l'ausculter, Emma rejoignit Colette et les enfants à l'extérieur. La jeune servante l'interrogea du regard.
— Ça va, lâcha Emma en serrant les enfants contre elle, Margot a eu un étourdissement. Mais il faudra être gentils avec elle, elle est très fatiguée.
Ils attendirent, assis dans l'herbe. La nuit n'allait pas tarder à tomber. L'air était doux et odorant. Emma résistait à l'envie de pleurer. C'était si dur ! La guerre… L'enfer de La Vernière… La solitude… Et maintenant, Margot qui s'en allait doucement…
Le médecin réapparut, souriant.
— Elle n'a rien de particulier, dit-il, sinon de nombreuses années derrière elle.
Emma le raccompagna jusqu'à la voiture à cheval. Il refusa d'être payé.

— Mais ne vous faites aucune illusion, ajouta-t-il. L'irréparable peut survenir à chaque instant... Profitez d'elle autant que vous le pouvez ! Quant à vous, essayez de vous reposer, vous avez une mine à faire peur !

— Ce n'est pas facile, dit-elle.

— Je le sais...

Il grimpa dans la voiture et fouetta le cheval. Emma lui sut gré d'avoir été à la fois clair et délicat. En le regardant s'éloigner, elle songea à Colliard.

Avec l'arrivée du printemps, la vie à la Coulisse était devenue plus agréable pour Colette. Elle pouvait désormais ouvrir les portes et les fenêtres pour laisser pénétrer la chaleur et profiter du joyeux gazouillis des oiseaux, en particulier celui des hirondelles qui avaient élu domicile sous les gouttières.

Les tâches ménagères devenaient moins astreignantes. Elle pouvait étendre le linge dehors, repasser sur le perron en papotant avec Margot, qui l'aidait encore comme elle pouvait. Quand elle avait un regain d'énergie, celle-ci reprisait ou pliait le linge. Les enfants, eux, jouaient tout le temps dehors et se chamaillaient moins.

Après ces terribles mois d'hiver, Colette avait l'impression de revivre, d'être plus libre. Malgré la guerre, les difficultés d'approvisionnement et la menace contre les Juifs, ces journées lui apparaissaient comme la promesse d'un bonheur futur qu'elle partagerait avec Albert.

Elle l'avait peu vu ces derniers temps, sinon en coup de vent. Il passait habituellement en début d'après-midi, c'était plus tranquille. Les enfants étaient à l'école, Margot faisait sa sieste et Marcel travaillait à l'extérieur.

Ils ne faisaient pas l'amour chaque fois qu'il venait. Ils se contentaient parfois de s'asseoir dans l'herbe et de parler de leur avenir. Il lui faisait souvent des cadeaux. Des cigarettes, des magazines, du parfum... De temps en temps, il lui donnait même du vrai café ou du chocolat, qu'elle partageait avec les autres. Seul Marcel refusait. Il ne mangeait pas du « pain des profiteurs » !

Une fois ou deux, Albert lui avait reparlé de Paul, mais sans grande conviction, ce qui la laissait penser que l'affaire était réglée.

Ce matin, après avoir étendu le linge, elle décida de prendre quelques minutes pour fumer une cigarette. Elle s'assit à même le sol, à l'ombre d'un chêne, face à la maison. De là, elle pouvait surveiller Margot qui somnolait au soleil sur le perron.

Adossée au tronc de l'arbre, elle songea à Albert, à leur liaison si inattendue, à leur passion née de l'horreur, à ce besoin qu'elle avait de penser à lui à toute heure du jour et de la nuit, de le guetter sans cesse. À ce désir, enfin, qui lui enflammait le ventre dès qu'ils se retrouvaient.

Elle se remémorait souvent leur soirée près de la chapelle Sainte-Anne et ces minutes durant lesquelles son cœur, son corps et son âme, peut-être, l'avaient choisi. Pour la première fois de sa vie, elle avait effleuré le bonheur.

Plus tard, chez Marthe, ils avaient dansé, parlé et ri dans les bras l'un de l'autre, insouciants, indifférents aux autres clients. Ils avaient dit leur amour au monde. Elle-même s'était laissée aller à boire, rire et chahuter sans se soucier du qu'en-dira-t-on ! Elle se sentait si libre ! D'autant qu'Albert s'était métamorphosé. Il avait perdu de sa morgue, parlait sans haine, se montrait prévenant…

Elle avait parlé avec Marthe. Étonnamment, celle-ci n'avait porté aucun jugement sur Albert, même quand Colette avait regretté son appartenance au mouvement maréchaliste, son engagement auprès de Déat, ses fréquentations douteuses à La Vernière. Profitez-en ! lui avait-elle répété, comme pour les encourager à s'aimer. Cela l'avait troublée d'autant plus qu'elle connaissait la détestation de Marthe pour l'occupant.

— Alors, on se la coule douce ?

Elle se redressa, le cœur battant. C'était Marcel.

— Qu'est-ce que tu fais là ? lui demanda-t-elle en se relevant.

— Une poulie a cassé ! Gus m'a donné ma journée.

Alors qu'ils gagnaient la maison, elle se rappela qu'il était allé donner un coup de main au maréchal-ferrant. Ils passèrent près de Margot qui somnolait encore, puis entrèrent. Marcel se servit un verre d'eau et s'attabla. Colette se mit à faire le lit d'Emma.

— Alors ? lança-t-il, railleur. Tu pensais à ton amoureux ?

Colette se crispa.

— Ce ne sont pas tes affaires !

— Détrompe-toi ! J'habite sous le même toit qu'une fille qui fréquente un collabo ! Après qu'il l'a eu violée ! Chapeau !

Excédée, Colette s'approcha et lui fit face.

— Écoute, Marcel, tu m'emmerdes, c'est clair ? Je fais ce que je veux de mon cul !

— Je croyais que tu voulais sa peau !

— Eh bien, tu vois, j'ai changé !

Il se leva, posa son verre dans l'évier et se dirigea vers la porte. Lorsqu'il fut à sa hauteur, il s'arrêta et la fixa.

— En fait, tu n'es qu'une pute ! Tu...

La claque qu'elle lui envoya le déséquilibra. Après qu'il se fut rétabli, ils se mesurèrent du regard. Il serra les poings, au bord de pleurer, puis sortit sans un mot.

La rage au ventre, il gagna l'autre maison. Il se sentait si humilié qu'il en suffoquait. Cette salope avait osé le gifler ! Et tout ça pour défendre cette ordure d'Albert ! Il s'assit sur l'auge en pierre, de l'autre côté du chemin. Il alluma une cigarette. Cette fois, il ne pouvait plus différer sa décision. En supprimant cette sale engeance, il deviendrait résistant à part entière, et cette première action glorieuse lui vaudrait de rejoindre le maquis.

Ne restait plus qu'à attendre la bonne occasion.

13

Depuis une semaine, Marie se réveillait plusieurs fois par nuit. À cause de la grossesse, son ventre et son dos la faisaient souffrir. Dans ce cas, elle se retenait de bouger pour ne pas importuner Mayer, qui dormait déjà peu à cause de la situation militaire. Il ne se passait guère une nuit sans qu'un sabotage eût lieu. Récemment, un stock considérable de pièces pour obus avait été endommagé à l'usine Thomson de Nevers.

Ces événements la préoccupaient également. Comme beaucoup d'autres, il lui semblait que les Allemands réprimaient de plus en plus sauvagement, comme si le vent commençait à tourner contre eux. Depuis le 12 mars, tous les Juifs étaient contraints de porter l'étoile jaune et condamnés à la déportation, sur ordre de Himmler.

Quotidiennement, des convois étaient organisés pour des destinations inconnues, des résistants ou des otages étaient arrêtés et fusillés... Quelques jours auparavant, à Paris, vingt-trois communistes avaient été passés par les armes.

Depuis qu'elle était tombée enceinte, cette violence aveugle la révulsait. Sans le dire, elle désapprouvait de plus en plus souvent les décisions de

Vichy et des Allemands. Elle ne comprenait pas cet acharnement contre les Juifs, et encore moins celui des collaborationnistes qui fréquentaient La Vernière.

La répression féroce des Allemands commençait également à l'écœurer. Fusiller des otages innocents en réponse à un attentat ou à un sabotage lui semblait intolérable et injustifiable.

Sans parler du comportement de ces collaborationnistes qui se montraient encore plus extrémistes que les nazis eux-mêmes, pour la plupart des notables, tel Blanchard, déjà comblés par la vie et qui souhaitaient toujours plus de répression. Elle ne se sentait plus à sa place parmi eux.

Cette révélation lui était venue lors d'une récente soirée aux Quatre-Vents qui réunissait collaborationnistes et officiers allemands. Un négociant en grains fortuné avait réclamé haut et fort qu'on virât désormais tous les Juifs et les communistes de France ! Il était allé jusqu'à suggérer de créer une milice spéciale qui ferait le nettoyage à la place des Allemands ! Heureusement, l'un de ses voisins avait su détourner habilement la conversation.

En observant cet homme rubicond, gonflé d'importance et d'alcool, en train d'éructer, Marie avait eu envie de se lever et de le gifler. Bon Dieu ! Il était français, il était riche, pourquoi fallait-il qu'il exécrât ses semblables à ce point ?

Dans cet environnement de violence et de bêtise, il lui arrivait même de ne plus supporter ce qu'elle était devenue. Son existence lui apparaissait alors comme une suite d'erreurs. Pourquoi avoir tant voulu se venger d'Emma ? Quelle satisfaction tirait-elle de ses souffrances ? Aucune ! Pourquoi avoir gâché sa belle amitié avec Marthe ? S'être attaché le service d'un pauvre type comme Armand ? Et avoir joué à la salope avec cette ordure de Blanchard ? Tout cela n'avait pas de sens ! En réalité, c'est son amour pour Mayer qui l'avait menée jusque-là ! S'il n'avait pas croisé son chemin, sans doute serait-elle retournée à Paris profiter de la vie avec ses amis artistes !

Elle se retourna dans le lit pour trouver une position plus confortable. Mayer posa une main sur son ventre.

— Je ne dors pas, dit-il.

Heureuse d'échapper à ses pensées, elle se blottit dans ses bras.

— Ça va ? s'inquiéta-t-il.

— Je pensais à notre avenir, mentit-elle, à comment nous allons organiser notre vie avec le petit. Je voudrais tant que nous soyons heureux ensemble.

— Ça viendra, la rassura-t-il. Nous gagnerons la guerre, et dès lors nous pourrons envisager toutes les possibilités.

Elle se libéra de ses bras, un brin agacée.

— Cesse de toujours me répéter la même chose ! L'Allemagne ne gagnera pas !

Il alluma et se tourna vers elle, sincèrement surpris.

— Comment peux-tu affirmer une chose pareille ? Nous sommes victorieux partout en Europe, en Afrique… Les Anglais sont à genoux !

— Et la Russie ? objecta-t-elle. Et les Américains ?

Il se rembrunit et alluma une cigarette.

— Mais nous finirons par les vaincre tous ! Surtout avec les Japonais à nos côtés ! Je ne comprends pas ton défaitisme. C'est vrai que c'est difficile en ce moment, même ici, mais nous finirons par gagner ! La supériorité de la race…

— Je t'aime ! le coupa Marie. J'attends un enfant de toi et il est mon unique préoccupation. Seul notre bonheur m'importe !

— Moi aussi, je veux être heureux et vivre en paix auprès de vous deux. Mais notre destin individuel ne pèse rien face à ce qui se joue aujourd'hui dans le monde…

Il l'embrassa, puis se leva.

— Où vas-tu ? demanda-t-elle.

— Rendors-toi, je vais travailler…

Quand il fut habillé, il éteignit et sortit. Marie entendit ses pas décroître dans l'escalier. Après avoir pris ses aises, elle s'endormit d'un coup.

Ce soir-là, Emma s'était couchée tôt. C'était la condition indispensable pour pouvoir tenir le coup toute la journée. Les enfants dormaient de nouveau en haut, de même que Margot. L'excès de fatigue conjugué à l'angoisse la tenait éveillée.

Elle ressassait toutes sortes d'idées noires. Les Boches allaient débouler cette nuit et les arrêter, les collabos allaient revenir mettre le feu à la maison… Chaque fois, elle imaginait un plan pour échapper à ces horreurs, puis son esprit l'emmenait vers d'autres obsessions. Margot allait mourir, les enfants allaient tomber malades… Consciente que c'était excessif, voire stupide, elle parvenait parfois à se raisonner, mais jamais bien longtemps, et elle finissait toujours par trouver de nouveaux motifs d'inquiétude. Elle sursautait au moindre bruit et cherchait aussitôt à en identifier la cause. Quand elle n'y parvenait pas, son angoisse décuplait.

Lorsque minuit sonna, elle préféra se lever et s'installer devant la cheminée. Grâce au feu, elle se sentirait moins vulnérable que dans l'obscurité.

Elle disposait des bûches sur le tapis de braises quand elle entendit frapper discrètement à la porte. Elle se redressa, effrayée, et s'approcha de la fenêtre pour voir qui se trouvait dehors. Marcel ? Colette ? Un maraudeur ? Soudain, le visage souriant de Paul apparut derrière la vitre. Elle eut si peur qu'elle resta un instant pétrifiée avant de se précipiter pour ouvrir.

Dès qu'il fut à l'intérieur, elle se réfugia dans ses bras. Peu importait qu'ils ne se fussent jamais avoué leur désir réciproque ! Elle avait besoin de sa protection, de son énergie, de son optimisme aussi ! Il l'étreignit, l'embrassa, dans le cou, dans les cheveux, sur la bouche… Puis il la porta jusqu'à son lit.

Emma s'était abandonnée dans ses bras. Elle était bien trop épuisée pour souhaiter une lutte des corps. Elle voulait être aimée en douceur, sans hâte. Paul l'avait compris. Après l'avoir dévêtue avec délicatesse, il se déshabilla et s'allongea sur elle.

Emma éclata en pleurs en l'accueillant en elle. Elle le rassura. C'étaient des larmes de joie et de bonheur ! Elle se libérait enfin de son fardeau…

En étreignant son corps de fatigue et d'angoisse, Paul savait tout cela. Il le lui disait par ses caresses, par ses baisers, par le lent et puissant va-et-vient de ses hanches…

Ils étouffèrent leur jouissance, de peur d'être entendus. Puis elle se réfugia dans ses bras et s'endormit bientôt.

Il résista à l'envie de l'imiter. Il était là pour peu de temps avant de retrouver les copains à Murlin, d'où ils devaient partir en opération. Il avait emprunté l'un des vélos de la scierie. Antonio lui avait donné deux heures, pas une minute de plus !

Avec beaucoup d'attention, il enjamba le corps d'Emma et se leva. Il attrapa ses vêtements et s'approcha de la cheminée pour s'habiller. Il jeta un œil sur sa montre, à la lueur du feu. Il avait encore le temps. Il était à un quart d'heure à peine de la scierie.

Il était rhabillé quand Emma vint le rejoindre, nue, à moitié endormie. Elle se jeta dans ses bras.

— Tu pars déjà ?

— Il le faut…

— Fais attention, je tiens à toi.

— J'ai… Je… bafouilla-t-il.

Elle lui enserra la taille, amusée.

— Ne dis rien. Je sais tout.

Il l'embrassa, soulagé de ne pas avoir à trouver les mots pour lui avouer ses sentiments.

Comme elle frissonnait, il la porta sur le lit et l'aida à enfiler sa chemise de nuit. Elle se glissa sous les couvertures.

Il lui caressa le visage, puis recula lentement.

— Je t'aime, dit-il soudain.

Elle sourit.

— Moi aussi !

Elle ne le quitta pas du regard jusqu'à ce qu'il eût disparu. À peine entendit-elle la porte se refermer. Elle se recroquevilla, heureuse. Un instant, Colliard s'invita dans ses pensées, mais elle le repoussa. L'heure n'était pas à la culpabilité, mais au bonheur d'être aimée. Elle se rendormit, certaine de faire de beaux rêves.

Loin de là, sur un chemin forestier, Paul pédalait à pleine vitesse, heureux d'avoir réussi à lui dire son amour, d'être passé au-delà de la barrière des mots. Puis, alors qu'il approchait de la scierie, il oublia d'un coup Emma, la Coulisse et l'amour. Romain, Antonio et quelques autres l'attendaient. La guerre reprenait ses droits.

Marie s'était réveillée de mauvaise humeur. Ses douleurs devenaient insupportables. Les remèdes que lui prescrivait le médecin de la *Kommandantur* ne produisaient aucun effet.

Elle avala un café qu'elle trouva amer, puis monta se préparer. Armand devait venir la prendre dans quelques minutes pour faire des courses à Nevers. Elle projetait d'y acheter de nouvelles toilettes, avec l'espoir que cela lui remonterait le moral.

Elle acheva de se maquiller avec l'impression désagréable de s'être enlaidie, ce qui l'agaça plus encore. Décidément, songea-t-elle, tout allait de travers !

Comme la femme de chambre lui annonçait l'arrivée d'Armand, elle descendit. Il l'attendait, debout au milieu du salon, tenant son béret en cache-sexe. Elle lui trouva l'air benêt et, surtout, faussement déférent. En réalité, elle détestait cet homme. À ses yeux, ce n'était qu'un pauvre type, frustré et inculte, qui ressassait toujours les mêmes obsessions.

Elle lui proposa un café, qu'il refusa au prétexte qu'ils mettraient plus de temps que d'habitude pour aller à Nevers. Confrontés à la recrudescence des sabotages et des attentats, les Allemands avaient augmenté les points de contrôle.

— Vous êtes mieux renseigné que moi, ironisa-t-elle en sortant.

Ils gagnèrent la voiture. Contrairement à son habitude, Marie s'installa à l'arrière. Comme Armand semblait surpris, elle expliqua qu'elle pourrait ainsi prendre ses aises et atténuer ses douleurs. En réalité, elle avait férocement envie de l'humilier et de lui montrer qu'il ne restait qu'un employé. Cela n'échappa pas à Armand. Il ne dit rien, mais n'en pensa pas moins. Marie n'était qu'une salope de bourgeoise. Mais elle ne perdait rien pour attendre ! La Révolution nationale était en marche !

Lorsqu'ils traversèrent les Bertins, Marie se rappela la maison de la Coulisse où elle avait passé des heures heureuses en compagnie d'Émile et de Louis. Elle songea demander à Armand de l'y conduire, puis renonça.

Peu avant La Charité, un barrage allemand les obligea à s'arrêter. Comme le soldat se montrait tatillon malgré l'*Ausweis* spécial délivré par la *Kommandantur* de Nevers, Armand s'énerva.

— Bon Dieu ! Vous voyez bien qu'il est en règle ! Madame est la compagne de l'*Oberst* Mayer !

— Calmez-vous, ordonna Marie, glaciale. Cet homme fait son travail, et je ne crois pas que vous l'impressionniez !

Mitraillette au poing, l'air suspicieux, le militaire fit le tour du véhicule, le regard inquisiteur, avant de se diriger vers le poste de garde avec l'*Ausweis*.

Armand bougonnait.

— C'est quand même le comble... Voilà qu'on vérifie les bons Français, maintenant ! Par contre, on laisse filer les terroristes ! Ils font ce qu'ils veulent, ceux-là. Ils prospèrent comme des rats, mais eux, on ne leur fait rien ! On les laisse tranquillement préparer leurs coups !

Excédée, Marie le somma de se taire.

— Il va falloir vous calmer. Vous n'êtes ni militaire ni homme politique, et encore moins stratège !

Piqué au vif, Armand voulut répliquer :

— Peut-être, mais je suis un...

— Un bon Français, coupa Marie. Oui, je sais ! Tout le monde le sait ! Mais, au risque de vous décevoir, vous n'êtes pas meilleur que ceux que vous pourfendez du matin au soir. Vous êtes trop perméable à la propagande, mon pauvre Armand ! Dans cette guerre, il n'y a pas d'un côté les bons, de l'autre les méchants... Il y en a surtout qui ont perdu la tête !

Scandalisé, Armand se tourna vers elle.

— Qu'entendez-vous par là ? Prétendriez-vous que la race pure n'existe pas ? Que nous ne devrions pas nous débarrasser des Juifs ? Que la Révolution nationale serait une hérésie ? Que...

— Vous êtes un mauvais propagandiste ! Vous avez oublié les Noirs, les homosexuels, les Tziganes et les communistes !

— Je ne comprends pas, vous êtes la compagne d'un officier allemand !

— Vous n'avez rien à comprendre en ce qui me concerne, répliqua-t-elle sèchement.

À cet instant, le soldat allemand frappa à la vitre pour donner l'*Ausweis* à Armand. Il l'attrapa avec brusquerie et démarra rageusement.

— Je vous demanderais de conduire plus doucement, Armand, s'énerva Marie. Je vous rappelle que je suis enceinte !

Il ralentit brutalement pour manifester sa colère. Pour Marie, c'en fut trop, Armand venait de dépasser les bornes ! D'un ton froid et détaché, elle lui demanda de s'arrêter à La Charité, où elle avait à faire. Quelques minutes plus tard, Armand garait la voiture sur la place de la mairie.

— Je vous attends, lâcha-t-il sans masquer sa mauvaise humeur.

— Non, répondit calmement Marie, vous allez retourner chez vous et y rester. Je ne veux plus de vous à mon service, ni même à La Vernière.

Il se tourna vers elle, l'air assommé.

— Ce n'est pas possible, je…

Marie le toisa.

— C'est tout à fait possible. Au contraire de vous, pour moi tout est possible !

Ils sortirent ensemble du véhicule. Blanc comme un linge, l'air égaré, Armand regardait Marie sans comprendre exactement ce qui lui arrivait. En un instant, il voyait son avenir s'effondrer. À côté d'elle, droite et altière, il paraissait tassé sur lui-même.

— Donnez-moi les clés, ordonna-t-elle. Je saurai revenir toute seule.

Il s'exécuta.

— Vous passerez chez Blanchard, il vous donnera le dédommagement que je vous réserve. Il sera assez conséquent pour vous permettre de vivre décemment un bon moment. Et que je ne vous entende pas déblatérer sur moi ou sur quiconque, c'est compris ?

Armand hocha la tête, anéanti. Et Marie le planta au bord du trottoir. Puisqu'elle était à côté de l'étude de Blanchard, elle décida de lui rendre visite.

Immobile, la tête cotonneuse, la rage au cœur, Armand ne savait que faire. D'un coup, il n'était plus rien ! Il n'avait plus ni pouvoir ni influence, il était redevenu un pauvre pochard râleur et désabusé, un anonyme qui ne compterait plus jamais.

— La salope !

Se retrouver seul dans son appartement miteux lui souleva le cœur au point qu'il décida d'aller s'en jeter un au café de la mairie. Là, au moins serait-il au milieu de ses semblables ! Les éternels cocus ! Mais, qu'on se le dise, il ne se laisserait pas traiter de la sorte sans réagir. Il allait se charger de rétablir l'ordre des choses en cassant les reins de ces élites pourries qui traitaient les petites gens comme de la merde et trahissaient la Révolution nationale et le Maréchal ! Ah, la Marie ! Elle pouvait la ramener ! Se pavaner ! Elle allait voir ce qu'elle allait voir, et tous les autres salopards avec elle ! Il suffisait pour cela d'un crayon, d'un papier, d'une enveloppe et d'un peu d'imagination. Tout à son exaltation vengeresse, il décida de passer à la papeterie avant de se rendre au café.

En cette deuxième semaine du mois de mai, le temps était au beau fixe depuis quelques jours. Colette ouvrait quotidiennement les fenêtres et les portes pour laisser pénétrer la chaleur. Aujourd'hui, elle aérait les literies, y compris celle de Marcel, là-bas, dans la soue à cochons, comme elle désignait la dépendance.

Indifférent à l'ordre et à la propreté, l'adolescent laissait traîner ses vêtements, les journaux, son linge sale… Il ne faisait pas son lit, laissait déborder le cendrier et n'ouvrait jamais la fenêtre. Cela faisait enrager Colette, mais, malgré ses réprimandes, Marcel ne changeait rien à ses habitudes.

Le jeune femme n'était pas maniaque, elle aimait seulement que l'environnement dans lequel on vivait fût agréable. Elle appréciait en particulier les fleurs, qu'elle disposait dans toute la demeure. Pour cette raison, elle allait en cueillir quotidiennement dans les champs alentour, après le déjeuner, le moment le plus tranquille de la journée. Les enfants étaient repartis à l'école, Margot faisait sa sieste et Marcel travaillait. Toutefois, elle n'allait jamais très loin, puisque c'était l'heure à laquelle Albert avait coutume de passer.

Aujourd'hui, elle était dans le pré qui jouxtait la Coulisse. Il appartenait à Eugène, un ancien ouvrier agricole qui ne travaillait plus. Il l'avait acquis avec l'intention d'y construire une maison où il passerait ses vieux jours, mais l'alcool avait eu raison de ses économies avant même qu'il pût en dresser les plans. Alors, pour pouvoir mettre du vin dans son verre, il louait son pré à des paysans du coin qui y laissaient leurs bêtes en pâture. Or, cela faisait un moment qu'il n'y en avait pas eu, au grand bonheur de Colette, qui constatait que les renoncules, les marguerites, les stellaires et le grémil y avaient poussé à foison.

Elle prenait son temps, chaque fleur devant s'accorder en taille et en couleur avec sa voisine pour former un ensemble harmonieux.

À l'aide d'une tige de marguerite, elle ficelait son premier bouquet, quand elle entendit le véhicule d'Albert s'avancer sur le chemin de la Coulisse. Le cœur battant, elle courut à l'entrée du champ pour être vue de lui.

Il pila en l'apercevant, coupa le moteur et vint la rejoindre. Colette le trouva encore plus séduisant que d'habitude. Il avait opté pour une tenue d'été, un pantalon large en toile et une chemisette blanche entrouverte sur la poitrine. Comme il n'avait pas gominé ses cheveux, il avait un air rebelle qu'elle ne lui connaissait pas, mais qui lui plut immédiatement. Ils s'éteignirent longuement, le désir à fleur de peau, puis allèrent s'asseoir dans l'herbe, près de la haie qui les dissimulait aux regards éventuels. Colette l'attira à elle, prête à faire l'amour, quand il se détacha d'elle avec douceur.

— Qu'y a-t-il ? Je ne te fais plus d'effet ? dit-elle pour plaisanter.

Il lui prit la main.

— Bien sûr que si, mais....

Elle se redressa, inquiète.

— Quoi ? Que se passe-t-il ?

— Hier, j'ai vu mes copains flics de Nevers… Les ordres d'arrestation d'Emma et des enfants sont sur leur bureau. Je les ai suppliés d'attendre encore. Ils acceptent de les mettre sous le coude encore un jour ou deux, mais s'ils n'ont pas de renseignements sur Paul ils ne pourront plus rien faire.

— Mon Dieu ! s'exclama-t-elle, catastrophée.

Il l'attira vers lui pour l'enlacer.

— Pas de panique, ce n'est pas encore fait… Mais si on veut les sauver, il faut que je…

Elle se redressa, soudain en colère.

— Quand je pense que c'est toi qui as lancé cette machine ! Par jalousie, pour te venger ! Ce que les hommes peuvent être stupides, parfois !

— J'étais jaloux, je…

Elle lui demanda une cigarette, qu'il alluma. Que devait-elle faire ? Comment dire ce qu'elle savait sans compromettre Marthe ou quiconque ?

— Que veulent-ils savoir ? demanda-t-elle.

— Où il est, je suppose, qui l'a aidé à disparaître. La traque est ouverte, maintenant ! Devant la recrudescence des attentats, les Allemands mettent notre police sous pression, ils veulent des résultats.

Elle se leva et fit quelques pas. Elle écrasa sa cigarette et revint s'asseoir. Elle dévisagea Albert, partagée entre l'envie de l'embrasser et celle de lui coller une gifle.

— Je suis désolé, dit-il. Je reconnais que…

— Il a rejoint le maquis de la Bertrange, coupa-t-elle, en le fixant droit dans les yeux.

Albert ne répondit pas. Au regard de Colette, il comprenait combien cet aveu lui coûtait, mais aussi combien il témoignait de sa confiance.

— Le maquis de la Bertrange, répéta-t-il. C'est une sacrée information ! J'ignorais même qu'il existait ! Et je suis certain que les Allemands n'en savent rien non plus.

Elle reçut la réponse d'Albert comme une claque. En une seconde, elle venait de donner des hommes et des femmes inconnus qui jusqu'ici avaient entretenu le secret pour échapper à la vigilance de l'occupant. Elle dénonçait à son tour, comme tant d'autres.

Elle se sentait si coupable qu'elle éclata en sanglots. Albert se rapprocha, elle se blottit dans ses bras. Il lui caressa les cheveux. Elle se calma.

— Comment sais-tu cela ? demanda-t-il.

Elle haussa les épaules.

— Qui ne le sait pas ? mentit-elle. J'en ai entendu parler dans le village en faisant des courses…

Colette se rassura. Au fond, elle n'avait fait que transmettre une information connue de tous. Personne n'était visé particulièrement. Et puis, la Bertrange, c'était plusieurs milliers d'hectares d'une forêt dense et touffue qui avait la réputation d'être impénétrable pour qui ne la connaissait pas. Avant que les Boches y mettent la main sur quelqu'un, de l'eau aurait coulé sous les ponts.

— Il me faudrait au moins un nom, un détail qui prouve l'existence de ce réseau. Je serais alors suffisamment crédible pour obtenir qu'on oublie la Coulisse.

— Je n'en sais rien.

— Et Marcel ? Il ne jouerait pas un rôle là-dedans ?

Elle haussa les épaules.

— Penses-tu ! C'est un gamin ! Tout juste s'il ne suce pas encore son pouce !

Elle pleura de plus belle.

— Je hais cette guerre, dit-elle entre deux sanglots. Regarde où elle nous mène ! Me voilà devenue une donneuse, maintenant ! Et toi qui me questionnes comme une suspecte, alors que nous nous aimons ! Tout ça pour sauver des enfants qui ont le malheur d'être juifs !

Il la serra contre lui.

— Ne t'inquiète pas, je vais me débrouiller…

Elle releva la tête.

— C'est vrai ?

Il l'embrassa sur la bouche, puis ils s'allongèrent dans l'herbe, l'un contre l'autre. C'était agréable. Il faisait doux, l'herbe et la terre fleuraient bon le printemps. Même s'ils en avaient envie, ils ne firent pas l'amour. Pour l'un comme pour l'autre, cela aurait été sacrilège en un tel moment.

Albert réfléchissait, songeant à quelques salopards du coin qu'il avait été amené à croiser ces derniers mois. Il orienterait les soupçons sur un ou deux d'entre eux qui méritaient d'avoir affaire à la Gestapo. Il fit son choix sans éprouver un quelconque remords. Pouvoir aimer Colette et préserver son idéal était à ce prix.

Comme il faisait très chaud, Marie s'était installée dans le jardin attenant à la maison des Quatre-Vents. Elle avait demandé qu'on disposât deux fauteuils et une table basse à la lisière du bois. Elle pourrait ainsi profiter du soleil sans y être exposée. Elle y serait également tranquille pour prendre le café avec Blanchard, qui devait passer lui régler sa part sur la liquidation des biens juifs.

Tandis qu'elle s'en servait une tasse, elle imagina que Blanchard serait de mauvais poil. Comme chaque fois qu'il devait la payer ! Malgré de louables efforts, il ne parvenait pas à masquer l'intense souffrance qu'il ressentait en lui tendant l'enveloppe. Elle se réjouissait de ne pas être tombée amoureuse de lui. Vivre en sa compagnie aurait été un enfer…

Bercée par le gazouillis des oiseaux mêlé au bruissement des feuillages, Marie commençait à s'endormir, quand elle entendit la voiture du notaire. Elle se redressa vite sur son siège pour mieux impressionner le bonhomme.

— Salut ! lança-t-il d'un ton guilleret. On prend l'air ?

— *Nous* prenons l'air ! corrigea-t-elle en désignant son ventre.

Il acquiesça, indifférent. Il n'avait jamais eu d'enfant et n'en aurait jamais, ce qui lui convenait parfaitement.

Assommé par la chaleur, il se laissa choir dans l'autre fauteuil en s'épongeant le front. Puis il croisa les jambes, en affichant la décontraction qui sied aux hommes d'importance. Marie l'observa et le trouva risible. Pourtant, elle ne lui adressa aucune remarque désobligeante. Elle fit même l'effort de lui sourire.

Il lui tendit l'enveloppe après qu'une domestique venue lui proposer un sirop d'orgeat glacé se fut éloignée. Marie la glissa sous son chemisier.

— Merci, je suis heureuse de voir que tu respectes tes engagements.

Il alluma un cigare et toussota.

— Tu ferais mieux d'arrêter de fumer ! plaisanta-t-elle.

Il ignora l'ironie du propos et reprit :

— Je peux te parler de quelque chose ?

Marie accepta, même si elle supposait qu'il tenterait de l'entraîner une fois de plus dans l'une de ces combines dont il avait le secret et qui visaient à gagner encore plus d'argent. Elle posa ses deux mains à plat sur son ventre, pour sentir le bébé bouger, ce qui l'intéressait beaucoup plus.

— Tu sais, dit-il, je suis certain que Marthe est mouillée dans la Résistance.

Marie se hérissa. Elle ne l'interrompit pas, curieuse de savoir ce qu'il allait encore inventer à ce sujet.

— Je suis retourné plusieurs fois au café, elle n'est plus comme avant ! Je la sens plus méfiante ! Plus énervée, aussi... Comment dire ? À fleur de peau !

Marie éclata de rire.

— Quelles preuves de culpabilité ! Et c'est avec ça que tu comptes la dénoncer ? Car c'est bien ce que tu veux faire, non ?

— Si elle travaille contre les intérêts du gouvernement, il n'y a pas de raison ! Nous le devons aux bons Français !

Marie se taisait. Elle évitait son regard, tant elle avait envie de l'insulter. Ces donneurs, dont elle était entourée, la dégoûtaient de plus en plus. Elle ne supportait plus cette guerre qui menait les gens à de telles extrémités. Plus les jours passaient, plus elle était épouvantée par ce qu'elle découvrait sur la nature humaine, que ce fût dans les conversations à La Vernière ou dans les dénonciations qui atterrissaient sur le bureau de Mayer, dont il lui révélait parfois le contenu. Et elle mesurait combien elle-même était devenue méprisable à ses propres yeux. Heureusement, elle était décidée à changer !

Elle toisa Blanchard.

— Quel est donc ton intérêt, pour que tu veuilles faire du mal à une femme dont tu me vantais les mérites il y a peu ?

Il s'empourpra.

— Le fric, bien sûr ! reprit-elle. Non, laisse-moi deviner… Le pouvoir ?

Il se redressa sur son siège pour se donner de l'assurance.

— J'ai changé d'avis à son propos ! Elle trahit la Révolution nationale, Vichy, le Maréchal, et je…

Marie leva la main, l'air mauvais.

— Épargne-moi tes salades ! Tu t'intéresses à la politique comme moi au jardinage ! Si tu trahis Marthe, c'est que de gros intérêts sont en jeu !

Comme il secouait la tête, elle se leva et enchaîna :

— Hier, c'était Armand qui venait me dire qu'elle était résistante, aujourd'hui c'est toi. Vous me dégoûtez autant l'un et l'autre ! D'ailleurs, Armand m'insupportait tellement que je l'ai viré !

— Quoi ? Tu l'as mis à la porte ?

— Oui. Tu désapprouves, peut-être ?

— Oui ! affirma-t-il en se levant à son tour. C'est un fidèle maréchaliste…

Fatiguée, Marie l'invita à partir. Elle en avait assez entendu pour aujourd'hui.

— Agis comme tu penses devoir le faire ! dit-elle d'un ton glacial. Mais ce que tu envisages est ignoble ! Ne m'en reparle jamais !

Après un bref salut, Blanchard rejoignit son véhicule sans se retourner.

Marie, de son côté, sentait désormais que plus rien ne la rattachait à lui, pas même ses heureux souvenirs d'amante.

Lorsque le notaire fut parti, elle alla se rasseoir, épuisée, le ventre douloureux. Elle allongea les jambes et ferma les yeux pour se laisser gagner par la tranquillité environnante, la douceur de l'air, les effluves de la forêt proche. Elle caressa son ventre, cherchant à imaginer comment serait l'enfant. Croyante, elle aurait prié pour une survenue rapide de la paix. Elle se contenta de la souhaiter.

Elle était désespérée de ne rien pouvoir faire pour Marthe, si celle-ci était réellement impliquée dans la Résistance. Et il n'était plus question d'intervenir auprès de Mayer, trop à cran à cause du redoublement des attentats et des sabotages.

Elle prit alors conscience de sa solitude. Elle mesura combien, en aimant Mayer, elle se coupait de ses racines, bafouait ses valeurs. Elle éprouva l'envie de pleurer, mais se l'interdit. Elle devait agir.

Colette et Albert se voyaient maintenant quotidiennement. Toujours en début d'après-midi, plus rarement en soirée.

Colette était heureuse. Albert avait considérablement changé, il était prévenant envers elle, et seul son bonheur à elle lui importait, disait-il. Même sa manière de s'exprimer avait changé. Il en avait gommé les insultes et les mots grossiers. Récemment, alors qu'elle s'en étonnait, il lui avait répondu que c'était grâce à elle.

Cela la rendait fière et la rassurait quant à l'avenir qu'ils envisageaient ensemble. Ils seraient heureux ! Bien sûr, il continuait à militer dans les jeunesses maréchalistes et s'absentait pour des opérations sur lesquelles il demeurait muet. Certes, il se montrait encore antisémite et exprimait des points de vue politiques extrêmes contre les traîtres de Londres, les terroristes ou encore les mous qui ne prenaient pas parti, mais cela devenait de plus en plus rare. Dans ces cas-là, d'ailleurs, elle n'hésitait plus à le remettre en place, surtout quand il se montrait raciste. Elle ne supportait pas qu'il évoquât les youpins et se réjouît des déportations.

Quand il leur arrivait de discuter, voire de s'opposer sur ces questions, elle répondait aux arguments idéologiques d'Albert par des réflexions de bon sens qui souvent le désarçonnaient.

Aujourd'hui, il était venu la chercher à 14 heures. Il avait garé la voiture à l'ombre d'un chêne, à l'entrée du chemin de la Coulisse. Comme il disposait de peu de temps et que Colette ne souhaitait pas s'éloigner de Margot, ils avaient choisi d'aller se promener en forêt. Par ce temps ensoleillé, ils en apprécieraient la fraîcheur et le silence.

Ils trouvèrent une clairière ombragée où s'allonger dans l'herbe. Albert alluma une cigarette. Colette se réfugia dans ses bras, la tête nichée contre son épaule. Ils ne se parlaient guère. Être l'un contre l'autre, sous la voûte feuillue, à écouter vivre la nature suffisait à leur bonheur.

Albert finit par rompre le silence.

— J'ai une bonne nouvelle. Mes copains flics ont trouvé très intéressante l'information que tu m'as donnée sur le maquis de la Bertrange. J'y ai ajouté quelques détails pour lui donner plus d'intérêt.

— Qu'est-ce que tu leur as dit ?

Il se tourna vers elle et lui caressa le visage.

— Ne pose pas de questions, contente-toi de savoir que cela les a convaincus et qu'ils ont accepté d'oublier la Coulisse.

Elle l'embrassa avec fougue.

— Merci ! répétait-elle entre deux baisers. Je suis si heureuse que…

— Tempère ton enthousiasme, l'interrompit-il. J'ai entendu dire qu'une opération se préparait contre les Juifs. Cette fois, elle sera menée par les Allemands, et il faudra des appuis autrement plus puissants que les flics de Nevers pour que tes protégés passent au travers…

Colette ne répondit pas. Un sursis, c'était déjà cela ! Elle avait pris l'habitude de profiter de la moindre occasion de se réjouir, mais aussi de ne pas anticiper les difficultés. Une manière comme une autre de vivre le mieux possible avec la guerre…

Il l'attira vers lui et l'enlaça.

— Ne t'inquiète pas, on trouvera une solution quand la situation se présentera. En attendant, faisons notre possible pour être heureux. Ou tenter de l'être ! Au fait, j'ai décidé de te présenter à mon père…

— C'est vrai ? s'exclama-t-elle, joyeuse. Et à ta mère aussi, je suppose ?

Il sourit.

— Ma mère fait ce que lui dit son mari ! Tout passe par lui. S'il nous donne sa bénédiction, elle donnera la sienne. Dans le cas contraire, elle ne s'opposera pas à lui.

— Cela m'effraie un peu… Ton père a l'air d'un tyran !

— C'en est un, en effet, mais j'ai appris à ne plus avoir peur de lui. Je t'amènerai chez nous, à Pouilly, la semaine prochaine.

Elle l'embrassa. Enfin, son rêve se réalisait ! Décidé comme il semblait l'être, nul doute qu'Albert l'imposerait à son père.

Elle ne pensait même plus au mariage, comme au début de leur relation. Elle souhaitait être reconnue pour ce qu'elle était, hors considérations sociales ou politiques, et que les parents d'Albert la jugent capable de faire le bonheur de leur fils ! Rien d'autre.

Soudain, Albert regarda sa montre. Il se leva, l'air anxieux.

— Je dois y aller, dit-il.

Colette l'imita. Elle avait à faire à la Coulisse. Surtout, elle ne souhaitait pas laisser Margot seule trop longtemps. Celle-ci semblait si affaiblie qu'on craignait désormais le pire à chaque instant.

Ils revinrent d'un pas tranquille, enlacés. Il faisait beau et chaud. Ils longèrent un champ de blé encore vert qui ondulait sous la brise chaude. Ils ne se parlaient pas, tant ils appréhendaient le moment de se séparer.

Albert prévint Colette qu'il ne pourrait pas passer au cours des trois jours suivants. Il expliqua qu'il avait fort à faire, sans donner plus de détails. Elle ne chercha pas à en savoir davantage.

Devant la Coulisse, ils s'embrassèrent, puis Albert rejoignit la voiture. Il lui adressa un dernier signe de la main avant que le véhicule ne disparût de sa vue.

En rentrant dans la maison, Colette passa devant Margot, qui lui sourit.

— Tu as l'air heureuse, ma chérie !

— Je le suis, répondit Colette en l'embrassant.

Albert conduisait lentement. Il sifflotait, il était heureux. Enfin, sa vie prenait un sens ! Il aimait et était aimé ! Cela lui donnait le courage d'assumer son engagement et les risques qu'il prenait. L'amour qu'il éprouvait pour Colette était le meilleur antidote au désespoir qu'il éprouvait parfois face à l'horreur de cette guerre.

Il devait d'abord se rendre à Donzy, où il avait rendez-vous avec Marthe. Il passerait par Vielmanay, puis traverserait la forêt de Bellary. S'il en avait le temps, il s'attarderait peut-être devant la chartreuse, perdue dans un vallon invisible de la route. Il était tombé sous son charme, le jour où un ami la lui avait fait découvrir lors d'une promenade à vélo.

Ensuite, il rejoindrait Pouilly. Ce soir, son père organisait une réunion de dégustation pour des dignitaires nazis.

Alors qu'il roulait sur la nationale, déserte à cette heure, il faillit faire une embardée en découvrant le visage de Marcel dans le rétroviseur. Posté sur le siège arrière, celui-ci le tenait en joue avec un fusil, mais il n'eut pas peur. Après tout, ce n'était qu'un gamin !

— Tu joues à quoi, avec ce fusil ? demanda Albert en riant.

— Avance et fais ce que je te dis, répliqua Marcel d'une voix posée.

Albert haussa les épaules, puis s'alluma une cigarette.

— Tu n'es qu'un crétin ! dit-il.

— Ta gueule ! répliqua Marcel. Continue jusqu'au prochain carrefour. Tu tourneras à droite vers Les Planchards…

Ils dépassèrent le village sans avoir croisé âme qui vive. Après une centaine de mètres, Marcel ordonna de bifurquer dans un petit chemin serpentant entre deux champs de blé avant de s'enfoncer dans un bois. Albert suivait ses instructions, sans inquiétude particulière. Ce jeune con lui en voulait certainement de fréquenter Colette ! Elle lui avait confié plusieurs fois qu'il était jaloux et avait des mots violents à son sujet. Si ce n'était que cela, il parviendrait aisément à le calmer.

— Qu'est-ce que tu veux, au juste ?

— T'occupe ! répliqua Marcel. Fais ce que je te dis !

Ils arrivèrent au bord de l'étang de Châteauvert, perdu au milieu de la forêt et loin de toute habitation.

Comme Albert tentait de se tourner vers Marcel, celui-ci appliqua le canon contre sa tempe en l'obligeant à regarder devant lui.

— Alors, qu'est-ce qu'on fait ? ironisa Albert. On prend un bain ?

— Je vais te crever ! répliqua Marcel en exerçant une pression de plus en plus forte contre la tête d'Albert. Ça fera un salaud de collabo de moins !

Albert éclata de rire.

— Tu es encore plus stupide que je ne le pensais ! Je suis à la solde des Boches autant que toi, tu n'as donc rien compris ?

Marcel écrasa le canon contre la tempe d'Albert.

— C'est ça ! Dis aussi que tu es résistant, pendant que tu y es !

— Mais bien sûr que…

Marcel avait tiré. Le recul du fusil avait été si violent qu'il avait été projeté, mi-sourd, mi-aveugle, contre la portière arrière.

Il lui fallut un long moment pour reprendre conscience de ce qui l'entourait. Il se releva pour découvrir Albert affaissé sur le siège avant, la tête à moitié emportée. La vitre avait volé en éclats, le pare-brise était maculé de sang mélangé à des matières cervicales. Marcel vomit. Quand les spasmes se furent calmés, il réussit à ouvrir la portière et s'écroula sur le sol. Comme ses jambes refusaient de le porter, il s'assit et s'adossa à la roue de la voiture.

Il chercha fébrilement son paquet de cigarettes, en sortit une et la porta à ses lèvres, tremblant. Après plusieurs tentatives, il réussit à l'allumer et aspira une profonde bouffée qui lui fit tourner la tête.

Quelques minutes plus tard, il se sentit mieux. Son cerveau recommençait à fonctionner. Jusqu'ici, le plan qu'il concoctait depuis des semaines avait fonctionné à merveille. Il s'en félicita pour se redonner du courage. Ne restait qu'à en exécuter la seconde partie.

Il réussit à se lever, mais, pris de vertige, il s'appuya contre la carrosserie. Ce n'était pas encore ça, mais il se sentait assez fort pour entreprendre ce qu'il avait prévu.

Revoir le cadavre d'Albert lui répugnait. Il se reprit. C'était son baptême du sang, la preuve de son engagement sans faille pour la liberté ! Il ne s'agissait que d'un salaud de collabo, pas de quoi verser une larme ! En versaient-ils, eux, en dénonçant des Juifs et des communistes, en prêtant main-forte aux Boches pour organiser les déportations et les exécutions ?

Il ouvrit la portière avant, côté passager, desserra le frein à main et poussa la voiture en évitant de regarder le cadavre. Lorsqu'il fut engagé dans la pente, le véhicule prit suffisamment de vitesse pour que Marcel pût le laisser aller. Comme le dénivelé était assez raide, la voiture plongea dans l'étang, assez loin de la berge, puis s'enfonça lentement dans l'eau. Le bouillonnement diminua progressivement, pour laisser place à quelques bulles…

Quand la surface de l'étang fut de nouveau lisse, Marcel s'approcha du bord et se nettoya le visage. Quant à ses vêtements tachés de sang, il s'en séparerait discrètement et les ferait brûler. Après un dernier coup d'œil au plan d'eau, il remonta récupérer le fusil et s'enfonça dans le bois pour gagner la Coulisse, tout juste à un kilomètre de là.

Il était 10 heures du matin quand un soldat allemand ordonna à Emma de le suivre. Lorsqu'ils s'engagèrent sur le chemin des Quatre-Vents, elle comprit que Marie souhaitait la voir. Elle ne s'en étonna pas, cela était déjà arrivé.

Elle tentait de marcher aussi vite que le militaire, sans succès. Après ces mois de souffrances, elle avait perdu de sa vélocité. La pente qu'il fallait gravir pour parvenir à la maison lui parut d'ailleurs très escarpée.

Le soldat, plutôt coopératif, l'attendait de temps en temps, répétant qu'il lui fallait se dépêcher. Toutefois, il n'y mettait guère de conviction. Encore jeune, il n'avait pas pris le pli de ses aînés, songea Emma, mais cela viendrait vite…

Marie l'attendait dans le salon du rez-de-chaussée. À moitié allongée sur le canapé, elle sirotait un café. Elle semblait plus fatiguée qu'à l'ordinaire. Sans doute la grossesse, supposa Emma.

Comme d'habitude, elle demeura debout, face à Marie. Elle s'attendait à essuyer des reproches sur son travail, mais, à son grand étonnement, son hôte, après avoir renvoyé la domestique, l'invita à s'asseoir.

Emma obtempéra avec plaisir. Toutefois, elle demeurait sur ses gardes.

— Tu as dû t'apercevoir qu'Armand n'était plus là, j'imagine ?

Emma acquiesça. Effectivement, cela faisait plusieurs jours qu'elle ne le voyait plus en bas.

— Je l'ai viré !

Comme Emma ne réagissait pas, Marie s'étonna.

— Tu ne me demandes pas pourquoi ?

Emma imaginait un piège.

— Pourquoi ? demanda-t-elle, prudente.

Marie remplit une tasse de café qu'elle lui tendit. Emma la prit machinalement. Le fumet qui s'en dégageait lui donna envie de l'approcher de ses lèvres, mais elle se retint. Elle devait d'abord maîtriser le tremblement nerveux de sa main. D'autorité, Marie y ajouta un morceau de sucre.

— Cela te donnera de l'énergie. À voir ta mine de papier mâché, tu en as besoin.

Elle se leva avec effort et fit quelques pas avant de s'arrêter devant la fenêtre qui offrait une vue plongeante sur La Vernière.

— Je l'ai renvoyé parce qu'il ne cessait de t'accabler. Je devais à tout prix vous faire subir, à tes enfants et à toi, le sort des autres youpins, comme il disait. Cela a fini par me fatiguer !

Emma écoutait, désorientée. Que penser de cette attitude ? Où se nichait la méchanceté dans les propos de Marie ? Devait-elle répondre ? Et que répondre ?

Tournée vers l'extérieur, Marie reprit la parole, comme si elle se parlait à elle-même.

— J'en ai marre, de ces collabos ! Marre de leurs combines, de leurs mesquineries, de leur méchanceté… Quand je vois Blanchard et ses copains, il me prend parfois l'envie de vomir. Ma place n'est pas ici, avec eux.

Les propos de Marie étaient si surprenants qu'Emma ne savait vraiment plus quoi penser. Le retournement de la jeune femme semblait trop subit pour être vraisemblable. Cette attitude complice cachait nécessairement de noirs desseins qu'elle était incapable d'identifier.

Marie se retourna, souriante.

— Je sais les questions que tu te poses. Qu'est-ce qu'il lui prend de dénigrer ce qu'elle encensait encore il y a quelques semaines ? Où est le piège, hein ?

Elle s'approcha, une main glissée sous son ventre arrondi, comme si elle voulait en alléger la charge.

— Il n'y a pas de piège. Ce que je te dis reflète ce que je pense. Je ne parviens même plus à te haïr ! Tout ça me semble si vain, si stupide !

Soudain, elle grimaça de douleur et s'assit. Elle caressa son ventre en l'observant avec un air attendri qu'Emma ne lui avait jamais connu.

— C'est lui qui m'a convertie ! Depuis quand sais-tu que je suis enceinte ?

Emma ne put se retenir de sourire.

— Depuis le début.

— Ça se voyait tant que ça ?

— En te regardant, je retrouvais des postures, des gestes que j'avais eus moi-même en attendant les miens. Et plus tard, les toilettes que tu portais m'en ont apporté la confirmation.

Marie avala une gorgée de café.

— Comment vont tes enfants ?

— Bien.

— L'absence de Colliard ne leur pèse pas trop ?

— Comme moi, ils s'y sont faits…

Emma osa enfin porter le café à ses lèvres. Son arôme la renvoyait aux temps déjà lointains où ils en buvaient à satiété à La Vernière.

Les deux femmes gardèrent le silence. Même si elle se tenait sur ses gardes, Emma profitait de ce moment de paix. Ses muscles se relâchaient, son angoisse s'apaisait. Elle fut tentée de se confier à son tour, mais se retint.

— Bien ! Il faut que tu y retournes ! dit soudain Marie comme si elle sortait d'un rêve. Mais nous nous reverrons !

Elle se leva en prenant appui sur les accoudoirs et accompagna Emma jusqu'à la porte.

— À bientôt, dit-elle en posant une main sur son épaule.

Emma fit oui de la tête. Elle prit la direction de La Vernière. Le garde qui l'avait amenée lui emboîta le pas. Elle marchait plus vite qu'à l'aller. Le chemin était en pente, certes, mais elle était surtout portée par l'embryon d'espoir que Marie venait de réveiller en elle.

Blanchard n'avait pas digéré la manière dont Marie l'avait traité lors de leur dernière rencontre. Surtout lorsqu'elle lui avait fait comprendre qu'il n'était qu'un salaud de collaborationniste dépourvu d'idéal, sinon celui de faire toujours plus d'argent !

Bien sûr, c'était une raison cardinale de dénoncer Marthe. Pour peu qu'elle fût coupable, ce dont il était convaincu, il comptait effectivement en tirer des avantages matériels, mais ce n'était pas tout : plus les jours passaient, plus Déat et son entourage réussissaient à le convaincre de soutenir le Maréchal, et plus encore l'Allemagne. Au regard du bordel qu'avaient été les années de IIIe République, avec leurs scandales, leurs gouvernements d'incapables et l'arrivée au pouvoir du Front populaire en 1936, Hitler était la bonne solution. Lui seul était susceptible de créer une Europe nouvelle débarrassée des profiteurs juifs et de ces fainéants de communistes !

En colère contre Marie, Blanchard avait pris rendez-vous avec Mayer. Au contraire de sa maîtresse qui n'entendait rien à la politique, lui saurait l'écouter.

L'*Oberst* le reçut dans son bureau, à Donzy, ce qui donna à leur rencontre un cadre plus officiel, mais aussi plus compromettant. Mayer n'était pas un imbécile. Il savait que les collaborationnistes qui défilaient dans son bureau étaient des traîtres à leur patrie. Il voulait qu'il restât une trace de leur passage.

Lorsqu'il accueillit Blanchard, il était d'humeur exécrable. Le chef de la *Kommandantur* de Nevers venait de lui passer un savon au téléphone. La veille, plusieurs dizaines de terroristes avaient participé à deux attaques de *Feldgendarmerie*, l'une à Prémery, l'autre à Nevers, ce qui était inadmissible ! Il avait souligné combien le service de renseignements allemand était déficient. Pour une fois, avait-il braillé, il conviendrait que les bureaux spécialisés de la Wehrmacht, de la SS et de la Gestapo agissent de concert !

Malgré sa rogne, il esquissa un sourire lorsque Blanchard s'assit. Revoir cet homme le détendait. Il était cultivé et doté d'un humour décapant. Contrairement aux traîtres de son genre, il le trouvait plutôt malin, élégant, et somme toute agréable.

— Alors, cher monsieur, pour quelle raison vouliez-vous me voir ? Pour me proposer une autre occasion de vous enrichir ?

Blanchard éclata de rire.

— Pas précisément ! Plutôt pour vous mettre en garde contre le danger terroriste qui se précise chaque jour.

Ce fut au tour de Mayer de s'esclaffer.

— Nous avons une police extrêmement performante, rares sont ceux qui passent à travers ses filets !

— Bien sûr, admit diplomatiquement Blanchard, tout en se gaussant intérieurement de cette prétendue efficacité, mais je persiste à penser que le Café de la Poste est une plaque tournante de la Résistance. Or, je ne vois pas que vous enquêtiez sérieusement sur ce lieu.

Mayer le dévisagea. Cet homme le dégoûtait. Il savait que le notaire couchait avec Marthe. À plusieurs reprises, il l'avait entendu se déclarer son ami, et maintenant il n'hésitait pas à la balancer !

— Ne vous inquiétez pas, nous ne sommes pas naïfs. Ce café est sous surveillance depuis un bon moment.

— Très bien ! s'exclama Blanchard. Je n'en attendais pas moins ! Mais Marthe est-elle surveillée elle aussi ?

— Par la force des choses, oui.

— Et vous n'avez rien à lui reprocher ?

— Rien pour l'instant. Les rapports que j'ai reçus la disculpent de toute activité terroriste. Évidemment, si vous avez des informations qui prouvent le contraire, je vous écoute.

— Disons que j'ai une intuition.

— Laquelle ?

— Sans en avoir la preuve, je suis certain que ce café sert de boîte à lettres et d'abri pour certains.

Mayer devint plus attentif. Jusqu'ici, rien ne venait étayer l'intuition du notaire, mais peut-être disposait-il d'éléments que ses propres services ignoraient ?

— Qu'est-ce qui vous fait penser cela ?

— L'autre jour, expliqua Blanchard, je suis arrivé alors que des agents de votre police procédaient à une inspection des lieux. Ils n'ont rien trouvé, mais Marthe paraissait très perturbée, nerveuse. Je dirais même en alerte.

— Rien que de très normal, cher ami. C'est toujours désagréable d'être inspecté par des policiers chevronnés. Voilà qui explique son émoi.

— Non, répliqua Blanchard avec assurance, c'était autre chose. Je connais Marthe. Elle avait peur !

Mayer évaluait Blanchard. Il avait envie de lui faire confiance. Après tout, le bonhomme couchait avec Marthe, il la connaissait donc très bien ! Et il était assez fin pour noter un changement inhabituel chez la jeune femme.

— Continuez de vous informer, reprit-il. Si vous avez raison, cela pourra nous être d'un grand secours. Votre prix sera le mien !

Blanchard fixait la pointe de ses chaussures, comme plongé dans une intense réflexion. En réalité, il soupesait l'intérêt ou non de mettre Mayer au courant de ses vrais désirs.

— Je ne vous demanderai pas d'argent, dit-il. Juste votre appui pour obtenir la francisque.

Mayer manqua éclater de rire. Cet homme était donc capable d'envoyer une amie à la mort pour une simple médaille ? C'était pitoyable ! Où se logeait donc la vanité humaine ?

— Si ce n'est que cela, cher ami, elle est déjà accrochée au revers de votre veston !

— Je sais combien cela peut sembler dérisoire, reprit Blanchard, mais c'est ainsi.

Mayer se leva. Même si Blanchard pouvait lui être utile, il continuait de le mépriser.

— Je suis désolé, dit-il, je ne peux guère vous garder davantage. Mais je retiens que vous pourriez nous aider. Continuez à fréquenter le café et tenez-moi au courant.

Ils se serrèrent la main, puis Blanchard s'en alla.

Lorsqu'il fut dehors, il se détendit. Il avait perçu la surprise, voire l'hostilité de Mayer face à ce marchandage ridicule, mais il s'en fichait. Il voulait sa médaille ! Elle représentait un but aussi honorable que de gagner de l'argent, voire davantage. Lorsqu'il l'arborerait dans les réunions politiques, on l'écouterait enfin, et peut-être même l'acclamerait-on !

Il prit le chemin du Café de la Poste, décidé à découvrir coûte que coûte le secret de Marthe.

Armand geignait et ne cessait de se plaindre. Surtout au Café de la Place, à La Charité, où il se rendait sans arrêt. Pour étancher sa soif, comme il disait. En réalité, pour s'assommer avec l'alcool et oublier sa déchéance !

Naguère, il avait déjà touché le fond, après que les femmes l'eurent mis dehors. Aujourd'hui, c'était pire car entre-temps il avait effleuré du doigt le luxe, la puissance et l'argent.

À La Vernière, il possédait le pouvoir de faire souffrir Emma, de la voir dépendre de lui. Il était aussi de toutes les fêtes, repas et réunions qu'organisait Marie. Là, bien qu'il fût un petit maître, il côtoyait les puissants de ce monde.

Aujourd'hui que La Vernière lui était interdite, il était revenu dans son misérable appartement, d'où il entendait le clocher égrener les heures, de longues heures de dépit, de haine ressassée, de soliloques violents. Néanmoins, dans les brumes de son ivresse, il parvenait encore à ébaucher des plans de vengeance. Contre Marthe, d'abord, dont il était certain, sans en avoir eu la preuve, de son appartenance à la Résistance. Contre Emma ensuite, cette petite salope qui ne devait pas échapper au sort réservé aux youpins. Contre Marie, enfin, si l'occasion se présentait.

Après quelques jours d'exil à La Charité, il avait couru les cafés pour ne pas se retrouver seul. Mais ce n'était pas la compagnie de soiffards de son espèce qu'il recherchait. Il voulait retrouver un peu du lustre d'antan, fréquenter des Allemands, des collabos de tout poil, des magouilleurs ; bref, ceux qui hantaient La Vernière nuit et jour ! Pour cela, il n'existait qu'un moyen, pouvoir aller facilement au Café de la Poste.

Or, pour s'y rendre, il devait prendre le car du matin en direction de Châteauneuf, puis en attendre un autre pour gagner Donzy. Pour lui qui avait eu à disposition l'automobile de Marie, c'était inconcevable. Il ne lui restait donc qu'à acquérir un véhicule avec l'argent que lui avait laissé Marie. À condition, bien sûr, qu'il trouvât un modèle d'occasion et peu cher.

La chance lui sourit en ce dernier jour du mois de mai. Alors qu'il passait devant l'Hôtel des Voyageurs, il aperçut sur la porte un placard indiquant que son propriétaire, une vieille relation, vendait sa Simca Fiat 1934 pour un prix dérisoire.

Armand entra dans le hall. L'hôtelier était assis derrière le comptoir d'accueil.

— Salut, Armand ! lança-t-il. Quel bon vent t'amène ?

— Tu vends ta voiture ?

L'autre se leva, flairant la bonne affaire.

— Tu n'auras jamais assez pour te l'offrir.

— Qu'en sais-tu ? répliqua Armand, hargneux. Tu sais ce que j'ai chez le notaire ?

L'hôtelier rougit légèrement.

— Excuse-moi, je ne t'imaginais pas à la tête d'un magot…

— Ta bagnole m'intéresse ! Je te la paye en liquide, mais tu me fais un rabais.

Son interlocuteur l'entraîna vers la cuisine, de l'autre côté du hall.

— Tu es sérieux ?

— Évidemment.

— Tu veux l'essayer ?

— Pourquoi ? Elle a des défauts ?

— Ma foi, non ! répondit l'hôtelier en remplissant deux verres de fine. C'est pour toi que je dis ça !

— Tu me fais combien ?

— 5 % de moins, ça te va ?

Armand leva son verre. Ils trinquèrent, puis firent cul sec.

— Affaire conclue ! dirent-ils à l'unisson.

— Viens la prendre quand tu voudras. Mais je te souhaite bien du plaisir pour obtenir de l'essence. Avec les restrictions…

— T'inquiète ! conclut Armand en sortant de la cuisine. J'en fais mon affaire !

Dehors, il arracha la feuille de l'annonce, la roula en boule et la jeta dans le caniveau. Il demeura immobile sur le trottoir ensoleillé, la tête ailleurs. Il viendrait prendre le véhicule le lendemain matin et se rendrait à Donzy pour fêter ça ! Quant à l'essence, ce n'était pas un problème, il possédait plus de bons qu'il ne lui en faudrait pour toute la durée de la guerre.

14

Marthe suivait Romain à vélo. Ils gagnaient Murlin pour participer à une réunion du réseau, organisée chez Antonio.

Marthe appréhendait ce genre de déplacement. C'était long, fatigant et dangereux. Ces dernières semaines, les patrouilles allemandes avaient été renforcées à cause des sabotages nocturnes.

Elle n'aimait pas non plus quitter le café et l'appartement. Elle craignait un contrôle inopiné qui l'obligerait à justifier son absence.

Néanmoins, elle était heureuse. En ce mois de mai, il faisait suffisamment chaud pour rouler en chemisier. L'air fleurait bon l'été, le ciel était dégagé, des myriades d'étoiles scintillaient dans le ciel.

Romain avait choisi un itinéraire varié et agréable à travers bois, qui permettait d'éviter la nationale, où ils risquaient de se retrouver nez à nez avec un barrage boche. Ils roulaient en silence. Lorsqu'un bruit ou une ombre suspecte l'alertaient, Romain lui faisait signe de s'arrêter. Puis ils repartaient.

Arrivés chez Antonio, ils laissèrent leurs vélos sous le hangar de la scierie. Après s'être identifiés auprès d'une sentinelle, ils gagnèrent la cave où se trouvaient déjà leurs camarades de combat, dont

Paul, qui avait désormais pris sa place dans le réseau.

La réunion était présidée par un inconnu qui s'était présenté sous le pseudonyme de Brice et représentait le général Koenig. Il commença par se réjouir de la bonne nouvelle qui venait de tomber : Reinhard Heydrich, le Protecteur de Bohême-Moravie, venait d'être grièvement blessé dans un attentat à Prague. Puis il enchaîna en fixant l'objectif de la réunion. Il s'agissait de discuter de la fusion du maquis de la Bertrange avec d'autres maquis de la région afin de constituer la Résistance en armée de libération. L'entreprise était délicate. Comme le souligna leur interlocuteur, cela ne pourrait se faire que si chacun « laissait son bréviaire à la porte » ! Qu'on fût communiste, gaulliste, radical ou centriste, chrétien, juif ou athée, chacun autour de cette table devait exclusivement consacrer son énergie à libérer le pays de l'envahisseur.

Tous écoutaient avec attention. Quand Brice eut terminé son exposé, il passa la parole à divers participants. Quelques questions fusèrent sur le type d'organisation qu'on mettrait en place et, surtout, sur ceux qui commanderaient. La discussion prit fin sur un désaccord concernant la hiérarchie, mais il fut convenu que d'autres rencontres auraient lieu pour harmoniser les actions.

Brice prit congé. Romain l'accompagna jusqu'à l'échelle, où ils parlèrent un instant, puis il revint pour discuter avec les membres du maquis des actions effectuées et de celles qui étaient programmées. Il fut convenu d'attaquer les services de l'état-major allemand à l'Hôtel de France, à

Nevers. L'opération s'effectuerait en juin, conjointement avec les nouveaux maquis Camille et Longhi. On évoqua aussi d'autres sabotages aux ateliers d'armement de Vauzelles, de même que l'attaque des services spéciaux de la Gestapo à Nevers.

Après ce tour d'horizon, on en vint aux actions spécifiques et individuelles. Marthe fut la première à faire son rapport. Elle avait enfin couché avec l'*Oberleutnant* Müller, comme cela avait été décidé quelques semaines auparavant. Malheureusement, cela n'avait rien donné, l'homme demeurant fermé comme une huître. C'était ennuyeux, dans la mesure où il eût été fort utile de connaître les actions programmées par les Allemands contre les terroristes. Mais elle assura qu'elle recommencerait, tout en reconnaissant que ses chances de succès étaient minimes.

Puis ce fut au tour de Romain de prendre la parole. Il exposa comment et avec qui il allait mener le sabotage de la ligne d'alimentation électrique de Donzy, le 3 juin prochain, afin de plonger la *Kommandantur* dans l'obscurité. Cette action se déroulerait à quelques dizaines de mètres du café de Marthe, qui pourrait servir de base arrière pour le commando. Marthe devrait laisser le verrou ouvert.

On évoqua aussi l'étrange disparition d'Albert, un membre actif du réseau qui n'avait plus donné signe de vie depuis plusieurs jours. On se perdit en conjectures, d'autant que sa voiture avait disparu également. Même si cela paraissait peu convaincant, on supposa qu'il avait été arrêté par la Gestapo et mis au secret. Tous les membres du réseau tâcheraient d'obtenir des informations à ce sujet.

En conclusion, Romain rappela que le port de l'étoile jaune était désormais obligatoire pour tous les Juifs du département. Les Allemands avaient également créé les sections des affaires politiques, qui seraient intégrées dans les brigades régionales de la police judiciaire. Pour contrecarrer l'action des Allemands contre les Juifs, Romain expliqua que des faussaires étaient mobilisés pour leur fabriquer de faux papiers. Cela, toutefois, ne pourrait se faire qu'à petite échelle.

La réunion prit fin à 2 heures du matin. Chacun se prépara à partir. Marthe échangea quelques mots avec Paul, qui lui demandait des nouvelles de la Coulisse. Elle le rassura, tout allait pour le mieux, même si le danger demeurait de voir les Boches débouler pour arrêter Emma et ses enfants. Ils s'embrassèrent avant de se séparer.

Marthe devait rentrer seule à Donzy, puisque Romain restait avec Antonio pour arrêter les détails pratiques concernant les prochaines opérations.

La peur au ventre, elle enfourcha son vélo. Même si elle connaissait le chemin, elle craignait de tomber sur une patrouille ou d'être vue et dénoncée par un anonyme. Toutefois, elle n'hésita pas. Ses frayeurs pesaient peu face à son désir de voir les Allemands chassés de France.

Il était 22 heures. Depuis plus d'une heure, accroché au bar, Armand buvait verre sur verre et déblatérait contre les mauvais Français, les traîtres à la patrie et les communistes.

Marthe tentait de le raisonner. Il pouvait penser ce qu'il voulait, mais le garder pour lui ! D'autres clients ne partageaient peut-être pas son point de vue. Quoi qu'il en soit, il était soûl comme un cochon et ferait mieux de rentrer.

Cela ne fit que l'irriter davantage.

— Bon Dieu ! rétorqua-t-il, l'air mauvais, j'ai bien le droit de dire ce que je pense !

Il entama alors un long plaidoyer, abscons et décousu, en faveur de la Révolution nationale. Pétain, Laval et Déat étaient les sauveurs du pays ! Les Boches avaient raison ! Il fallait exterminer les bolcheviques et les youpins et remettre les fainéants au travail !

Marthe essaya de nouveau de le convaincre de partir, mais cela l'énerva de plus belle. Comme elle allait fermer dans quelques minutes, elle finit par abdiquer. Ivre comme il l'était, jamais elle ne parviendrait à le faire taire.

Soudain, Robert, un client, s'approcha d'Armand. C'était un grand gaillard, journalier dans les fermes de la région. Il saisit Armand par le collet.

— Écoute-moi, bougre de con ! Tu fermes ta gueule ou je te la plonge dans un tonneau de pinard, compris ?

Armand se débattit mollement. Son regard exprimait une telle peur que Marthe intervint.

— Laisse-le ! De toute façon, je vais fermer. Tout le monde doit vider les lieux !

Certains vinrent régler leurs consommations, ceux qui avaient un compte s'en allèrent. Marthe demanda à Armand de payer. Il sortit de sa poche une liasse de billets et lui donna beaucoup trop. Elle lui rendit la différence.

— Tu as gagné à la loterie ou quoi ? essaya-t-elle de plaisanter.

Armand, qui venait de descendre du tabouret de bar, se cramponnait au zinc.

— Je t'emmerde ! C'est de l'argent gagné honnêtement à défendre la France !

Il se dirigea vers la sortie en titubant. Bon Dieu ! songeait-il, il avait pris une sacrée muflée, mais il avait encore les idées claires ! Cette garce de Marthe s'était foutue de sa gueule ? Eh bien, elle allait payer elle aussi !

Il ouvrit la porte du troquet. L'air frais de la nuit lui fouetta le visage. Cela lui fit du bien, mais pas assez pour lui permettre de regagner sa voiture sans quelques zigzags.

Écœurée par ses propos et son comportement, Marthe l'observait du perron, prête à l'aider. Quand elle fut certaine qu'il était dans sa voiture, elle referma et éteignit. Elle avait autre chose à penser. Ce soir, le commando dirigé par Romain devait saboter la ligne électrique de Donzy.

Sitôt installé au volant, Armand, comprit vite qu'il ne pourrait pas conduire dans son état, surtout de nuit. Au bord de vomir, il décida de dormir dans le véhicule. Ce n'était pas un drame, on était en mai, il faisait bon et personne ne l'attendait.

Il appuya sa tête contre le dossier et ne tarda pas à plonger dans un sommeil agité.

Emma somnolait dans son fauteuil auprès de Margot, déjà endormie. Attablé devant un café, Marcel lisait le journal. Colette s'était assise sur le perron pour profiter de la douceur de l'air. Emma songeait à l'attitude étrange de Marie, à ses journées devenues moins pénibles depuis le départ d'Armand. Elle pensait aussi aux enfants, auxquels elle se refusait de mettre l'étoile jaune. C'était un risque, mais elle était décidée à le prendre.

Elle était préoccupée également par l'altercation qui avait eu lieu, pendant le dîner, entre Marcel et Colette.

Cette dernière n'avait pas desserré les mâchoires depuis le début de la soirée. Contrairement à son habitude, elle se montrait maladroite et brusque lorsqu'elle servait.

— Tu as des soucis ? lui avait demandé Emma.

Colette avait répondu par la négative, mais sans conviction. Toutefois, un peu plus tard, alors que Margot l'encourageait à se confier, elle avait éclaté en sanglots. Cela n'avait pas duré longtemps, mais elle avait pleuré abondamment, puis s'était enfin mise à parler.

— Albert a disparu ! J'ai appelé chez lui cet après-midi, on ne l'a pas revu depuis le 25 ! Et sa voiture non plus ! C'est à n'y rien comprendre…

— Ne t'en fais pas, ma chérie, il ne s'est pas volatilisé ! Il est peut-être parti quelque part pour son travail ?

Marcel avait ricané.

— Pour son travail ? Elle est bien bonne ! Il est allé fusiller des…

Il n'avait pas terminé sa phrase. Colette venait de le gifler en le traitant de sale con. Marcel n'avait pas bougé, mais il n'avait pu s'empêcher de répliquer. Même con, il valait mieux que ces salopards de Français qui vendaient la France aux Boches !

Surprise par ce déchaînement de haine, Emma était intervenue. Elle ne tolérerait aucune violence sous son toit, qu'elle fût verbale ou physique. Cela lui suffisait d'avoir à subir celle de l'occupant et des collabos !

Tout était finalement rentré dans l'ordre. Colette avait débarrassé et fait la vaisselle, Emma avait couché les enfants, Margot s'était installée dans son fauteuil et Marcel était sorti fumer. Reste qu'Emma avait trouvé ce dernier étrange. Lorsque Colette avait annoncé la nouvelle, il avait esquissé un imperceptible sourire plein de sous-entendus.

Emma alla se remplir un verre d'eau à l'évier et le but d'un trait. En passant devant la table, elle croisa le regard de Marcel, levant les yeux de son journal. Il lui sourit et replongea aussitôt dans sa lecture. Peut-être se trompait-elle sur son compte ?

Elle rejoignit Colette, qui fumait, assise sur le perron. Elle prit place à ses côtés.

— Qu'est-ce qu'ils t'ont raconté, au téléphone ?

Colette haussa les épaules.

— J'ai eu une domestique, elle m'a simplement dit qu'Albert n'avait pas reparu et que ses parents étaient aux quatre cents coups.

— Tu as une idée de ce qui a pu arriver ?

— Non.

Emma la prit par les épaules et la serra contre elle.

— Ne t'inquiète pas, il n'y a aucune raison qu'il ait disparu…

Colette acquiesça. Elles demeurèrent silencieuses quelques instants, à écouter la rumeur forestière, puis l'adolescente se leva. Elle allait se coucher.

Demain, elle rappellerait à Pouilly et tiendrait Emma au courant.

Armand s'éveilla en sursaut. Un bruit inhabituel l'avait tiré de son sommeil. Il fouilla du regard la demi-obscurité dans laquelle était plongée la rue.

Soudain, il distingua quatre hommes qui se regroupaient, parmi lesquels se tenait Romain, qu'il reconnut aussitôt. Il se laissa glisser lentement sur son siège, tout en gardant un œil sur la scène qui se déroulait à quelques dizaines de mètres.

Trois membres du commando s'activaient autour du relais électrique proche du premier lampadaire. Le quatrième montait la garde.

Armand n'en croyait pas ses yeux. Il assistait en direct à une opération de sabotage ! Il était tellement surpris qu'il lui semblait avoir dessoûlé d'un coup.

Pas question de sortir du véhicule et d'alerter les Allemands. Ces terroristes n'hésiteraient pas à le tirer comme un lapin ! En revanche, il devait observer attentivement chacun d'eux pour en faire une description précise lorsqu'il les dénoncerait. Il concentra son attention sur les hommes qu'il ne connaissait pas et nota mentalement leurs caractéristiques.

La rue fut soudain plongée dans l'obscurité, puis il entendit une cavalcade. Ces salauds prenaient la fuite !

Lorsqu'il se redressa, son cœur battait la chamade. Que devait-il faire ? Il choisit de rester. S'il démarrait maintenant, cela semblerait suspect.

Conscient du danger – si les Allemands l'appréhendaient, comment leur expliquerait-il sa présence ici, en pleine nuit ? –, mais certain de tenir une information capitale, il s'allongea à l'arrière du véhicule, puis attendit. Il ne restait que trois heures jusqu'à la levée du couvre-feu. Il patienterait jusque-là.

Emma s'engagea sur le chemin des Quatre-Vents. Elle s'interrogeait. Marie l'avait de nouveau convoquée. Qu'allait-elle lui dire ? Pourquoi semblait-elle vouloir rétablir des liens avec elle ?

Elle se laissa distraire un moment en découvrant la nature, à laquelle elle ne portait plus attention depuis des mois. Il faisait beau. Les fleurs avaient fait leur réapparition. La forêt bruissait du gazouillis ininterrompu des oiseaux. Le soleil jouait à cache-cache au gré des feuillages agités par la brise d'été et des senteurs agréables flottaient dans l'air chaud sans qu'elle pût les identifier.

Quand elle arriva sur la terrasse aménagée devant la maison, Marie l'attendait, assise dans un fauteuil de jardin. Elle s'était installée à l'ombre. En face, le long de la lisière forestière, des gardes armés faisaient les cent pas, mitraillette à la main.

Marie se leva pour accueillir Emma.

— J'ai pensé qu'il serait plus agréable de prendre le café ici…

Emma acquiesça et la suivit. Elle s'assit en face d'elle. Marie remplit les tasses de café et en tendit une à Emma, toujours méfiante et mal à l'aise. Elle ne savait comment se tenir dans un lieu aussi protégé et luxueux.

— Ne sois pas si crispée ! lui lança Marie. Il n'y a aucune entourloupe à craindre de ma part. Bois ton café tranquillement, profite du soleil et écoute-moi !

Emma se détendit et attendit.

— Tu te souviens de notre dernière conversation, non ?

Emma acquiesça d'un hochement de tête.

— J'ai réfléchi. Je souhaite améliorer ta situation et t'aider. Je ne trouve plus aucun intérêt à me venger. D'ailleurs, je n'en trouve pas davantage à ma situation. Je pourrais très bien partir, seulement j'aime Mayer et j'attends un enfant de lui. Cela change tout. Du coup, je préfère rester. Même si je sais que les Allemands vont perdre la guerre…

Emma écoutait avec attention. Marie lui paraissait s'exprimer sincèrement. Quelques intonations dans sa voix trahissaient même une authentique émotion. Cependant, elle ne s'emballa pas. Marie était capable de mêler la plus parfaite courtoisie à une méchanceté extrême.

— Pourquoi rester ici ? C'est idiot. Ne vaudrait-il pas mieux que tu t'éloignes ? Tu sais que beaucoup de gens ne te pardonneront pas tes agissements, si les Allemands perdent la guerre.

— Je sais ! répliqua Marie. Mais je ne veux pas attendre l'enfant loin de Mayer, j'ai besoin de sa présence… Tu sais ce que c'est quand on est enceinte, n'est-ce pas ? On a besoin d'être l'objet de toutes les attentions.

Emma avalait son café à petites gorgées. Elle en profitait pour observer Marie. Elle admirait sa classe, son port distingué, la finesse de ses traits. Son aisance, aussi. Elle aurait pu être reine sans difficulté ! En même temps, elle la trouvait incroyablement infantile, presque immature, en s'obstinant à vouloir rester.

— Je sais ce que tu penses, reprit Marie. Que je suis stupide ! Qu'il est encore temps de ficher le camp. Mais, quand bien même le voudrais-je, ce serait pour aller où ? À Paris ? En Bavière ? Quel intérêt, alors qu'ici je bénéficie de tout ce qu'une femme peut souhaiter ? L'amour, une vie agréable, un environnement charmant…

Elle resservit du café, puis se laissa aller contre le dossier de son fauteuil en grimaçant de douleur.

— Je suis certaine qu'il ne s'en laissera pas conter ! dit-elle en regardant son ventre. Il faut voir ce qu'il me met déjà comme coups de pied !

Quand elle fut confortablement calée, elle reprit :

— Bref… Je ne t'ai pas fait venir pour parler grossesse, mais pour te faire une proposition qui te rendrait la vie plus facile. J'ai pensé qu'il te serait plus agréable d'entrer ici à mon service. Il va de soi que tu n'es pas obligée d'accepter…

Emma se redressa, hors d'elle. Ainsi, Marie voulait en faire sa bonniche, ce qui serait encore plus humiliant pour elle !

— Je pensais que tu étais sincère quand…

Marie lui intima le silence d'un geste de la main.

— Laisse-moi terminer ! Je vois que tu n'as rien perdu de ton tempérament impulsif ! Entendons-nous sur ce que je souhaite. Je ne te demande pas d'être une domestique comme une autre. Dans mon esprit, il n'est pas question pour toi de servir ou de laver le plancher et le linge, comme tu le fais à

La Vernière, mais plutôt d'être une dame de compagnie, quelque chose dans le genre.

Emma haussa les épaules.

— Nous nous sommes déchirées pendant des années, tu m'as volé mon premier amour et La Vernière, tu m'as transformée en souillon au service des Boches, et tu voudrais que je…

— Arrête de jouer les saintes-nitouches ! C'est vrai que je ne suis pas une femme exemplaire, mais tu ne l'es pas plus que moi ! Je te propose de te mettre sous ma protection, c'est tout ! Ainsi, tu ne risqueras rien, de même que tes enfants… N'oublie pas que vous êtes menacés. Aujourd'hui, c'est le port de l'étoile jaune obligatoire. Demain, ce sera la déportation.

Emma s'affaissa sur son siège, désemparée. Marie venait d'énoncer l'argument massue ! En acceptant la proposition de Marie, elle sauverait Martin et Madeleine. Elles se dévisagèrent. Marie souriait.

— C'est bon, dit Emma. Quand est-ce que je commence ?

— À la bonne heure ! s'exclama Marie, radieuse. Rendez-vous ici demain matin à 9 heures. Je préviendrai en bas.

Elle se leva.

— Tu peux filer !

Emma la fixa, incrédule.

— Maintenant ?

— Ignores-tu que j'ai tous les pouvoirs ici ? Allez, file ! Profite de la Coulisse !

Emma hésita.

— Pourquoi cette soudaine gentillesse à mon égard ?

Marie lui sourit.

— Disons que j'ai mal agi et que je souhaite me racheter...

— Tu as bien changé !

Marie posa une main sur son ventre.

— Ne change-t-on pas quand on s'apprête à donner la vie ?

Emma ne répondit rien. Elle se remémora ce qu'elle avait été avant la naissance de ses enfants. Effectivement, on change ! songea-t-elle.

Elle s'éloigna d'un pas léger sous le regard de Marie. Avant de disparaître dans le bois, elle ne put s'empêcher de répondre au signe de la main que Marie lui adressait.

Marie trouvait le dîner ennuyeux. Elle n'avait qu'une envie, rentrer aux Quatre-Vents et s'allonger dans les bras de Mayer. Pourquoi avait-il accepté l'invitation de Bardeau, le père d'Albert ? L'homme n'était qu'un tyran familial, grossier et sans culture !

Heureusement, les autres convives, une dizaine en tout, n'étaient pas aussi désagréables. Certains étaient même intéressants, en particulier ce médecin de Pouilly qui parlait de la difficulté de son métier en temps de guerre. Il y avait également un instituteur féru d'histoire, qui refaisait la guerre de 1914 avec Mayer. C'était étrange de voir ces deux hommes, que tout opposait pourtant, en accord sur l'explication du conflit.

Ce qui l'était encore davantage était d'imaginer ce gros porc de Bardeau fréquentant ce genre d'individu ! Ce dernier ne connaissait rien d'autre que le vin ! Chaque fois qu'il se trouvait à court de réponse, il se tournait vers sa femme, qui reprenait la conversation au vol et lui évitait d'être ridicule. Marie ne la trouvait pas particulièrement jolie. Ses traits étaient assez épais et sa coiffure, une sorte de choucroute affaissée, déplorable. Cependant, son regard si plein de générosité rattrapait ses défauts d'apparence. Son autre qualité résidait dans sa vivacité d'esprit et sa culture. Aucun sujet ne la désarmait. Sans doute avait-elle suivi des études supérieures.

Les convives affichaient des mines réjouies. Tous plus ou moins collaborationnistes, ils se réjouissaient de la récente déclaration de Laval : « Je souhaite la victoire de l'Allemagne, parce que sans elle le bolchevisme s'installerait partout ! » Certains reprenaient les arguments du journal *National-populaire*, qui se félicitait de l'approbation quasi unanime du peuple français à propos de l'élimination des Juifs. On trinquait aussi à la victoire de Rommel, à Tobrouk, qui avait conduit à la capture de trente mille soldats anglais !

Marie observait Mayer. Elle le trouvait beau et d'une classe supérieure à la plupart des hôtes. Curieusement, il se réjouissait moins que les plus enthousiastes des collaborationnistes. Il rappelait à l'occasion que la Résistance locale portait des coups sévères à l'armée. Toujours aussi stupide, Bardeau arguait qu'il s'agissait de quelques excités juifs et communistes qu'on aurait vite fait de mettre à genoux.

Soudain, Marie perdit le fil de la conversation. Elle plongea en elle-même, ce qui lui arrivait lorsqu'elle s'ennuyait. En fait, elle ne partageait pas la plupart des points de vue exposés. La majorité des propos n'exprimaient que la haine, le rejet de l'autre, la violence ! Toutes ces femmes et tous ces hommes étaient mus par la colère à l'égard de ce qui ne ressemblait pas à l'image qu'ils se faisaient de la France, de ses valeurs et de son avenir.

Soudain, elle comprit que Bardeau s'adressait à elle en l'appelant par son prénom, ce qui l'exaspérait.

— Dites donc, Marie ! Vous ne connaîtriez pas la petite pute qui fréquentait mon fils, par hasard ? Je suis certain qu'elle a à voir avec sa disparition ! Elle habiterait du côté des Bertins et serait la bonniche de l'ancienne propriétaire de La Vernière, que vous employez !

Marie se redressa. On parlait de la disparition d'Albert, dont elle s'était toujours demandé comment il pouvait être le fils d'un tel individu.

— Votre fils fréquentait cette gourde ? fit-elle semblant de s'étonner. C'est impossible, elle sait tout juste s'exprimer ! J'ai d'ailleurs du mal à imaginer qu'elle entretenait une relation avec votre fils !

— Ses copains me l'ont confirmé.

— Que dit la police française ? demanda Mayer.

— Elle interroge ceux qu'il fréquentait. Mais personne ne sait rien ! Ils ne devraient d'ailleurs pas tarder à aller interroger cette bécasse !

— On ne disparaît pas comme ça, le rassura Mayer. Je vais entrer en contact avec la police française à Nevers, et je vous promets d'éclaircir cette situation.

La mère d'Albert se mit à sangloter. Sans même la regarder, son mari lui tendit une serviette de table pour qu'elle s'essuyât les yeux.

— Je vous remercie, murmura-t-elle. Je n'en dors plus ! Aucune nouvelle… C'est inimaginable !

Heureusement, un convive relança la conversation en racontant la disparition inexplicable d'une compagnie entière de soldats dans les Dardanelles, durant la guerre de 1914. Du coup, on oublia Albert.

Marie, elle, continuait d'y penser. Elle imaginait mal Colette à l'origine de la disparition du jeune homme. Elle se promit d'en parler à Emma.

Après l'intense chaleur de la journée, Margot, Emma et Colette étaient sorties sur le perron pour profiter de la fraîcheur nocturne. Marcel les y avait suivies, mais il s'était mis à l'écart pour fumer. Épuisés par une journée de jeux, les enfants dormaient déjà.

Le ciel commençait à s'obscurcir, révélant des myriades d'étoiles scintillantes. Un vent léger venu de la plaine faisait frissonner les feuillages à la lisière de la forêt. On entendait quelques hululements et aboiements lointains. La lune apparaissait au-dessus de la cime des arbres.

Installée sur une chaise et les jambes protégées par une couverture, Margot songeait à ces lointaines soirées d'été en compagnie d'Émile, puis, plus tard, avec Armand et Emma. Elle regrettait cette époque pacifiée où l'on ne craignait pas le lendemain.

Quelques moments de grâce lui revenaient en mémoire, et en particulier cette soirée où elle s'était échappée de la veillée avec Émile pour aller faire l'amour en pleine campagne. Elle conservait un souvenir précis de cette nuit. Émile lui avait fait toutes les promesses qu'une jeune fille de son âge pouvait attendre. Rien que des promesses…

— À quoi songes-tu ? demanda Emma en lui prenant la main.

— À rien, ma chérie.

De son côté, Emma repensait à l'attitude de Marie à son égard. Pour l'instant, tout allait bien. Elle avait tenu parole. Elle ne lui confiait aucune tâche épuisante, lui demandant simplement de vérifier que le reste du personnel effectuait correctement son travail et d'être présente auprès d'elle.

Une fois ou deux, elle l'avait accompagnée faire ses courses à La Charité. Sinon, elle cousait ou faisait un peu de ménage. Après le déjeuner, Marie lui demandait de prendre le café en sa compagnie. La plupart du temps, elles parlaient de choses assez futiles.

Emma n'avait rien dit à ceux de la Coulisse au sujet de son changement d'affectation. Elle craignait d'être mal comprise, et surtout de devoir se justifier. Elle estimait qu'il valait mieux attendre de voir comment la situation évoluerait. Néanmoins, elle devrait le faire un jour. Même s'ils n'évoquaient jamais le sujet, ils s'étaient probablement rendu compte qu'elle rentrait plus tôt que d'habitude, et moins fatiguée.

Elle songea à ce que Marie lui avait confié à propos de Colette. La police ne tarderait pas à s'intéresser à elle dans le cadre de l'enquête sur la disparition d'Albert.

Les deux femmes avaient émis plusieurs hypothèses. Selon Marie, le gamin avait sans doute fait une fugue pour rejoindre une femme… Emma avait abondé en ce sens, mais sans y croire vraiment. Elle voyait mal Albert, tel qu'elle le connaissait, s'éloigner du pays en laissant ses parents sans nouvelles.

Elle en parla à Colette. Lorsqu'elle l'eut informée que la police française passerait un jour prochain, l'adolescente s'énerva.

— Ils peuvent venir ! Je n'ai rien à leur dire ! La dernière fois que je l'ai vu, il s'éloignait d'ici vers les Bertins...

Marcel s'était rapproché.

— Tu veux que j'en parle autour de moi ? Peut-être quelqu'un l'a-t-il vu depuis ?

— Mêle-toi de tes affaires ! répliqua Colette.

— C'était pour t'aider...

Il retourna s'asseoir un peu plus loin. S'il n'avait pas fait nuit, les femmes auraient pu surprendre son sourire. Colette pouvait bien pleurer, pensait-il, elle n'était pas près de revoir son Albert !

Margot suggéra une explication.

— Peut-être que les jeunesses maréchalistes lui ont confié une mission ?

— Laquelle ? ironisa Marcel. Tuer des youpins ?

— Ça suffit ! s'exclama Emma. Tu peux penser ce que tu veux d'Albert, mais il s'est envolé et il faut le retrouver !

— Vous ne l'aimez pas non plus ! répondit Marcel, excédé de voir Emma soutenir Colette.

— Peu importe ce que je pense ! Il faudra bien trouver l'explication de sa disparition !

Marcel se tut, craignant la colère d'Emma. Il se leva.

— Je vais boire un coup chez Germain, annonça-t-il.

— Tu fais bien, ironisa Colette. Avec lui, tu seras en bonne compagnie ! Il n'y a pas plus collabo que lui !

Marcel ne répliqua pas et disparut d'un pas rageur dans l'obscurité.

— Et toi ? demanda Margot à Colette. Tu as bien une idée ? Tu le connais !

— Si je savais... Je n'arrête pas d'y penser. Le malheur, c'est que je ne vois aucune explication ! La seule chose dont je suis certaine, c'est qu'il m'aurait prévenue s'il avait décidé de partir.

— Allez, ma fille, courage ! C'est un homme. Tu ne les connais pas encore, ils sont capables du bon comme du pire ! Du pire, surtout !

— Pas lui ! s'exclama Colette. Je sais que vous ne l'aimez pas, mais c'est un gars bien...

Les deux autres gardèrent le silence, manière d'affirmer une fois de plus leur hostilité à l'égard d'Albert.

Toutefois, Emma s'interrogeait toujours à propos de Marcel. Ses réactions provocantes chaque fois qu'on parlait d'Albert, son apparente satisfaction à le voir disparu l'avertissaient qu'il en savait plus long qu'il ne voulait le dire. Mais tout cela restait une hypothèse.

Et puis, elle avait d'autres préoccupations plus importantes, comme celle de protéger ses enfants et sa propre vie. Les propos rassurants de Marie ne l'avaient pas entièrement convaincue. Celle-ci avait beau lui garantir qu'elle n'avait rien à craindre, elle n'en croyait pas un mot. Toute maîtresse de Mayer qu'elle était, elle n'avait pas le pouvoir de s'opposer à la machine de persécution allemande.

Comme il commençait à faire frais, elles décidèrent de rentrer. Cette nuit, Margot dormirait là-haut. Elles l'aidèrent à grimper les marches jusqu'à l'étage. À l'effort que dut fournir la servante pour y parvenir, Emma comprit que sa fin était proche.

Lorsque Mayer rentra, Marie sut qu'il était plus préoccupé qu'à l'ordinaire. Pourtant, elle ne le questionna pas. Elle le connaissait, il fallait d'abord le laisser se détendre.

Durant le dîner, elle n'évoqua que des sujets anodins. Elle lui raconta sa balade en forêt, sa cueillette de fleurs dans le jardin, pour agrémenter la maison... Elle lui parla aussi de l'enfant et de la layette qu'elle confectionnerait à son intention.

Le repas terminé, elle lui proposa une promenade jusqu'à La Vernière. Il accepta.

Quelques minutes plus tard, ils s'éloignaient d'un pas tranquille sur le chemin éclairé de loin en loin par des projecteurs. Deux gardes les suivaient à quelques dizaines de mètres pour assurer leur sécurité. Marie aurait préféré qu'ils ne fussent pas là, mais c'était obligatoire. Où qu'il allât, l'*Oberst* devait être escorté !

Marie s'appuyait sur le bras de Mayer. Elle était heureuse. À la prévenance dont il faisait preuve, elle devinait combien il l'aimait, et s'en sentit réconfortée.

Alors qu'ils s'apprêtaient à remonter, Marie l'interrogea :

— Tu vas bien ? Je te trouve la mine plus sombre que d'habitude.

Il l'embrassa comme pour la remercier de s'intéresser à lui.

— Oui, c'est vrai, j'ai des soucis d'organisation. Cette nuit, nous allons arrêter tous les Juifs du département...

Marie se crispa, ce que Mayer remarqua. Elle prétexta une douleur subite au ventre. En réalité, elle pensait à Emma et à ses enfants, qui devaient figurer sur la liste.

— Qui commande les opérations ? demanda-t-elle.

— Moi ! En coordination avec la *Kommandantur* de Nevers... Pourquoi ?

Marie hésitait. Comprendrait-il ce qu'elle s'apprêtait à lui demander ?

— Je souhaiterais que tu m'accordes une faveur, commença Marie.

— Tu sais que je ne te refuse jamais rien !

— C'est à propos d'Emma, l'ancienne propriétaire de La Vernière que je viens de prendre à notre service... Je... Je voudrais que tu l'épargnes, ainsi que ses enfants !

Mayer s'arrêta. Il saisit Marie par les épaules et plongea son regard dans le sien.

— Tu te rends compte de ce que tu me proposes ? gronda-t-il. Trahir le *Führer* ! Tu imagines ce que je risque ? D'être fusillé ! Sais-tu aussi que pour de tels propos je devrais te faire arrêter ? Tout ça pour épargner deux petits Juifs ! C'est hors de question ! Il faudrait aussi que tu m'expliques ton revirement... Il y a quelques mois, tu me demandais d'arrêter son mari, tu te réjouissais de voir sa femme humiliée, tu disais être heureuse de te venger, et maintenant tu souhaites l'épargner avec ses enfants ? Tu es folle, et surtout inconséquente ! Heureusement que personne ne nous a entendus... Rentrons !

D'une main ferme, il la saisit par le bras et l'entraîna vers la maison.

Tandis qu'ils gravissaient le chemin, Marie ruminait sa colère. Envers elle-même, qui n'avait pas choisi la manière la plus opportune d'aborder le sujet, contre Mayer, dont elle haïssait la rigidité idéologique, et aussi contre cette guerre, qui bouleversait tant les fondements de la morale humaniste dont elle était l'héritière ! Elle n'avait pas enseigné des années durant les idéaux républicains pour les renier maintenant !

Certes, elle aimait Mayer, mais pour que cela demeurât possible il fallait que dès ce soir il remît en question son idéal barbare ! Elle en faisait une question de principe. S'il l'aimait, il devait oublier Emma et ses deux enfants dans son décompte macabre.

Arrivés devant la maison, elle se dégagea de son emprise.

— Ne nous donnons pas en spectacle devant le personnel, dit-elle avec autorité. Si nous devons parler, faisons-le dans notre chambre !

Mayer obtempéra. Il lui ouvrit la porte et la suivit dans l'escalier. Au passage, il renvoya une domestique qui attendait les instructions.

Lorsqu'ils se retrouvèrent dans la chambre, la tension était palpable. Épuisée, mais décidée à ne pas céder, Marie s'assit sur le siège de la coiffeuse, Mayer, sur le bord du lit. Il alluma une cigarette, ce qu'il ne faisait jamais dans cette pièce.

— Je suis officier allemand, commença-t-il d'un ton plus apaisé, mais toujours ferme. Sauver deux Juifs revient pour moi à trahir la politique du Reich, que j'approuve ! Partout, les Juifs ont pris le contrôle de l'économie, de la culture, de la politique. Il est temps de s'en débarrasser !

Marie haussa les épaules.

— Mon pauvre Klaus, c'est stupide ! Et tu le sais ! Tu ne peux pas aimer Goethe, Schiller et raisonner ainsi ! Tu ne vois donc pas ce qu'il y a d'inhumain dans cette politique ? Combien elle est contraire aux principes qui fondent notre civilisation ?

— Ce sera celle que le *Führer* nous propose ! Le Reich vivra mille ans !

Marie défit son chignon et commença à se coiffer.

— Épargne-moi cette propagande, répliqua-t-elle sèchement. La question n'est pas là ! Imaginons un peuple quelconque qui, pour une raison ou une autre, serait doté de votre puissance et dont le chef déciderait qu'il faut exterminer tous les grands blonds aux yeux bleus de la surface de la Terre ?

Elle se tourna vers lui et désigna son ventre.

— Dans ce cas, ce bébé serait exterminé ! Quel sens cela aurait-il ? Aucun, n'est-ce pas ? Et tu te battrais pour le sauver !

Mayer se leva et arpenta la chambre. La colère l'étouffait. Oui, il aimait Marie, mais comment pouvait-elle le mettre dans une telle situation ? L'obliger à réfléchir sur la nature de ses actes ? Un officier allemand ne devait pas réfléchir, mais obéir ! Et tout ça pour deux morveux qui avaient le malheur d'être juifs ? Non, non et non ! Il ne ferait rien ! D'ailleurs, se rassura-t-il, il n'en avait pas le pouvoir.

Marie s'approcha de lui. Ils s'assirent côte à côte sur le lit. Elle lui prit la main.

— Je ne peux pas accepter, dit-il. Ce serait contraire à mon engagement de soldat.

Marie se redressa aussitôt.

— Mais que pèse ton engagement de soldat face à l'innommable ? Tu sais ce qui attend ces malheureux, tu me l'as toi-même confié !

Mayer était bouleversé. Pour l'une des rares fois de son existence, il se trouvait confronté à un choix déterminant. Accorder le primat à son engagement militaire et idéologique plutôt qu'à l'amour !

Cela lui était d'autant plus pénible que les arguments de Marie ne le laissaient pas indifférent. Ils le renvoyaient à l'époque de ses humanités à Berlin, aux discussions enflammées qu'il tenait avec ses camarades d'université sur l'humanisme, le respect des droits de l'homme, la liberté... Puis Hitler était venu en proposant une vision de l'avenir qui redonnait une fierté aux Allemands...

Il ne savait plus où il en était. Il ne voulait pas perdre Marie, rater ce rendez-vous avec l'amour. Et il songeait aussi à leur enfant, qu'il attendait avec la même ferveur qu'elle.

— J'entends tes arguments, dit-il. Mais nous sommes en guerre, pas dans un amphithéâtre de philosophie !

— Tu te trompes, rétorqua Marie, assise dans un fauteuil pour soulager son ventre. Nous sommes en plein dans un débat philosophique ! Toute guerre implique des choix de la part des individus. Ce soir, tu dois en faire un ! Choisir l'amour et la vie, ou bien la folie et la mort !

Il se rapprocha.

— D'où te vient ce revirement ? Tu n'as rien dit jusqu'ici. Tu n'as manifesté aucune réprobation envers mon action ! Quant à cette Emma, tu étais la première à lui souhaiter malheur.

— Tu oublies une chose, répondit Marie en désignant son ventre encore une fois. J'attends notre enfant... Celui de l'amour, de la vie, de l'espoir ! Celui qui prolongera dans le futur ce que nous avons été, les choix que nous aurons faits ou non ! Veux-tu en faire l'héritier de la destruction, de la mort, de l'injustice ? Il m'a ouvert les yeux, Klaus ! Je ne peux pas l'attendre et en même temps avaliser les horreurs quotidiennes dont je suis témoin ! Pas plus que je ne peux accepter ces hommes et ces femmes qui s'enrichissent, trahissent et dénoncent en vous faisant des ronds de jambe parce qu'ils pensent que vous êtes les vainqueurs ! Je ne veux pas que notre enfant soit la caution de tout cela. Voilà ce qui explique mon revirement ! Et je ne peux pas être mère et haïr, dénoncer, terroriser, au prétexte qu'on m'aurait fait du mal ! Un mal tout relatif, d'ailleurs, dans la mesure où j'en ai fait moi-même. Oui, c'est vrai, je veux sauver Emma et ses enfants d'une mort certaine ! Elle est mère, je le serai bientôt, et je veux en être une respectable qui puisse se regarder avec fierté dans un miroir. Quant à ses enfants, qu'ils soient juifs ou non, ce n'est pas la question ! Ce sont des hommes en devenir qui méritent la même protection que notre propre enfant !

Le ton de Marie était implacable. Mayer sentit qu'elle ne faiblirait pas. De surcroît, ses arguments l'avaient véritablement désarçonné. Avec une détermination qu'il ne lui connaissait pas, elle le plaçait au cœur de ses propres contradictions. Rageur, il saisit sa capeline et sortit.

Marie se déshabilla. Elle avait l'impression d'avoir joué à la roulette russe, mais elle était fière d'avoir osé. Elle s'allongea et éteignit. Il était désormais inutile de s'interroger sur le choix de Mayer. Elle s'endormit sereinement.

À la *Kommandantur* de Donzy, comme dans tous les casernements allemands de la région, l'agitation était à son comble. Dans la cour éclairée par de puissants projecteurs, des soldats, arme au poing, grimpaient dans des camions. D'autres véhicules, bâchés et vides, stationnaient derrière en file indienne. Le vacarme des moteurs faisait trembler le sol. Au milieu de cette effervescence, des officiers aboyaient des ordres. On n'attendait plus que Mayer, qui devait diriger la rafle ordonnée par Berlin.

Lorsqu'il arriva, il était d'une humeur massacrante. L'un de ses officiers lui présenta le parcours qu'ils allaient effectuer et la liste des quelques centaines de personnes qui devaient être arrêtées.

Il grimpa dans la voiture de tête avec le commandant opérationnel.

— *Herr Oberst*, il est exactement 1 heure du matin.

Mayer donna le signal de départ.

Tandis qu'ils roulaient en direction du premier village, il compulsa la liste à la lumière du plafonnier. La Coulisse y était mentionnée, avec le nom d'Emma et ceux des enfants.

Lorsque Marie s'éveilla, le jour filtrait à travers les volets. Elle tressaillit en se rappelant sa discussion avec Mayer. Qu'avait-il choisi de faire ? Elle jeta un œil sur le réveil. 8 h 30 ! Emma devait arriver dans une demi-heure.

Elle se leva, fit sa toilette à la hâte et s'habilla. Elle descendit à la cuisine. Une domestique allemande préparait son petit déjeuner. Elle la congédia. Elle voulait être seule.

Dès que le café fut prêt, elle s'en versa une tasse et l'emporta avec elle sur la terrasse. Elle s'assit dans l'un des fauteuils disposés autour d'une table basse recouverte d'une nappe blanche. De là, elle pouvait observer les allées et venues au poste de garde.

Soudain, elle aperçut Emma. Elle ne pouvait se tromper, c'était bien sa démarche ! Sous le coup de l'émotion, elle renversa la tasse en voulant la reposer. En se répandant, le café dessina une large tache brunâtre sur la nappe, ce qui déclencha aussitôt chez Marie un rire nerveux.

Elle se leva et marcha jusqu'à l'entrée du bois. Elle étouffait presque de joie. Mayer avait choisi l'amour ! Emma et ses enfants étaient saufs ! Auraitelle été croyante qu'elle se serait mise à prier.

Quand Emma apparut, elle s'avança vers elle et l'embrassa.

— Les enfants vont bien ? demanda-t-elle avec empressement.

Emma cherchait à comprendre la raison de cette soudaine sollicitude.

— Oui, très bien, pourquoi ?

— Pour rien, répliqua Marie en la prenant par la main. Allons boire le café sur la terrasse ! Profitons de ce beau soleil !

Il était 11 heures. Marthe faisait la mise en place pour le service de midi. Les rayons du soleil chauffaient la salle. Elle s'apprêtait à baisser le store quand Nicole, l'une de ses filles, entra, tout affolée.

— Que fais-tu ici à cette heure ? s'étonna Marthe.

— Il faut que je vous parle ! répondit la jeune femme, les larmes aux yeux.

— Viens dans la cuisine.

En passant devant le bar, Marthe demanda à Fernand de terminer la préparation de la salle.

Quand les deux femmes furent installées, Marthe proposa un sirop d'orgeat à Nicole, qui accepta.

— Que se passe-t-il ? demanda-t-elle en remplissant les verres.

Nicole éclata en sanglots.

— Les Boches… Ils ont arrêté mes parents… J'ai pu m'enfuir sans qu'ils s'en aperçoivent…

— Pourquoi tes parents ? s'étonna Marthe.

— Nous sommes juifs !

Marthe se laissa choir sur une chaise. Nicole, juive ! Jamais elle ne l'aurait imaginé. Bernard, son nom de famille, ne pouvait le laisser supposer. Cela faisait des semaines qu'elle l'employait. C'était une brave petite, jolie et consciencieuse, très appréciée des clients.

Elle se rapprocha d'elle et lui caressa le visage.

— Cesse de pleurer, et explique-moi tout !

— Notre nom de famille est banal, mais il n'empêche, nous sommes juifs, expliqua-t-elle entre deux sanglots. Mon vrai prénom est Esther. Avant la guerre, on n'avait pas de raison de le cacher. Mes parents l'ont dit ici et là. Du coup, ils ont été arrêtés ! Ils ont sans doute été dénoncés…

— Comment ça s'est passé ?

— Plusieurs camions ont fait irruption dans la cour de la ferme. Des soldats en sont sortis en masse, ils ont demandé à mes parents de préparer leurs bagages, et ils les ont embarqués !

— Et toi ?

— Je me trouvais dans la grange à foin. J'ai tout vu par une ouverture qui donne sur la cour. Mon père regardait dans ma direction, il a secoué la tête pour me faire comprendre de ne pas bouger. J'ai obéi. Je ne sais pas quoi faire, je ne peux pas retourner là-bas. Si l'on me voit, il y aura un autre salopard pour me dénoncer !

Marthe réfléchissait à la meilleure décision à prendre. Il fallait faire vite !

— Dès demain, il faut que tu sois partie. Tôt ou tard, les Boches sauront que tu travailles ici. En attendant, tu vas monter au grenier et ne pas en bouger jusqu'à ce que je te fasse signe.

Elles grimpèrent à l'étage. Dès que Nicole fut installée, Marthe sortit en prétextant une course à faire. Fernand ne broncha pas.

Elle se rendit au bureau de poste avec l'espoir d'y trouver Romain. Julia, la préposée au guichet, lui expliqua qu'il n'était pas encore rentré de sa tournée. Déçue et inquiète, Marthe reprit le chemin du café.

Lorsqu'elle arriva, elle comprit, mais trop tard ! La salle grouillait de soldats SS et de policiers de la Gestapo. Deux soldats la saisirent et l'entraînèrent à la cuisine. Nicole s'y trouvait déjà, sous la surveillance de deux inspecteurs en civil.

Le plus imposant d'entre eux s'adressa à Marthe d'un ton glacial.

— Pouvez-vous nous expliquer la présence de cette Juive dans votre grenier ?

Marthe bafouilla.

— C'est.... C'est l'une de mes employées... Je... Elle avait sans doute à faire là-haut...

— Non ! aboya le policier. Elle s'y cachait ! Vous vous expliquerez au siège de la Gestapo à Nevers. En attendant, votre café est fermé jusqu'à nouvel ordre.

Il s'adressa aux gardes SS qui se tenaient à l'entrée de la cuisine.

— Embarquez-les avec l'autre ! ordonna-t-il.

Marthe comprit que Fernand était également arrêté.

— Puis-je au moins prendre des affaires ? demanda-t-elle.

— Vous n'en aurez pas besoin, ironisa le policier.

En quelques minutes, Fernand et elles furent conduits et enfermés dans un fourgon. Les badauds qui se trouvaient là furent dispersés avec brutalité. Puis le convoi, précédé d'estafettes à motocyclette, démarra sur les chapeaux de roues.

Une heure plus tard, les policiers chargés de la fouille ressortirent en transportant plusieurs cartons remplis de papiers et d'objets divers qu'ils entassèrent dans leur véhicule. Le dernier d'entre eux apposa les scellés et un panneau sur la porte.

« Établissement fermé jusqu'à nouvel ordre. *Kommandantur* de Nevers. »

Quand Emma arriva à La Vernière, le 14 juillet au matin, elle trouva Marie qui sortait des bureaux, catastrophée.

— Que se passe-t-il ?

— Suis-moi ! répliqua Marie en l'entraînant vers le chemin des Quatre-Vents. Je t'expliquerai.

Elles n'échangèrent pas un mot jusqu'à ce qu'elles eussent franchi le poste de garde. Marie attendit qu'elles en fussent assez éloignées pour parler.

— Marthe a été arrêtée hier ! dit-elle. Mayer me l'a annoncé ce matin. Dès qu'il est parti, je suis descendue aux bureaux pour en savoir davantage, mais personne ne sait rien. Cela dépend de la Gestapo de Nevers. Même Mayer n'a pas été averti de l'opération.

— Mon Dieu ! s'exclama Emma. On peut faire quelque chose ?

Comme elle éprouvait de la difficulté à marcher, Marie prit appui sur le bras d'Emma.

— Malheureusement non ! La Gestapo n'a de comptes à rendre à personne.

Elles avançaient lentement. Marie grimaçait de douleur à chaque pas. Son ventre la faisait tant souffrir qu'elle dut s'arrêter.

— Pour quel motif crois-tu qu'on l'a arrêtée ? demanda Emma.

— Sans doute s'est-elle compromise avec la Résistance. Armand et Blanchard n'ont pas cessé de me répéter qu'elle faisait partie d'un réseau. J'aurais dû retourner la voir pour la mettre une nouvelle fois en garde…

Elles se remirent en marche. Marie s'arrêtait régulièrement pour reprendre son souffle.

— Tu étais déjà allée la voir ? s'étonna Emma.

— Oui, il y a quelques semaines. Je l'avais prévenue, mais elle n'a pas écouté ! Tu le savais, toi, qu'elle était dans la Résistance ?

— Non, mentit Emma. Comment l'aurais-je su ? Tu crois que Blanchard ou Armand l'ont dénoncée ?

Marie haussa les épaules.

— Avec ces deux-là, tout est possible !

Lorsqu'elles arrivèrent, Marie se laissa choir dans l'un des fauteuils d'extérieur en poussant un soupir de soulagement.

— Je n'en peux plus, de cette guerre ! s'exclama-t-elle en éclatant en sanglots. Quand va-t-elle prendre fin ?

Assise dans un fauteuil contigu au sien, Emma lui prit la main. C'était la première fois qu'elle voyait Marie pleurer.

— C'est peut-être moins grave que nous le supposons ! Et puis, elle recevait tous les officiers allemands, sans doute…

— On ne peut rien contre la Gestapo, interrompit Marie. C'est un État dans l'État.

Elle se redressa et s'essuya les yeux avec sa manche.

— Ce n'est pas le moment de pleurnicher, dit-elle. Je verrai ce soir avec Mayer si nous pouvons tenter quelque chose pour elle.

Elle héla une domestique qui sortait de la maison et lui commanda d'apporter un café. Puis elle allongea les jambes et reposa la tête sur le dossier du fauteuil.

— N'en parlons plus, dit-elle en fermant les yeux. Mayer va arranger cela…

La domestique revint et servit le café. Quand elle se fut éloignée, Emma tendit sa tasse à Marie.

— Je voulais te remercier. Tu sais, j'ai compris. Le fait que les enfants et moi ayons échappé…

— J'espère que je pourrai vous protéger jusqu'au bout.

— Le danger n'est pas écarté ? s'inquiéta Emma.

Marie ricana.

— Tant que leur *Führer* ne sera pas rassasié, ils continueront à arrêter des Juifs ! Mais ne t'inquiète pas, je veille…

Elles burent leur café en silence. Soudain, Marie se plaignit d'avoir froid. Emma alla chercher un plaid et lui recouvrit les jambes. Leurs regards se croisèrent.

— Pourquoi fais-tu tout cela pour moi ? Tu devrais plutôt…

— Je le fais pour lui, répondit Marie en tapotant son ventre.

Emma n'insista pas. Elle comprenait.

Le 16 juillet, Romain arriva tôt le matin au bureau de poste.

La nuit précédente, il avait assisté à une réunion du maquis de la Bertrange où avait été évoquée l'arrestation de Marthe. La discussion s'était prolongée très tard. Certains, comme lui, avaient proposé de monter une opération afin de la libérer. Paul et d'autres s'y étaient opposés. Selon eux, c'était difficile et risqué. Le siège de la Gestapo de Nevers était quasiment inexpugnable. La crainte des participants était que Marthe fût torturée et donnât ses camarades. Du coup, ils avaient décidé que le maquis devait changer de cachette et d'organisation.

L'arrestation de Marthe l'avait bouleversé. Il savait ce qu'elle risquait. La police allemande ne s'embarrassait pas de principes. Lorsqu'elle voulait faire parler quelqu'un, tous les moyens étaient bons.

Il se concentra sur le tri, convaincu que les lettres adressées à la *Kommandantur* contenaient des dénonciations. Il se retenait d'en décacheter certaines, l'organisation étant opposée à ce type d'action.

Il ficelait les lettres par paquets en fonction des villages qu'il allait desservir quand il entendit des véhicules pénétrer dans la cour. Un regard à la fenêtre lui suffit pour comprendre. Plusieurs hommes en civil jaillissaient des véhicules et cernaient le bâtiment. Il ne bougea pas. À quoi bon ? Il ne pouvait pas fuir. Il attendit, le regard dirigé vers le ciel sans nuages. Il allait faire beau. Il songeait qu'il ne respirerait plus l'air chaud et odorant de juillet d'ici longtemps, quand les policiers firent irruption dans la pièce. Il n'opposa aucune résistance.

Après l'arrestation de Marthe, il avait été décidé que les réunions du réseau ne se tiendraient plus dans la scierie d'Antonio, mais dans une ancienne bâtisse de bûcherons désaffectée située au cœur d'un fouillis de végétation inextricable où les Allemands ne se risqueraient jamais. De surcroît, l'endroit était facile à surveiller.

En une journée, la scierie et l'appartement d'Antonio avaient été vidés des papiers et indices qui pouvaient dénoncer l'existence du réseau. Certains avaient été détruits, d'autres, transportés dans le nouveau lieu de repli.

La réunion de ce soir était houleuse. L'ambiance était exécrable. L'arrestation coup sur coup de deux membres du réseau avait jeté le trouble dans les esprits. Le soupçon s'était installé. Avaient-ils été dénoncés, et par qui ? Existait-il une taupe au sein de l'organisation, y compris dans cette pièce ? Et, dans ce cas, comment le neutraliser ?

Les membres présents tentèrent de repérer où la sécurité avait péché. Sans grand résultat. Les procédures pour préserver le secret semblaient avoir été respectées.

L'un des participants évoqua l'éventualité d'une action de masse pour libérer à la fois Romain et Marthe. Paul s'y opposa avec véhémence. Le rapport de forces ne jouait pas en faveur de la Résistance. C'était risquer beaucoup de morts pour un résultat très hypothétique.

En revanche, il proposa de scinder le réseau en deux. La proposition fut rejetée. Il existait déjà une multitude de réseaux dans la Nièvre, difficiles à rapprocher pour des raisons politiques. On n'allait pas encore en créer un autre !

Ensuite, comme cela se pratiquait dans ce maquis, on vota pour désigner celui ou celle qui remplacerait Romain à la direction opérationnelle. Paul fut désigné à main levée, sans qu'il l'eût d'ailleurs souhaité. Il accepta. Il travaillerait avec la coordination politique, qui ne se réunissait jamais au même endroit ni à la même fréquence.

La réunion fut levée tard dans la nuit. Les participants qui ne vivaient pas dans le maquis retournèrent chez eux à vélo, chacun empruntant un chemin différent pour quitter la forêt.

Resté seul avec Antonio, le nouvel adjoint, Paul, alluma une cigarette. Il était inquiet. Le fait que Marthe et Romain avaient été arrêtés presque en même temps laissait supposer une faille dans l'organisation. Antonio pensait qu'ils avaient été dénoncés. Paul l'admit, mais cela ne le satisfaisait qu'à moitié. Comme s'il manquait une pièce au puzzle.

Il n'approfondit pas, préférant réfléchir avec son compagnon sur la meilleure manière d'organiser le maquis. Il fallait envisager que sous la torture Marthe ou Romain, voire les deux, lâcherait des informations capitales sur l'emplacement du groupe. Il fallait donc déterminer un nouveau lieu d'implantation au sein de la forêt, voire plusieurs, et songer à améliorer la mobilité des hommes. Les Allemands ne tarderaient sans doute pas à attaquer.

Emma venait de quitter la Coulisse pour se rendre à La Vernière. Elle était partie plus tôt que d'habitude. Comme la lumière d'été donnait à la nature un relief particulier, elle se souvint de l'époque où elle peignait. Cela lui semblait si lointain !

Elle traversa le village des Bertins et suivit la nationale. De chaque côté de la route, les feuilles des arbres et des haies touffues frissonnaient sous la brise tiède qui transportait avec elle des effluves enivrants.

Elle s'apprêtait à s'engager sur le chemin de La Vernière, quand un cycliste qu'elle n'avait pas entendu venir s'arrêta à sa hauteur. C'était un jeune homme, plutôt bien fait de sa personne, qu'elle ne connaissait pas. Il la salua.

— Vous êtes bien Emma, de la Coulisse ?

— Oui, répondit-elle, sur la défensive.

Il fouilla dans sa poche et en sortit une enveloppe qu'il lui tendit.

— C'est pour vous, dit-il en faisant demi-tour. Bonne journée !

Avant même qu'elle ait pu dire un mot, il fonçait déjà en direction des Bertins. Elle le regarda s'éloigner, cherchant à se rappeler si elle l'avait déjà vu, puis elle reprit son chemin, la lettre à la main. Bien qu'elle trouvât cela stupide, elle ne se décidait pas à l'ouvrir. Ce pli ne pouvait receler que de mauvaises nouvelles.

Néanmoins, quelques minutes plus tard, elle passa derrière une haie et s'assit sur une vieille souche d'arbre pour la lire. Dos au soleil, elle décacheta l'enveloppe. Il s'agissait d'un bout de nappe de table en papier.

Le texte, très court, avait été écrit à l'aide d'un crayon mal taillé qui avait troué le papier par endroits. Certaines lettres étaient illisibles. Elle regarda la signature. C'était Colliard ! Son cœur fit un bond. Des larmes jaillirent à ses paupières.

« Ma chérie, grâce à mon geôlier, ce dernier mot avant d'être transféré je ne sais où… Je vous aime. Embrasse les enfants… Hubert. »

Sonnée, Emma regardait fixement une colonie de fourmis aller et venir à ses pieds. Elle se sentait tellement coupable… Elle n'avait pas oublié Colliard, non, mais cela y ressemblait ! Paul s'était substitué à lui dans ses pensées et dans son cœur.

Elle se leva et reprit son chemin, avec l'espoir vain que sa honte s'atténuerait. Elle maudissait son indifférence et la légèreté avec laquelle elle avait réglé son sort. De rage, elle froissa le papier et le roula en boule, comme pour en effacer l'existence.

Après quelques pas, elle se calma, défroissa la lettre et la glissa dans l'enveloppe qu'elle rangea dans sa poche. Elle mettrait Paul dans la confidence. Elle voulait ainsi lui témoigner sa confiance, mais aussi recueillir son avis sur l'authenticité de ce courrier. L'écriture étant difficilement identifiable, il pouvait s'agir d'une manipulation. En revanche, elle n'en parlerait pas aux enfants. Inutile de leur donner de faux espoirs.

Ses pensées la ramenèrent à Paul. Elle l'aimait et ne voulait pas rater cette nouvelle chance que lui offrait la vie.

Blanchard se prépara un café dans la cuisine et gagna le salon pour le déguster à son aise dans son fauteuil préféré. Comment pouvait-il ne pas être heureux alors qu'il disposait d'une petite fortune en lingots d'or, déposée dans les coffres de sa banque parisienne ? Un magot qui ne pouvait que prospérer, maintenant que les Allemands déportaient les Juifs à tours de bras ! Depuis le 13 juillet, date de la première rafle dans le département, il ne se passait pas un jour sans que de nouvelles arrestations eussent lieu ! Arrestations dont il profitait à plein, en tant que liquidateur.

Mais cela ne pesait rien, comparé au ravissement d'être décoré de la francisque. À force d'insister, de se placer, d'intriguer, il était parvenu à ses fins grâce à l'appui de Mayer et de Déat.

Le « grand homme » en personne la lui avait épinglée au revers de son veston lors d'une réunion du RNP. Quel magnifique moment ! Il fallait voir la tête des notables de la région… Même le sous-préfet semblait être au bord d'en avaler sa casquette et ses galons ! Et il y avait de quoi. Être décoré donnait à Blanchard le droit d'assister aux réunions restreintes autour de Déat, d'être un acteur privilégié des grandes manœuvres internationales ! Car, lors de ces rencontres, le chef du parti n'abordait jamais la politique locale, mais seulement celle qui concernait des sommités de ce monde. En l'écoutant, on devenait l'intime d'Hitler, Staline, Roosevelt, Mussolini, Hiro-Hito et bien d'autres…

Il jeta un œil sur sa montre-gousset en or, chipée lors d'une saisie. Armand n'allait plus tarder. La semaine précédente, il avait sollicité un rendez-vous pour venir retirer de l'argent. Blanchard esquissa un sourire. Le grincheux, comme il le désignait dans ses pensées, s'était enrichi lui aussi ! Grâce à ses conseils avisés… Avec l'argent que lui avait donné Marie, il lui avait conseillé un placement à court terme qui avait rapporté beaucoup plus que prévu.

De ce jour, Blanchard l'avait vu se métamorphoser. Comme touché par la grâce, Armand s'était arrêté de boire et avait commencé à le solliciter pour gagner encore plus.

Blanchard en avait profité. Il avait justement besoin de renseignements sur des Juifs qui avaient échappé aux rafles. Il fallait absolument les retrouver pour entrer en possession de leurs avoirs. Moyennant un pourcentage sur les affaires qu'il apporterait, il avait donc engagé Armand pour fouiner et dégoter les informations qui lui manquaient. Aujourd'hui, il s'en félicitait. En quelques jours, Armand lui avait permis de faire arrêter une dizaine de riches youpins récalcitrants.

La sonnette retentit. Il descendit ouvrir. Blanchard demeura bouche bée. Armand se tenait dans l'encadrement de la porte, bien coiffé, rasé de près et souriant. Vêtu d'un costume de bonne facture, de chaussures noires cirées et d'un chapeau à la mode, on aurait dit un milord !

— Félicitations ! s'exclama Blanchard. Votre tailleur a du talent ! Il n'est pas juif, au moins ?

Ils éclatèrent de rire, puis montèrent à l'étage. Lorsque Armand fut installé dans le canapé, le notaire désigna une enveloppe sur la table basse.

— Ce que je vous dois, dit-il en prenant place dans son fauteuil.

Armand l'ouvrit, compta les billets qu'elle contenait et la glissa dans sa poche.

— Cela vous convient-il ? demanda Blanchard.

Armand acquiesça, avant d'ajouter qu'il avait encore quelques fugitifs juifs dans le collimateur.

— À la bonne heure ! s'exclama le notaire. Si vous continuez comme ça, vous serez bientôt plus riche que moi !

— Je l'espère, répliqua Armand en prenant ses aises. J'ai beaucoup de frais pour….

— Bien ! le coupa Blanchard, peu disposé à écouter ses jérémiades. Passons aux choses sérieuses ! Parlons de ces nouveaux clients !

Fier de son efficacité, Armand expliqua comment il avait repéré un couple de Juifs, à Clamecy, qui s'était fait faire de faux papiers, puis deux autres à Cosne, qui tentaient de monnayer leur passage en zone libre. À l'examen, c'étaient de bonnes affaires ! Il y avait plusieurs maisons et terrains à saisir.

Enthousiaste, Blanchard se surprit à augmenter le pourcentage d'Armand, qui le remercia avec effusion.

Comme ce dernier refusait tout alcool, le notaire prépara du café et lui en servit une tasse. Pour sa part, et bien qu'il fût encore tôt, il s'accorda un verre de whisky.

— Peut-être avez-vous encore d'autres clients en vue ? demanda-t-il, goguenard.

— Oui, répondit Armand, en particulier à Varennes-Vauzelles. Mais c'est du côté de la Coulisse que j'aimerais maintenant intervenir.

Blanchard se rembrunit. Cet imbécile ne comprendrait-il donc jamais ?

— Il n'en est pas question ! dit-il. Je vous le répète, c'est impossible.

Armand se redressa, l'air soudain agressif.

— Je ne comprends pas votre obstination ! Savez-vous ce que vaut La Coulisse, plus les terrains ?

— Je le sais d'autant mieux que c'est moi qui les ai évalués ! Mais vous devez oublier ce… ce dossier. Il est encore trop tôt, et je souhaite m'en occuper personnellement.

— Soit, concéda Armand, mais vous savez que j'ai de bonnes raisons de…

— Je sais ! interrompit Blanchard. Soyez patient, cela viendra en son temps !

Armand n'insista pas, mais il valait mieux, pensait-il, que cela ne traînât pas trop ! Sinon, il opérerait à sa manière.

Ils évoquèrent la situation politique, qui semblait évoluer dans le bon sens. Le Maréchal, Laval et Darquier de Pellepoix faisaient du bon travail. Puis Blanchard prétexta un rendez-vous pour interrompre l'entretien. Même s'il reconnaissait du talent à Armand comme dénicheur de Juifs, cela n'allait guère plus loin. Ils n'appartenaient décidément pas au même milieu.

Armand s'éclipsa rapidement, dispensant Blanchard de le raccompagner en bas.

Lorsqu'il fut dehors, il esquissa un sourire. Ce notaire avait tort de le mépriser ! Il avait beau posséder une breloque épinglée à son veston, des relations longues comme le bras et une fortune considérable, il n'avait pas ce que lui possédait : la haine.

Malgré son âge, ses origines modestes et sa personnalité passe-muraille, il prendrait un jour l'ascendant sur ces pourris de notables. Il aurait alors les moyens d'exercer sa vengeance sur Blanchard, Emma et Marie, tous coupables de l'avoir humilié.

Maintenant qu'il faisait doux, Emma, Margot et Colette s'installaient dehors après le dîner, pour veiller sous le ciel étoilé.

Le plus souvent, Marcel les laissait pour aller rejoindre les joueurs de cartes au café des Bertins. Il s'initiait à la belote et aimait cela. Ce soir, pourtant, il était allé se coucher. La journée à l'atelier de Gus avait été rude.

À minuit, Margot manifesta l'envie de dormir dans sa chambre. Passer la nuit assise dans un fauteuil, comme elle le faisait depuis des semaines, l'épuisait.

Emma et Colette l'aidèrent à monter et l'installèrent dans le lit. Colette ne redescendit pas. Maintenant qu'elle se trouvait à l'étage, elle préféra finalement aller dormir.

Emma n'insista pas. Elle reprendrait sa place en bas avec plaisir. Et puis, cela lui donnerait l'occasion de guetter Paul, ce qu'elle faisait régulièrement depuis sa dernière apparition. Elle s'asseyait, couvrait ses jambes et scrutait l'obscurité, l'oreille aux aguets. Le plus souvent, elle finissait par s'assoupir et s'éveillait en sursaut, transie de froid, et déçue.

Ce soir, elle croyait dur comme fer qu'il viendrait. Elle pensait très fort à lui et murmurait son prénom avec l'espoir qu'il l'entendrait là où il se trouvait, dans cette immense forêt si proche. Le savoir là, à l'abri, apaisait ses craintes. Il ne risquait pas grand-chose des Boches. Même des bûcherons s'y perdaient !

Elle imagina ce que devait être son existence, à dormir à la belle étoile, à changer de campement sans arrêt… Elle songeait aux hommes et aux femmes qui vivaient avec lui dans les mêmes conditions, à leurs angoisses, leur solitude, leur peur de mourir. Elle admirait leur courage, leur abnégation et leur volonté de défendre un idéal. Comparée à eux, elle se sentait bien peu héroïque et se le reprochait.

Son cœur fit un bond lorsqu'elle le vit surgir de l'obscurité. Il s'avançait d'un pas léger. Elle se leva.

— Je t'ai fait peur ? demanda-t-il en l'étreignant.

Emma secoua la tête, tout à son bonheur d'être dans ses bras.

— Je ne vais pas rester longtemps, chuchota-t-il.

— J'ai envie de toi, répondit Emma.

— Moi aussi !

Elle prit une couverture et l'entraîna vers l'arrière de la maison. Dans le pré, elle déploya la couverture et attira Paul contre elle. Ils firent l'amour en prenant soin d'étouffer leurs gémissements et leurs râles. Emma voulait oublier la guerre. Tandis qu'elle se donnait à Paul, elle s'offrait en même temps au vent qui caressait sa peau nue, au ciel étoilé, à la terre, à l'herbe qui sentait si bon… Elle imaginait leurs corps enlacés et frémissants se fondre dans la nature, prendre leur place dans ce grand univers vertigineux qui les enveloppait, sombre et scintillant.

Lorsqu'ils eurent joui, ils s'attardèrent quelques minutes, enlacés sur la couverture. Emma lui raconta la métamorphose de Marie, sa nouvelle situation à La Vernière, puis s'inquiéta du sort de Marthe et de Romain.

— Nous savons seulement qu'ils sont emprisonnés à la Gestapo de Nevers, expliqua-t-il.

— On ne peut rien pour eux ?

— Non.

— C'est grave pour vous ?

— Oui.

Ils s'embrassèrent, puis Paul se leva.

— C'est certainement Armand, ou peut-être même Blanchard, qui les a dénoncés, dit-elle. Marie me l'a suggéré.

— Peut-être, répondit-il en se rhabillant.

Emma était au bord de pleurer. Elle désirait tellement qu'il restât encore !

— Tu sais, je peux vous aider, maintenant. À La Vernière, je…

— Surtout pas ! la coupa-t-il. Ne fais rien qui puisse attirer l'attention sur toi, ne prends aucune initiative. Ton devoir, c'est de protéger la Coulisse et ceux qui y vivent, rien d'autre ! Tu me le promets ?

Elle acquiesça, impressionnée par son autorité.

Il se pencha pour l'embrasser.

— Je t'aime, lui glissa-t-il à l'oreille.

— Moi aussi, répondit-elle.

Il se releva et disparut dans l'obscurité aussi discrètement qu'il était venu.

Emma attendit quelques instants avant de se redresser. Elle s'enroula dans la couverture et, ses vêtements à la main, gagna son lit. Elle s'endormit aussitôt.

Au même moment, Paul patientait à couvert d'un bosquet, devant la dépendance où il habitait naguère avec Marcel. Avant d'entrer, il voulait être certain qu'il n'y avait aucun danger. Même s'il n'existait aucune raison de se méfier, il préférait rester prudent. À défaut de l'avoir été, certains l'avaient payé de leur liberté, voire de leur vie.

Lorsqu'il fut certain que la voie était libre, il entra silencieusement et éveilla Marcel, qui fit un bond dans son lit.

— Putain ! Tu m'as foutu la frousse de ma vie !

Paul rigola et alluma une bougie.

— Tu parles d'une fillette ! Et ça veut jouer les héros !

— Je peux te prouver que... commença Marcel.

— Tu vas surtout commencer par me prouver que tu es capable de protéger la Coulisse ! C'est l'essentiel pour l'instant et ce sera très utile pour nous.

— C'est-à-dire ? demanda Marcel, heureux de se voir confier une responsabilité.

— Tu n'as pas besoin de le savoir pour l'instant. Je te demande d'être vigilant, de réagir à la moindre alerte. Tu vois la clairière où nous coupions du bois ?

Marcel acquiesça.

— Ce sera votre lieu de repli en cas de danger. L'endroit nous servira aussi pour communiquer. Si tu veux me voir en urgence, tu planteras une hache dans la souche qui se trouve à l'entrée, c'est tout. Sinon, il pourra m'arriver de passer à l'improviste, comme ce soir.

Ils s'allumèrent une cigarette à la flamme de la bougie.

— Je ne veux personne d'autre que toi dans cette maison, reprit Paul.

— Compte sur moi !

Ils fumèrent en silence, puis Paul écrasa sa cigarette.

— À propos, Albert ne s'est jamais repointé ici ?

— Non, répliqua Marcel, sur ses gardes. Pourquoi ?

Paul se leva.

— Pour rien, répondit-il en éteignant la bougie. Il a disparu.

— C'est important ? demanda Marcel.

— Oui.

Paul ouvrit doucement la porte et prêta l'oreille. Comme rien ne semblait suspect, il salua Marcel et disparut dans l'obscurité.

L'adolescent referma et s'allongea, vaguement inquiet. Il ne comprenait pas pourquoi la disparition d'Albert préoccupait Paul à ce point, alors que lui-même n'éprouvait pas le moindre remords de l'avoir tué. Albert n'était qu'un sale collabo ! En le supprimant, il avait accompli son devoir. Certain d'être dans son bon droit, il finit par s'assoupir.

Des nuages sombres s'étiraient devant le soleil rougeoyant qui disparaissait à l'horizon. Assis l'un à côté de l'autre sur la terrasse, Marie et Mayer assistaient au spectacle en silence. Ils profitaient de la fraîcheur après la lourde chaleur de la journée.

Au loin, on entendait la rumeur lointaine des moissons. Comme l'orage menaçait, les paysans se dépêchaient de rentrer le blé.

Une domestique vint allumer deux lampes à pétrole qu'elle posa sur la table avant de disparaître.

Mayer mit une main sur le ventre de Marie.

— Je suis tellement heureux, dit-il.

— Moi aussi. Il ne devrait plus tarder à montrer le bout de son nez… Je suis impatiente !

— Il serait temps de songer à gagner la Bavière. Ma famille t'accueillera, vous y serez en sécurité.

Marie secoua la tête.

— Nous en avons déjà parlé mille fois ! Je souhaite rester ici, je ne me sens pas en danger.

Mayer se leva et alluma une cigarette. Il demeura debout à observer l'horizon. La lueur du jour s'amenuisait rapidement.

— Les sabotages et les attentats augmentent en nombre et en intensité. Les terroristes prennent de plus en plus de risques. Il n'est pas exclu qu'ils tentent une opération ici même. Tu as remarqué que j'ai fait doubler les sentinelles et les rondes ?

— Bien sûr.

— Eh bien, ce n'est pas un hasard. Nous disposons d'informations qui laissent penser que des groupes armés seraient susceptibles de passer à l'attaque.

— Ce serait stupide, argua Marie, La Vernière est imprenable !

Mayer revint s'asseoir.

— Plus rien n'est sûr, désormais. Deux convois de ravitaillement militaire ont été détruits sur la ligne de chemin de fer de Clamecy. Des quantités de fourrages très importantes qui nous étaient destinées ont été incendiées ! Une bombe a éclaté au siège de la LVF à Nevers. En quelques jours, on a comptabilisé plus de quarante sabotages ferroviaires, à tel point que nous devons emprunter la route, ce qui nous rend plus vulnérables. Tu vois que je n'exagère pas…

— Sans doute, admit Marie, mais cela ne me fera pas partir. Cet enfant naîtra où il a été conçu.

Mayer lui prit la main et l'étreignit fortement, comme pour souligner l'importance de ses propos.

— Marie, je t'en supplie, écoute-moi ! Il y a plus grave. J'ai été convoqué cet après-midi à la *Kommandantur* de Nevers. J'ai été rappelé à l'ordre ! On m'a reproché de ne pas avoir arrêté l'agresseur de la Coulisse. Le père d'Albert s'est plaint en haut lieu que l'enquête sur sa disparition n'ait pas progressé. Il pense maintenant qu'il a été assassiné. Par ailleurs, de plus en plus de Juifs sont arrêtés, on traque ceux qui tentent de s'échapper. Personne n'a encore dénoncé le fait que les mômes de ta protégée aient échappé à la dernière rafle, mais cela ne va pas durer. Quelqu'un le découvrira un jour ou l'autre…

Marie se rapprocha de lui et posa la tête sur son épaule.

— Cesse de t'inquiéter. Qui se soucierait de deux enfants perdus dans la campagne ?

— Tu crois qu'un Blanchard qui court après les biens des Juifs ou l'un de ses semblables ne sera pas tenté de le faire ?

Marie ne répondit pas. Mayer avait raison, Emma et les enfants n'étaient pas hors de danger.

Blanchard, Armand et beaucoup d'autres étaient à l'affût. Mais il fallait tenir.

— Klaus, je t'en supplie, attendons encore un peu. Pour nous, pour notre enfant !

— Si je tente de m'opposer à une enquête de la Gestapo, je...

Il avait laissé sa phrase en suspens. Inutile de le préciser : non seulement il serait envoyé sur le front russe, mais Marie serait inquiétée elle aussi.

Un instant, Marie songea à soudoyer Blanchard, voire Armand, qu'elle savait dangereux. Mais cela serait inutile. Ces deux-là pourraient renoncer en apparence, par appât du gain, mais tout en s'arrangeant avec l'un des leurs pour effectuer la sale besogne. Dans ces circonstances, il ne restait qu'une solution : Emma et les enfants devaient disparaître. Elle se promit d'en parler directement à Emma quand elle la verrait.

— J'ai accédé à ta demande parce que je t'aime, reprit Mayer. Mais, en plaçant l'amour au-dessus de mes principes de militaire, je nous ai mis en danger. C'est la raison pour laquelle j'insiste pour que tu rejoignes l'Allemagne. Là-bas, tu...

— Je sais ce que tu as fait et j'en suis fière, l'interrompit Marie. Je t'en aime d'autant plus. Et si je dois assumer ma part de responsabilité, je le ferai.

Ils s'embrassèrent. Mayer lui suggéra d'aller se coucher. De son côté, il avait encore une réunion d'état-major à La Vernière. Il l'accompagna jusqu'à la chambre, puis s'éclipsa.

Marie s'allongea, épuisée. Son ventre lui pesait. Elle le caressa en songeant à l'avenir.

— Je ne sais pas de quoi il sera fait, mon chéri ! dit-elle tout haut à l'attention du bébé. Mais tu seras fier de tes parents, je te le promets.

Il était 21 heures quand Emma rentra. Aux Quatre-Vents, la chambre du bébé, mitoyenne de celle des parents, était prête. Les aménagements et la décoration étaient terminés, et les achats de première nécessité avaient été effectués.

Elle songeait à Marie, de plus en plus nerveuse à l'approche de l'accouchement. Celle-ci n'avait cessé de l'interroger sur sa propre expérience.

Alors qu'elle s'approchait de la maison, elle aperçut les enfants qui jouaient devant l'entrée. Soudain, Colette sortit de la cuisine et se précipita vers elle.

— Margot est en train de passer !

Emma se hâta. Margot était allongée sur son lit, le teint livide. Emma eut l'étrange impression que son âme avait commencé à déserter son corps.

Emma s'assit sur le rebord du lit et lui prit la main. Les yeux de la vieille femme étaient profondément enfoncés dans les orbites.

— Tu ne te sens pas bien ? demanda-t-elle.

Margot esquissa un sourire.

— Je vais très bien, ma chérie. Je m'en vais, c'est tout.

— Dois-je aller chercher le médecin ? s'enquit Colette.

— Ce n'est pas la peine. Il ne peut plus rien pour moi.

Emma se tourna vers les enfants, debout près du lit, inquiets.

— Venez embrasser Margot, leur dit-elle doucement, puis allez jouer dehors.

Ils s'exécutèrent.

— C'est grave ? demanda Martin.

— Non, le rassura Emma en l'accompagnant vers la sortie avec Madeleine. Restez devant la maison, Colette va s'occuper de vous.

Elle revint s'asseoir auprès de Margot, qui lui sourit.

— Je suis désolée, j'aurais tant voulu rester encore un peu. Profiter de toi, des petits enfants…

Elle s'interrompit un moment, prise d'une violente quinte de toux, et reprit, les yeux embués :

— Avant de partir, je voudrais connaître la vérité au sujet d'Émile.

Emma hésita une seconde, puis se mit à raconter ce qui s'était passé. Sa haine, la violence d'Émile, le fait qu'elle le pensait responsable de la mort de sa mère… Oui, elle l'avait poussé dans le puits !

Margot ferma les yeux et prit la main d'Emma.

— Merci, ma chérie, dit-elle d'une voix éteinte.

— Je suis désolée, dit Emma, les larmes aux yeux. Je…

— Ne le sois pas. Peut-être le méritait-il, je l'ignore. Et de toute manière, je me doutais de la vérité.

Elles s'embrassèrent, puis la vieille femme souhaita un verre d'eau. Emma se dirigea vers l'évier, où elle en remplit un.

Lorsqu'elle revint, Margot était morte.

Emma jeta un coup d'œil au calendrier mural, accroché près du lit. C'était le 17 août.

L'enterrement eut lieu à Narcy trois jours plus tard. Margot serait inhumée dans le caveau familial aux côtés de Marcelline, Jeanne, Hippolyte et Émile. Bien qu'elles n'en eussent jamais parlé, Emma savait que la défunte désirait reposer auprès d'Émile, le seul amour de sa vie.

À son grand étonnement, de nombreuses personnes assistèrent à la cérémonie. Elle ne comprenait pas comment la vieille servante, toujours réfugiée dans sa cuisine, avait pu connaître tant de gens.

Le sermon du prêtre, qui l'avait bien connue, livra l'une des clés de cette popularité : il irradiait de Margot comme une sérénité, une joie de vivre, une certitude qui frappaient ceux qui la rencontraient.

Emma reconnut dans l'assistance de vieux amis d'Émile qu'elle n'avait pas revus, d'anciens ouvriers agricoles et quelques notables des villages environnants.

Après la messe, un corbillard tiré par un cheval mena Margot au cimetière, suivie par un long cortège silencieux et recueilli. Emma pleurait, mais elle était heureuse. C'était un bel enterrement, à l'image de ce que la défunte avait été. Une femme pas facile, mais foncièrement généreuse, dévouée et forte, un bel exemple dont elle continuerait de s'inspirer. Son énergie et sa foi en l'avenir, Emma les tenait de Margot. Elle venait de perdre sa vraie mère !

Le curé bénit la défunte pour la dernière fois. Rassemblée autour de la tombe, la foule récita le Notre Père avec ferveur. Pour une fois, les hommes ne s'étaient pas éloignés pour fumer et les femmes ne jacassaient pas.

Emma jeta une poignée de terre sur le cercueil, imitée par les enfants, Colette et Marcel. Puis ce fut au tour des autres, qui venaient ensuite présenter leurs condoléances. Emma avait relevé sa voilette et souriait à chacun, certaine de se conformer ainsi au souhait de Margot, qui voyait la mort comme une délivrance.

Quand ce fut terminé, elle remarqua Colette, qui semblait méditer près de la tombe. Elle s'approcha.

— Ça va ? demanda-t-elle.

Colette lui sourit.

— Oui, très bien, répondit la jeune fille. Je l'aimais. Je lui dois tout.

Emma la prit par le bras.

— Tu n'es pas la seule. C'était une sacrée femme !

D'un pas tranquille, elles remontèrent l'allée vers la sortie du cimetière. Emma s'arrêtait parfois et pour raconter l'histoire d'un défunt qu'elle avait connu. Elles passèrent devant la tombe d'un jeune garçon, mort à la guerre de 1914, à l'âge de vingt ans. Sa photo sépia, encadrée, était fixée à la croix. Colette marqua un temps d'arrêt.

— Je ne l'ai pas connu, dit Emma.

— Il me fait penser à Albert.

— C'est vrai, il y a une ressemblance.

— J'espère qu'il n'a pas subi le même sort que lui…

Colette essuya ses larmes. Emma l'étreignit.

— Pourquoi serait-il mort ? Il y a forcément une explication !

— Quelque chose me dit qu'il n'est plus de ce monde.

Emma l'embrassa.

— Allons ! Je suis certaine qu'on aura de ses nouvelles d'ici peu !

Elles reprirent leur chemin. Les enfants attendaient au portail, en compagnie de Marcel.

Avant de sortir, Emma jeta un dernier regard en direction de la tombe de Margot. En pensée, elle la remercia pour ce qu'elle lui avait légué. Elle lui promit de tenir bon, quelle que soit la situation. En souvenir d'elle, mais aussi pour les enfants, Colliard, Paul, Colette, Marcel, Marthe et tous ceux qui souffraient aujourd'hui. Elle lui jura enfin de tout faire pour entrer de nouveau en possession de La Vernière.

Deux jours plus tard, comme Emma arrivait aux Quatre-Vents, l'une des domestiques se précipita au-devant d'elle pour lui annoncer la naissance du bébé dans la nuit.

Elle gagna rapidement la chambre de Marie, qui était alitée et tenait le nouveau-né dans ses bras. Elle était entourée d'un médecin allemand, de Mayer et de quelques autres inconnus. Marie lui demanda d'approcher.

— Elle s'appelle Lou. Elle est née hier soir, à 23 heures. Elle est belle, n'est-ce pas ?

Emma acquiesça, au bord des larmes, en songeant à ses propres enfants et à l'amour qu'elle leur portait.

Marie souhaita qu'elle la prît dans ses bras. Emma hésita.

— J'y tiens ! insista Marie.

Emma s'exécuta et s'assit sur une chaise à côté du lit. La petite dormait paisiblement. Sa sérénité contrastait tant avec l'atmosphère guerrière du moment...

Soudain, Marie demanda à l'assistance de se retirer, excepté Emma. Elle devait faire sa toilette. Quand tout le monde fut sorti, Marie s'assit au bord du lit.

— Ça va ? s'inquiéta Emma en continuant de bercer Lou.

— Oui, mais je suis fatiguée. Je souhaiterais qu'on reste ici ensemble, toutes les trois. On va ouvrir les fenêtres. Comme ça, on aura un peu l'impression d'être dehors et de profiter du soleil.

— Pourquoi Lou ? demanda Emma.

— Je souhaitais un prénom fort et facile à prononcer, dit-elle en gagnant la salle de bains. Mayer me l'a proposé en m'expliquant que les racines germaniques de Lou sont *hlod* et *wig*, qui signifient « gloire » et « combat ». J'ai trouvé ça beau.

Marie s'enferma dans la salle de bains. Emma veillait sur Lou, désormais allongée dans son berceau. Elle était heureuse pour Marie. Elle savait la joie qu'une femme éprouve à la naissance de son enfant, et aussi la transformation que cela peut provoquer en elle.

À la naissance de Martin et de Madeleine, elle-même avait eu la certitude d'accomplir un acte dont la portée dépassait largement sa seule personne. L'arrivée d'un nouveau-né est une promesse d'avenir pour l'homme, l'espérance d'un monde meilleur.

Marie revint, vêtue d'une jolie robe d'intérieur. Elle paraissait fatiguée, mais son regard pétillait de joie.

Elle invita Emma à s'asseoir auprès d'elle, devant la fenêtre ouverte. Le soleil entrait dans la pièce et les réchauffait.

— Pourquoi m'avoir protégée avec les enfants ? demanda Emma.

Marie la dévisagea, l'air amusé, puis, tournant son regard vers le ciel :

— Lou m'a montré le chemin.

Composition et mise en pages : FACOMPO, LISIEUX

Achevé d'imprimer par GGP Media GmbH, Pößneck
en juillet 2012
pour le compte de France Loisirs,
Paris

N° d'éditeur : 68806
Dépôt légal : août 2012
Imprimé en Allemagne